理天下之財，取天下之利

白銀谷

成一 著

阜康之後，連大清王朝都走向了衰落之旅，

西幫商人卻走向了自己的輝煌。

只是，在這種輝煌裡面，又孕育了什麼？

目錄

楔子

咸豐初年，眼瞅著太平天國坐大，清廷就是奈何不了。光是籌措浩繁的軍餉，就叫朝廷窘迫之極。那時的中央財政，實在也沒有太多騰挪的餘地，國庫支絀，本是常態。遇到出了事，需要用兵的時候，那還不要命啊？就是新開苛捐雜稅，也救不了一時之急的。

面對危局，在一班大臣的策劃下，朝廷最先發表的一項「籌餉上策」就是「奏令各省，勸諭紳商士民，捐助軍餉」。

只是這個「捐」字，並非「捐獻」、「募捐」的那個「捐」，而是「捐納」的「捐」。說白了，就是出錢買官的意思。這項特殊政策，其實也就是號召天下有錢人踴躍買官；朝廷拿賣官所得打點軍餉。從官面上說，響應號召，積極「報捐」，那是愛國忠君、報效朝廷的高尚義舉；中央吏部依據你「捐納」的多少，發你一張相當的做官執照，則是皇上對你的獎賞。

這本來是應急之舉，可詔令釋出下去，響應卻不踴躍。身處亂世，再有錢的人，花錢也謹慎了。何況誰也明白，朝廷敞開出賣的官位大多是些有名無實的虛銜。太平時候，頂個官場虛銜，還有心思炫耀炫耀，亂世要它做甚！

但軍情危急，國庫空虛，朝廷緊等著用錢呢，不踴躍也得叫你踴躍。哪裡不踴躍，就是那裡的欽命疆臣「勸捐」不力。朝廷的壓力施加下來，首當其衝的自然是那些富庶的省分。

那時在全國的富庶省分中，誰家在榜首呢？

說來叫人難以相信，居然是廣東和山西。「湖廣熟，天下足」，廣東又是最早開海禁的地方，列於首富，不足為怪。晉省山右居然與廣東並列在前位，現在是叫人難以想像了。

> 伏思天下之廣，不乏富庶之人，而富庶之省，莫過廣東、山西為最。風聞近數月以來，在京貿易之山西商民，報官歇業回籍者，已攜資數千萬出京，則山西省之富庶可見矣。而廣東尤係著名富厚之區。若能於此兩省中實力勸捐，自不患無濟於事。

這是咸豐三年（1853）四月十一日，惠親王等上呈皇上的一道奏摺。那時，從中央到地方，不斷有這類奏摺呈上來，都是要皇上吃大戶，詔令粵、晉兩省扛大頭，多多「捐輸」。有一位叫宋延春的福建道監察御史，居然將晉人在京師做銀錢生意的字號，開列了一張清單，作為上奏的附片，「恭呈御覽」。奏摺上說，這些字號「各本銀約有一千數百萬兩」，應飭戶部，「傳集勸輸」。

著了急的皇上，也就不斷把催捐的「上諭」發往粵、晉兩省的督撫衙門，嚴令「通飭所屬，廣勸捐輸」，不得以任何託詞卸責。

咸豐三年這一年，山西民間的「紳商士民」買官捐輸的銀兩為一百五十九萬九千三百餘兩，居於全國各省之首。這年全國的民間報捐，也不過四百二十萬七千九百一十六兩，山西占了百分之三十八，真是扛了大頭。

只是，這似乎也並未叫朝廷滿意，依然不斷派大員下來查訪，催捐。下面這道「上諭」，是咸豐四年（1854）八月，皇上下達山西巡撫恆春的，不滿之情，溢於字間：

載齡、崇實奏沿途訪查晉省捐輸、鹽課各情形等語。據奏，山西去歲續辦捐輸，至今未算成數。該侍郎等所過平定、榆次、徐溝、平遙、介休等州縣，最為殷實，亦多遷延未交，皆由各商民因貿易收歇，藉詞虧折，捐款未免觀望。……山西係饒富之區，所有免商捐款，著恆春嚴飭所屬，開誠布公，實力勸捐，勿令捐生等有所藉口。

從咸豐初年開了「勸捐」的先河，一直到光緒末年，在山西做巡撫的大員差不多都為如何完成朝廷派下的捐輸任務而頭痛。朝廷總是張著無底洞似的大嘴，吮吸了山西不放，那實在是因為當時的山西太富了。

「晉省富饒，全資商賈」。在明清之際，以商賈貿易致富一方而名滿天下的，南有徽商，北有晉商。明人謝肇浙在《五雜俎》中有云：

富室之稱雄者，江南則推新安，江北則推山右。……山右或鹽，或絲，或轉販，或窖粟，其富甚於新安。新安奢而山右儉也。

入清以後，晉商仍能富於徽商，除了一個「儉」字，還在於商業上的兩大獨創。一是開創並一直壟斷了對蒙的邊貿、對俄的外貿，打開了一條陸上通歐的茶葉之路；一是獨創了金融會兌的票號業，「執全國金融牛耳」。這都是那時代商業上的大手筆，只是不為正史所彰顯罷了。

就說票號，其實就是後來的銀行。清代禁用紙幣，作為貨幣的銀錠銅錢流通起來非常不便。中國那麼大，交通又不便利，外出做生意，商資的攜帶和交割，就成了大問題。清代鏢局很興盛，為甚？就是因為長途押送銀錢的業務太多了。晉商正是在這一點上慧眼獨具，開創了銀錢異地匯兌的票號業。票者，憑證也，契約也。你在甲地交銀寫票，再在乙地憑票取銀，這在今天是再平常不過的事，但在那時代，卻幾乎是貨幣流通中的一種革命。票號一出，大受商界歡迎，生意越做越火，越做越大。到後來，連官府上繳錢糧，排程軍餉，即省庫與國庫之間的官款調撥，也交山西票號來承辦了。票號也由金融會兌擴展到收存放貸，與銀行無異。

票號這樣火的金融生意，自誕生到消亡，一直為山西商人所壟斷，當時被俗稱為西幫。西幫票商又集中在晉中的祁縣、太谷、平遙三縣，細分為祁、太、平三小幫。票號只西幫能開，別家開不了，除了西幫無可取代的財力和信譽，還因為它有獨具的理念和精密的規矩。江南的胡雪巖，恐怕是唯一勇於效法山西票號的商人了，可他的南幫阜康票號，興盛也速，敗亡也速。西幫票號似乎只是不動聲色地看它興起，又敗落。阜康之後，連大清王朝都走向了衰落之旅，西幫商人卻走向了自己的輝煌。

只是，在這種輝煌裡面，又孕育了什麼？

第一章　莫學胡雪巖

1

康莊本來不叫康莊，叫磨頭。因為出了一家大戶，姓康，只是他一家的房宇，便占了村莊的一大半，又歷百十年不衰，鄉間就慢慢把磨頭叫成了康家莊。再到後來，全太谷都俗稱其為康莊了，磨頭就更加淹沒不聞。

康氏家族當然很為此自豪，以為是理所當然的一種演進。但康家德新堂的當家人康笏南，總覺這有些霸道，至少是於這方風水，不夠恭敬。

德新堂，其實也就是康笏南他自己家室的堂號。那時代晉地的富商大戶很喜歡這樣一種風雅，有子弟長成、娶妻、立家，就要賜一個高雅的堂號給他，就像給他們的商號，都要起一個吉利的字號名一樣。「德新」二字，據說取自於《易經．大傳》中「富有之謂大業，日新之謂盛德」一句。康笏南頂起「德新堂」這個堂號已經五六十年。五六十年前，在他剛剛成人的時候，磨頭似乎就沒有多少人那樣叫了。但康笏南與外人交往，無論是官場人物，還是商界同儕，一直都堅持自稱：磨頭康笏南。他這樣做，就是為了對磨頭保持一份敬畏。

康氏家族的庭院房宇堂堂皇皇地占去了康莊的一大半，其中的大頭也是德新堂。德新堂的那座超大宅第，是三百六十來間房舍散漫而成。但在這樣的大宅院第，也只是有一座不高的門樓，三四座更局促的更樓、眺樓，別的都是比鄉鄰高不了多少的房舍，再沒有一座壓人的高樓。那似乎也是康家留給磨頭的一份厚道。

德新堂的正門門樓，也不高，不華麗，圓碹的大門上，臥了夠矮的一層樓，只不過是一點象徵。門洞倒是很寬綽，出入車馬轎輦，不會受制。兩扇厚重的黑漆大門上漆了一副紅地金字的對聯，一邊只三個字：

德不孤

必有鄰

沒有橫額，更沒有在一般大戶大家門頭常見的「大夫第」、「武游擊」一類的匾額。門朝南開，門前也開闊，遠處的鳳凰山逶迤可見。

進入正門，倒有一座很高大的假山擋著。這假山的造勢像是移來一截懸崖峭壁。上面平坦，還點綴了一間小小的涼亭，旁有曲折的石階，可以拾階而上。前面卻是陡峭異常，越往下越往裡凹陷，直到凹成一個山洞。

繞過這座奇兀的假山，是個小花園似的院落，由一圈遊廊圍了。東西兩廂，各有一個月亮門。正北，是德新堂的儀門，俗稱二門。重要賓客，即在此下車下馬。

光緒二十五年（1899）五月初九，德新堂各房的大小爺們差不多全聚集到了假山後、儀門前。他們顯然是等候著迎接重要的客人。

德新堂子一輩的六位老爺，正有兩位不在家。一位是三爺康重光，他正在口外的歸化城巡視商號，走了快一年了。春天，曾經跟了歸化的駝隊，往外蒙的前營烏里雅蘇塔跑了一趟。說是還要往庫侖至恰克圖這條商路上跑一回，所以還沒有歸期。另一位是五爺康重堯，春末時節才攜了五娘，到天津碼頭遊歷去了。

在家的四位都到了。因為大管家老夏向他們傳老太爺的話時，說老太爺也要親自去迎客，各位是必須到的。還說，老太爺今天要穿官場的補服，頂有功名的老爺，自然也不能穿常服出來。這就把氣氛弄得有些不同尋常。

到底是誰要來呢？

老夏沒有說，老爺們也沒有問。他們只是穿戴整齊默默地出來了。

大老爺康重元，幼小時患過耳疾，沒治好，失聰了。他不是天生聾啞，失聰後仍會說話，所以給他捐個官還是可以的，但大老爺他一直搖頭不要。他耳聾以後就喜歡習《易》，研習了三四十年了，可能把什麼都看透了。今天大老爺出來，還是平常打扮，一臉的沉靜。

二爺康重先，小時身體也不成，軟差得很。康笏南就叫他跟了護院的武師練習形意拳。本來是為了叫他健身強體，不想他倒迷上了形意拳武藝，對讀書、習商都生不出興趣了。如今在太谷的武林中，二爺也是位有些名氣的拳師。給他捐官，就捐了個五品軍功。他對官家武將穿的這套行頭，覺得非常拘束，好像給廢了武功似的，一直硬僵僵地站在那裡。

四爺康重允，特別性善心慈，他就習了醫，常常給鄉人施醫送藥。他捐有一個布政司理問的虛銜，所以也穿戴了自己的官服官帽，靜靜地候在那裡。

六爺康重龍最年輕，他已是通過了院試的生員，正備考明年的鄉試。不要說德新堂了，就是整個磨頭康氏，入清以來也還沒有一位正途取得功名的人。六爺很想在明年的秋闈，先博得一個正經的舉人回來。他不知道今天又是什麼人來打擾，露出了滿臉的不高興。

除了這四位老爺，出來等著迎接客人的，還有康氏家館的塾師何開生老爺，在德新堂護院的拳師包師父，當然還有管家老夏，以及跟隨了伺候老爺們的一干家僕。老爺們都不說話，別人也不敢言聲，僕人們的走動更是輕聲靜氣，這就把氣氛弄得更異常了。

到底是誰要來呢？誰也不知道，誰也不想問，直到盛裝的康笏南出來，也和大家一樣，站在了假山後，儀門前，他們才真正起了疑問。

康笏南捐納的官銜，是花翎四品銜補用道。他今天著這樣一身官服出來，那一定是迎接官場大員。迎接官場大員，至少應該到村口遠迎的。可老太爺盛裝出來，卻也站到這裡，不動了。

大家都看來出了，老太爺今天的臉色很嚴峻，好像是生了氣。

那是生誰的氣呢？就要如此隆重地迎接官場客人了，怎麼還能這樣一臉怒氣？是生即將到來的這位官員的氣嗎？那為什麼還要請他來？這都不像是老太爺一向的做派。

一直貼身伺候康笏南的老亭搬來一把椅子，請他暫坐，他堅決不坐。

那氣氛就更可怕了。

幸好這是一個晴朗的日子，明麗的陽光照到假山上，把那一份奇峻似乎也柔化了。從假山頂懸垂下來的枝枝蔓蔓掛碧滴翠。山腳下的一池荷花，不但碩葉亭亭擠滿了，三五朵新蕾也挺拔而出。天空明淨，高遠。

在這樣美好的時光裡，到底出了什麼事？

終於有個僕人從假山前跑過來了。沒等他開口稟報，老夏急忙就問：

「來了嗎？」

「來了，來了，車馬已進村了。」

坐的是車馬，不是大轎，那會是何等大員？或許是什麼大員的微服私訪。只是，這時的康笏南依然是一臉的怒氣，而且那怒氣似乎比剛才更甚了。大家越發猜不出將要發生什麼事。

盛裝又盛怒的康笏南移動到靠近儀門的地方，垂手站定了。老夏招呼何舉人挨康笏南站過去。之後，大老爺、二爺、四爺、六爺，就依次跟過去，站定了。最後是包師父、老夏、老亭。一字排下來的這個迎賓佇列，場面不小，只是靜默得叫人害怕。

大門外，很快就傳來了車馬聲，威風的車馬聲。

車馬也停了，沒有進大門。

除了康笏南，大概所有迎賓的人這時都一齊盯住了假山：到底是誰要來呢？

先傳來了太單薄的腳步聲，不是前呼後擁，腳步雜沓，是孤孤單單的，彷彿就是一個人。連個僕人也不帶？

就是一個人，一個穿了常服的太普通的人出現在假山一側。如此隆重迎接的就是他嗎？

大家還沒有把這個太普通的來客看清，忽然就見老太爺躬了身，拱起手，用十分嘹亮的嗓音喊道：

「受花翎四品銜補用道康笏南，在此恭候邱大人大駕！」

老太爺用如此洪亮的聲音向這個太普通的來客報名，正叫大家感到驚異，就見這個邱大人忽然匍匐在地，撲下去的那一刻，就像是給誰忽然踹了一腳，又像是將一瓢水忽然潑到地上了。

老太爺依然作躬身作揖狀，依然用洪亮的嗓音說道：

「邱大人你快請起吧，不用給我跪，你排場大了，該我們給你跪！」

「老東臺，康老東臺……」伏地的邱大人已經是大汗淋漓了。

「邱大人你排場大了，出必輿，衣必錦，宴必妓，排場大了。」

「老東臺……」

「邱大人，你今天怎麼不坐你的綠呢大轎來？」

伏地的邱大人已在瑟瑟發抖，誰都能看得出來。

「你好排場，你就排場。你喜愛坐綠呢大轎，你就坐！」

「康老東臺……」

「你想嚇唬老陝那頭的州官縣官，你就嚇唬。這一路回來，老陝那頭的州官縣官有幾家把你當上鋒大員迎接來？」

「臨潼迎接沒有？」

「潼關迎接沒有？」

「到咱山西地面了，你該早報個信，我去迎接你邱大人呀！」

「老東臺，老東臺……」

康笏南甩下這一串既叫人感到疑惑，又叫人害怕的話，轉身憤然離去了。老亭緊隨著也走了。匍匐在地的這位邱大人抬頭看看，驚慌不可名狀，愣了片刻，就那樣匍匐著跪地爬行，去追康笏南了。

管家老夏忙過去說：「邱掌櫃，你不用這樣，起來走吧！」

但那邱掌櫃好像沒有聽見，依舊沿著石頭鋪設的甬道，張皇地向前爬去。

老夏回頭說了一句：「各位老爺散了吧，散了吧！」就跟了去招呼爬行的邱掌櫃。

幾位老爺真還沒有經見過這種場面，哪裡會散去？他們不知道這是演的一出什麼戲。

年輕的六爺就問：「這位邱大人，邱掌櫃，他是誰呀？」

何舉人說：「還不是你們家天成元票莊，駐西安莊口的老幫，邱泰基。」

二爺就說：「原來是咱自家駐外的一個小掌櫃，難怪叫老太爺嚇成那樣，夠恓惶可憐了。老太爺這樣嚇唬人家一個小掌櫃，還叫我們都陪上，為甚呀？」

何舉人冷笑了一聲，說：「這我可不知道了。」

又問包師父。包師父說：「我就更不知道了。」

2

這個可憐的人，正是天成元票莊西安分莊的老幫邱泰基。把駐外埠碼頭的分號經理稱作老幫，這是西幫商人的習慣。老幫，也就如南方俗稱的老闆吧。只是這位邱老幫，在他的莊口卻不是這種可憐人。他的優雅、奢華，特別是常常掩蓋不下的那幾份驕橫，是出了名的。這次他遭老東家如此奚落，就是因為他的奢華和驕橫有點出了格。

邱老幫是那種儀態雅俊，天資聰慧的人，肚裡的文墨也不差。他又極擅長交際，無論商界，還是官場，處處長袖善舞。凡他領莊的駐外分莊，獲利總在前位。他駐開封莊口時，與河南的藩臺大人幾乎換帖結拜，全省藩庫的官款往來，差不多都要經天成元過局，那獲利還能小嗎？他在上海領莊時，居然能把四川客戶一向在漢口做的生意吸引到滬上來做。近三年他在西安領莊，結利竟超過了張家口分莊。那時代的張家口，是由京師出蒙通俄的大孔道、大關口，俗稱東口。那裡也是天成元傳統上的大莊口。

只是，邱掌櫃太愛奢華了。康笏南說他「出必輿，衣必錦，宴必妓」，那一點兒也不過分。他享受奢華，也有他的理由，他能做成大生意啊，你不優雅華貴，怎麼跟官場大員、名士名流相交往？但是，就像所有西幫商號一樣，康家的天成元票莊，也有極其苛嚴的號規。駐外埠碼頭的夥友，從一般夥計，到副幫老幫，分幾個等級，每年發多少衣資，吃什麼夥食，可支多少零用的銀錢，都有嚴格的定例。做生意的交際應酬花費，雖沒有定例，那也必須有詳實的帳目交代。實在說，山西票號的夥友，那時所能享受到衣資、夥食、零用，在商界還是屬上流的，頗受別種商行的羨慕。特別是領莊的老幫們，起居飲食，車馬衣冠，那是夠講究了，出入上流社會，並不顯寒酸的。邱掌櫃他是太過分了，他的奢華，倒常叫一些官場大員自慚形穢。

西幫商號最苛嚴的一條號規就是駐外夥友無論老幫，還是小夥計，都不許攜帶家眷，也不許在外納妾娶小，更不許宿娼嫖妓。違犯者，會得到最嚴厲的懲罰，那就是開除出號。立這條號規，當然是為了給西商獲取一份正經君子的名聲，但更深的意圖，還是為了生意的安全。早已把生意做大了的西商，分號遍天下。你把幾萬、十幾萬的老本，交給幾個夥友，到千里之外開莊，他要是帶了家眷，或是在那裡有了相好的女人，那捲資逃匿的風險就始終存在。自從清廷准許山西票號解匯官款以後，為了兜攬到這種大生意，許多字號對請客戶吃花酒，也鬆動了。名分上是只拿優伶招待客戶，本號人員不得染指，可一席同宴，你又怎麼能劃得清？風流雅俊的邱老幫，當然也很諳此道，做成了不少大生意。但也因此，出入相公下處，甚至青樓柳巷，他似乎獲得了特許，有事無事，都可去春風一度。

邱老幫這樣奢華靡費，又風流出格，其他碼頭的老幫能不知道嗎？他們就常有怨言吹到總號大掌櫃孫北溟那裡。孫大掌櫃也不是不知道，只是邱泰基他是生意上的一把好手，立刻拿他執法，畢竟太可惜了，叫他改正，那又是稟性難移。大掌櫃暫時只能不斷調動他，三年換一個碼頭，不令其在一地久處。特別是，不能派他到京師、漢口、蘇州、佛山那種大莊口。

可這個邱泰基，他今年從西安莊口下班回太谷，路上又惹出了麻煩。

因他領莊的這一屆帳期獲利又豐，正春風得意，出了西安，就僱了一頂四人抬的綠呢大轎，堂皇坐了，大做衣錦還鄉的文章。轎前頭，還有人騎了引馬開道，儼然是過官差的排場。那時代，官民之間貴賤分明，就是在官場，什麼樣的官，坐什麼樣的轎，有極嚴格的規定，稍有僭越，便是犯上的大罪。四人抬綠呢大轎，那是三品以上文職大員才配坐的官輿。他一個民間商賈，坐了招搖過市，這不是做狗膽包天的事嗎！

過陝西，進山西，一路州縣，一路驛站，也不知道他是怎麼應對過去的，一直沒有出事。過了平陽、霍州，又越過韓侯嶺，已經進入太汾地面，眼看快到家了，卻出了麻煩。原來在翻越韓侯嶺前，邱老幫在仁義鎮的驛站打了個茶尖，也就是吃了些點心，歇了歇腳。這個小驛站的驛丞，是個獲職不久的新手，他看邱老幫的排場和本人的儀態，相信是官場大員。除了殷勤招待，還趕緊派人飛馬往前站的靈石縣衙通報：有上峰大員微服過境。

靈石的知縣老爺得報以後，慌忙做了十分巴結的準備，又備了儀仗，率領一班隨員出城去迎候。辛辛苦苦等候來的，卻是我們這位邱老幫，又不相識，你說知縣老爺還不氣歪了鼻子！雖說晉省商風熾烈，但在官面上，士、農、工、商，還是鐵一樣的尊卑秩序，不管你天成元，還是地成方，商賈就是居於末位的商賈。出動官衙儀仗來迎接一個民間商賈，那是大失體統的事。

盛怒的知縣老爺，當下就把邱老幫拿下了。

消息傳到太谷天成元總號，大掌櫃孫北溟倒先在心裡笑了：這一下，有辦法治你邱泰基了。

靈石是個離太谷不遠的小縣，天成元票莊在那裡沒有設莊。不過，康家的天義隆綢緞莊，在靈石有莊口。孫北溟就親筆給靈石的知縣寫了一封道歉的信，滿紙是十分的謙卑，十分的惶恐。又寫了一張天成元的銀票，作為孝敬知縣大老爺的端午節敬，並註明可以隨時到天成元或天義隆的任何莊口支取。然後，叫天義隆的大掌櫃，火急派人送往靈石莊口，令那裡的老幫趕緊往縣衙活動。不幾日，靈石傳回話來，知縣大老爺不給孫大掌櫃面子，節敬也不收，說是要將邱泰基解送汾州府。

看來，這位知縣老爺是真生氣了。解送到汾州府倒也不大要緊，天成元與汾州官場很熟，更好說話。只是這樣一來，邱泰基弄下的這點狗屎事，就要張揚出去了，對天成元的名聲不好。

孫北溟正要另行謀劃，盡快洗刷了這點狗屎，康莊德新堂就傳來了康笏南的話：

「孫大掌櫃你辛苦一趟，趕緊去靈石，把我這封信面呈人家縣太爺。你要是忙，櫃上走不開，那我就去一趟。」

這話很清楚，老東臺是要他務必親自走一趟。弄得這樣隆重，是要面呈一封什麼信呢？信也沒有封口，孫北溟抽出來看了看，除了客套，就是一句話：「務請秉公行事，嚴懲邱某，彼係混帳東西，早該嚴懲了。」

老東臺這句話裡，好像有對他的不滿吧？早該嚴懲，那還不是說他孫某人對這個邱混帳，縱容太久了！

孫北溟大掌櫃不敢猶豫，趕緊動身奔靈石去了。

快到靈石的時候，他才忽然明白，這一去，將康老東臺的信呈上後，知縣就會放人。信是康老太爺親筆，又由他這大掌櫃親自遠道來送，也沒有求情，是促你嚴懲，面子給足了，理也占住了，人家更有臺階可下。他當初的處置，是太草率了，太沒有把這個知縣放在眼裡，先放了一張銀票在那裡，人家怎麼好踩了下臺？

果然，信遞上去，就把人放了，知縣老爺說：「想怎麼嚴懲，你們自己嚴懲吧。康老前輩的賢達，我是知道的。」

「大老爺的仁慈，我們也不會忘。」

離開靈石前，他交代天義隆在這裡領莊的老幫，等遇個節日，再把那張銀票給縣老爺送去。

邱泰基見孫大掌櫃親自來解救自己，還以為是一種格外的看重。所以，也沒有幾分愧色，只是說要銘記大掌櫃的知遇之恩。

孫北溟趕緊正色說：「邱掌櫃你快不敢這樣說，我來靈石，是奉了康老太爺之命！要謝，你去謝老東臺，不敢謝我！」

聽了這話，邱泰基更有了幾分得意，說：「我當然得向老東臺謝罪。這個縣官，也是太沒有見過世面了。」

孫北溟冷冷哼了一聲，心裡說，邱泰基，邱泰基，看你精明，原來也只是點小精明，到現在了，還什麼也看出來。回太谷的一路，再沒有和那邱混帳說話。孫北溟一路只在想，到底該怎樣嚴懲這個混帳東西。

回到太谷，邱泰基本來想休歇幾天，再去向康老太爺謝罪。沒有想到，他到家的第二天，德新堂就派人來請他了：

「邱掌櫃要是能走開，就請在初九辛苦一趟，康老太爺想見見。初九走不開，邱掌櫃你定個日子。這是康老太爺的原話。」

那就初九吧。邱泰基他再張狂，也不敢給老東家定日子。

西幫商號一般都有種忌諱，那就是總號大掌櫃以下，從協理即俗稱二掌櫃的，到各地老幫、普通夥友，都不宜隨便去見財東。在晉省商界，字號的總經理、大掌櫃這類人物，也被稱為：領東。因為財東是把生意字號交給了大掌櫃一人，由他全權經營料理，東家不干涉具體號事。下面的人到財東那裡說三道四，算怎麼一回事？不過，康笏南有個喜好，愛聽各地碼頭的新聞逸事。所以有駐外埠的僱員下班回來，他就挑選一兩位，請來閒坐，不涉號事，一味海闊天空地神聊。請來的，有老幫，也有一般夥友。能被老東家邀請去閒聊，無論是誰，那自然也是種榮耀。邱泰基一向就是常被老東臺請去聊天的老幫，這回出了如此的稀鬆事，老東家不僅親手搭救，而且依舊請他去聊天，可見對他的器重不同一般。

誰不喜歡能賺錢的人呢！

可憐的邱泰基，就是帶著這樣一份心情，悠悠然來到康莊。他哪裡能料想到，等待著他的竟會是那樣一種場面！

他幾乎給嚇暈過去。

康老東臺憤然離去後，他那樣一路跪地爬行，追來追去，老東臺依然是拒絕見他。他就伏在老太爺居住的老院門外，整整一天，長跪不起。他常年享慣了福，哪經得起這番長跪？人都跪得有些脫了形，也沒有把老東家感化了。

到中午時候，康老夫人派人給送來一個跪墊。他早聽說了，老夫人又年輕又開明，沒有想到竟也這樣仁慈。

但他哪敢往那墊上跪！

管家老夏也仁義，幾次來勸他，邱掌櫃先起吧，先回吧，過些時再說吧。還差人給他送水送飯，勸他吃喝幾口。

他哪裡能吃喝得下！

眼看日頭西下了，邱泰基才絕望了。他朝老院的大門磕了三頭，才艱難爬起，搖搖晃晃，離開了德新堂。

來時僱的馬車，早沒有了影蹤。老夏要派東家的馬車送他，他哪裡敢坐！康老太爺說他「出必輿」，他不坐車了，不坐車了，從此再不坐車了。他搖搖晃晃出了康莊，跌跌撞撞向縣城走去。老夏怕出事，派了一個下人，在後面暗暗跟了他。

正是五月，天已經很長了，從夕陽西下，到夜幕垂落，中間還有一個長長的黃昏。康莊距縣城，也只十數里路。但邱泰基搖晃到南關時，夜色已重。他沒有進城，也沒有僱車回家。他家還在城北的水秀村。他就在南關尋了一家小客棧，住下了。

住下，又哪裡能睡得著！

他越回想今天發生的事，就越覺得害怕：很可能他已經不是天成元的人了。從十四歲進康家天成元，到今年三十四歲，二十年都放在這家字號了。就這樣，全完了？

3

次日一早，邱泰基惶惶然趕到總號。

孫北溟大掌櫃倒是立刻見了他。忽然之間，見他整個兒都脫了形，原來那樣一個俊雅倜儻的人，竟變成了這樣，孫大掌櫃也有些驚訝。

邱泰基撲通一聲就跪下不起。

「邱掌櫃，快起來，快起來，有什麼，先說，是不是見老東臺了？」

邱掌櫃已經淚流滿面。

「還用得著這樣，邱掌櫃，起來，起來，有什麼話，先說說，老東臺說了你些甚？」

半天，邱泰基才把康老太爺奚落他的那個場面說了出來。

孫大掌櫃聽了，沉默不語。

「大掌櫃，你看老東臺這是什麼意思？我不能吃天成元這碗飯了？」

「大掌櫃，只有你能救我了，只有你了！」

孫北溟一臉嚴峻，仍不說話。

「大掌櫃，我知道我不成器，我知道我叫你為難了，看在我效力天成元二十年的分上，大掌櫃，在下只求你告我，我還有救沒救？」

孫北溟長嘆了一口氣，說，「邱掌櫃，邱掌櫃，我一向是把你看成聰明過人，有才學，有襟懷的人，怎麼你肚裡就裝不下那一點小功勞，那一點小盈利，那一點小局面！你才贏幾個小錢，就要坐綠呢大轎！人家陳亦卿老幫在漢口張羅的，那是一種甚局面？戴膺老幫在京師張羅的，那又是一種甚局面？我在老號張羅的，是甚局面？你坐綠呢大轎，那我們該坐什麼？你進天成元二十年，我今天才知道，你並沒有學到天成元的真本事，未得我天成元真髓！」

「大掌櫃，這一回，我才知道我不成器，有汙東家名分，更空負了大掌櫃你的厚望。」

「你起來吧，起來說話。」

邱泰基仍執意跪了，不肯起來。

孫北溟厲聲喝了一聲：「起來！你怎麼成了這樣！」

邱泰基這才站了起來。

「坐下。」

邱掌櫃畏縮著，不敢坐。

「坐下！」

他雖坐了，仍一副畏縮狀。

在邱泰基的印象裡，孫北溟大掌櫃什麼時候都是那樣一種優雅恬靜，不溫不火，舉重若輕的樣子，像今天這樣嚴厲形於色，他還是首次經見。他能不畏懼緊張嗎？但大掌櫃肯見他，還肯叫他坐了說話，又喚起了他的一點希望。

「叫我看，你是染了當今官場太多的惡習！你擅長和官場交往，那是你的本事。可你這本事，要圖什麼？是圖兜攬生意吧，不是圖官場那一份風光吧？官場那一份風光，又有甚！你這麼一個票號的小掌櫃，不就把它兜攬過來了？河南那個藩臺大人，要不是我攔擋，你早和人家換帖結拜了。他是朝廷命官，一方大員，你是誰，他為何肯與你結拜？向來宦海風浪莫測，這位藩臺大人明日高升了，你榮耀，我們字號也沾光；他明日要是給革職抄家呢，你這位結拜兄弟受不受拖累？我們字號受不受拖累？你聰明過人，就是不往這些關節處想！說你未得我天成元真髓，你不會心服。」

「大掌櫃，我都這樣了，哪還敢再空疏張狂！」

「邱掌櫃，你要命的關節，不是空疏，是不懂一個『藏』字。」

「『藏』字？」

「實在說，無論官場，無論商界，這個『藏』字，都是一個大關節處。官場一般要藏的，是拙，是愚，是奸，是貪，因為官場平庸之輩、奸佞之流太多。他們這班人，內裡稀鬆，才愛面兒上張揚、顯露。倒是官中那些賢良英傑，常常得收斂不彰，藏才，藏智，藏賢，藏鋒。你一個商賈，學著那班庸官，張揚個甚！我西幫能把生意做到如此局面，生意遍天下，商號遍天下，理天下之財，取天下之利，就是參透了這個『藏』字。藏智，藏巧，藏富，藏勢，藏我們的大手段、大器局。都說財大氣粗，我西幫聚得天下之財，不講一個『藏』字，那氣勢還了得！不光會嚇跑天下人，招妒於天下人，恐怕朝廷也不會見容於我們。」

「大掌櫃，我是太淺薄了。」

「你是犯了我西幫的大忌，我西幫最忌一個『露』字，最忌與官家爭勢。世人都說，徽商奢，晉商儉。我晉商能成就如此局面，豈止是一個『儉』字。儉者，藏也。票號這種銀錢生意，生利之豐，聚財之快，天下人人都能看見，人人都想仿效，卻始終為我西幫所獨攬獨占，為甚？唯我善藏也。咸同年間，杭州那個胡雪巖，交結官場，張羅生意，那才具，那手段，那一份圓通練達，還有那一份風流，恐怕都在你邱掌櫃之上吧？」

「大掌櫃，不要再譏笑我。」

「他胡雪巖自視甚高啊，居然也仿照了我西幫票號的體制，開了一家阜康票號，還以南幫票號稱之，好像要抗衡我西幫。他哪有什麼幫，就他一家阜康而已。那阜康還沒有弄出什麼局面，他胡雪巖倒先弄了一個官場的紅頂子戴了，接了一件朝廷的黃馬褂穿了，唯恐天下人不知他胡雪巖手段好、場面大，他那阜康不倒還等什麼！邱掌櫃，光緒六年（1880）阜康倒時，你在哪兒？」

「我進天成元剛一年吧。不過，我也聽說了，阜康倒時，市面震動，拖累了不少商號。」

「豈止是拖累了別人，對我西幫票號的名聲也大有傷害。朝廷一時都下了詔令，不許民間票號再匯兌官款。胡雪巖他也愛奢華，愛女色。邱掌櫃，我看你是想師承胡雪巖吧？」

邱泰基聽了這句話，又撲通跪下了。

「大掌櫃，聽了你的這番教誨，往後我怎麼還能那樣！」

「邱掌櫃，咱先不說往後。往後你在不在天成元吃飯，我真給你說不好。我給康家德新堂領東也幾十年了，像老東臺這樣的舉動，我只經見過極少的幾次。」

「大掌櫃，老東臺那是什麼意思，盛怒已極，恩情已斷，對嗎？」

「邱掌櫃，我真給你說不好。不過，我今天也算仁至義盡了吧。你要願意聽我的，參懂那一個『藏』字，今後你無論在哪吃飯，都會受用不盡的。」

「大掌櫃，除了天成元，我再無立身之地呀！」

「咱不說往後。邱掌櫃你回家歇你的假。這三年，你在西安領莊還是大有功勞。下班回來，這半年的例假，我還叫你歇夠。你就先回水秀，歇你的假吧。」

邱泰基還想說話，孫大掌櫃已以決絕的口氣吩咐送客。

4

雖然是僱車回到了水秀，但邱泰基那一副脫形失神的樣子還是把夫人姚氏嚇壞了。

「天爺，你是怎了，成了這樣？遭劫了？」

西幫商號駐外人員的班期都是三年。三年期間，除了許可回來奔父母大喪，那就再沒有告假回鄉的例外了。即使像邱泰基這樣能幹的老幫，外出上班，一走也是三年。熬夠了這三年，才可回家歇假半年。姚夫人終於又苦熬過這一班三年，把男人盼回來了，卻發現大有異常。

先是捎來信說，趕在四月底，總要到家。今年，總要在家過端午。可四月完了，端午也過了，一直等到初七，才等回來。晚七天，就晚七天，誤了端午，就誤了吧，人平安回來，什麼也不在乎了。

男人回來，那才要過三年中最大的節日！

她嫁給邱泰基已經十六年，可這只是第五次把他等回來，也只是第五回過一個女人的大節日。她對自己的男人是滿意的，一萬分的滿意。他生得俊美，又是那樣精明，更會溫暖女人，叫你對他依戀無盡！十六年來，這個男人還給家中帶回了越來越多的財富。現在由她長年撐著的這個邱家，在水秀也算是大戶了。一個女人，妳還想要什麼樣的男人！只是，嫁他十六年了，和他在一起的時日，也就是他那五個假期，五個半年。就是這金貴無比的半年，還要扣除路途來去的旅期。他去的地方，總是遙遠的碼頭，關山無限，風雨無限，他把多少金貴的日子，就那樣撂在漫漫旅途了。那五個半年，就是一天不少加起來，也只是兩年半，僅僅是兩年半。十六年了，她和自己的男人只做了兩年半夫妻！餘下的十三年半，就只是對男人的思念、回憶、祈禱、企盼，綿綿無盡，悽苦無比，那是比十個十六年還要漫長。

一個三年比一個三年變得更漫長了。

他終於回來，又忽然離去，這個男人一次比一次變得不真實了。他彷彿從來就不是她的男人，只是她的一種想像，一種夢境。在真實的長夜裡，永遠都是她孤苦一人，獨對殘月，獨守寒床。

「商人重利輕別離，前月浮梁買茶去。」她多少次想對他說，不要走了，不要再去賺什麼銀錢了，我們就廝守著過貧賤的日子吧。又有多少次，她想衝出空房，頂了殘月，聽著狗叫，踏上尋夫的旅程。你駐的碼頭就是在天涯海角，就是有九九八十一難，也要尋到你！

但男人終於又回來了，第五次又回來了，那就什麼也不說了，什麼也不重要了。就真是一場夢吧，也要先緊緊抓住這場夢。

還是那個俊美、精明，會溫暖女人的男人。男人，男人，你路途上怎就多走了七天？你多走了七天，我們就又要少做七天的夫妻。你沒有生病吧？但你一定勞累了，你也太辛苦了，辛苦了三年。男人，你太辛苦了，我來溫暖你吧，我已經成了一團烈火，你再不回來，我就把自己燒乾了。男人，男人，我來溫暖你，我來溫暖你，你也是一團烈火吧？

他也是一團烈火。可他似乎有些心不在焉。

又等了你三年，這歸來伊始，春夜初度，你就心不在焉？

邱泰基在外的風流事，姚夫人已經聽到過一些傳言了。那是嫉妒邱泰基的幾個駐外老幫故意散布給她聽的。她不想輕信：他要真有這事，字號為什麼不管他？但在悽苦的長夜，她就相信了，相信他一定是那樣了。她哭泣，憤恨，叫長夜有了波瀾。白天，她又不再相信。到後來，她也想開了，男人就是真有那種事，那就有吧。男人也有他的悽苦。現在，男人已經按時回來了，他心不在焉，就心不在焉吧。他心不在焉，是做賊心虛，心覺有愧吧。

沒良心的，我就裝著不知道。

姚夫人已經把男人的異常寬容了。

第二天，男人被老東家請去，這本也有先例。只是，這一去就是徹夜不歸。姚夫人估計，男人不是在康家就是在老號，喝酒喝多了，宿在了城裡。給老東家請去，還能出什麼事！

但在那一夜，她始終沒有放下心來，一直諦聽著，希望有男人晚歸的動靜。什麼也聽不到，依然是空寂的長夜。他好像根本就沒有從西安回來，昨夜相擁到的溫暖，依然是她的一個夢吧。輾轉難眠中，姚夫人也把男人的心不在焉、這樣火急被老東家叫走、叫去又竟夜不歸連繫起來疑心過。但她想像不出男人會出什麼事。

老東家和大掌櫃真會因為他在外有花柳事就把他攆出字號？攆出字號，那就在家相守了做貧賤夫妻。姚夫人怎麼也想不到，只一天工夫，男人會這樣脫形失神，像整個換了一個人！

「你是遭劫了，還是叫綁票了？」

男人神情恍惚，什麼也不說。

姚夫人驚駭不已，死命追問了半天，邱泰基才說：「什麼事也沒有，酒席上喝多了，夜晚沒有尋回家，在野地裡醉倒了。什麼事也沒有。」

只是醉酒，不會這樣。姚夫人知道一定出了什麼事，她不是糊塗的女人，男人這種樣子分明是把魂靈丟了。

到底出了什麼事，誰把他的魂靈攝去了？她死活問不出來。

邱泰基很難把數日來發生的一切告訴自己的女人。正如日中天的時候，只幾天工夫，就跌入絕境，他怎麼能說出口？

對於西幫商人來說，已經做到駐外老幫這種位置，一旦被總號辭退，或者被東家拋棄，他的前程也就幾乎斷送了。像邱泰基這樣的商界人才，生意高手，他被康家的天成元票莊辭退，肯定會有其他的大票莊聘用的。但無論他另就誰家高枝，也永遠是外來戶，永遠被視為「庶出」。西幫商號的從業者，從一般的夥友，到那些身當重任的領莊高手，幾乎都是「親生」的。都是從十四五歲入號學徒，一步一步磨，一步一步熬，練就才幹，露出頭角，建功立業，當然更鑄就了對商號的忠誠。那是深深烙下了某一商號特殊徽記的人生過程，很難過戶到新的字號。邱泰基這樣能幹，但他熬到駐外老幫也用去了十年。十年用年輕生命所做的鋪陳，做十年老幫所建立的功業都是很難過戶的。

尤其是晉商所獨有的「身股」制，把邱泰基在天成元的二十年，已經作價入股，每個帳期結帳，都能分得十分可觀的紅利。可他一出號，自己的身股也便化為烏有。他大半生的努力、大半生的價值都要一筆勾銷了。

「身股」，又稱「勞股」、「人力股」，它與「財股」或「銀股」相區別。那時代的西幫商號，差不多都是實行這種由「財股」與「身股」組成的股份制度。「財股」，就是東家投資於商號的資本金，「身股」則是商號的從業者，包括總經理、大掌櫃，直到一般夥友，他們以自己的勞績、功績入股。「身股」與「財股」同等，分紅利時，一份身股與一份財股，所得是一樣的；而且，「身股」分盈不分虧，不像「財股」，虧盈都得管。但是，財股可以抽走，身股卻無法帶走。你一旦離號，身股也就沒有了。

天成元票莊，有康家的財股二十六份，德新堂占了二十一份，康家其他族人占有五份。它另有身股十七份，為號內數百多員工所分別享有。身股最高的，當然是大掌櫃孫北溟，他擁有一份。總號的帳房、協理，京師、漢口那種大碼頭的老幫，他們的身股一般有七八厘，即一份股的十之七八。普通夥友，要在號內熬夠十年，又無大的過失，才有希望享到身股，而這種由勞績換到的身股都很低微，不過半厘一厘而已。要再加股，全靠功績。

西幫商家都以四年為一個帳期，也就是四年才結一次總帳，分一次紅，論一次功。所以你即使總能建功，那也是四年才加一次股。每次加股的幅度，也僅一厘半厘。邱泰基算是最善建功的好手了，積二十年之勞績、功績，他也只享有五厘身股。

但這五厘身股，也夠了得！

天成元票莊一向經營甚佳，四年一個帳期下來，一份股的紅利常在一萬兩銀子上下。五厘身股，那就能分到五六千兩銀子的，一年均到一千數百兩。而邱泰基一年的辛金，也不過二十兩銀子。辛金，即今之薪水吧。西幫將之稱做「辛金」，以辛苦之「辛」當頭，也是與「身股」制有關。票號中辛金都不高，只是一點辛苦錢而已。初駐外的夥友，雖能以掌櫃稱之，一年的辛金也不過幾兩銀子。要想多得，就要建立功績，獲取「身股」。邱家能在水秀成為大戶，全靠他這不斷增加的身股。他在號內號外，商界官場，江湖故里，能成為有頭有臉的人物，也全靠頂著這幾厘身股。

擁有身股，在晉省被俗稱為「頂了生意」。一個山西商人，在字號「頂了生意」，無論多少，那也如儒生科考中舉，跳過龍門，頂了功名一樣。

邱泰基在天成元頂到的功名已經彷彿一方大員。一旦革職，那將永不敘用。另事新主，辛金可能會不菲，但功名不會給你。要得到新的身股，即使從頭開始去熬，恐怕也難以如願了。

何況孫大掌櫃說，他犯了西幫商家大忌，他是胡雪巖做派，誰家還敢再重用他？

早過而立之年，卻要去重做一個無功名、吃乾薪的普通夥友，他還有何顏面立於同儕中！半生功名，就這樣毀於一旦，號內號外那些一向嫉妒於他的同仁，將會何等快意！還有官場那些大大小小的知交摯交，他們又會怎樣恥笑他！

邱泰基是個很自負的人，他無論如何接受不了這種突變。中斷了他在商海裡建功立業，博取功名的程序，那實在就是攝走了他的魂靈。何況這繫於魂靈的人生程序，又是那樣羞恥地被中斷了。

在失去了魂靈的灰暗日子裡，邱泰基沒有憂鬱多久，就想到了死。

只是這死，也不是很容易。

用他二十年博取回來的財富，已經把自家的宅院建設得堂皇一片，房舍多多了。可他很難尋到僻靜的一隅，可以從容去死。在這偌大的家宅裡，僱用了太多的僕人！她們無處不在，彷彿專門在看守著他。這也是他太愛浮華的報應。夫人本不想要這許多僕傭，她說，光是調教這許多下人，就要勞累死人了，真不知誰伺候了誰。可他堅持大戶要有大戶的排場。現在好了，你想死也難得其所。

尤其是夫人，對他看守更嚴，簡直是時刻不離左右。每一次久別遠歸，她雖也是這樣，依戀在側，不肯稍去，但都不像這回，看守之嚴，簡直密不透風。她多半已經看出了一切，看出了他要死。

夫人，我不是太絕情，是太對不住你。我被逐出天成元，再去別家字號做一個吃乾薪的老跑街，你怎麼在水秀做人？我苟且在外，由你在家遣散下人，變賣家產，那不是對你的大辱嗎？你就放了我吧。

可夫人怎麼會放他！

在這樣失魂落魄的情境中，邱泰基一向的精明似乎也全丟失了，他居然不能尋得一死。

十天後，天忽然大熱，邱泰基染了下痢，不斷往茅廁跑。因跑得太頻繁，看守他的下人才麻痺了。每當他如廁，總跟著個小僕，名為伺候他，實是看守他。昨天，他對小僕說：「你可搬個板凳來，放在廁外。我肚裡要來得太頻，就在廁外坐坐，不往回跑了。我入廁時，你在外也可坐了板凳，稍為歇歇。你也跑累了。」

小僕果然搬了板凳來。

板凳放了一天，夫人居然也沒有疑心。

今天午時前，他如過一次廁，對小僕說：「我覺肚裡好些了，午晌要睡睡，你也乘機歇歇吧。」

炎熱的晌午終於叫所有的人都睡倒了，包括他的夫人。邱泰基終於等到了死的機會。他悄然來到茅廁間，踩了那個板凳，費了不少勁，才將自己的腰帶繫到梁上。

然後，就毅然懸掛了自己。

在懸掛的那一刻，他只是覺得自己得意一生，享用了那樣多人間奢華，最後卻不得不在這樣一處骯髒不淨的地方作為了結，稍有遺憾。

可惜，他剛剛完成了懸掛，就聽了夫人呼天搶地的喊叫。

過了午時，姚夫人在落入困頓前習慣地伸手過去，什麼也沒有摸到。可她的手就停在空處，不動了。她已經太睏乏，夜夜都要不斷把手伸過去，摸摸男人在不在，不敢鬆心一刻。但此刻，她沒有摸到男人，卻一時沒有反應。好像已經睡過去，越睡越深了，忽然就一激靈，坐了起來。

她發現男人不在，又看見屋裡的女僕正坐著打盹。她慌忙就跑出去了，一路都是死一樣的寂靜。跑到茅廁，外面並沒有守著下人。

她衝了進去，挨千刀的，終於出了她最怕出的事！

姚夫人呼天搶地地失聲喊叫起來，卻沒有驚慌得亂了方寸。她扶起板凳，跳躍而上，一把抱住男人的小腿，就像舉起整個世界一樣，用了神來之力，那麼成功地把男人舉了起來，摘了下來。只是在男人的全部重量都壓到她的柔軟之身時，她才同男人一起，從那個死亡之凳上跌落下來。

聞訊趕來的僕傭們幫著她，又掐人中又呼叫，終於叫男人出氣了。

男人，男人，這是為什麼？你到底為什麼要這樣？

沒有死去的邱泰基，更像是個完全丟失了魂靈的人。他什麼都不肯說，什麼也不想說了。

姚夫人也更顯現了她的勇敢和剛烈。她把男人捆綁起來，派人看守，自己僱了輛馬車，風風火火進了城。

在那個時代，婦道女流是不宜出頭露面的，出入天成元那樣的大商號，即便是本號的家眷也幾乎不可能。但姚夫人並沒有央求族中男人代她去探問真情，而是自己出面了。她能進入字號嗎？

她來到天成元票莊的後門，披了一件帶來的孝袍，就當街跪了。

字號的茶房立即就報告了孫大掌櫃。

孫北溟問明是邱泰基的夫人，竟也立刻召見了她。

聽了姚夫人的哭訴和詢問，孫北溟對她說：「夫人，我看你倒有些咱天成元的做派，你就再把你家掌櫃捆幾天，行不行？」

姚夫人還能說不行？她說：「只要能救他，怎麼都行！」

孫北溟說：「要救他，還得去搬老東家。」

5

孫北溟打發走姚夫人，就僱了一頂小轎，往康莊去了。

他真是沒有想到，邱泰基居然選了這一條路走。平素那樣一個精明機靈的人，怎麼就看不出來？天成元要是想把你開除出號，我孫某那天還給你說那許多肺腑之言做甚！客套幾句，誇獎幾句，寬慰幾句，不就是了。往後，你是「藏」，還是「露」，是做胡雪巖第二，還是做一個西幫俊傑，我孫某人也不必操那種閒心了。康老東臺要是恩情斷絕，他一個七十歲的老漢了，哪還會有那一份好興致，披掛官服，興師動眾，給你演那一場戲！

實在說，孫北溟是有些偏愛邱泰基。他做下這種狗屎事，即使老東家真不想要他了，孫北溟也會設法說情，千方百計將他留在天成元的。何況在用人上，康老東臺從不強求字號。但既做下了這種狗屎事，不受制，也不成。孫北溟只是想叫邱泰基熬煎半年，然後降一二厘身股，派往邊遠苦焦的莊口，再歷練幾年。可現在，這混帳東西把事情弄成了這樣，張揚出去，豈不是天成元逼死了自己的老幫！早知會這樣，還不如不往回救，由官府處置就是了。

多虧有那樣一個勇敢剛毅的女人，這東西沒有死成。

邱泰基居然選擇了死，這的確叫孫北溟大失所望。一個可造就的西幫商人，他不僅在外面要懂得一個「藏」字，內裡更要有似姚夫人那樣一份剛毅，置於絕境，不但不死，還要出智出勇。你內裡狗孫，還有什麼可藏！邱掌櫃，真沒有想到你這樣狗孫。我們天成元就是把你開除了，你就沒有路走了？你要能賭一口氣，三十多歲從頭做起，去拉駱駝，走口外，那你才有望成為西幫俊傑！在邱泰基身上，孫北溟已經不想再做什麼文章了。及早將字號的處罰，對他說出就是了。邱掌櫃，你也不必死了，不必讓你有智有勇的女人看守你，捆綁你了。我們不會開除你，但要減你的二厘身股，等歇夠你的假，就在肅州、庫倫、科布多挑一個莊口，上班去吧。

孫北溟去康莊，是要向康笏南說一聲，畢竟是幾乎出了人命。康東臺那出戲，演得重了，邱某人不是那種可負巨重的人才。對他不必抱厚望，也不必太重責。他的女人，倒比他強。當然，他還另有大事，要和東家商量。

出南門，過永濟橋，穿過南關，就沿了那條溪水，一直南去。野外田園一片青綠，風也清爽許多。孫北溟的心情，也輕鬆起來。

他好久都沒有出城來一享悠閒寧靜了。春天，就想上一趟鳳凰山，往龍泉寺進香，一直就沒有去成。京號的戴老幫也幾次來信，說今日京師早已不似往日京師，風氣日新月異，老號怎麼忙，也該來京巡遊一次。上海更應去，去了上海，才能知道外間世界，今天已成什麼樣。

票莊生意，全在外間世界。他雖已老邁吧，出去走走，還累不倒的。但出遊一趟眼前的鳳凰山，尚且難得成行，遠路風塵的去巡遊京滬，豈是那麼容易。櫃上那些商務，說起來吧，那是要時刻決策於千百里之外，動輒排程萬千兩銀錢，可對他孫北溟來說，這是做了一輩子的營生了，好張羅的。叫他最頭痛的，還是近年的時務。

時務不大好掌握了。去年京師的維新變法，風雨滿天，光是那一條要開設官錢局的詔令，就叫西幫票商心驚，那要削去他們多少利源！剛說要各地莊口收縮生意，預防不測，變法又給廢了。不變法，時局就安靜了嗎？誰也看不清。朝局動盪，致使去年生意大減。今年初開市，正要振作了張羅生意，朝廷忽然發了一道上諭：不許各省將上繳京餉交票號匯兌。解匯京餉官銀，已成票家大宗生意，朝廷禁匯，豈不是要西幫的命嗎？但上諭誰敢違，你也只得收縮靜觀。

再者，近年山東直隸又是教案不斷，拳民蜂起，動不動就是攻州掠縣，不知是什麼徵兆。晉中民間練拳習武的風氣也一向濃厚，此間會不會效法山東直隸？晉省多喜愛練形意拳，而風行於山東直隸的，聽說是八卦拳，又叫義和拳，好像不是同宗。

遠處，鳳凰山頂那座古塔已依稀可見。可微風中好像漸漸多了灼熱的氣息。去年天雨就不多，一冬一春又一點雨雪都未見。這平川的莊稼還算捉住了苗，可大旱之像已日重一日。時局晦暗不明，天象又這樣不吉利，今年生意真還不知做成什麼樣子。世事艱難，生意艱難，他是越來越力不能勝。教導邱泰基時，他雖也推崇絕處出智勇，可自家畢竟老邁了。要是有邱泰基那樣的年齡，他還會怕什麼？

孫北溟閉了眼，那個近年來揮之不去的念頭，又跳了出來：什麼時候能告老回鄉？他是早想告老引退，回家課孫，過一段清閒的晚年。只是，康笏南不肯答應，總說：「等我幾年，我也老了，要引退，咱倆一道引退。」

可他哪能等得了康老東家！康笏南七十歲了，身邊還守著那樣一位年輕的老夫人，竟不顯一點老態。真像鄉間市裡所說：康家的這位老太爺，只怕是成精了。

見到康笏南時，他正在自己的小書房把玩一片元人碑拓。

康笏南的小書房，在老院中一處單獨的小庭院。那裡存放著他喜愛的古籍、字畫、金石碑帖。康笏南嗜金石如命，除了像孫北溟這樣的人物，他是不會在這裡會見客人的。

見康笏南又那樣沉迷於碑帖間，孫北溟就說：「你自家過神仙一樣的日子，卻哄著我，叫我等你。越等，你越年輕，我越老。等你放了我，我只怕是有福也享不動了。」

康笏南沒有抬頭，只說：「孫大掌櫃，你也想巴結我，說我越活越年輕？我年輕個甚！年過古稀了，還能不老。你要說享福，那不在年少年老。不是有幾句話嗎？人生世間，如白駒之過隙，而風雨憂愁，輒三之二，其間得閒者，才十之一耳。況知之能享者，又百之一二。於百一之中，又多以聲色為樂，不知吾輩自有樂地。悅目初不在色，盈耳初不在聲。明窗淨几，焚香其中，佳客玉立相映，取古人妙跡圖畫，以觀鳥篆蝸書，奇峰遠水，摩挲鐘鼎，親見商周。端硯湧巖泉，焦桐鳴佩玉，不知身居塵世。所謂受用清福，孰有逾此者乎！這幾句話，對我的心思。」

孫北溟說，「這種清福，那是專門留給你享的。我在櫃上，正摩挲鐘鼎呢，忽然遞來濟南莊口的一份電報，說高唐拳民起事，燒了德人教堂，你說我還摩挲個甚！」

康笏南笑了，丟下碑帖，和孫北溟一起落了座。

「摩挲鐘鼎，親見商周，這『親見商周』，說得太好。」康笏南的興致，顯然仍在那片碑帖間。「你翻檢古帖古印，要尋的，還不是這『親見』兩字！於方寸之間，親見書家衣冠，親聽篆家言談，何其快意！」

孫北溟說：「這樣的快意，也不知什麼時候肯叫我受用。老東臺，我真是老邁了，給你領料不動天成元了。我也不想親見周商，只想趁還能走幾步路，再出外看看。京滬老幫總給我吵吵，說外間世界已變得如何如何，攛掇我出外開開眼界。我豈不想出外遊玩，就是你不給我卸了這副籠套！」

康笏南就說：「孫大掌櫃，你要外出遊玩，得把我帶上，千萬得把我帶上。你不會嫌我累贅吧？我能吃能睡，能坐車馬，拖累不了你。」

「老東臺你要允許我告老，我就和你結伴出遊天下。」

「你卸了任，各碼頭那些老幫們，誰還肯招呼你？」

「不招呼我，敢不招呼你老人家？」

「孫大掌櫃，我不是說笑話，什麼時候，你真帶我出遊一趟，趁我們還能走得動。自光緒二十一年去了一趟京師，就再沒有出過遠門了。那次，京號的戴掌櫃很可惡，只允許我彎到天津，說成甚也不叫我去蘇州上海，就怕把我熱死。這回，我們不路過京師了，直下江南！」

「那還不容易，只要不花我們字號的錢。」

「我有錢，我不花你們的錢。我也不穿補服，不用你們給我僱綠呢大轎。那個喜愛綠呢大轎的邱掌櫃，你們沒開除出號吧？」

「我正要說呢，這個邱泰基，還沒等顧上開除他，他倒先在自家茅廁掛了白菜幫！」

康笏南聽了，顯出一種意外的興奮，好像有幾分驚喜似的：「邱掌櫃他上吊了？真還沒有想到他這樣知恥，這樣剛烈。」

孫北溟不以為然地說：「什麼剛烈，都是給你老人家嚇的。一個小掌櫃，他哪見過你治他的那種場面！」

「我也不是要他死，只是要他知恥。如今，我們西幫的奢華風氣是日甚一日了。財東門只會坐享其成，窮奢極欲，掌櫃們學會講排場，比官場還張揚。長此以往，天道不助，不光難敵徽幫，只怕要步南幫後塵，像胡雪巖似的，為奢華所累。」

「我也是這樣說了邱泰基幾句，倒把他嚇著了。」

「嚇著就嚇著吧。他頂有生意吧？叫他婆姨多分幾年紅。發喪沒有？」

「他想死沒死成。」

「假死了一回？」

「他倒是想真死，已經掛起來了。她婆姨有丈夫氣概，發現男人掛了白菜幫，不但沒有嚇著，還像一股旋風似的，跳上板凳，發力一舉，就把男人摘了下來。怕他再死，還用一條大繩捆綁了，丟在炕上。然後就夾了一件孝袍，跑到櫃上，尋我來了。」

「還一波三折，成了故事了。孫大掌櫃，你領料的天成元，出了新故事了。沒有死成的邱掌櫃，你還開除不開除？」

「原來我也沒想開除他，只想叫他熬煎熬煎，再減他二厘身股，發配到苦焦的莊口得了。」

「孫大掌櫃，你既然想把他打發到苦焦地界，那能不能打發他到歸化？」

「老東臺，歸化是大碼頭，更是你們康家的發跡地，福地，豈能叫他到那地界？」

「你看吧，不宜去歸化，那就拉倒。不開除他，孫大掌櫃你能不能再辛苦一趟，去水秀告他一聲？不是想折騰你，是怕別人告他，他不信，還想死。你大掌櫃親自登門，親口告他，他要還想死，那就由他死吧。」

「我要說櫃上忙，你老人家一定又要說：你先忙你的，我替你去一趟。我們能叫你老太爺去嗎！不是我不想去，原來我還真高看邱泰基一眼，他這一掛白菜幫，我是洩氣了。還沒有怎麼著呢，就選了這條路，真不如他那女人。」

「邱掌櫃他狗孫不狗孫往後再說吧。他這故事張揚出去了吧？」

「捂不住了。我沒給你說嗎，他女人披了孝袍往咱天成元後門一跪，有多少人看熱鬧！」

「張揚出去就好，也不枉他死了一回。剛才我給你說的出遊江南可不是閒話。孫大掌櫃你一有空，我們就趕緊起程。」

「老東臺，你是真想出遊？」

「看看你，孫大掌櫃，我求了你半天，你都不當真。求你也不容易了。」

「老東臺，你不敢連我也嚇唬。你說下江南，我們就下江南。就是近年時局不靖，去年要變法，弄得滿天風雨，又血染菜市口。今年直隸山東河南更是拳民起事，攻州掠縣。」

「不管它，咱不管它。」

「可你不能忘了你的歲數吧？」

「我要年輕，還用求你呀？孫大掌櫃，求你也真不容易了！」

「那就什麼也不管它，陪你出一趟遠門。」

孫北溟從康莊歸來，仍思索不透康笏南是否真要出遊。那麼大年紀了，經得了那種折騰嗎？不過，他深知康笏南是一個喜歡出奇的人，或許真要那樣做。康笏南想叫邱泰基去歸化，孫北溟也不知是什麼用意。三爺正在歸化，是想調邱泰基去派什麼用場嗎？

只是這一次孫北溟並沒有按照康笏南的意思親自去水秀。沒出息地尋了死，倒有了功勞似的！他派櫃上的協理去了，交代協理不用客氣，說完「減二厘身股，改派莊口」就趕緊回來，不用多說話。

6

孫北溟走後，康笏南再沒有興致把玩碑帖了。他恨不能立刻就起程，去巡視各地碼頭。從聽到邱泰基擅坐綠呢大轎被官府拿下的消息，他就決計要出去巡視一次。

對邱泰基這個年輕掌櫃，康笏南是有印象的。他平時邀那些下班老幫來閒聊說笑，豈止是閒聊說故事。除了聞聽天下趣事，康笏南也是要親察其人其才。邱泰基的自負康笏南是看出來了。但他竟然會那樣喜愛張揚，喜愛驕奢，康笏南還真沒有看出來。他們都學乖巧了，看你喜歡什麼，就在你面前裝出什麼樣。他們在外的排場，浮華、惡習，你不去看看，哪能知曉！

以古稀之身，出去巡視天下生意，那當是康家一次壯舉，但也是他康笏南此生最後一次外出巡視了。他一生出巡多次，也喜愛出巡。只是近些年，他們總嚇唬他，不是說外埠會凍死他，就是說會熱死他。反正他們是千方百計阻攔他，不許他出巡，好由他們為所欲為。

經多少世代風雲際會，西幫才成今日這番氣候，但奢靡驕橫的風氣也隨之瀰漫，日甚一日。西幫之儉，似乎已叫一班年輕掌櫃感到窘迫了。這怎麼得了！叫你們尚儉，不是叫你寒酸吝嗇，是要你們蓄大志，存鴻圖，於仕途之外，也能靠自家的才學智勇，走馬天下，縱橫天下。無所圖者，他才奢靡無度。西幫至今日，即可無所圖了嗎？

每想及此，康笏南就總是清夜難眠，沉重無比。

十九歲那年，他通過府試，取得生員資格，但父親卻反對他去參加鄉試。就在那時，父親給他說了雍正皇上的那道御批。那也是一個寂靜的清夜，父親讓他把大多燈火熄滅，只留了一支殘燭。在搖曳的燭光裡，他驚駭地聽父親背出那道硃批，又說出了那樣的話。那情景，他真是一生都難以忘記。

雍正二年（1724），做山西巡撫的劉於義在給朝廷的一個奏片中寫了這樣一段話：

> 山右積習重利之念，甚於重名。子弟俊秀者，多入貿易一途，其次寧為胥吏，至中才以下，方使之讀書應試，以故士風卑靡。

雍正皇上那道御批，就是在這個奏片上留下的：

> 山右大約商賈居首，其次者猶肯力農，再次者謀入營伍，最下者方令讀書。朕所悉知。習俗殊為可笑。

父親說，你要應試求仕，豈不是甘心要做一個最下者？

父親又說，你可翻翻前朝史籍，看看入了史志的山右入仕者，有幾人成了正果。

那時他不甚明白父親的用意，但父親低沉又帶幾分不屑的語氣，真是讓他感到驚駭。他知道父親的不屑，並非只對了他，父親在背誦雍正的御批時，也是用那樣不屑的語氣，彷彿殊為可笑的不是晉省習俗，倒是雍正皇上自家！

居然這樣不屑地來說皇上？

後來他翻檢多日，終於翻出一身冷汗：《明史》中入仕封官的山西籍士人，總共一百一十三位，其中僅十一位得以善終，所餘一百〇二位，都分別遭到了被誅、抄家、滅族、下獄、遷戍、削籍為民、拋屍疆場等可怕下場！

康笏南棄仕從商，繼承祖業許多年後，他才漸漸理解了父親當年的那種不屑。西幫藉商走馬天下，縱橫三江四海，在入仕求官之外，也靠儒家的仁義智勇成就了一種大業。三晉俊秀子弟在「殊為可笑」的貿易中，倒避開了官場宦海的險惡風浪，施才展志，博取富貴，名雖不顯吧，功卻不沒。山右本來多的是窮山惡水，卻居國中首富久矣。富從何來？由儒入商也。

晉省那一句鄉諺：「秀才入字號，改邪歸了正」，早把那一份對由儒入仕的不屑，廣為流布了。由儒入商的山西商人，再不濟也能頂到一厘二厘生意，有一兩代的小康可享，不會像潦倒的儒生，要飯都不會。

說起來，十年寒窗，一朝中舉，金榜題名，誰不以為是光宗耀祖的第一件美事，又有誰不想一酬忠君報國的大志？可一入仕途，你就是再有大智大勇，恐怕也很難忠得了君、報得了國！落一個殺頭、抄家、滅族、削籍的下場，是連祖宗都連累了，還光耀個甚！

翁同龢，那是咸豐六年（1856）一甲第一名狀元，點翰林，入內閣，進軍機，又做過當今聖上的師傅，算是走到人臣之極了吧，可去年變法一廢，他也遭到一個削籍為民的處罰。京號的戴掌櫃傳來這個消息，康笏南還心裡一沉。咸豐八年（1858），翁同龢在陝西做學政的時候，康笏南就曾去拜見過，翁大人親書一聯相贈。回來裱了掛起來觀賞時，才發現翁的大字不太受看。同治元年（1862）鄉試，翁同龢被朝廷派來山西典試，可惜遇了父憂，歸鄉服喪去了，康笏南錯失了一次再見的機會。翁同龢這樣的名臣，居然也未得善終。

翁同龢顯貴如此，他也借過康家的錢啊。

前明宰相嚴嵩，當年與客共話天下豪富，將資產五十萬兩以上者列為第一級，說夠格者計有十七家，其中山右三姓，徽州二姓。入清以來，西幫在國中商界，是更無可匹敵了。擁有五十萬兩資產者，即使在晉中祁、太、平這彈丸之地，也不止十七家耳。尤其自乾嘉年間，晉商自創了票號匯兌業，「一紙之信符遙傳，百萬之鉅款立集」，排程著各商埠間的銀錢流動，獨執天下金融牛耳，連朝廷也離不開了。

咸豐年間鬧太平天國的時候，西幫在京的票商幾乎都撤了莊，攜資回來避亂。京城可就吃不住了，銀荒空前，店鋪倒閉，市面蕭索，物品無售，朝廷幾乎一天一道詔令，叫西幫票商回京復業。朝廷上下那班重臣名相，文武百官，頂著多大的功名，卻治不了天下之亂，倒叫「殊為可笑」的西幫捨財救世，豈不「殊為可笑」！

更要命的是洪楊在江寧設立天朝，將中國攔腰切成兩半，朝廷連各省交納的錢糧也難以排程了。尤其是調往兩江、兩湖、安徽的軍餉，朝廷就是下了十萬火急的詔令，承辦的官府它也依然張羅不速，兜攬不靈。正是因為出了洪楊之變，朝廷才開了禁令：允許西幫票商解匯官款，排程省庫國庫間的官銀，從此官家成了西幫的一大客戶，生意更上一層天。「殊為可笑」的西幫，已替朝廷理天下之財了。

成就了這一番大業，西幫就可傲視天下了嗎？

康笏南數遍了西幫票商中的大家大廠，真不敢說誰還將傲視天下的大志深藏心頭。大票莊的財東們，大多對字號的商事冷漠了，不冷漠的，也沒有幾人懂得商道了。財東們關心的，只是四年結帳能分多少紅利。結帳的時候，字號的掌櫃把大帳給他們一念，他們永輩子就只會說那樣一句話：「夥計們辛苦了，生意張羅得不賴。」放了鞭炮，吃了酒席，支了銀錢，就回去照樣過他們那種豪門的生活。

首創票號的平遙日昇昌，它的財東李家從來就只會坐享其成，字號掌櫃說不想給你家領東了，李家也只會跪下來磕頭，哭求。日昇昌從來就是掌櫃比東家強。介休的侯家也是這樣，侯家那蔚字五聯號票莊，多大的生意，還不是全丟給了一班能幹的掌櫃，侯家幾位少爺誰懂生意，誰又操心生意？就精通窮奢極欲！太谷的第一家票莊志誠信，那又是多大的事業，就是因為事業太大了，給財東賺的錢財太多了，才因財惹禍！為了多大一點財產，九門和十門就把官司一直打到京師朝廷，爭氣鬥富，曠日持久，祖上留下來的家業再厚盛吧，那也不夠他們拿去為這種訟案鋪路。

祁縣渠家的渠本翹，喬家的喬致庸，太谷曹家的曹培德，榆次常家的常際春，他們還會為西幫心存大志，心存大憂嗎？

康笏南想以古稀之身去巡視天下生意，其用意不僅為整飭自家商號，也是想喚起西幫中俊傑，不忘宿志。所以，無論如何他是要實行這次出巡的，即使把這條老命丟在旅途也在所不惜了。

他如果死在出巡的路上，那當被西幫傳說一時的，或許更會喚醒那些不肖子孫？

康笏南甚至想再往口外走一趟，無限風雲，無限關山，再親歷一次。

第二章　老院深深

1

德新堂一年四季都吃兩頓飯，這在那個時代是比較普遍的。像康家這種大戶，一早一晚要加早點、夜宵就是了。但康家一直實行男女分食，卻是為了不忘祖上的貧寒。

鄉間貧寒農戶，有吃「男女飯」的習俗。即為了保證男人的勞動力，家做兩樣飯，男吃乾，女吃稀；男吃淨糧，女吃糠菜。康家祖上發跡前，也是如此。發跡後，為了不忘本，就立了家規，不棄男女分食：家中的男主，無論長幼，要在「老夥」的大廚房用膳；各房女眷，就在自家的小廚房吃飯。大廚房自然要比小廚房講究得多。可經歷幾代的演進，這一祖規反倒變為大家氣象，男主在大廚房用膳，成了太隆重，太正經，也太奢華的一種排場。以至一些男主就時常找了藉口，躲在自家女人的小廚房吃喝，圖一個可口，隨便。遇了節慶，或有賓客，不得已了，才去大廚房就膳。

康笏南對這種「敗象」一直不滿意，但他又不能天天頓頓坐鎮。他一到大廚房坐鎮用膳，六位爺，諸位少爺，都不敢不到。可他一頓不來，他們就放了羊。聽說只有四爺最守制了，也不是頓頓都來。康笏南平時也不來大廚房用膳，但不是躲進了老夫人的小廚房，是管家老夏專門為他立了一間小廚房。他老邁了，吃不了油膩生硬的東西。各位爺們年紀輕輕，怎麼都想跟他比！

不過，自從那天率四位爺演戲一般奚落了那位可憐的邱掌櫃，康笏南就再沒有在自己的小廚房用過餐。一日兩餐，他都按時來到大廚房，一絲不苟，隆重進膳。這樣一來，各房的老少爺們也都忽然振作起來，按時出來進餐。

為了按時進餐，其他方面也得按時守時，康府氣氛一時變了個樣似的。

老夫人杜筠青也感到氣氛忽然異樣。她有些看不大明白，但沒有多問。再說，去問誰呀？康笏南不願多說的事，她問也是白問。她身邊的下人也不會多說。

這天，還不到巳時，杜筠青就提前在自己的小廚房吃過早飯，往小書房去問候了康笏南，說：「你不出門吧？我今天進城洗浴。」

康笏南正在小書房門口練拳，沒有停下來，只哼了一聲。

杜夫人也沒有多停留，就返回老院的大書房，也就是她平時住的地方。她的隨身女傭呂布，已經將進城洗浴所需的一切收拾妥了。不久，另有女傭進來說：「老夫人，馬車已經在外門等候，不知預備什麼時候起身？」

呂布急忙說了聲：「這就走。」

於是，杜筠青由呂布伺候了傳廳過院逶迤而行，出了德新堂向東的那座旁門，登上一輛鑲銅裹銀的大鞍轎車。年輕英俊的車倌，輕輕一抖韁繩，馬車就威風地啟動了。

馬車出了村，走上靜謐的鄉間大道，呂布就從車轎裡移出來坐到車轅邊。車轎雖寬大，畢竟天熱了，兩人都坐在裡面，她怕熱著老夫人。她又招呼車倌：「喜喜，也上來跨轅坐了吧，趁道上清靜。」

「今天是怎麼了，這麼巴結我？」

「不識抬舉，拉倒！」

康家有不用年輕女傭的家規。呂布是比老夫人杜筠青還要年長幾歲的中年女人了，她招呼比她更年輕的車倌也就沒有多少顧忌；而且，杜筠青也一向不喜歡威嚴，允許她身邊的下人活潑、隨便。她自己有時也喜歡出點格。

車倌叫三喜，他應承了一聲，就輕輕一跳，跨另一邊車轅坐了。

兩匹高大漂亮的棗紅馬，毛色就像是一水染出來的，閃著緞子般的光亮。此時又都稍有些興奮，但節奏不亂，平穩前行。

這樣輕車簡從，行進在靜謐的鄉間大道，杜筠青感到非常適意。

她初到康家時，每出行，管家老夏都給她套兩輛車，一輛大鞍車她坐，一輛小鞍車跟著，給伺候她的呂布她們坐。每車又是一個趕車的，一個跟車的，倆車倌。進城洗一趟澡，就那樣浩浩蕩蕩，不是想招人討厭嗎！沒有浩蕩幾次，她就堅決只套一輛車，女傭也只要呂布一人。車倌要一人行不行？老夏說，那跟莊戶人家似的，哪成！她又問呂布，呂布說，怎麼不行，成天跑的一條熟道，喜喜他能把你趕到溝裡？杜筠青知道，呂布是想討她喜歡，但還是堅決只留下三喜一個車倌。康笏南對她這樣輕車簡從，倒是大加讚賞。他有時出行，也一車，一僕，一車倌。

杜筠青的父親杜長萱，曾任出使英法大臣曾紀澤的法語通譯官多年。出使法京巴黎既久，養成了喜愛洗浴的嗜好。杜筠青的母親是江南松江人，也有南人喜浴的習慣。所以，杜筠青從小也慣下了毛病：不洗浴，簡直不能活。給康笏南這樣的鉅富做了第五任續絃夫人之後，她就照父親的建議，要求康家在自己的宅第內建造一座西洋式樣的浴室。

康笏南開始答應得很爽快，說：「在自家宅院建一座西洋澡堂，太谷還是第一家吧？建！西洋工匠，就叫杜家給僱。」但沒過多久，康笏南就改口了，說按風水論，康宅忌水，不宜在宅內建澡堂。他主張在城裡最講究的華清池澡堂為康家專建一間女浴室，那跟建在家中也一樣，想什麼時候用，就什麼時候去。

哪能一樣呢，洗浴一次，還得興師動眾的跑十多里路進一趟城。杜筠青雖不滿意，也只能如此了，她怎敢擔當了損壞康家風水的罪名。

那是光緒十三年（1887）吧，太谷城雖然繁華之至，可城裡的澡堂還沒有一家開設女部。杜筠青這樣隆重進城洗浴，竟為太谷那些富商大戶開了新排場，各家女眷紛紛效仿。一時間浴風湧動，華車飄香，很熱鬧了半年。這使杜筠青十分振奮，她是開此新風的第一人啊。只是，半年之後，熱潮就退了。能堅持三五日進城洗浴一回，又堅持多年不輟的女客也沒剩下幾人。

太谷水質不好，加上冬季漫長寒冷，一般人多不愛洗浴，女人尤甚。但那些高貴的婦人，居然也不能愛上洗浴，她無法理解。不管別人怎樣，她是必須洗浴的，不如此，她真不能活。倒是近年來，大戶人家的一幫小女子們又興起洗浴風來，使華清池女部重又熱鬧起來。

往年到天熱時候，杜筠青不是天天，也要三天兩頭地進城。近日天已夠熱，只是見康笏南忽然嚴厲異常，全家上下都跟著緊張，她也不好意思天天出動了。已經隔了兩天，她實在不能再忍耐，這天便早早出動，上路進城洗浴。

幽靜的田園裡，除了有節奏的馬蹄聲，就是偶爾傳來的一陣蟬鳴。走出康家那深宅大院，杜筠青總是心情轉好。離開康莊還沒多遠，她就對三喜說：

「三喜，你再唱幾句太谷秧歌吧，有新詞兒沒有？」

三喜看了看呂布，說：「她今天像丟了魂似的，我一唱，還不嚇著她？」

呂布慌忙說：「誰丟了魂了？老夫人叫你唱，你就唱你的，損我做甚！」

杜筠青也說：「三喜你不用管她，早起我說了她幾句，她心裡正委屈呢。不用管她。」

三喜就跳下地，一邊跟著車走，一邊就唱了起來：

我寫一字一道街，
呂蒙正掛藍走過齋，
關老爺蒲州把豆腐買，
哼麼的咳麼的丟得兒丟得兒哼咳衣大丟——
劉備四川買草鞋。

呂布說：「唱過多少遍了，老夫人想聽新詞兒，你有沒有？」

杜筠青說：「唱得好，那哼哼咳咳就難呢。」

三喜說：「我再給老夫人吼幾句。」

流行在祁太平一帶的這種平原秧歌調，雖然較流行於北部邊關一帶的山地二人臺、信天游、爬山調，要婉轉、悠揚、華麗，可它一樣是放聲在曠野，表演在野臺上，所以脫不了野味濃濃的「吼」。三喜又是邊趕車邊唱，不「吼」，出不來野味，也蓋不住馬蹄聲聲。

先生家住在定襄的人，
自幼兒南學把書攻，
五經四書我全讀會，
臨完就捎了一本三字經，
哎吼咳呀——
皇曆上我認不得大小進。

「唱的盡是些甚！」呂布顯然有些焦躁不安。

「你想好聽的，我給你唱！」三喜唱得才來了勁。

家住在山西太谷城，
我的名兒叫于鳳英，
風流才貌無人來比，
學針工，數我能，
描龍刺繡數我精，
心靈靈手巧巧就數頭一名。

杜筠青見呂布那種焦慮不安的樣子，就對三喜說：「看呂布她今天不高興，你就不用唱了。」

呂布忙說：「喜喜，你快給老夫人唱吧，不用管我。」

三喜就又吼了兩聲：

忽聽的老伯伯一聲喚，

嚇得我蘇三膽顫心寒……

杜筠青沒有想到三喜唱出這樣兩句，忙說，「不用唱了，快不用唱了。」

原來呂布心神不寧是聽說家裡老父病重臥床了。但她不敢告假。她有經驗，在老太爺這種異常威嚴的時候千萬不能去告假。一告假，你就再也回不來了。在康家她雖是僕傭下人，但因為貼身伺候老太爺老夫人，辛金也與字號上資深的跑街相當。所以視卑職如命，不敢稍有閃失。

杜筠青看出她的心思，就對呂布說：「我准你的假，你想回去看看，就回你的。」

呂布居然說：「老夫人你心好，我知道，可你准不了我的假。你們康府有規矩，我們這些傭人，三個月才能歇假十天，就像字號裡駐外的夥友，不到三年，說成甚你也不能回來。」

杜筠青就有些不悅，說：「我去跟他們說，你成年伺候我，我就不能放你幾天假？」

呂布更急了：「老夫人，你千萬不能去說，一說，你就再見不著我了！」

杜筠青心裡非常不快。這個呂布原來是伺候康笏南的，她續絃過門後，就跟了她。連呂布這個名字，也是康笏南給起的。他就喜好把古人的名字賜給他周圍的下人。可呂布跟她已經多年了，害怕的還是康笏南一人！

杜筠青想了想，就把其他傭人支走，單獨問呂布：「你到底想不想看望你父親？」

呂布說：「怎麼能不想！」

「那我給你想一個辦法，既不用跟他們告假，又叫你能回了家。」

「老夫人，能有這樣的辦法，那實在是太好了！」

「就怕你不敢聽我的！」

「老夫人，妳想出的是什麼辦法？」

「你家不是離城不遠嗎？你伺候我進城洗浴，伺候到華清池門口就得。我進去洗浴，你就趕緊回你的家。澡堂裡的女僕多著呢，有人伺候我。我洗浴得從容些，等著你趕回來。這就看你了，願意不願意辛苦。」

「辛苦我還能怕？就怕……」

「就怕有人告訴老太爺，是吧？」

「不用老太爺，就是老夏老亭知道了，也了不得……」

「老夏老亭他們你都怕，就是不怕我，對吧？」

「老夫人，妳這樣說，我更不能活了！」

「那你就聽我的安排，趁我洗浴，回你的家！」

「那……」

「那什麼，還是不敢吧？」

「三喜他會不會多嘴？」

「那就不讓他知道。洗浴前，我當他的面，吩咐你去給我買什麼東西。不用說老夏老亭，就是老太爺吧，還不興我打發你去買點東西！」

「買什麼東西，能耽誤那麼多工夫？」

「咳，你就說滿城裡跑，也尋不見唄！」

「那就聽老夫人的？」

「不敢聽我的，也由你！」

呂布雖然表示了照辦，偷偷回家一趟，可杜筠青能看出來，她還是沒有下決心。現在，已經啟程進城，很快就到那個時刻了，她是走，還是不走？呂布就是因此心神不寧吧。

杜筠青極力攛掇呂布做這種出格的事，她自己倒是很興奮。所以，這一路上，她雖然沒有再叫三喜吼秧歌，還是不斷跟他說閒話，顯得輕鬆愉快。她也極力把呂布拉進來說話，可惜呂布始終輕鬆不了。

快到南關時，呂布坐進了車轎。三喜也跳下車轅，用心趕車。

在車轎裡，杜筠青直拿眼睛瞪呂布。呂布依然緊張得厲害，低了頭，不敢正視老夫人。

華清池在城裡熱鬧的東大街，不過它的後門在一條僻靜的小巷。女客們洗浴都走後面。杜筠青的馬車一停在僻靜的後門，就有池塘的女僕出來伺候。

杜筠青從容下了車，又從容對呂布說：「你去街上轉轉，看能不能給我買幾支絨花，要那種一串紫葡萄，上面爬了個小松鼠的絨花，別的花花綠綠的，不要。聽清了沒有？」

呂布說：「聽清了……」

見她答應的不自然，杜筠青就故意厲聲問了一句：「不想去？」

呂布慌忙說：「我去，我這就去！」

杜筠青沒有再多說，雍容大度地由澡堂女傭伺候著款步進了後門。

2

杜筠青盡量多洗浴了一些時候，但畢竟是熱天了，想多洗，也有限。總不能為了這個呂布把自己熱死！她出浴後，又與女客們盡量多閒說了一陣。這期間，打發澡堂的女傭出去看過幾次了，呂布還是沒有回來。

看來呂布是聽從了她的安排，偷偷回家去看望父親了。要是沒有去，早等在外面了。這使杜筠青感到高興。她高興的倒不是呂布對她的服從，也不是為呂布做了善事，而是策動呂布破壞了一下康家的規矩！破壞一下康家的規矩，對杜筠青好像是種拂之不去的誘惑。

只是，你也得趕緊回來呀！

這樣在悶熱的浴室傻等著，洗浴後的那一份舒暢幾乎要散失盡了。杜筠青實在不想再等下去就交代華清池的女傭：「我先走了，告呂布，她隨後趕來吧。」

出來上了車，她對三喜說：「看看這個呂布，也不知轉到哪兒了！我們先走吧，快把我熱死了。」

三喜一邊吆起車，一邊說：「我看她今天也迷迷瞪瞪，還不定怎呢，八九是尋不見道了。」

「太谷城有多大，能迷了路？她要真這樣笨，我就不要她了。」

「我留點神，看能不能瞅見她。」

「還是小心趕你的車吧，不用管她。」

已過午時了，熱天的午時街市不算擁擠。馬車穿街過市，很快就出了城，又很快出了南關。在靜謐的鄉間大道走了一程，路邊出現了一片棗樹林。

杜筠青就說：「三喜，停一停吧，這裡有蔭涼，看能不能把呂布等來。」她知道，呂布跑到華清池不見了車馬，準會急出魂靈來。

三喜吆住馬，停了車，說：「老夫人，妳真是太心善。不罰她，還要等她。」

「你喜歡挨罰，是不是？」

「誰喜歡挨罰？不想挨罰，就得守規矩。」

「叫她買的那種絨花，也是不好買。京貨鋪怕不賣，得尋走街串巷的小貨郎，哪容易尋著？」

杜筠青是天足，行動便捷。她很輕鬆地就從車轎下來了，信步走進棗樹林。棗林雖然枝葉扶疏，不是濃密的樹蔭，但依然將炎熱擋住了。越往裡走，越有一種沁人的清新氣息。所以，她只是往棗林深處走。

三喜見老夫人往棗林裡走去，就趕緊提了上下車用的腳凳在後頭跟了。但老夫人似乎沒有停下來的意思。

「老夫人，不敢往裡走了。」

「怕什麼，有狼，還是有鬼？」

「大白天，哪有那些不吉利的東西？我是怕再往裡走就顧不住招呼車馬了。」

「那你招呼車馬吧，我就在林子裡閒走幾步。」

「呂布不在，再怎麼，我也得先伺候老夫人。」

杜筠青這才意識到，在這寧靜的棗林裡，現在只有她和車倌兩人。這幾乎是從未有過的時候。自從進了康家的門，任什麼時候，呂布是永遠跟在身邊的。而只要呂布跟著，就還有更多的下人僕役在周圍等候差遣。在康家的大宅第裡，杜筠青幾乎無時不感到孤寂無依，但她又永遠被那許多下人嚴嚴實實地圍了。

現在圍困忽然不存，尤其呂布的忽然不在，叫她生出一種自由自在的興奮。

「那我就不往裡走了。」她對三喜說，「你把腳凳放下吧，我就在這裡坐坐。」

三喜忙選了一處蔭涼重的地方放下凳子，又擦了擦，說：「老夫人，坐這裡行不行？」

「我聽你的，這裡不誤你招呼車馬吧？」

「不誤，老夫人快坐了吧。」

杜筠青坐下來，對三喜說：「你也尋個坐的，坐坐吧，不知呂布希麼時候能追趕上來呢。」

「今日我還沒受苦呢，不用坐。老夫人勞累了吧，剛洗浴完，又走這種坷垃地。」

「在林子裡走走，多好。小時候在京城，父親帶我們去郊遊，就愛尋樹林鑽。他還常對我們說，西洋人也會享福，帶齊了吃的喝的耍的到野外尋一處幽靜的樹林，全家大小盡興遊戲一天，高興了還竟夜不歸。想想，那真是會享福。」

「在樹林裡過夜？西洋就沒有豺狼虎豹？」

杜筠青笑了：「三喜呀，你就這麼膽小！我們這裡有沒有豺狼虎豹？」

「怎麼沒有？莊稼高了，就有。」

「有，你也不用怕，我會治它們。」

三喜笑了笑。

「你不信？」

「信，誰不知道老夫人你老人家不是一般女人。」

「小奴才們，你們也敢背後說道我？」

三喜見老夫人並不惱怒，就說：「我們都是頌揚老夫人呢，沒說過你老人家的壞話，真是。」

「說壞話沒說，誰知道呢。你倒說說，你們怎麼頌揚我？」

「說老夫人一口京話，真好聽。還說你心善，對下人那麼好，也不怕慣壞她們。說你好文明，愛乾淨，不怕麻煩，三天兩頭這樣進城洗浴，越洗越年輕，越水色了。」

「狗奴才們，還說什麼，我也能猜出來：可惜就是生了一雙大腳！對吧？」

三喜忙說：「我們可沒這麼說！倒是都說，看人家老夫人留了天足，不一樣高貴、文雅嗎？不光高貴、文雅，還大方、活潑、靈泛，想去哪兒，就去哪兒，多好。京城高貴的女人，都像老夫人你這樣嗎？」

「哪兒呀！我是父親想把我帶到西洋，小時才不讓給我纏足。」

「西洋女人都不纏足？」

「不纏，人家旗人婦女也不纏足。三喜，你娶的也是個小腳媳婦吧？」

「可不是呢，甚也做不了，哪兒也去不了。」

「媳婦生得俊吧？」

「小戶人家，能俊到哪兒？」

「小奴才，你這是什麼話！想變心呀？」

「不是，我是說，沒法跟東家你們這樣的豪門大戶比。」

「小奴才，你還是眼高了！豪門大戶吧，一定就好？我看你是不待見自家媳婦吧？」

「不是，不是。」

「家裡父母呢，都好？」

「家父長年在蘭州駐莊，母親還好。」

「你父親是駐票莊，還是茶莊？」

「茶莊，一輩子了，就在茶莊。」

和這個年輕英俊的車倌這樣說著閒話，杜筠青感到愉悅異常。康家為轎車挑選的車倌，都是這類年輕英俊的小後生。他們連同那華麗威風的車馬，都是主人外出時候的臉面。他們在這裡趕車，和在字號學徒是一樣的。幹幾年，就派往外埠的商號去了。杜筠青使喚的車倌已經換過兩個，頭一個拘謹，第二個靦腆，都不像這個三喜，又活泛，又健談。

可惜，這樣的愉悅不會長久。好像還沒有說幾句話呢，呂布就失魂落魄地趕來了。重新登車啟程後，呂布一直在問，為什麼不等她了？又說她跑到華清池，不見了車馬，腿都軟了。但杜筠青沒有多跟她說話。策動呂布破壞一下康家的規矩已經實現，她卻不再有多少興奮。她只是很懷念剛才的那一份愉悅。在棗樹林裡，似乎有什麼感動了她。

3

光緒十一年（1885）秋天，杜筠青跟著父母，從京城回到了太谷。

那一年，因為越南案事，中法兩國交惡。她的父親杜長萱，追隨出使英法大臣曾紀澤大人，在法京巴黎殫精竭慮，交涉抗爭，一心想守住朝廷的尊嚴，保全越南。沒有想到，軍機李鴻章為了議和，攛掇朝廷，將剛正的曾大人去職了。杜長萱作為使法的二等通譯官也應召歸國。杜筠青記得，歸來的父親什麼也不多說，只是愛仰天大笑。到了夏天，就開始做回鄉賦閒的準備。她不相信父親真會回太谷。可剛入秋，京城稍見涼爽，父親就帶著她們母女離京啟程了。

在那愈走愈荒涼的漫長旅途中，父親的興致反倒日漸高漲起來。尤其在走出直隸平原，西行入山之後，那荒溝野嶺，衰草孤樹，那淒厲的山風，那寂靜得叫人害怕的峽谷，那默默流去的山溪，還有那總是難以到達的驛站，彷彿都是父親所渴望的。

杜筠青一直都不能相信，那一切是真的。

太谷是杜家的故鄉，出生在京城的杜筠青長那麼大了還沒回來過。她只是從父親不斷的講述中，想像過它。她想像中的太谷，已經是繁華異常了，及至終於見到那真實的繁華時，她還是感到十分意外。她從京城歸來，故鄉不使她失望，也不錯了，居然還叫她吃了一驚！

杜筠青記得那日到達的時候，已近黃昏。斜陽投射過去，兀現在城池之上的白塔和鼓樓輝煌極了。漫漫走近，看清了那座鼓樓本來就極其富麗堂皇，倒是那座高聳的白色佛塔，似乎更現金碧輝煌。回鄉的官道在城之東，夕陽就那樣將故鄉輝煌地托出來，給她看，然後才徐徐西下。臨近東關時，天色已顯朦朧，但店鋪迭連，車水馬龍，市聲喧囂，更撲面而來。特別是那晚歸的駝隊，長得望不見首尾，只將恢渾的駝鈴聲播揚到夜色中。過了永濟橋，進入東城門，眼前忽見一片如海的燈光。

在經過了越走越荒涼，彷彿再也不會有盡頭的旅程，那一刻，就像走進了仙境。

杜家的祖宅，深藏在西城一條幽靜的小巷盡頭。它那一份意外的精緻和考究，也叫杜筠青大感驚異。那不是一個太大的宅第，但從臨街門樓的每一個瓦當、椽頭，到偏院那種儲放薪柴的小屋，一無遺漏地都做了精工修飾。宅第後面那個幽雅靈秀、別有洞天的園子，更叫杜筠青驚喜。父親在京城住的宅院，簡直不能與這裡相比！二等通譯官，雖也有三四品的名分，可他那種雜官，哪能住得了帶園子的宅第？

總之，初識的故鄉，是使杜筠青驚喜過望的。只是，她喝到的第一口水，也叫她意外得不能想像：這是水啊，如此又苦又鹹？

父親說，飲用的已經是甜水了，要由家僕從很遠的甜水井挑呢。後面園子裡那口自家的井，才是苦水，只供一般洗滌用。

天爺，這已經是甜水了？

杜筠青和她的母親一樣，從回來的第一天起，就不想在太谷久留下來，這太苦鹹的水，便是一大原因。母親就對她說過：「吃這種苦水久了，我們白白淨淨的牙齒也要變得不乾淨了，先生黃斑，後生黑斑！」

聽了這話，她給嚇得驚駭不已。但你能不吃不喝嗎？

問父親什麼時候返京，他總是說：「不回去了，老根在太谷，就在太谷賦閒養老了。京城有的，太谷都有，還回去做甚！」

母親呢，總背後對她說：「你不用聽你父親的。他這次回來，是想籌措一筆銀錢，好回京城東山再起，叫朝廷把他派回法蘭西。」

杜筠青當然希望母親所說的是真的。

杜筠青的祖父，是太谷另一家大票莊協成乾的一位駐外老幫。他領莊最久的地方，是十分遙遠的廈門。他與福建布政使周開錫相交甚密。所以，在周開錫協助左宗棠創辦福建船政局的時候，他聽從了周藩臺的勸說，將十四歲的杜長萱送進了船政局前學堂，攻讀法語和造船術。那時，杜長萱已經中了秀才，聰慧異常。雖然弱冠之年千里迢迢入閩來研習法語，卻也頗有天賦。前學堂畢業，又被選送到法蘭西留學。後來被曾紀澤選為法語通譯官，也不算意外的。只是，杜長萱被父親送上的這條外交之路，非商非仕，在太谷那是非常獨特的。

所以，杜長萱回到太谷之初，受到了非同尋常的禮遇。拜見他、宴請他的，幾乎終日不斷。太谷那些雄視天下的大商號和官紳名流差不多把他請遍了。

太谷的上流社會，不斷把杜長萱邀請去，無非是要親口聽他敘說法蘭西的宮廷氣象，越南案事的千迴百折，以及曾紀澤、李鴻章的一些逸事趣聞。當然也要問問西洋的商賈貿易，銀錢生意，艦船槍炮，還有那男女無忌、自由交際的西洋風氣。相同的話題，相同的故事，各家都得親耳聽一遍，這也是一種排場。

杜長萱在出入太谷上流社會的那些日子裡，做出了一個非常西洋化的舉動，那就是總把女公子杜筠青帶在身邊。那時代，女子是不能公開露面的，更不用說出入上層的社交場合了。但杜長萱就那樣把女兒帶去了，太谷的上流社會居然也那樣接受了她。

那時，杜筠青二十一歲，正有別一種風采，令人注目。按照杜長萱的理想，是要把自家這個美貌的女兒，造就成一位適合出入西洋外交場面的公使夫人。因為他所見到的大清公使夫人，風采、資質都差，尤其全是金蓮小腳，上不了社交檯面。杜筠青從不纏足開始，一步一步向公使夫人走近，有了才學，又洗浴成癖，還學會了簡單的法語、英語。

十七歲那年，父親在京師同文館，為她選好了一位有望成為公使的男子。可惜，成婚沒有多久，這位夫君就早早夭逝了。她被視為命中剋夫，難以再向公使夫人走近。父親的理想就這樣忽然破滅，可她已經造就好，無法改觀。

不過，杜筠青倒真有種不同於深閨仕女的魅力，雍容典雅，健康明麗，叫人覺得女子留下天足，原來還別有勝境。也許正是這一種風采，叫故鄉的上流社會都想親眼一見。

杜長萱在敘說法蘭西宮廷氣象時會特別指明，雲集在宮廷宴會舞會上的西洋貴婦人，包括尊貴如王妃、公主、郡主那樣的女人也都是天足。所以，她們都能和男賓自由交際，翩躚起舞，又不失高貴儀態。西洋社交場合，少了尊貴的女人就要塌臺了。尊貴的女人能自由出入社交場合，就因為她們都是天足。中國倒是越尊貴的女人，腳纏得越小，哪兒也去不了。拋頭露面、滿街跑的，反而是卑下的大腳老婆。

杜長萱的這番新論，叫那些老少東家、大小掌櫃，官紳名士聽了也覺大開腦筋。

在陪伴父親出入太谷上流社會的那些日子裡，杜筠青不斷重複著做的就是兩件事。一件是給做東的主人說京話，他們見她這個雍容美麗的女鄉黨，居然能說那麼純正動聽的京話，都高興得不行。說她的京話，靈動婉轉，跟唱曲兒似的。有時，誇她京話說得好，捎帶還要誇她的牙齒，說怎麼就那麼白淨呀，像玉似的。再一件，就是走幾步路，叫他們看。他們見她憑一雙天足，走起路來居然也婀娜優美，風姿綽約，也是高興得不行。相信了杜長萱對西洋女人的讚美，不是編出來的戲言。

只是，這些富貴名流在聽她說京話、走佳人步的時候，目光就常常散漫成傻傻的一片，彷彿不再會眨動，嘴也傻傻地張開了，久久忘了合上。在這種時候，杜筠青就會發現，這些鄉中的富貴名流，的確有許多人牙齒不白淨。發黃，發黑的都有。

有時候，杜筠青還會被單獨邀入內室去同女眷們見面。她們同樣會要求她說京話，走步。只是，她們總是冷冷地看。

那年從秋到冬，杜筠青就那樣陪伴了父親不斷地赴約出訪，坐慣了大戶人家那種華麗威風的大鞍轎車，也看遍了鄉間的田園風景。天晴的時候，天空好像總是太藍。有風的時候，那風又分明過於凜冽。不過，她漸漸也習慣了。城南的鳳凰山，城北的烏馬河，還有那落葉飄零中的棗樹林，小雪初降時那曲曲折折遊動在雪原之上的車痕都漸漸地讓她喜愛了。

但她不記得去過康莊，進過康家。

那樣的日子，終於也冷落下去。

後來，杜長萱並沒有籌措到他需要的銀錢。鄉中的富商，尤其是做銀錢生意的票號都沒有看重他的前程。西幫票莊預測一個人的價值，眼光太毒辣。他們顯然認為，杜長萱這樣的通譯官，即使深諳西洋列強，也並不值得為之投資。杜長萱很快也明白了這一層。但他除了偶爾也仰天大笑一回，倒沒有生出太多的憂憤。

他似乎真要在太谷賦閒養老了。有一段日子，他熱心於在鄉人中倡導放腳，帶了杜筠青四處奔走，但幾乎沒有效果。鄉人問他：「放了足那麼好，你家這位大腳千金為甚還嫁不出去？」他真沒法回答。

後來，他又為革除鄉人不愛洗浴的陋習奔走呼號。熱心向那些大戶人家，宣傳西洋私家浴室的美妙處。他到處說，西洋人的膚色為什麼就那樣白淨、水色？就是因為人家天天洗浴！將洗浴的妙處說到這種地步，也依然打動不了誰。這與杜筠青後來在太谷掀起的那股洗浴熱潮簡直一個地下，一個天上。

不管是真想，還是不想，杜長萱是名副其實賦閒了。他親自監工，在杜家祖宅修建了一間私家浴室。除了堅持天天洗浴，還堅持每天在黃昏時分，由杜筠青相伴了散步到城外，看一看田園風景，落日晚霞。平時城裡有什麼熱鬧，他也會像孩童似的跑去觀看。

在那些時日，最能給杜長萱消遣寂寞的是剛來太谷傳教不久的幾位美國牧師。他們是美國俄亥俄州歐伯林大學基督教公理會派出的神職人員，來到如此陌生的太谷，忽然見到一個能操英法語言的華人，簡直有點像他鄉遇故人，老鄉見老鄉了。只是他們太傻，知道了杜長萱的身世背景，就一味勸說他皈依基督。杜長萱是朝廷命官，當然不能入洋教。不過，他還是常常去拜見這些傳教士，為的是能說說英語，有時耐不住，也大講一通法語。

杜筠青跟了父親也去見過他們。那時，他們還住在城郊的里美莊，雖也有男有女，但都是金髮碧眼，高頭大馬，尤其言談很乏味。太谷住著這樣乏味的幾個西洋人，難怪父親對西洋的讚美，沒有多少人相信。父親同這樣乏味的人，居然交談得那樣著迷，他也是太寂寞了。

光緒十三年（1887），也就是他們回到太谷的第三年春天，康笏南的第四任續絃夫人忽然故去。

那時，杜家和康家還沒有任何交往。康家是太谷的豪門鉅富，相比之下，杜家算得了什麼！滿城都在議論康家即將舉行的那場葬禮，如何盛大、如何豪華的時候，杜長萱只是興奮得像一個孩童。他不斷從街肆帶回消息，渲染葬禮的枝枝節節：城裡藍白綢緞已經缺貨；紙紮冥貨已向臨近各縣訂貨；只一夜工夫，幾乎整個康莊都銀裝素裹起來了；一對絹製的金童玉女，是在京城定做；壽材用的雖是柏木，第一道漆卻是由康笏南親手上的；出殯時，要用三十二人抬雙龍槓……

杜長萱去鄉已久，多年未見過這麼盛大的葬禮了，很想去康莊一趟，看一看那蔚然壯觀的祭奠場面。只是因為杜筠青和母親站在一起，無情譏笑他，才沒有去成。

發喪那天，康家浩蕩異常的送葬隊伍，居然要彎到城外的南關，接受各大商號的路祭。所以，南關一帶早已經是靈棚一片。杜長萱無論如何不想放過這最後的高潮了，決意在發喪那天，要擠往南關去觀禮。

他極力鼓動杜筠青也一同去，說，去了絕不會失望、後悔。父親變得像一個頑童，杜筠青有些可憐他，就答應了。

可她一個女子，怎麼能和他一起去擠？

他說，他來想辦法。

杜長萱終於在南關找到了一間臨街的小閣樓。樓下是一間雜貨鋪，店主是他的一個遠房親戚。杜筠青也不知那是真親戚，還是假親戚。

到了那一天，杜筠青陪著父親，很早就去了南關。那裡已是人山人海，比大年下觀看社火的場面還大。在這人山人海裡等了很久，才將浩蕩的送葬隊伍等來。那種浩蕩，杜筠青也是意外得不能想像！

她問父親：「你不是常說，晉人尚儉嗎？我們在京時，也常聽人說，老西財迷。這個康笏南居然肯為一個續絃的女人舉行這樣奢華的葬禮，為什麼？」

杜長萱說：「那能為什麼，康笏南喜愛這個女人吧。」

父親的這句話，杜筠青聽了有些受感動。但最打動了她的，是在樹林一般的雪色旗幡中，那個四人抬的銀色影亭：影亭裡懸掛著這位剛剛仙逝的女人的大幅畫像。她出人意料的年輕，又是那樣美麗，似乎還有種幽怨，隱約可見。杜筠青相信，那是只有女人才能發現的一種深藏的幽怨。

她是不想死吧？

但杜筠青怎麼都不會想到，自己竟然做了這個女人的後繼者！她更不會想到，這個女人的死，竟然可能與自己有關！

4

康笏南的這位夫人，是在春天死去的。到了秋天，滿城就在傳說康笏南再次續絃的條件了：可以是寡婦，可以是大腳，可以通詩書琴畫，也可以不是大家名門出身。

這些條件，簡直就是描著杜筠青提出來的！但在當時，無論是杜長萱，還是杜筠青都根本沒朝這裡想。他們正被滿城議論著的一個神祕話題吸引住了。

康家有不納妾的家風。這份美德，自康笏南的曾祖發家以來，代代傳承，一直嚴守至今。康笏南雖將祖業推向高峰了，他也依然恪守了這一份美德。只是，他先後娶的四位夫人，好像都消受不起這一份獨享的恩愛，一任接一任半途凋謝，沒有例外。鄉人中盛傳，這個康笏南命太旺，女人跟了他，就像草木受旺火烤炙，哪能長久得了！每次續絃，都是請了最出名的河圖大家，推算生辰八字，居然每次都失算了。

康笏南就好像不是凡人！

對康笏南神祕的命相，杜長萱提出了一個西洋式的疑問：「康笏南是不是過著一種不洗浴的生活？」杜筠青的母親，是相信命相的，她無情地譏笑了自己的丈夫。

叫杜筠青感到奇怪的是，既然這個老財主的命相那樣可怕，為什麼提親的還是應者如雲？如此多女人，都想去走那條死路？

母親說，康笏南提出的續絃條件太卑下了。那樣的女人，滿大街都是。

父親卻說，康笏南倒是很開明。但他們誰都沒有把康家的續絃條件，同杜家聯繫起來。很顯然，從杜長萱夫婦到杜筠青，還沒把杜家看成太谷的普通人家呢。

既然與己無關，即使滿城評說，那畢竟也是別人的事，閒事、閒話而已。很快，杜家就不再說起康笏南續絃的事了。那已是落葉飄零的時節，有一天，杜長萱帶了女兒杜筠青前往里美莊去觀看西洋基督教的洗禮儀式。那幾位美國傳教士，終於有了第一批耶穌的信徒。他們邀請杜長萱光臨觀禮。杜筠青不明白什麼叫洗禮，當眾洗浴嗎？杜長萱笑了，便決定帶她去看看。

去時，僱了兩頂小轎，父女一人坐了一頂。已經出城了，轎忽然停在半路。杜筠青正不明白出了什麼事，父親已經過來掀起了轎簾。

「不去看洗禮了，我們回吧，先回家……」

見父親神色有些慌亂，她就問：「出什麼事了？」

「沒有，沒有，什麼事也沒出。我們先回吧，回家再說……」

父親放下轎簾，匆忙離開了。

回到家，杜筠青見街門外停了一輛華美異常的大鞍轎車。父親去會見來客，她回到了自己的閨房，但猜不出來了怎樣的貴客。並沒有等多久，父親就匆匆跑進來。

「走吧，跟我去拜見一個人，得快些。」

「去拜見誰呀？」

「去了，你就知道了。趕緊梳妝一下，就走。」

杜筠青發現父親的神情有些異常，就一再問是去拜見誰，父親不但仍不說，神情也更緊張了。她只好答應了去。

正在梳妝，母親拿來了父親的一件長袍，一頂禮帽，叫她穿戴。這不是要將她女扮男妝嗎？

到底要去見誰，需要這樣神祕？父母都支支吾吾，不說破。她更犯疑惑，也起了好奇，你們不說，我也不怕，反正你們不會把我賣了。

杜筠青就那樣扮了男妝，跟著父親，出門登上了那輛華美的馬車。那天，她就發現，趕著這輛華美馬車的是一個異常英俊的青年。馬車沒走多遠，停在了一條安靜的小巷。從一座很普通的圓碹門裡，走出一個無甚表情的人來，匆忙將她和父親讓了進去，沒有說一句話。

後來她當然知道了，那次走進的是天成元票莊的後門。但在當時，根本不知道是到了哪兒，只覺得是一處很乾淨、又很寂靜的深宅大院。她們剛被讓進一間擺設考究的客廳，還沒有坐穩呢，旋即又被引至另一間房中。

進門後，杜筠青還沒有來得及打量屋中擺設就感到自己已被一雙眼睛牢牢盯住。那是一雙男人的眼睛，露出放肆的貪婪！她立刻就慌了神。

「你就是杜長萱？」

「是。」

「久仰大名了。你把西洋諸國都遊遍了？」

「去是都去過。」

「那就不簡單，遊遍西洋，你是太谷第一人！」

「我是給出使大臣當差，笏老你們才是太谷豪傑，生意做遍天下！」

「我看你也能當出使大臣，反正是議和、割地、賠款，誰不會？她就是你的女公子，叫杜筠青，對吧？」

「對。」

「從小在京城長大，就沒有回過太谷？」

父親暗示她，趕快回答這個男人的問話。正是這個男人，一直貪婪地盯著她不放。不過，她已經有些鎮靜下來。被富貴名流這樣觀看，她早經歷過了。

「沒回來過，長這麼大，還是第一次回太谷。」

「妳的京話說得好！多大了？」

「二十三了。」

「杜長萱他去西洋，帶妳去過沒有？」

父親忙說：「我是朝廷派遣，哪能帶她去？」

「我不跟你說，只跟你家女公子說，我愛聽她說京話。」

「小時候，父親答應過我，要帶我去法蘭西。」

「看看，還是他不想帶妳去。妳父親他只出使過法蘭西，出使過俄羅斯沒有？」

「他沒有出使過俄羅斯，只是去遊歷過。」

「那他去過莫斯科沒有？法蘭西沒有我們的字號，莫斯科有。就是太遙遠了，有本事的掌櫃夥計都不願去。去了，五年才能下一回班，太辛苦。我對孫大掌櫃說，也叫他們三年回來一趟吧，五年才叫他們回太谷瞀一回婆姨，太受委屈。大掌櫃不聽我的，說來回一趟，路途上就得小一年。三年一班，那還不光在路途折騰啊。妳父親他出使法蘭西，幾年能下一回班？」

「長時，也就三年吧。有了事，也不定什麼時候就給召回來了。沒事時候，也就在京師住著。」

「那他沒有我們辛苦。哎，你把男裝脫了吧，在屋裡不用穿它。」

杜長萱就招呼她除下長袍、禮帽。杜筠青正被這位說話的男人盯住看得發慌，哪裡還想脫去男裝！可那個引她們進來一直無有表情的人，已經站到她的身邊，等著接脫下的衣帽。父親又招呼了一聲，她只好遵命了。

脫去男裝，那雙眼睛是更貪婪地抓過了她。這個男人一邊跟她說話，一邊就放肆地盯著她，一直不放鬆。這是個什麼人呀？

「你父親他是跟著曾紀澤？曾紀澤他父親曾國藩也借過我們票莊的錢。左宗棠借我們的錢，那就更多了。你父親他借過我們的錢沒有？」

「沒有吧？」

父親忙說：「在京也借過咱山西票號的錢，數目都不大。」

「哈哈，數目不大，哪家票號還肯為你做這種麻煩事？」

父親有些臉紅了。

「杜大人，那是耍笑的話！我還要請教你，西洋女人，還有京城在旗的女人都是你家女公子這樣的天足嗎？」

父親回答：「可不是呢。」

接下來，杜筠青就開始為這個男人走佳人步。他看得很著迷，叫她走了好幾個來回。

走完佳人步，這次神祕的拜會就結束了。杜筠青又穿戴了男裝，跟了父親，靜悄悄地離開了這處深宅大院。

杜筠青後來當然知道了，這個神祕召見她放肆打量她的男人，就是康笏南。他這是要親眼相看她！

在等待相看結果的那些時日，杜筠青和她的父母誰也沒有議論康笏南是怎樣一個男人，也沒有挑剔康笏南竟然採取了這樣越禮、這樣霸道的相親方式，更沒有去提康笏南那可怕的命相，她們全家似乎被這突然降臨的幸運給壓蒙了。除了焦急等待相看的結果，什麼都不想了，好像一家三人的腦筋都木了。杜筠青自己，更是滿頭懵懂，什麼都不會思想了。

當時，她們全家真是把那當成了一種不敢想像的幸運，一種受到全太谷矚目的幸運。

相看的結果，其實也只是等待了兩天。在那次神祕相親的第三天，康家就派來了提親的媒人。媒人是一個體面的貴婦，她不但沒有多少花言巧語，簡直就沒有多說幾句話，只是要走了杜筠青的生辰八字。

她剋夫的生辰八字，在康笏南那裡居然也不犯什麼忌。康家傳來話說，這次是請了一位很出名的遊方居士看得八字。這位居士尊釋氏，也精河圖洛書，往來於佛道兩界。也是有緣，正巧由京西檀柘寺雲遊來谷，推算了雙方命相，讚嘆不已。

跟著，康家就正式下了聘禮。聘禮很簡單，就是一個小小的銀折。可摺子上寫的卻不簡單：在杜長萱名下，寫了天成元票莊的五厘財股。

杜筠青和她母親不太知道這五厘財股的分量，但杜長萱知道。他的父親在協成乾票莊辛勞一生，也只是頂到五厘身股。為了這五厘身股，父親大半生就一直在天涯海角般遙遠的廈門領莊，五年才能下一次班。留在太谷的家，家裡的妻小，幾乎就永遠留在他的夢境裡。在去福建船政局以前，父親對杜長萱來說，幾乎也只是一種想像。

杜筠青聽了父親的講解，並沒有去想：這也是康家給她的身股嗎？她只是問父親：「這五厘財股，能幫助你回京東山再起嗎？」

父親連忙說：「青兒，我早說了，老根在太谷，就在太谷賦閒養老了，誰說還要回京城！」

母親也說：「我們哪能把你一人扔下？」

婚期訂在臘月。比起那奢華浩蕩的葬禮來，婚禮是再不能儉僕了。按照康笏南的要求，她的嫁衣只是一身西洋女裝，連鳳冠也沒有戴。因為天太冷，裡面套了一件銀狐坎肩，洋裝就像捆綁在身。康家傳來話說，這不是圖洋氣怪異，是為了避邪。在那個寒冷的吉日，康家來迎親的，似乎還是那輛華美威風的大鞍馬車。上了這輛馬車，杜筠青就成了康家的人，而且是康家新的老夫人。可康家並沒有為了迎接她，舉行太繁複的典禮。拜了祖宗，見了族中長輩，接受了康笏南子孫的叩拜，在大廚房擺了幾桌酒席，也就算辦了喜事。

康家說，這是遵照了那位大居士的留言：婚禮不宜張揚。

不宜張揚，就不張揚吧，可杜筠青一直等待著的那一刻：與康笏南共拜天地，居然也簡略去了。只是，新婚之夜無法簡略。

但那是怎麼的新婚之夜！

5

蓋首被忽然掀去了，一片刺眼的亮光衝過來，杜筠青什麼也看不清。好一陣，才看清了亮光是燭光。天黑了，燭光亮著。燭光也照亮康笏南，他穿了鮮亮的衣裳。他那邊站著兩個女人，還有一個男人。這個永遠無甚表情的男人，就是時刻不離康笏南的老亭。她這邊，也站著一個女人。遠處，暗處，似乎還有別的人。

「十冬臘月坐馬車，沒有凍著妳吧？」康笏南依然是用那種霸道的口氣說，「妳穿這身西洋衣裳，好看！就怕不暖和，凍著妳。」

杜筠青聽了，有些感動。可她不能相信，康笏南居然接著就說：

「你們端燈過來，我看看她的腳。杜長萱他說，西洋女人都是天足。住京的戴掌櫃也常說，京城王府皇家的旗人女子，也不纏足。我真還沒有見過女人的天足。妳就是天足吧，我看妳走路怪好看。你們快把鞋給脫了，我看看她的腳。」

杜筠青簡直嚇傻了。就當著他的面，當著這些女人的面，還有那個老亭的面，還有遠處暗處那些人的面，脫光她的腳嗎？康笏南身邊的一個女人已經舉著一個燭臺照過來。杜筠青身邊的女人已經蹲下身，俐落地脫下了她的鞋襪，兩隻都脫了。天爺，都脫了。這俐落的女人，托著她的腳脖子往上抬……老天爺，杜筠青閉上了眼睛，覺得冰冷的雙腳，忽然燒起來了。她第一次覺得自己是這樣的無處躲藏，彷彿被撕去了一切，裸露了一切，給這許多人看！

「唔，妳的腳好看！好看！長得多舒坦，多細緻，多巧，多肉，看不出骨頭，好看，天足要是這樣，那真好看。」

天爺，這一定是他的手摸住她的腳了，燙人的手。

杜筠青再也聽不清康笏南說什麼了，只是恐懼無比。她知道不會再有什麼拜天地的禮節了。觀看她的腳，也是這吉日的禮節嗎？看完腳，他會不會叫這些下人俐落地剝去她的西洋衣裳？她緊閉了眼睛，仍然無處躲藏。她多麼需要身上的西洋服裝一直這樣緊緊地捆綁著自己！可這些下人的手腳，太俐落了。

杜筠青不知道康笏南後來說了什麼，又是怎樣離去的，不知道他還來不來。好像是連著幾聲「老夫人」，才把她從恐懼裡呼叫出來。

老夫人！

杜筠青不知道這是叫她，只是聽見一連聲叫，她才睜開了眼。一切都安靜下來了，一切都消失了。康笏南和他身邊的男人女人都不在了。西洋服裝還緊緊捆綁在身上，鞋襪也已經穿上，剛才的一切就好像沒有發生。

這個女人的手腳太俐落了。

「老夫人，請卸妝盥洗吧。」

老夫人，這是叫她，她成了老夫人？

「老夫人，請卸妝盥洗吧，夜宵要送來了。」

夜宵，就在這裡吃？燭光照著這太大的房間，杜筠青不知道這是什麼地方。她也不想吃飯，一點都不想吃，連渴的慾望也沒有了。

「老太爺吩咐了，吃罷飯，老夫人就歇著吧，今天太勞累了。老太爺也勞累了，他不過來了。從今往後，我伺候老夫人。」

他不過來了，那今天就這樣結束了？杜筠青多少次設想過，在今天這個夜晚，只剩了她和那個人的時候，一定不能害怕，要像個京城的女子，甚至要像西洋的女子，不害怕，不羞怯，敢說話，說話時帶出笑意來。可這個夜晚，原來是這樣的叫人害怕，又是這樣意外的簡單！那個康笏南，還沒有看清，就又走了。

這個伺候她的女人，就是外間傳說的那種上了年紀的老嬷子吧。年紀是比她大，但一點也不像上了年紀，而且她生得一點都不難看。

「你叫什麼?」

「老太爺喜歡叫我呂布，老夫人妳不想叫呂布，就叫妳喜歡的名字。」

她笑了笑，笑得很好看，她的牙齒也乾乾淨淨。杜筠青想問她多大了，但沒有問。自己肯定比這個女傭年輕，可已經是老夫人了。她從來沒有想到，突然降臨的幸運，就是來做康家的老夫人!父親，母親，也沒有一次說到，她將要做康家的老夫人。既是老夫人了，老太爺他怎麼能這樣對待她，簡直是當著這些男女下人把她剝光了!

杜筠青對呂布說:「我什麼也不想吃，我這裡也沒事了，妳也去歇了吧。」

但呂布卻不走，攆也攆不走。就是從那一天起，呂布成了她難以擺脫的影子。

自從新婚之夜康笏南那樣粗野地觀看過她的天足後，再沒有來看過她。除了被引去履行種種禮節，杜筠青就獨自一人守在這太大的屋子裡。

呂布說，這裡就是老太爺住的屋子，他叫大書房。杜筠青從來沒有住過這樣大的屋子，它七間九架，東西兩邊還各帶了一間與正房幾乎相當的耳房。從外望去，儼然是九間的殿堂，就是供奉神祇吧，也要放置許多尊的。康笏南他住這樣大的房屋，就不覺得太空洞嗎?杜筠青後來明白了，他住這樣大的房子，正是要占那一份屋宇之極。連老亭呂布他們都知道，京城的皇家王府才能有九間大的房宇，康笏南他似乎要悄然和皇家比肩。按朝制，他捐納的四品補用道，造七間九架的房宇也有些僭越了，居然又附了兩間大耳房，達到了九數之極。

杜筠青初入這樣的大屋，並不知道是住進了屋中之極，只是覺得太空洞，遮攔那樣遠，總不像置身室內。她更不明白，這樣氣派的房宇，康笏南他為什麼不來享用，他平日又居於何處？

這樣的疑問，她還不能問呂布。

在這七間大屋中，杜筠青居於最西首的那一間，外面一間，供她梳妝起居，再外一間，供她演習詩書琴畫。中間廳堂，似乎更闊大，說那是康笏南和她平日拜神見客的地方。東面那三間，也依次供老太爺讀書、起居、休歇。但他一直就沒有來過，每日只有下人來做細心的清掃。他是嫌冬日住這樣的大屋，太寒冷嗎？大屋並不寒冷。杜筠青甚至覺得有些暖和如春了，比起來，在冬季，她們杜家那間間房屋都是寒舍。只是，一人獨處這樣的大屋，那就處處都是寒意，滿屋考究又明淨的擺設日夜都閃著寒光。

康笏南還不能忘情於剛剛故去的先夫人嗎，那他為什麼又要這樣快就續絃？或許真是奉了神諭，娶杜筠青她這樣的女人，只是為他避邪消災？許多禮節都省略了，他並不想她尊為高貴的老夫人？父親已經成為他的岳丈，他口口聲聲還是杜長萱長杜長萱短地叫。

這裡的冬夜比家裡更漫長，寒風的呼號也比城裡更響亮。沒有寒風呼號的時候，就什麼聲音也沒有，寂靜讓人驚駭。她不能太想念父親，更不能太想念母親，她已經不能回去了。父親還在忙於酬謝太多的賀客吧？

她不記得那是進康家的第幾天了，這寂靜的大屋忽然比平時更暖和起來，還見更多的下人進進出出。老亭也來查看了一次。總之是有些不同尋常，是不是康笏南他要來了？

想問呂布，又不好意思問。呂布也在忙碌，但表情依舊，看不出有什麼特別。他來就來，不來就不來，但杜筠青還是希望他來。等到夜色降臨時，就能知道他來不來了。

沒有想到，午後不久他就來了。那時杜筠青正在自己的書房拿著一本《稼軒長短句》翻看，其實一句也沒有看進去。他進來之前，她分明已經感覺到了：屋裡的下人已傳達出了風吹草動。

「今天不冷吧？」

這是他的聲音。跟著他就進來了，問了一句：

「妳在看什麼書？」

沒有等她回答，又問了一聲：「妳咋沒穿西洋服裝？」

也沒有等她回答，他就走了。

杜筠青正在納悶，呂布已慌忙過來說：「快請，老夫人快請回房盥洗！」其實，呂布已經連扶帶拉，將她引回了臥房。一進臥房，她就極其俐落地給她寬衣解帶。

這是為什麼，天還亮著呢！

呂布只說了一聲：「老太爺來了，妳得快！」

呂布並不管她願意不願意，眨眼間已將她脫得只剩一身褻衣。不能這樣，不能這樣。但呂布已開始伺候她盥洗，然後連褻衣也給除去了，開始為她擦洗。不能這樣，天還亮著呢。但呂布太俐落了，今天比平時更俐落了不知多少倍，杜筠青在她俐落的手中不停地轉動，根本不能停下來。

不能這樣。但她已經無力停下來，也無力再多想，更無力喊叫出什麼。

什麼都被俐落地剝去了，只用一床薄衾裹了，伏到呂布的背上，被她輕輕背起，就向東邊跑去。呂布居然有這樣大的力氣。可老天爺，經過的每一處，都有像呂布一樣的下人！不能這樣。在康笏南的起居室，那個老亭居然也在……老天爺。

在康笏南的臥房裡，有三個像呂布一樣的女傭，她們正在給他擦洗，他身上什麼也沒有了，聽任她們擦洗……天爺。

杜筠青被放到了那張太大的炕榻上，帷幔也不放下來。

忽然發出了響聲，像打翻了什麼，擊碎了什麼。跟著就是一陣慌亂，跟著，溼漉漉的沉重異常的一個人壓住了她。

不能這樣，得把帷幔放下來，得叫下人退出去！四個像呂布一樣的女人在這種時候，仍然在眼前忙碌，俐落依舊。有的在給他擦乾身體，有的在餵他喝什麼……不，得推開他，得把這些女人趕走，得把帷幔放下來！

老天爺，在這種時候，眼前還有這些女人……但他太沉重了，太粗野了。

天還沒有黑，光天化日，當著這四個女人……光天化日，當眾行房，這是禽獸才能做的事！應該罵他，罵他們康家。但杜筠青的掙扎，呼叫，似乎反使康笏南非常快意，他居然笑出了聲……那些女人也笑了吧，推不動他，為什麼不昏死過去，為什麼不乾脆死去，叫他這個像禽獸一樣的人，再辦一次喪事……

但她無法死去！

6

呂布後來說，老太爺這樣叫誰也難為情，可聽說皇上在後宮，也是這種排場。

杜筠青聽了這種解釋，驚駭無比。這個康笏南，原來處處以王者自況，與外間對他的傳說相去太遠了。外間流傳，康笏南就像聖人了，重德，有志，賢良，守信，心宅仁厚得很。就是對女人，也是用情專一，又開明通達，甚會體貼人的。原來他就是這樣一種開明，這樣一種體貼！

聯想到康笏南的不斷喪妻，杜筠青真是不寒而慄。

康笏南看上父親的開明，看上她像西洋女子，難道就是為了這種宮廷排場？你想仿宮廷排場，我也不能這樣做禽獸！

杜筠青從做老夫人的第一天就生出了報復的慾望。

可她很快也發現，康笏南所居的這處老院，在德新堂的大宅第中，簡直就是藏在深處的一座禁宮。不用說別人，就是康家子一輩的那六位老爺，沒有康笏南的召喚，也是不能隨便出入老院的。

杜筠青深陷禁宮，除了像影子一樣跟隨在側的呂布，真是連個能說話的人也沒有。康笏南隔許多時候才來做一次禽獸。平時，偶爾來一回，也只是用那種霸道的口氣問幾句就走了。

開始的時候，杜筠青還不時走出老院，往各位老爺的房中去坐坐，想和媳婦們熟悉起來。媳婦們比她年長，她盡量顯得謙恭，全沒有老夫人的一絲派頭，可她們始終在客氣裡包了冷意、敵意，拒她於千里之外。六爺是新逝的先老夫人所生，那時尚小，喪母失怙後跟著奶媽。杜筠青覺他可憐，想多一些親近，誰想連他的奶媽也對她充滿了敵意。

在杜筠青進入康家一年後，她的父母也終於返京了。杜長萱先在京師同文館得一教職，不久就重獲派遣，不但回到法蘭西，還升為一等通譯官。獨自一人深陷那樣一種禁宮，在富貴與屈辱相雜中，獨守無邊的孤寂，無盡的寒意，杜筠青真懷疑過，父親這樣帶她回太谷，又這樣將她出售給康笏南，那是不是一種精心的策劃？

幾年前，父親意外地客死異國，母親不願回太谷，不久也鬱鬱病故。悲傷之餘，杜筠青也無心去細究了。因為進康家沒幾年，老東西對她也完全冷落了。也許是嫌她始終似一塊冰冷的石頭，也許是他日漸老邁，總之老東西是很少來見她了。她不再給他做禽獸，但她這裡也成了真正的冷宮。

在這冷宮裡過著囚禁似的日子，對杜筠青來說，進城洗浴就成了最大的一件樂事。如果連這件事也不許她做，她就只有去死了。

只是，在年復一年的進城洗浴中，她可從未享受到今天的愉悅。杜筠青也是第一次擺脫了影子一樣的呂布，有種久違了的新鮮感。

回到康莊，就有美國傳教士萊豪德夫人來訪。

杜長萱返京後，在太谷的那幾位美國傳教士依然和杜筠青保持來往。他們說是跟她學習漢語，其實仍想叫她皈依基督。而她始終無意入洋教，康笏南也就不反對這種來往。落得一個開明的名聲，有什麼不好？

杜筠青照例在德新堂客房院的一間客廳會見了萊豪德夫人。

「老夫人，貴府還是不想修建浴室？」十多年了，萊豪德夫人的漢語已經說得不錯。

「這樣時常進城跑跑也挺好。」杜筠青的心情正佳。

「我是想請教老夫人，你們中國人說的風水，是什麼意思。我記得，貴府不修浴室，好像也和風水有關，對吧？」

「風水，我也說不清。好像和宅第、運氣、都有關係。」

「為什麼有關係？」

「我給你說不清。風水是一門奇妙的學問，有專門看風水的人。你們是不是需要看風水的人？」

「現在只怕不需要了。我們公理會的福音堂，老夫人你是去過的。每次進城洗浴，你也都路過。我們建成、啟用已經有幾年了，也沒有給你們的太谷帶來什麼災難吧？可近日在太谷鄉民中，流傳我們的福音堂壞了太谷的風水。」

「有這樣的事？我還沒有聽說。鄉民怎麼說？」

「說我們的福音堂，蓋在城中最高的那座白塔下面，是懷有惡意。鄉民說，白塔就是太谷的風水，好像我們專門挑了這個地方建福音堂，要壞你們的風水。老夫人，當初選這個地方，你也是知道的，不是特意挑選，是只有那處地皮能買到。那裡，雖然東臨南大街，可並不為商家看重。」

「這我知道。不過，我當初也說過，讓你們的西洋基督緊靠我們的南寺，駐到太谷，也不怕和寺中的佛祖吵架？你們說，你們的基督比我們的佛更慈愛，不會吵架。」

「老夫人，妳那是幽默。妳也知道，在我們建福音堂以前，妳們的南寺，就已經不為太谷的佛教信徒敬重了。現在，鄉人竟說，是我們建了福音堂，使南寺衰敗了。不是這樣的道理呀！」

萊豪德夫人說的倒是實情。太谷城中那座高聳凌雲的浮屠白塔在普慈寺中。這處寺院舊名無邊寺，俗稱南寺，本來是城中最大的佛寺，香火很盛。曾有妙寬、妙宣兩位高僧在此住持。因為地處太谷城這樣一個繁華鬧市，滾滾紅塵日夜圍而攻之，寺內僧徒的戒行漫漫給敗壞了。憂憤之下，先是妙寬法師西遊四川峨眉，一去不返。跟著，妙宣和尚也出任京西檀柘寺長老，離開了。於是，南寺香火更衰頹不堪。

初到太谷時，杜筠青曾陪著父親，往南寺進過一次香。寺中佛事的確寥落不堪了。只是，登上那座白塔，俯望全城，倒還十分快意的。那時候，南寺東面未建洋教的福音堂，原來是商號，還是民居，她可不記得了。

「鄉人那樣說，是對你們見外。你們畢竟也是外人啊。人家愛那樣說，就那樣說吧，誰能管得了呢。」

「老夫人，妳不知道吧，近年山東、直隸的鄉民，不知聽信了什麼蠱惑，時常騷擾，甚至焚燒我們辦起的教堂，教案不斷，情景可怖。我們怕這股邪風也吹到太谷。」

「山東、直隸，自古都是出壯士的地方，豪爽壯烈，慷慨悲歌。你們為什麼要到那裡傳教？豪爽壯烈，慷慨悲歌，你懂詞意嗎？」

「不太懂。不過，在山東、直隸傳教的大多是天主教派，我們基督公理會，沒有他們多。」

「叫我們國人看，你們都一樣，都是外人。豪爽壯烈，慷慨悲歌，我也不知用英語怎樣說，總之民性剛烈，不好惹的。」

「我們只是傳播上帝福音，惹誰了？」

「你們的上帝，和我們的老天爺，不是一個人。」

「老夫人，妳一直這樣說，我們不爭這個了。那妳說，妳們太谷的鄉民，就不暴烈嗎？」

「民性綿善，不暴烈，那也不好惹。」

「山東、直隸和我們教會做對的大多是習武的拳民。太谷習武練拳的風氣也這樣濃厚，我們不能不擔心。」

「太谷人習武，一是為護商，一是為健身，甚講武德的，不會平白無故欺負你們。」

「說我們的福音堂壞了妳們的風水，這是不是尋找藉口？」

「你們實在害怕，就去找官府。」

「太谷縣衙的胡德修大人對我們倒是十分友好。就怕拳民鬧起來，官府也無能為力。山東直隸就是那樣，許多地方連官府也給拳民攻占了。貴府在太谷是豪門大家，甚能左右民心。我們懇求於老夫人的，正是希望您能轉陳康老先生，請他出面，安撫鄉民，不要受流言蠱惑。我們與貴府已有多年交情，特別與老夫人您交誼更深。妳們是了解我們的，來太谷多年，我們傳教之外，傾力所做的，就是辦學校，開診所，勸鄉民戒毒，講衛生，都是善事，並沒有加害於人。再說，我們也是你們康家票號的客戶，從美國匯來的傳教經費，大多存於貴府的天成元。」

「這我可以幫你轉達，老太爺他願不願出面，我不敢說定。」

「請老夫人盡力吧。貴府還有一位老爺，是太谷出名的拳師，也請向這位老爺轉達我們的懇求！」

「我們這位老爺，雖是武師，又年近半百，可性情像個孩童。他好求，求也必應。只是，他能否左右太谷武界，我也說不準。武師們要都似他那樣赤子性情，你們也完全不必害怕了。」

萊豪德夫人不懂「赤子」的詞意，杜筠青給她做了講解。

她說：「基督也是像孩子一樣善良。就請老夫人盡力吧。」

就在會見萊豪德夫人的那天夜裡，杜筠青被一陣急促的鑼聲驚醒。在懵懂之間，她還以為真像這位美國女人所言，太谷的拳民也鬧起來。

呂布跑到她的床前，說：「老夫人，睡吧，怕是又鬧鬼了。」

「又鬧鬼？」杜筠青清醒過來，「這是誰的鬼魂又來了？」

「誰知道呢？等天明了，我幫妳問問，睡吧。」

「許多年沒鬧鬼了。我剛進康家那兩年，時常鬧鬼，都說是前頭那位老夫人的鬼魂不肯離去。可她不是早走了嗎？這又是誰來鬧？」

「睡吧，睡吧。妳聽，鑼聲也不響了。或許，是那班護院守夜的家丁發臆怔呢，亂敲了幾下。」

「那妳也睡吧。」

「老夫人，妳先睡，我給妳守一陣。」

「去吧，睡妳的吧，不用妳守。」

終於把呂布攆走了，鑼聲也沒有再響起，夜又寂靜得叫人害怕。不過，杜筠青對於前任老夫人的鬼魂，早已沒有什麼懼怕。

她進康家後，最初的半年一直安安靜靜。半年後，就鬧起鬼來了，常常這樣半夜鑼聲急起。在黎明或黃昏也有鑼聲驚起時，全家上下都傳說是先老夫人的鬼魂不肯散去，甚至還說，聽見過她淒厲的叫喊，見過她留下的腳印。

那時，杜筠青真是害怕之極。前任老夫人不肯散去的鬼魂，最嫉恨的，那就該是她這個後繼者了。呂布說，不用害怕，老院鐵桶一般，誰也進不來。

「鬼魂像風一樣，還能進不來？」

「進不來。再說，她是捨不下六爺，不會來禍害妳。」

呂布說得倒也準，先老夫人的鬼魂，真是一直沒有來老院。

那位夫人死時，六爺才五歲。現在，他已經十六歲。她的在天之靈，也該對他放心了。他們雖在陰陽兩界，但那一份母子深情也很叫杜筠青感動。

她進康家已經十多年，一直也沒有生養孩子。一想到那禽獸一樣的房事，她也不願意為康笏南生育！可將來有朝一日，她也做了鬼魂，去牽掛誰，又有誰來牽掛她？

第三章　西幫腿長

1

六爺被驅鬼的鑼聲驚醒後，再也沒有睡著。

母親的靈魂不來看他已經有許多年了。奶媽說，母親並非棄他而去，是昇天轉世了。但明年秋天，就要參加鄉試，他希望母親來保佑他初試中舉，金榜題名，分享他的榮耀。

神奇的是，他在心裡這樣一想，母親就真來看他了？

只是，當他被鑼聲驚醒，急忙跳下床，跪伏到母親的遺像前，鑼聲就停止了。別的聲音也沒有聽見。真是母親來了，還是那班護院守夜的下人，敲錯了鑼？

第二天一早，六爺就打發下人去打聽。回來說，不是敲錯鑼。守夜的家丁真看見月光下有個女人走動，慌忙敲起了鑼。鑼一響，那女人就不見了。管家老夏已嚴審過這位家丁了，問他是真是假，是你狗日的做夢呢，還是真有女人顯靈？家丁也不敢改口，還是說真看見月亮下有個女人走動。

六爺慌忙回到母親的遺像前，敬了香，跪下行了禮，心中默唸：請母親放心，明年的鄉試，我一定會中舉的。

到吃早飯時，他按時趕往大膳房。父親已先他到達，威嚴而又安詳地坐在那裡，和平常的神情一模一樣。夜裡，父親就沒有聽見急促的鑼聲嗎？

即使在早年先母剛剛顯靈，鬧得全家人人聞鑼色變的那些時候，父親也是這樣，威嚴，安詳，就好像什麼事也沒有發生。

在吃飯中間，父親問他：「你是天天按時到學館嗎？」

六爺說：「是。正為明年的大比，苦讀呢，就是放學在家，也不敢怠慢。」

「何老爺他對你的前程怎麼看？」

「他的話，沒準。」

「大膽，『他』是誰？我還稱何老爺，你倒這樣不守師道！」

「何老爺真是那樣，一天一個說法，今天說，你奪魁無疑，明天又說，你何苦呢，去應試做甚？」

「那你呢，你自家看，能中舉不能？」

「能。不拘第幾名，我也要爭回一個舉人來。」

「你心勁倒不小，鐵了心，要求仕。」

康笏南在這天的早飯間，還向在座的四位爺，公布了他要外出巡視生意的決定。問誰願意跟隨他去？

大老爺什麼也聽不見，像佛爺似的端坐在側，靜如處子。

二爺就說：「我有武藝，我願意跟隨了做父親大人的侍衛。但父親已年逾古稀，又是這樣的熱天，是萬萬不宜出巡的！」

四爺也說：「父親大人，您是萬萬不能出巡的！」

康笏南說：「我出巡一趟，不需要你們應許。我只是問你們，誰願意跟隨我去？」

四爺趕緊說：「我當然也願意跟隨了，服侍父親大人！只是，熱天實在是不宜出巡的。還聽說，外間也不寧靜，直隸、山東河南都有拳民起事。」

康笏南閉了眼，不容置疑地說：「外間情形，我比你們知道得多。不要再說了。老六，你呢，你不願意跟隨我去一趟嗎？」

六爺說：「父親大人，我正在備考。」

「距明年秋闈還早呢。」

「但我已經不敢荒廢一日。」

「那你們忙你們的吧。」

康笏南接過老亭遞來的漱口水，漱了口，就起身走出了膳房。

大老爺跟著也走了。

二爺急忙說：「你們看老太爺是真要出巡，還只是編了題目考我們？」

四爺說：「只怕還是考我們。」

二爺問六爺：「你說呢？」

六爺說：「老太爺說出巡，那顯然是假，實在是說我呢，他不相信我能大比成功。」

二爺說：「老爺子他是看不起你。」

六爺就說：「那他能看得起你？」

二爺笑了笑，說：「哪能看得起我！我們兄弟中，老爺子看重的也就一個老三！」

四爺說：「老太爺一生愛出奇，也說不定真要以古稀之身出巡天下。」

二爺就說：「老爺子他要真想出奇兵，那我們可就誰也勸不住了，除非是老三勸他。」

四爺說：「三哥他在哪呢？在歸化城，還是在前營？」

二爺說：「誰知道！打發人問問孫大掌櫃吧。」

四爺說：「老太爺想出巡外埠，我看得把這事告三哥。」

二爺就說：「那就告他吧。」

來到學館，六爺就把這事告訴了塾師何開生老爺。

「何老爺，你看家父真會出巡外埠碼頭嗎？」

何老爺想都不想，說：「怎麼不會？這才像你家老太爺的作為！」

「老爺子那麼大年紀了，又是這樣的大熱天，何老爺，你能勸勸他嗎？」

「應該是知父莫如子，六爺，你就這樣不識你家老太爺的本相？他一生聽過誰的勸說，又有誰能勸說了他？這種事，我可效勞不起。念你的書吧。」

「今天父親還問我，何老爺對我的前程怎麼看？」

「你怎麼回答？」

「我說，何老爺總是嫌我太笨，考也是白考！」

「六爺，我什麼時候這樣說過？」

「我看何老爺天天都在心裡這樣說。這叫知師莫如徒！」

「六爺，我何嘗嫌你笨過？正是看你天資不凡，才可惜你如此痴於儒業。想在儒業一途，橫空出世，誰太痴了也不成。儒本聖賢事，演化到今天，已經不堪得很了。其中陳腐藩籬，世俗勾當，堆積太多。你再太痴，太誠，那只有深陷沒頂，不用想出人頭地。當年，我久疏儒業，已經在你家天成元票莊做到京號副幫，也不知何以神使鬼差，就客串了一回鄉試，不料竟中了舉！何以能中舉？就是九個字：不痴於它，格外放得開！」

「何老爺，我去念書了。」

六爺說畢，趕緊離開了何老爺。不趕緊走，何老爺還要給他重說當年中舉的故事。

何開生是在光緒二十年（1894），甲午科鄉試中的舉。那時，他的確是在天成元票莊做京號副幫，已頂到六厘身股。因為他很有文才，又善交際，在京師官場常能兜攬到大宗的庫銀生意，所以孫北溟大掌櫃也就讓他長年駐在京號。他駐京的三年班期，又恰恰與京城的會試之期相合，下班正逢辰、戌、醜、未年。所以，他每逢下班回晉之時，也正是京師會試張榜的日子。

那時節，金榜有名的貢士，春風得意，等待去赴殿試。落第舉子，則將失意的感傷，灑滿了茶館酒肆。京城一時熱鬧極了。何開生和京號夥友們不免要打聽晉省鄉黨有幾人上榜，哪一省又奪了冠，新科三鼎文魁中，有沒有值得早做巴結的人選。然後，何開生就帶著這些消息，踏上次晉的旅程了。

光緒十八年（1892）壬辰科會試，山西中試者，又是出奇的少。京號的夥友就有些喪氣。七嘴八舌，指摘了鄉黨中那一班專功仕途的舉子太無能、太不爭氣，忽然就一齊攛掇起何副幫來。說何掌櫃你去考一趟，狀元中不了吧，也不會白手而回！最要命的，是戴膺老幫也參加了攛掇：

「何掌櫃，你不妨就去客串一回，爭回個舉人、進士，也為咱天成元京號揚一回名！」

這本來是句戲言，可回到太谷老號，孫北溟大掌櫃竟認真起來：「何掌櫃，你就辛苦一趟吧。天成元人才濟濟，就差你給爭回個正經功名了。你要願意辛苦一趟，我准你一年假，備考下科鄉試！」

給一年假期，那也實在太誘人了。

財東康老太爺聽到這件事，專門把何開生召去，問他：「考個舉人，何夥計你覺著不難吧？」

何開生說：「早不專心儒業了，怕有負老太爺期望。」

「叫我看，也沒甚難的。一班腐儒都難脫一個『迂』字，只會斷章碎義，穿鑿附會，不用害怕他們。何夥計在商界歷練多年，少了迂腐，多了靈悟，我看不難。」

就這樣，神使鬼差，何開生踏上了晦氣之路。

他本有才學，又以為是客串，所以在甲午年的大比中就格外放得開，瀟灑揮墨，一路無有阻擋。尤其是第三場的時務、策論，由於他長年駐京，眼界開闊，更是發揮了一個淋漓盡致。在晉省考場，哪有幾個這樣發揮的儒生？他就是不想中舉，也得中舉了。何掌櫃真給天成元拿回一個第十九名舉人，一時轟動了太谷商界。

孫北溟大掌櫃和康笏南老東家都為何開生設宴慶功，獎嘉有加。

何開生哪裡能想到，厄運就這樣隨了榮耀而至。慶完功，孫北溟大掌櫃才忽然發現，何開生已經尊貴為官老爺，是朝廷的人了。天成元雖然生意遍天下，究竟是民間字號。民間商號使喚舉人老爺，那可是有違當今的朝制，大逆不道。孫北溟和康笏南商量了半天，也只能恭請何老爺另謀高就。如果來年進京會試，櫃上還依舊給報銷一切花費。離號後，何老爺的六厘身股還可保留一年。

何開生聽到這樣的結果，幾乎瘋了。棄商求仕這樣的傻事，他是連想都沒有想過！駐京多年，他還不知道官場的險惡呀？他客串鄉試，本是為康家、為天成元票莊爭一份榮耀，哪裡是想做官老爺！他一生的理想，是要熬到京號的老幫。現在離這樣的理想已不遙遠，忽然給請出了字號？半生辛勞，全家富貴，就這樣一筆勾銷了？不是開除出號，甚於開除出號！叫天成元開除了，尚可往其他字號求職，現在頂了這樣一個舉人老爺的功名，哪家也不能用你了！

但這個空頭功名，你能退給朝廷嗎？

中舉的頭兩年，何開生一直瘋瘋癲癲，無所事事。精神稍好後，康笏南才延請他做了康氏家館的塾師。禮金不菲，也受尊敬，可與京號副幫生涯比較已是寥落景象了。

何開生就教職後，康笏南讓六爺行了拜師禮。可六爺對這樣一位瘋瘋癲癲的老爺實在也恭敬不起來。不過，鄉試逼近，何老爺當年那一份臨場格外放得開倒也甚可借鑑。

可惜，何老爺把他的故事重複得太多了。

2

康笏南的第四任夫人，也就是六爺的生母出生官宦人家。她的父親是正途進士，官雖然只做到知縣及州府的通判，不過六七品吧，但對康家輕儒之風她一直很不滿意。所以，六爺從小就被曉以讀書為聖事。母親早逝後，他的奶媽將這一母訓一直維持下來。

六爺鐵了心要讀書求仕，實在是飽含了對母親的思念。他少小時候，就體察到母親總是鬱鬱寡歡。五歲時，母親忽然病故，那時他還不能深知死的意義，只是覺得母親一定是因為不高興遠走他處了。

母親為什麼總是那樣不高興？他多次問過奶媽。奶媽一直不告訴他，只叫他用功讀書。你用功讀書，母親才會高興。但他能看出，奶媽有什麼瞞著他，不肯說出。

六爺的生母去世半年後，德新堂開始鬧鬼。據護院守夜的家丁說，他們看見過先老夫人的身影，也聽到過她淒厲的叫聲。只是夜半驟起的鑼聲並沒有驚醒少年六爺。他正在貪睡的年齡。後來每有鑼聲響起，總是奶媽把他搖醒，叫他跪伏在母親的遺像前。

奶媽代他敬香，告訴他說：「你的母親看你了，快跟她說話吧！」

他哪裡能明白，就問：「母親在哪兒呀？」

「她在天上，你在心裡跟她說話，她也能聽見。」

母親在天上，天又在哪兒？他還是不能明白。只是，一次，兩次，多次，少年六爺也就相信了奶媽的話，習慣了這種和母親的相見和對話。他跪伏著訴說對母親的思念，奶媽就轉達母親的回話，叫他用功讀書。

有時，他跪伏在那裡，會不由哭起來。奶媽就代母親和他一起哭。

不過，多數時候，他還是告訴母親，自己如何用功於聖賢之書。他刻苦用功，實在是想讓母親高興。但他始終不知道，母親為何那樣鬱鬱寡歡。

他一天天長大，正有許多話要問母親時，她卻已離他而去。父親為母親做了多次超度亡靈的道場，母親是不得不走吧。除了對他的牽掛，母親一定還有什麼割捨不下。可奶媽也依然不肯對他說出更多的祕密。

昨夜先母又突然顯靈，不只是掛念他的科考吧？

六爺相信，奶媽一定知道與母親相關的許多祕密。什麼時候，才肯把這些祕密告訴他呢？要等到他中舉以後嗎？

這天從學館回來，奶媽又和六爺說起他的婚事。他已經十七歲，眼看要到成婚的年齡。康笏南也想早給他成一個家，這樣大了，還靠著奶媽過日子，哪能有出息。可六爺執意要等鄉試、會試後，再提婚事。老太爺也沒有太強求，只是奶媽就不高興了，以為是老太爺對他太不疼愛。

「六爺，你母親昨天夜裡來看你，你知道是惦記什麼？」

「來的一定是先母嗎？已有許多年不來了，先母早應該轉世了吧？」

「不是你母親是誰？準是你母親放心不下你。」

「不放心明年的大比吧？」

「明年大比也惦記，最惦記的，還是你的婚事！」

「奶媽，這是妳的心思。先母最希望於我的，還是能像外爺一樣中舉人、成進士。我還想點翰林呢。有了功名，還怕結不了一門好親嗎？」

「六爺，你母親知道你沒有辜負她的厚望，學業上很爭氣。對你的前程，她已放心了。只等你早日成婚，有了自己的家，你母親就沒有牽掛了。」

「我知道，母親還有別的牽掛。奶媽，妳一定知道她還有話要說。我既然長大，該成家立業，那妳就把該說的話，對我說了吧！」

「六爺，我可沒有什麼瞞著你。」

「奶媽，我能看出來，妳有話瞞了我。」

「六爺，我們雖為主僕，可我視你比自己的親生骨肉還親。我會有什麼瞞你？」

「奶媽，我也視妳如母親。我能看出，妳也像母親一樣總是鬱鬱寡歡。」

「我也只是思念你母親，她太命苦。這十多年，我更是無一日不感到自己負重太甚。你母親是大家出身，又是出名的才女，我怎麼能代她對你盡母職？但她臨終泣血相托，我不敢一日怠慢的。」

「奶媽，妳不用說了。」

「六爺，聽說老太爺要出巡去了，有這樣的事嗎？」

「有這樣的打算，還沒有說定呢。」

「那就請老太爺在出巡前，給你定好親事吧。定了親，是喜慶，對你明年赴考也吉利。」

「奶媽，老太爺說走，就要走了，哪能來得及！要定，也要像母親那樣的才女。不是那樣的才女，我不可要！」

「想要那樣的才女，就叫他們給你去尋。」

「到哪裡去尋！」

六爺記得，就是母親在世的時候，他也是和奶媽住在這個庭院裡。母親有時住在這裡，有時不在。不在的時候，那是留在了父親住的老院裡。父親住的那個老院，六爺長這麼大了也沒有進去過幾次。父親常出來看他，卻從不召他進去。

父親住的老院，那是一個神祕的禁地。從大哥到他，兄弟六人，誰也不能常去。就是父親最器重的三哥，也一樣不能隨便出入。平時，他們向父親問安叩拜，都在用餐的大膳房。節慶、年下，是在供奉了祖宗牌位的那間大堂。即使父親生了病，也不會召他們進入老院探望，只是透過老亭，探聽病情，轉達問候。

不過，從大哥到五哥，他們似乎早已習慣了這樣。只有他一直把老院的神祕和母親的鬱鬱寡歡、和奶媽隱瞞著的祕密連繫起來。如果能隨便進出老院，那就能弄明白他想知道的一切了。六爺找過不少藉口，企圖多去幾次老院都沒有成功。

現在，父親要外出巡視生意，這也許是一個機會。父親不家，老院還會守衛那麼森嚴嗎？所以，六爺在心裡，是希望父親的出巡能夠成行。上一次父親出巡，在四五年前了，那時他還小，沒有利用那個機會。

在父親公布他要出巡後，管家老夏也來找過六爺，說：「你們各位老爺也不勸勸老太爺，這種大熱天，敢出遠門？你們六位老爺呢，誰不能替老爺子跑一趟？是攔，是替，你們得趕緊想辦法！」

六爺本來想以備考緊急為託詞，不多參加勸說，後來又想起了何老爺那句話：「他聽過誰的勸說，誰又能勸說得了他！」知道勸也沒用。但在孝道人情上，總得盡力勸一勸吧。

他就對老夏說：「這事你得跟二爺說。大老爺是世外人，二爺他就得出面拿主意。他挑頭，我們也好說話。」

老夏說：「二爺他是沒主意的人。還說，他是武夫，說話老太爺不愛聽。我又找四爺，他也說，他的話沒分量，勸也白勸。他讓我去見孫大掌櫃，說大掌櫃的話，比你們有分量。可求孫大掌櫃，也得你們幾位爺去求！我有什麼面子，能去求人家孫大掌櫃？」

「二爺、四爺，都是成家立業的人了，說話還沒分量，我一個蒙童，說話能管用？」

「六爺你小，受人疼，說不定你的話，老太爺愛聽。」

六爺在心裡說：老太爺能疼我？「在吃飯時，我已經勸過多次了，老太爺哪會聽我的！還是得二爺出面，他拿不了主意，也得出面招呼大家，一道商量個主意。」

「請二爺出面，也得四爺和六爺你們請呀！」

「那好，我們請。明天早飯時，等老太爺吃罷先走了，我就逼二爺。到時候，老夏你得來，把包師父也請來。你們得給我們出出主意。」

「那行。六爺，就照你說的。」

3

次日早飯，康笏南又先於各位爺們來到大膳房。但在進餐時，幾乎沒有說什麼話。只是，進食頗多，好像要顯示他並不老邁，完全能順利出巡。進食畢，康笏南先起身走了。

大老爺照例跟著離了席。

二爺也要走，被六爺叫住了：「二哥，你去勸說過老爺子沒有？」

二爺說：「除了在這裡吃飯，我到哪去見？」

六爺說：「二哥你武藝好，就是飛簷走壁吧，還愁進不了老院？」

二爺說：「老六，你嘴巧，有文墨，又年少，可以童言無忌，你也該多說。」

四爺說：「我們幾個，就是再勸，也不頂事。」

六爺說：「不頂事，我們也得勸，這是盡孝心呀！大哥他是世外人，我們指靠不上，就是有什麼事了，世人也不埋怨他。我們可就逃脫不了！二哥，你得挑起重任來。我們言輕，老爺子不愛聽，但可以請說話有分量的人來勸老太爺。」

說話間，老夏和包師父到了。大家商量半天，議定了先請三個人來。頭一位，當然是孫北溟大掌櫃。再一位，也是大掌櫃，那就是康家天盛川茶莊的領東林琴軒。康家原由天盛川茶莊發家，後才有天成元票莊，所以天盛川大掌櫃的地位也很高。第三位，是請太谷形意拳第一高手車毅齋武師。車毅齋行二，在太谷民間被喚做車二師父，不僅武藝高強，德行更好，武林內外都有盛名。康笏南對他也甚為敬重。

力主請車二師父來勸說康老太爺的，當然是二爺和包師父。他們還有一層心思，萬一勸說不動，就順便請車二師父陪老太爺出巡，以為保駕。所以，出面恭請車二師父，二爺也主動擔當了，只叫包師父陪了去。

恭請兩位大掌櫃的使命，只好由四爺擔起來，老夏陪了去。

六爺呢，大家還是叫他「倚小賣小」，只要見了老太爺的面，就勸說，不要怕絮煩，也不要怕老爺子生氣。

這樣的勸說陣勢，六爺很滿意。

康二爺究竟是武人，領命後，當天就叫了包師父，騎馬趕往車二師父住的貫家堡。

貫家堡也在太谷城南，離康莊不遠。貫家堡歷來以藝菊聞名，花農世代相傳，藝法獨精。秋深開花時，富家爭來選購。車二師父雖為武林豪傑，也甚喜藝菊。他早年也曾應徵於富商大戶，做護院武師。後來上了年紀，也就歸鄉治田養武。祖居本在賈家堡，因喜歡藝菊，竟移居貫家堡。除收徒習武外，便怡然藝菊。這天，康二爺和包世靜來訪時，他正在菊圃勞作。

因為常來，二爺和包武師也沒怎麼客氣直接就來到菊圃。見車二師父正在給菊苗施肥水，二爺撿起一個糞瓢就要幫著做。嚇得車二師父像發現飛來暗器一樣急忙使出一記崩拳，擋住了：

「二爺，二爺，可不敢勞你大駕！」

「這營生，舉手之勞，也費不了什麼力氣！」

「二爺，快把糞瓢放下。我這是施固葉肥水，為的就是開花後，腳葉也肥壯不脫落。你看這是舉手之勞，實在也有講究。似你這毛手毛腳，將肥水灑染到葉片上，不出幾天，就把葉子燒枯了，還固什麼葉！」

二爺舀了些肥水聞了聞，「稀湯寡水，也不臭呀，就那麼厲害？」

車二師父說：「這是用退雞毛鵝毛的湯水漚成的。就是要漚到穢而不臭才能施用。」

「真有講究。那我們幫你鋤草？」

「不用，有兩個小徒鋤呢，沒有多少活計。藝菊實在也是頤養性情，出力辛苦很在其次。二位還是請吧，回寒舍坐！」

包世靜就說：「師父，就在菊圃的涼棚坐坐也甚好。」

康二爺也說：「就是，這裡風涼氣爽，甚美。」

「那就委屈二位了。」車二師父也沒有再謙讓，喊來一個小徒弟，打發回去提菊花涼茶。

三人就往涼棚裡隨便坐了。天雖是響晴天，但有清風吹拂，也不覺悶熱。菊圃中，那種艾蒿似的香草氣息，更叫人在恬靜中有些興奮。

車二師父說：「二位今天來不是為演武吧？」

二爺說：「演武也成，可惜，我們哪是你的對手！」

包世靜就說：「康二爺今天來，實在是有求於師父。」

車二師父忙說：「二爺，我說呢，今天一到那麼殷勤。說吧，在下能效勞的一定聽憑吩咐。我們都不是外人了。」

二爺就趕緊起身作揖，道：「車師父這樣客氣，我真不敢啟口了。」

包世靜就說：「二爺今天來，不是他一人來求師父，還代他們康家六位爺來懇求師父！」

車二師父也忙起身還禮，「說得這樣鄭重，到底出了什麼事？」

包世靜說：「康家的老太爺，年逾古稀了。近日忽然心血來潮，要去出巡各碼頭的生意。說走，還就要走，天正一日比一日熱，他也不管，誰也勸說不下。二爺和我直給老爺子說，晉省周圍，直隸、河南、山東，眼下正不寧靜，拳民起事，教案不斷，說不定走到哪，就給困住了。連這種話，老爺子也聽不進去。全太谷，能對他說進話的，實在也沒有幾人。但師父你是受他敬重的，你的話，他聽。」

「原來是這種事，還以為叫我擒賊禦敵。我一個鄉間武夫，怎麼想到叫我去做說客？你們知道，我不善言辭。再說，這也是你們的家事，我一個不相干的外人如何置喙！」

二爺立刻說：「家父對車師父真是敬重無比，不光是敬你的武藝，更重你的仁德。他肯練形意拳健身，實在也是出於對車師父的崇拜。」

包世靜也說：「康家沒人能說動老太爺，才來請師父你！」

車二師父想了想，說：「這個說客，我不能當。不是我不想幫忙，以我對康老太爺的了解，在這件事上，他也不會聽我勸。因為這是關乎你們康家興衰的一個大舉動！看看現在祁太平那些豪門大戶吧，還有幾家不是在做坐享其成的大財東？他們誰肯去巡視外埠碼頭的生意？就是去了，誰還懂生意？他們都只會花錢，不會賺錢了。」

包世靜說：「二爺他們也不是反對老太爺出巡，只是想叫他錯過熱天。就是跑高腳，拉駱駝，也要避開暑熱天。」

車二師父說：「康老太爺選了暑熱天出巡，說不定是有意為之，要為西幫發一警示。如果不是有意為之，當真不將寒暑放在話下，那就更有英雄氣概。」

二爺說：「我們是擔心他的身體。」

車二師父問：「令尊大人一直堅持練拳嗎？」

二爺說：「就是，風雨無阻，一日不輟。」

「飯量呢？」

「食量還不小。」

「睡眠呢？」

「那就不得而知了。」

包世靜說：「我看老太爺氣色甚好。」

車二師父說：「叫我說，你們就成全了老太爺吧，恭恭敬敬送他去出巡。他年輕時，常出外，南南北北，三江四海，哪沒有去過？尤其是口外的蒙古地界，大庫倫、前後營，跑過不少回。風雨寒暑，他還怕？雖說年紀大了，但你們練武都知道，除了力氣，還得有心氣。老太爺心氣這麼大，不會有事。西幫商賈憑什麼能富甲天下？除了性情綿善，就是腿長，跋涉千萬里，辛勤貿易，一向是平常事。二爺，令尊為你們兄弟取名元、先、光、允、堯、龍，都是長腿字，還不是期望你們不要丟了腿！」

二爺說：「老太爺忽然要這樣冒暑出巡，分明是不滿於我們。」

車二師父說：「是，也不盡是。二爺，你要盡孝心，何不跟隨了老爺子，遠行一趟，也會會江湖武友？」

二爺說：「哪次老太爺出巡，我不願隨行了伺候？人家看不上我，不叫我去。車師父，這次家父如若執意出巡，不知師父肯不肯屈尊同行以壯聲威？」

包武師也說：「師父如可同行，那會成為西幫一件盛事！」

車二師父笑了笑說：「我一介農夫，能壯什麼聲威，成什麼盛事！如要保鏢，還是請鏢局的武師。他們常年跑江湖，沿途地面熟，朋友多，懂規矩，不會有什麼麻煩。我這種生手，就是有幾分武藝，也得重新開道，豈不要耽誤了老太爺的行程？這種事上，老太爺比你們精明，他一向外出，都是請鏢局的武師。」

二爺說：「如家父親自出面延請，車師父肯賞光同行嗎？」

車二師父又笑了：「不會有這樣的事。」

包世靜說：「如有這樣的恭請，師父不會推辭吧？」

車二師父說：「如有這樣的事，我不推辭。但我敢說，不會有這樣的事。你們老太爺這次出巡，我看是想以吃苦、冒險，警示西幫。拽了我這等人，忝列其間，倒像為了排場，哪能警示誰！」

二爺忙問：「車師父，直隸、山東、河南的拳民到處起事，真不足畏嗎？」

包世靜也問：「師父，那些拳民練的是什麼拳？」

車二師父說：「日前有從直隸深州來的武友，閒話之間，說到過風行直省的拳事。那邊的拳事，並不類似我們形意拳這樣的武術，實在是一種會道神教。入教以習拳為正課，所以也自稱『義和拳』。教中設壇所供奉的神主，任意妄造，殊不一律，以《西遊》、《封神》、《三國》、《水滸》諸小說中神人鬼怪為多。教中領袖，拈香誦咒，即稱神來附體，口含天憲，矢石槍炮，均不能入。如此神拳，練一個月就可實用，練三個月，就能術成。你我練拳大半生，哪見過這樣討巧的拳術？他們用以嚇唬西洋人還成。在我們，又何足道哉！」

二爺說：「聽說起事時，拳民甚眾，也不好對付。」

車二師父說：「那二爺你就跟隨了去，正可露一手『千軍叢中奪人歸』的武藝。」

包世靜說：「既是如此，那真也不足畏。我們還是演一會武吧！」

三人喝了些涼茶，就走出菊圃，到演武場去了。

4

老夏陪了四爺，進城先見了天成元票莊的孫北溟大掌櫃。

孫大掌櫃還不大相信康老太爺真要出巡，他說：「那是我和老太爺閒聊時，他說的一句戲言。你們不要當真。」

四爺就說：「老太爺可是鄭重向我們做了交代。」

老夏也說：「老太爺已有示下，叫我盡快張羅出巡的諸多事項。」

孫大掌櫃說：「他真是說走就要走嗎？」

老夏說：「可不是呢！要不，我們會這樣火急火燎地來見你？」

四爺說：「大掌櫃，你得勸勸老太爺。他實在要出巡，那也得錯過暑天吧？」

孫北溟沉吟片刻，說：「那我去見見老太爺。看他是真要出巡，還是又出了一課禪家公案，要你們參悟？他真想出巡，那我也得趕緊安頓櫃上諸事！」

四爺說：「老太爺真要出巡孫大掌櫃你也勸說不得嗎？」

孫大掌櫃說：「四爺，老夏，容我先見老太爺再說。」

四爺忙說：「那就多多拜託孫大掌櫃了！」

老夏也說：「大掌櫃一言千鼎，除了你出面說話，沒人能勸得了老太爺。」

離開天成元票莊，老夏又陪四爺來到天盛川茶莊。

天盛川茶莊也在西大街，離天成元不遠。門臉沒有天成元氣派，卻多了一份古色古香的雅氣。康家的大生意雖在天成元，但天盛川是康家發家字號，所以地位始終不低。每年正月商號開市，康笏南進城為自家字號拈香祝福，祭拜天地財神，總是先來天盛川，然後才往天成元，再往天義隆綢緞莊以及康家的其他字號。

天盛川，早年只是口外歸化城裡一間小茶莊。那時，康當家的康士運，在太谷經營著一家不大的駝運社，養有百十多峰駱駝，專跑由漢口到口外歸化之間的茶馬大道。上行時，由湖北蒲圻羊樓洞馱運老青磚茶，北出口外；下行時，再從歸化馱運皮毛呢氈，南來漢口。天盛川茶莊就是康家駝運社的一個老主顧，常年為它從湖北承運茶貨。

老青茶，屬黑茶，是一種發酵茶。蒙古牧民多習慣用老青茶熬製奶茶，而奶茶對牧民，那是日常飲食中的半壁江山。但蒙地的老青茶生意，幾為晉人旅蒙第一商號大盛魁所壟斷。天盛川是小茶莊，本來就無法與之較量，經理協理又是平庸之輩，所以生意做得不起山。到後來，竟常常拖欠駝運社的運費，難以付清。但康士運很仁義，欠著運費，也依舊給天盛川進貨。欠債越來越多，康家的仁義不減。天盛川的財東和掌櫃感其誠，即以債務作抵，將茶莊盤給了康家。

康士運接過天盛川茶莊，先就避開大盛魁鋒芒，不再做老青磚茶的生意。大盛魁的駝運隊，駱駝數以萬峰計，售貨的流動「房子」，能走遍內外蒙古的所有牧場。誰能與它爭利？那正是雍正年間，中俄恰克圖通商條約剛剛簽訂。康士運慧眼獨具，大膽將生意轉往更為遙遠的邊疆小鎮恰克圖，在那裡開了天盛川的一間分號。多年跑茶馬大道，他知道俄國人喜飲紅茶，而蒲圻羊樓洞的米磚茶，即是很負盛名的紅茶。改運老青茶為米磚茶，那是輕車駕熟的事。天盛川易主後，就這樣轉向專做米磚茶的外貿生意了。

駝道雖然由歸化延伸到恰克圖，穿越蒙古南北全境，其間艱難險阻無法道盡了，但趕在恰克圖的買賣城草創之初，捷足而登，卻占盡了先手。天盛川不僅在這個日後繁榮異常的邊貿寶地立住了腳，而且很快發達起來。將米磚茶出售俄商，獲利之豐，那是老青茶生意無法相比的。從俄境販回的皮毛呢絨，就更能在漢口售出珍貴物品的好價。一來一去，兩頭利豐，不發達還等什麼！

到康笏南曾祖爺手裡，天盛川茶莊已經把生意做大了。總號由歸化移到太谷，在湖北蒲圻羊樓洞有了自己的茶場，恰克圖的字號更成為大商行。駝運社則移到歸化，駱駝已有千峰之多。

康家的茶場，除了自種，在鄂南大量收購毛茶，經萎凋、揉捻、發酵、蒸壓，製成磚茶。然後，運回太谷老號，包了專用麻紙，加蓋天盛川字號的紅印，三十六片裝成一箱，再由駝隊發運恰克圖。

經歷乾嘉盛世，恰克圖已成邊貿大埠，天盛川也成為出口茶葉的大商號。自然，康家也成鉅富。

道光初年，平遙西裕成顏料莊改號為「日昇昌」，專營銀錢匯兌的生意，打出了「匯通天下」的招牌。從此，山西商人涉足金融業，獨創了近代中國的「前銀行」——票號，將晉商的事業推向了最輝煌的階段。康家依託天盛川茶莊的雄厚財力和既有信譽，很快也創辦了自家的票莊：天成元。康家也由此走向自己的輝煌。

票莊是錢生錢的生意，發達起來，遠甚茶莊。尤其到咸豐年間，俄國商人已獲朝廷允許，直入兩湖採購茶葉，還在漢口設了茶葉加工廠。俄商與西幫的競爭已異常殘酷。康家雖沒有退出茶葉外貿的生意，但已將商事的重心轉到票莊了。

天盛川茶莊的大掌櫃林琴軒，是一位頗有抱負的老領東了，他苦撐茶莊危局，不甘衰敗。對東家重票莊，輕茶莊，一向很不以為然。所以，當四爺和老夏來求助時，他毫不客氣，直言他是支持老太爺出巡的。

「叫我說，老太爺早該有此壯舉了。看看當今天下大勢，危難無處不在，可各碼頭的老幫夥友一片自負。尤其他們票莊，不但自負更甚，還沉迷於奢華，危難於他們彷彿永不搭界！天下哪有這樣的便宜？老太爺不出面警示一番，怎麼得了！」

四爺說：「林大掌櫃一片赤誠，我們一向敬重無比。所以才來求助大掌櫃，只有大掌櫃的話老太爺肯聽。我們不是阻攔老太爺出巡，只是想叫他錯過熱天，畢竟是年逾古稀了。」

老夏也說：「聽說外間也不寧靜。要出巡，選個好時候，總不能這樣說走就要走。」

林琴軒說：「這你們就不懂了。我看老太爺才不是心血來潮，他是專門挑了這樣的時候。大熱天，外間又不寧靜，以古稀之年冒暑、冒險，出行千里巡視生意，這才像我們西幫的舉動。時候好，又平安，不受一點罪，那是去出遊、享樂，能警示誰？」

四爺說：「父母在，不遠行。現在家父要遠行，林大掌櫃，你說我們能不聞不問嗎？」

林大掌櫃說：「不孝有三，無後為大。老太爺生了你們六位老爺，不是我說難聽話，你們有誰能堪當後繼？」

當著四爺的面，林大掌櫃就說出這樣的話，老夏雖感不滿，也不便頂撞。因為即使當了老太爺，林大掌櫃有時也是這樣直言的。看看四爺，並無怒氣，只是很虔誠地滿臉愧色。

「林大掌櫃說得是，我們太庸碌了，不能替老太爺分憂、分勞。」

「四爺，你真是太善了，善到這樣沒有一點火氣。你像歸隱林下的出世者，不爭，不怒，什麼都不在乎，這哪裡像是商家？」

老夏忙說：「四爺這樣心善，有什麼不好！」

林大掌櫃說：「你們幾位老爺，都是這樣逸士一般，仙人一般，商家大志何以存焉？」

四爺依然一臉虔誠的愧色，說：「哪裡是逸士仙人，實在是太庸碌了。要不還需勞動老太爺這樣冒暑冒險出巡嗎？」

老夏說：「林大掌櫃，三爺在口外巡視生意已經快一年了。三爺於商事，那是懷有大志的。」

林大掌櫃居然說：「三爺他倒是有心勁，可惜也不過是匹夫之勇。」

老夏就說：「林大掌櫃，你也太狂妄失禮了吧？當著四爺，連三爺也糟蹋上了，太過分了！你當大掌櫃再年久，也要守那東夥之分，主僕之別吧？」

「正是當著四爺，我才這樣直諫。」

四爺忙說：「林大掌櫃一片赤誠，我們是極為敬佩的。所以我們才來求助大掌櫃。」

「不用勸老太爺了，他想出巡，就叫他出巡。他能受得下旅途這點辛苦，不用你們瞎操心。你們康家是拉駱駝起家，不應該怕這點旅途辛苦。沒有這點辛苦，哪還能立足西幫！」

四爺說：「那就聽林大掌櫃的，不再勸阻老太爺出巡。林大掌櫃能否為老太爺選一相宜的出巡路線？」

林大掌櫃說：「還是怕熱著老爺子吧？叫我說，他想去哪兒，就由他去哪兒。你們無非叫我勸他往涼快的地界走。可叫我看，三爺既在口外，他一準下江南。」

「下江南？」

「大熱天，下江南？」

「你們不用大驚小怪了，下江南，就由他下江南。」

林大掌櫃說話不留情，可執意要四爺和老夏留在字號用飯。席間幾盅酒下肚，他說話就更無情了。除了老太爺，幾乎無人不被數落，尤其是票莊的孫北溟大掌櫃，林琴軒數落更甚。

四爺和老夏也只能虔誠地聽著。

5

求助的三位人物，就有兩位不但不勸阻，反而很贊成老太爺出巡。六爺聽了這個消息，心裡倒是暗暗高興。只有一個孫大掌櫃，沒有說定是勸阻，還是贊同。四爺說，聽孫大掌櫃口氣，好像是不贊同。孫大掌櫃可不是一般人物，他要出面阻攔，說不定真能把老太爺攔下。

六爺想了想，忽然想到一個人，那就是他最不願意見的老夫人。老夫人出面勸阻，那會怎麼樣呢？六爺知道，老太爺是不會聽從她的勸阻的。但應該請她出面勸一勸。於情於理，都應請她出面勸一勸。趁見老夫人的機會也可進一次老院。

這天從家館下學回來，吃過晚飯，就去老院求見老夫人。下人傳話進去，老亭很快就出來了。

「六爺，我這就去對老夫人說。老夫人要問起，六爺為什麼事來見她，我怎麼回話？」

「我正預備明年大試的策論，怕有制夷之論。所以想向老夫人問問西洋列強情形。」

「六爺稍擔待，我這就去說。」

老亭進去不多久，老夫人身邊的呂布就跑出來了。

「六爺是稀客，老夫人一聽說就叫我趕緊來請！」

六爺真是沒有想到這樣容易就進了老院。以前他想進老院，總是以求見老太爺為由，老太爺又總是回絕他。但他從沒有求見老夫人。這位替代了母親的女人，他最不想見她。今天來見她也完全是為了母親。跟著呂布，穿過兩進院，來到了父親的大書房。

這裡也曾經是母親生前居住的地方，但他自己是一天也沒有在這裡住過。他一落地，就和奶媽住進了派給他的那處庭院。母親也常常住在那裡。

現在，這個替代了母親的女人已經站在大書房的門前。她這樣屈尊來迎接，六爺心裡更感到不快。

「拜見母親大人了。」

六爺正要勉強行跪拜禮，老夫人就說：「呂布，妳快扶六爺進屋，我這裡不講究，快不用那樣多禮。」

進屋後，又把他讓進了她的書房，是想消去長輩的威嚴吧。其實，他在心裡從來也不認同她這位繼母。

這間書房，以前也是母親的書房。裡面的擺設，好像什麼也沒有改變，只是有些凌亂。書閣上置有《十三經註疏》、《欽定詩經》、《蘇批孟子》、《古文眉銓》、《算經十書》、《瀛環志略》、《海國圖志》、《泰西藝學通考》一類書籍。六爺猜不出這個替代了母親的女人是否會讀這些枯燥的書，也猜不出母親在世時，這些書籍是否已放置在此了。

這裡的書閣，可比他自己房裡的書閣精緻得多，是一排酸枝淺雕人物博古紋書閣。那邊，老爺子的書房，放置書籍的更是紅木書卷頭多寶閣。

「聽說六爺正在為明年的大比日夜苦讀呢。」

這個女人的京話說得這樣悅耳，六爺也感到很不快。

「我哪裡是讀書的材料，不過是尊了老太爺的命吧。」

「六爺極有天分，我是早知道的。明年一準會蟾宮折桂，為你們康家搏回一份光耀祖宗的功名來。」

「謝謝母親大人的吉言，只怕會叫大家失望的。」

「不會。六爺，叫誰失望都不怕，但能叫你的先母失望嗎？這麼多年了，她的在天之靈一直惦記著你，真是得信那句話：驚天地，動鬼神！」

六爺沒有想到，這個女人會說這樣的話。她是真心這樣說，還是一種虛情假意？

「先母生前的確是希望我能讀書成功的，可惜，我那時幼小無知。母親大人，難道妳也相信，先母的靈魂還在掛念我？」

「我一直相信。」

「妳為什麼會相信？」

「因為我也是一個女人。尤其是我住進了你父親的這座大書房，住進了你的先母住過的這一半大屋，我就能理解她了。」

「可是，父親一直不讓我相信先母的鬼魂。」

「但我相信。」

「先母的靈魂回到過這座大書房嗎？」

「沒有。我盼望她能來，但她一直沒來。」

「妳不怕她的鬼魂？」

「我知道，她不會怨恨我。」

「那先母怨恨誰？」

「六爺，我不能給你說。」

「為什麼不能說？」

「我不能說。六爺，你還是全力備考吧，不能叫你的先母失望。聽說，你要問我西洋列強情形，我哪裡能知道！」

「母親大人，我今天來拜見妳，其實是為另一件事。老太爺他要到各地碼頭出巡，妳知道嗎？」

「我哪裡會知道？沒有人告訴過我。他什麼時候出巡去？」

「他說走就要走。已經叫老夏給預備出巡的諸事了，也不管正是五黃六月大熱天！他那麼大年紀了，大熱天怎麼能出遠門？但我們都勸不住他，票莊茶莊的大掌櫃，也勸不住他。今天來，就是想請母親大人勸一勸他。想出巡，也得揀個好時候。就不能錯過熱天，等涼快了再說？」

杜筠青聽了六爺這番話半天沒有言聲。

他決定要出巡，已經鬧得這樣沸沸揚揚，她連知道也不知道。他不告訴她，下面的人，也沒有一人告訴她。呂布是不知道，還是知道了也不告訴她？她當的這是什麼老夫人！想出巡，就去吧，她不阻攔，即便想阻攔，能阻攔得了？

但她又不能將這一份幽怨流露給六爺。

「母親大人，妳也不便勸說嗎？」

「不，我看你父親要冒暑出巡是一次壯舉。我為什麼要勸阻他呢？只是，不知要出巡何方？要是赴京師天津，我也想隨行呢。我已經離京十多年，真想回去看看。四五年前，你父親出巡京津，我便想隨行，未能如願。」

「聽說，這次是要下江南。」

「下江南？下江南，我也願意隨行。我外祖家就在江南，那裡天地靈秀，文運隆盛。六爺，你也該隨你父親下一趟江南，竊一點他們的靈秀之氣回來。」

「可老太爺那麼大年紀了，冒暑勞頓千里，我們怎麼能安心呢？」

「他身子骨好著呢，又有華車駿馬，僕役保鏢，什麼也不用擔心。你們康家不是走口外走出來的嗎，還怕出門走路？」

六爺沒有想到老夫人居然是這樣一種態度。她也是不但不勸阻，更視老太爺出巡為一件平常事，出巡就出巡吧。

這位替代了母親的女人，是不是也想盼望著老太爺出巡能成行？

六爺從老院出來，回想老夫人的言談，分明有種話外之音似的，至少在話語間是流露了某種暗示。她說母親不會怨恨她，也許她知道母親的什麼祕密吧？

六爺回來將這種感覺告訴了奶媽。他還說了一句：「她好像也同情母親呢。」

奶媽聽後，立刻就激憤了，說：「六爺，你可千萬不能相信她！」

說時，竟落下淚來。

六爺沒有想到奶媽會有這樣激烈的反應，就問：「母親生前，認識這個女人嗎？」

奶媽嘆了口氣，說：「六爺，有些話，我本來想等你中舉、成家後，再對你說。這也是你母親臨終的交代。現在，就不妨對你先說了吧。」

母親去世後，奶媽就是他最親近的人了。但他早已感覺到，奶媽有什麼祕密瞞著他。現在，終於要把這些祕密說出來了。

「奶媽，我早知道，你們有話不對我說。」

「六爺，那是因為你小。說了，你也不明白。」

「現在，我已經不小了，那就快說吧。」

但奶媽說出的第一句話，就叫六爺大吃一驚：「六爺，你母親就是叫這個女人逼死的。」

她逼死了母親？只是聽完奶媽的告訴，六爺明白了母親的去世，是和這個女人有關。可好像也又不能說就是她逼死了母親。

原來，杜筠青回到太谷之初，陪伴著父親出入名門大戶，那一半京味一半洋味的獨特風采很被傳頌一時。自然，也傳入了康莊德新堂，傳入康笏南的耳中。他當著老爺少爺的面時，正色厲聲，不叫議論這個女子。太谷的名門大戶，幾乎都宴請過杜長萱父女了，康家也一直沒有從眾。康家不少人，包括各房的女眷們都想見一見這位時新女子，康笏南只是不鬆口。

不過，回到老院，康笏南就不斷說起這位杜家女子。那時的老夫人，也就是六爺的生母，聽老太爺不斷說這位女子，並無一點妒意。聽著老太爺用那欣賞的口氣，說起這個杜家女子，京話說得如何好，生了一雙天足，卻又如何婀娜鮮活，在場面上，又如何開明、大方，一如西洋女子，她也只是很想見見這個女子。

她幾次對康笏南說：「我們不妨也宴請他們一次，聽一聽西洋的趣事，也給杜家一個面子。」

可康笏南總是說：「要請，我們康家也只能請杜長萱他一人！」

到頭來，康家連杜長萱一人也沒有請。

老夫人後來聽說，康家的天盛川茶莊宴請過杜家父女。老太爺那日去了天盛川，但沒有出面主持宴席，只是獨坐在宴席的裡間，聽了杜家父女的言談。老夫人想，他一定也窺視了這位杜家女子的芳容和風采。

但她心裡，實在也沒有生出一絲妒意。她甚至想，老太爺既然如此喜歡這位杜家女子，何不託人去試探一下，看她願意不願意來做小。杜長萱是京師官場失意，回鄉賦閒，杜筠青又是失夫寡居，答應做小也不辱沒他們的。那時，老夫人也正想全心來撫愛年幼的六爺，她一點也不想在康笏南那裡爭寵。

她將這個想法給康笏南婉轉說了，康笏南竟勃然大怒，說怎麼敢攛掇他去壞祖傳的規矩！康家不納妾的美德天下皆知，怎麼想叫他康笏南給敗壞了，是什麼用心啊！

不納小，就不納吧，也用不著生這樣的大氣。她能有什麼用心？不納小在她豈不更好！

從那以後，康笏南對她日漸冷淡。冷淡就冷淡吧，她本來也有滿腔難言之痛，早想遠離了，全心去疼愛她的幼子六爺。

總之，她是全沒有把這個變故放在心上，可她的身體還是日漸虛弱起來。飲食減少，身上乏力，又常常犯睏。對此，她自己也感到很奇怪。

那時，她能知心的也唯有六爺的奶媽。

奶媽說她還是太把那個女人放在心上了，看自己熬煎成了什麼樣。她真是一點都沒有把那位杜家女子放到心上，可任她怎麼說，奶媽也不相信。她越說自己是莫名地虛弱起來，奶媽越是不相信。

她說：「我要是心思重，心裡熬煎，那該是長夜難眠，睡不著覺吧，怎麼會這樣愛犯睏？大白天，一不小心，就迷糊了。」

奶媽說：「老夫人妳太要強了，不想流露妳心裡的熬煎才編了這樣的病症，哄我。」

她說：「我哄妳做甚！我好像正在變傻，除了止不住的瞌睡，什麼心思也沒有了，哪裡還顧得上編了故事哄妳！」

奶媽說：「妳真是太高貴了，太要臉面了，把心事藏得那樣深！」

咳，她怎麼能說清呢。

她終於病倒。康笏南為她請了名醫，不停地服名貴的藥物，依然不見效。醫家也說，她是心神焦慮所致，不大要緊，放寬心，慢慢調養就是了。她正在變傻，哪裡還有焦慮？怎麼忽然之間，所有的人，都不相信她的話了？

她終於一病不起，丟下年幼的六爺，撒手而去。她的死，似乎沒有痛苦，嗜睡幾日，沒有醒來，就走了。

但奶媽堅持說，老夫人是深藏了太大的痛苦，一字不說，走了。她太高貴了，太要強了。她死後不到一年，老太爺果然就娶回了那個杜家女子。不是這個女人逼死老夫人，又能是誰？老夫人死後有幾年，魂靈不散，就是因為生前深藏了太大的痛苦，吐不盡！

可母親的魂靈，為什麼不去相擾這位替代了她的女人？

六爺想了又想，還是覺得，母親的死，是和這位繼母有關，可逼她死的，與其說是繼母，不如說是父親！

逼死母親的，原來是父親？六爺不敢深想了。

6

孫北溟來見康笏南時，發現幾日之間，老東臺就忽然變了一個人似的，精神了許多，威嚴了許多，也好像年輕了許多。

看來，康老東家是真要出巡了。孫北溟知道，這已無可阻攔。他自己實在是不便隨行。今年時已過半，櫃上生意依然清淡。朝廷禁匯的上諭非但未解除更一再重申，京師市面已十分蕭條。在這種時候，怎麼能離開老號？

所以，見面之後，他先不提出巡的事。

「老東臺，我今天來，是有件事，特意來告你。邱泰基這個混帳東西，從西安回來，只顧了闖禍，倒把一件正經事給忘了。昨日，他才忽然跑來，哆囉哆嗦給我說了。」

「什麼事呀，把他嚇成這樣？這個邱掌櫃，還沒有緩過氣來？」

「他這才熬煎了幾天，老太爺倒心疼起他來了？」

「他還想死不想死？他婆姨是不是還天天捆著他？」

「我也沒問。昨天他到櫃上來，他女人沒有跟著。」

「那他忘了一件什麼事？」

「他說，臨下班前，跟老陝那邊的藩臺端方大人吃過一席飯。端大人叫給你老人家捎個話，說他抽空要來太谷一趟，專門來府上拜訪你。」

「說沒有說什麼時候來？」

「我也這樣問邱泰基，他說端方大人沒有說定，可一定要來的。我又問，託你帶信帖沒有？他也說沒有。我說，那不過是一句應酬的話吧？邱掌櫃說，不是應酬話，還問了康莊離太谷城池多遠。」

「這位端方他是想來。他來，不是稀罕我這個鄉間財主，是想著我收藏的金石。他這個人，風雅豪爽，好交結天下名士，就是在金石上太貪。他看金石，眼光又毒，一旦叫他看上，必是珍品、稀件，那可就不會輕易放過了。總要想方設法，奪人所愛。他想來，就來吧。來了，也見不上我的好東西。這個邱掌櫃，才去西安幾天，就跟端方混到一處了？」

「這就是邱泰基的本事，要不他敢混帳呢！」

「不管他了，還是先說端方吧。南朝梁刻《瘞鶴銘》，那是大字神品。黃山谷、蘇東坡，均稱大字無過《瘞鶴銘》。字為正書，意合篆分，結字寬舒，點劃飛動，書風清高閒雅之極，似神仙之跡。孫掌櫃，你聽說過沒有？」

「沒聽說過。」

「你聽說過，也要說沒聽說過，想叫我得意，對不對？」

「我真是沒有聽說過，老東臺。」

「《瘞鶴銘》，刻在鎮江焦山崖石之上，後來崩墜江中。到本朝康熙五十二年（1713），鎮江知府陳鵬年才募工撈出，成為一時盛事。出水共五石，拼合一體，存九十餘字。可惜，銘立千餘年，沒於江中就七百年，水激沙礱，鋒穎全禿。近聞湖南道州何家，珍藏有《舊拓瘞鶴銘未出水本》，字型磨損尚輕，可得見原來書刻的真相，甚是寶貴。這個『未出水本』，聽說已被端方盯住了。我們看吧，這一帖珍貴無比的『未出水本』舊拓，遲早要歸於端方所有。」

「老東臺，聽你說得這樣寶貴，那我們何不與他端某人一爭呢？」

「誰去給我爭？」

「湖南的長沙、常德，都有我們天成元的莊口。」

「憑那些小掌櫃，能爭過端方？要爭，除非我出面。」

「長沙、常德的老幫，還是頗有心計的。就任他們去爭一爭？」

「罷了，罷了。端方這個人，為爭此等珍品是不惜置人死地的。我們能置人死地？」

「端方他要收買這樣寶貴的碑拓，說不定還得尋我們票莊借錢呢。」

「你是大掌櫃，借不借都由你。」

「那我給各莊口招呼一聲，不能隨意借給他錢。再給漢口的陳亦卿老幫說一聲，叫他留意這個碑拓。陳掌櫃說不定能給你爭回來。」

「陳掌櫃他要能爭回來，算他有本事。但也不能叫他太上心，耽誤了生意，更不能置人死地，奪人所愛，壞了我們的名聲。過不了多少時候，我就到漢口了，我親口給他交代。這次出巡，就先到漢口。孫掌櫃，你陪我下江南，還是不陪，拿定主意沒有？」

「老東臺，我能隨行，那是榮耀，還拿什麼主意。只是，我得先跟西安莊口說一聲，叫他們去問問端方大人打算什麼時候來太谷？要不，人家來了，你老人家倒走了，不美吧？人家畢竟是朝廷的大員。」

「端方，不用等他，我們走我們的。」

「那就聽你的，我們只管走我們的。從太谷起身，就直接去漢口？」

「對，出山西，過河南，直奔漢口。票莊，茶莊，漢口都是大莊口。漢口完了事，我們就沿江東下，去趟上海。」

「那就聽你的，直下漢口。京師的戴膺老幫，聽說老東臺要出巡，就想叫先彎到京城，再往別的碼頭。戴老幫說，京師局勢正微妙，該先進京一走。那對統領天下生意甚是重要。朝廷禁匯，京師市面已十分蕭條，我幫生意幾成死局。老太爺先去京師，也好謀個對策。」

「這次不去京師了。一到京師，一準還是哪兒也不叫我去。」

「老東臺，說到京師，我又想起兩件巧合的事。」

「什麼巧合的事？又是編了故事阻攔我吧？」

「這兩件事都是櫃上的生意，與出巡無涉。四五日前，濟南莊口來電報，說一位道員卸任歸鄉，想將十萬兩銀子存入我們的天成元。言明不要利息，只求在安徽故里，每年取出一萬兩，分十年取清。因為山東教案迭起，拳民日眾，局面莫測，我已叫濟南莊口趕緊收縮生意。所有，他們來電問，這十萬兩銀子收存不收存？」

「你是大掌櫃，我管你呢。」

「我已給濟南發了電報，若收存了，能及時調出山東，就收存，調不出去，就不能收。這位道員倒不傻，以為十萬兩銀子，收存十年，不要我們一文利息，是便宜。其實，他是看山東局面亂，怕交鏢局往安徽押運，不保險。處於亂世，鏢局索要的運費，也不會少。十萬兩銀子，光是運銀的橇車，也至少得裝十輛。交給我們，他一文錢也不用花！」

「孫大掌櫃，我說一句閒話。天下人為什麼愛跟我們西幫做生意？不是看我們生得標緻吧？太平年月，人家把生意都給你做了，叫你賺夠了錢，現在到了危難時候，你倒鐵面無情起來？」

「老東臺，你這話說得太重了。山東局面，眼看已成亂勢，我得為東家生意謹慎謀劃呀。」

「北溟老弟，我看你與我一樣，畢竟老了。遇事謹慎為先，就是一種老態。放在十年前，你孫大掌櫃遇了此等事，那會毫不含糊，令濟南莊口照收不誤，不但照收，還要照例給他寫了利息。人家放棄利息，那是想到了我們的難處，我們更應該體撫人家。再說，這區區十萬兩銀子，你孫大掌櫃還排程不了嗎？」

「濟南已有回電，收下了那十萬銀子。在當今局面下，不是止此十萬一筆。日前，京號戴膺老幫亦有信來，言及京師也有幾樁這樣的生意，捨去利息，要求將鉅款收存，客戶又都為相熟的達官貴人。所以，我說巧合呢。」

「戴掌櫃他是怎麼處置的？」

「他說，都是老主顧了，不便拒絕，收存了。只是要總號盡快設法將這些款項調往江南，放貸出去。或令南方各莊口，盡力兜攬匯兌京師的款項，及早兩面相抵。」

「戴掌櫃到底還是年輕幾歲，氣魄尚存。」

「只是朝廷禁匯，我們到哪裡去兜攬匯兌的京餉？」

「這就得看你大掌櫃的本事了。」

「就這幾筆存款，倒也不需上心。只怕會釀成一種風潮，在這風雨不定、局面莫測之時，以為我們可靠，都湧來存放銀錢，我們哪能承擔得起？像山東有些地面，教民相殺，州縣官衙尚且不敵，我們票莊他們會獨獨放過，不來搶掠？」

「你說得對，危難不會獨避我們而過。只是，我西幫取信天下，多在危局之中。自壞信譽，也以危難時候最甚。」

「今年，正逢我天成元四年大帳的結算期，生意本來就要收縮。」

「孫大掌櫃，我還是說一句閒話。你看現在的局面，我們捨了『北收南放』，還有別的文章可做嗎？」

「我也正是為此發愁呢。」

「以我看，現今北方，山東、直隸、河南以至京津，亂象初現，局面曖昧，官場也好，商界也好，都是收縮觀望，預留退路。再觀南方，似較北方為穩。尤其湖廣有張之洞，兩江有劉坤一，兩廣有李鴻章，局面一時不會大壞。孫掌櫃，我們何不趁此局面，在北方收縮的大勢中，我們不縮，照舊大做銀錢生意，將收存的閒資，調南方放貸！」

「老東臺也知道，我們歷來『北存南放』，全靠承攬江南匯京的官款來支持。朝廷禁止我幫攬匯，這『北存南放』的文章還怎麼做？」

「要不，我們得趕緊去趟漢口！到了江南，才好想辦法。」

「老東臺，你執意要冒暑出巡，原來是有這樣遠謀近慮？」

「也不是只為此，還想出外散散心。」

「那我回櫃上稍作安頓，就起程。只是，總得挑個黃道吉日吧？」

「還挑什麼日子，也不用興師動眾，我們悄悄上路就是了。」

孫北溟走後，康笏南想了想，他的六個兒子，還是一個也不帶。家政，就暫交老四張羅。

老夫人問起他出巡的事，他也只做了簡單的交代。她說，暑天要到了，為什麼就不能錯過等涼快了再走？他也沒有多說，只說已經定了，就這樣吧。

四五年前那次出巡，他還想帶了這位年輕的老夫人一道走。現在，是連想也不這樣想了。

第四章　南巡漢口

1

光緒二十五年（1899）六月初三，康家德新堂的康笏南，由天成元大掌櫃孫北溟陪了，離開太谷，開始了他古稀之年的江漢之行。

他們的隨從除了德新堂的老亭和包世靜武師，又僱了鏢局的兩位武師和四個一般的拳手。天成元櫃上也派出了三位夥計隨行，一位管路途的帳目，其他兩位就是伺候老東家和大掌櫃。康笏南也不讓僱轎，只是僱了四輛適宜走山路的小輪馬車。他、孫大掌櫃，老亭，各坐一輛，空了一輛，放盤纏、行李、雜物。其他人全是騎馬。

那是一個輕車簡行的陣勢。

當天起程很早。德新堂的老夫人、四位老爺、各房女眷，以及本家族人，還有康家旗下的票莊、茶莊、綢緞莊、糧莊的大小掌櫃夥友，總有六七十號人聚來送行。康笏南出來，直接上了馬車，也沒有向送行的眾人做什麼表示就令出動了，彷彿並不是去遠行。

送行的一干人眼看著車馬旅隊一步一步遠去，誰也不知該說什麼話。要有機會說，當然都是吉利話。可誰心裡不在為老太爺擔心？康笏南準是看透了這一點，所以也不給眾人說話的機會。等老夫人回府後，大家就靜靜地散了。

不過，康笏南和孫北溟聯袂出巡這件事當天就在太谷商界傳開，很被議論一時。各大商號，尤其是幾大票號，都猜不出康家為何會有此大舉動。因為在近年，西幫的財東也好，總號的大掌櫃也好，親自出外巡視生意已是很罕見了。財東老闆一道出巡，又選了這樣的大熱天，那就更不可思議。康家生意上出了什麼大事，還是要謀劃什麼大回合？

但看康家天成元票莊卻平靜如常。這反倒更引起了各家猜測的興趣，紛紛給外埠碼頭去信，交代注意康家字號動靜。

想猜就猜吧，這本也是康笏南意料之中的反應。

康家遠行的車馬旅隊那日離了康莊也是靜靜地走了一程。其時已近大暑，太陽出來不久，熱氣就開始升上來。櫃上的夥計、包師父、老亭，不時來問候康笏南，弄得他很有些生氣。

「你們還是想攔擋我，不叫我去漢口？小心走你們的路吧，還不知誰先熱草了呢！」

康笏南實在也沒有感到熱，心裡倒是非常的爽快。

他對出門遠行似乎有一種天生的喜愛。只要一上路，不僅精神爽快，身體似乎也會比平時格外的皮實。他一生出遠門多少次，還不記得有哪次病倒在旅途。西幫過人之處，就是腿長，不畏千里跋涉。康家幾位有作為的先祖，都是擅長遠途跋涉的人。康笏南早就覺得，自己的血脈裡，一定傳承了祖上這種擅長千里跋涉的天性。年輕時，在口外的荒原大漠裡，有好幾次走入絕境，以為自己已經不行了。奇怪的是，一旦絕望後，心裡怎麼會那樣平靜，怎麼會有那樣一種如釋重負之感，就像把世間的一切，忽然全都卸下來，輕鬆無比，明淨無比。跟著，一種新鮮的感覺，就在不知不覺間升騰起來。

父親告訴他，那是見神了，神靈顯聖了。

他自己倒覺得，那是種忽然得道的感覺。

顯聖也好，得道也好，反正從此絕境沒有再絕下去，一切都也沒有終結，而是延伸下來，直到走出來，尋到水，或發現人煙。

康笏南曾經將這種絕境得道的感覺告訴了三子康重光。老三說，他也有過這種感覺！這使康笏南感到非常欣慰。三爺也是一位天生喜歡長途跋涉的人。在他的六個兒子中，唯有這個三爺，才是和他和祖上血脈相承的吧。

三爺這次到口外，是他自己要去的，康笏南並沒有攆他去。去了很久了，快一年了吧。原以為去年冬天會回來，也沒有回來。三爺要在家，康笏南會帶了他出這趟遠門。現在，也不知他是在庫倫，還是在恰克圖。

不到午時，炎熱還沒有怎麼感覺到就行了四十里，到達第一站，白圭鎮。

白圭位於由晉通陝、通豫兩大官道的交叉處，係一大鎮。依照康笏南的意思，既沒有進官家的驛站，也沒有驚動鎮上的商家，只是尋了一家上好的客棧，歇下來，打茶尖。打算吃頓飯，避過午時的炎熱就繼續上路。

康笏南和孫北溟剛在一間客房坐定，一碗茶還沒有喝下，就有鎮上的幾位商號掌櫃求見。孫北溟體胖，已熱得渾身是汗，臉也發紅了，有些不想見客，就說：「誰這樣嘴長，倒把我們嚷叫出去了！」

康笏南沒有一點疲累之相，笑了笑說：「白圭巴掌大一個地方，我們不嚷叫，人家也會知道。叫他們進來吧。」

三四位掌櫃一進來，一邊慌忙施禮，一邊就說：「兩位是商界巨擘，路過小鎮，也不賞我們一個招呼？我們小店寒酸吧，總有比客棧乾淨的下處。不知肯不肯賞光，到我們櫃上吃頓飯？」

孫北溟想推辭，康笏南倒是興致很高。一一問了他們開的是什麼字號，東家是誰。聽說一家當鋪，還是平遙日昇昌旗下的，就說：「那就去吃你一頓。只我和孫大掌櫃去，不喝你們的酒，給吃些結實的茶飯就成，我們還要趕路。」

當鋪掌櫃忙說：「那真是太賞臉了！可今天不必趕路了吧？你們往河南去，前面五十里都是山路，趕黑，也只能住盤陀嶺上。何不明日一早起程翻越盤陀嶺？」

康笏南說：「這就不勞你們操心了。頭一天出行，怎麼能只走四十里？」

掌櫃們力邀兩位大廠移往字號歇息，康笏南推辭了，說：「不想動了，先在此歇歇，吃飯時再過去。」地主們先告辭後，孫北溟笑康笏南：「這麼有興致，禮賢下士！」

康笏南說：「我是要叫他們傳個訊，把我們出巡的事，傳給日昇昌。」

孫北溟又笑了，說：「傳給日昇昌吧，能怎？日昇昌的財東李家，有誰會效法你？說不定，他們還會笑你傻。日昇昌的大掌櫃郭斗南，他也不會像我這樣，對你老東家言聽計從。日昇昌的掌櫃們，有才具沒才具都霸道著呢！」

康笏南嘆了口氣，說：「他日昇昌以『匯通天下』耀世百年，及今所存者，也不過這『霸道』二字了。日昇昌是西幫魁首，它不振作，那不是幸事。我以此老身，拉了你，做這樣的遠行，實在也是想給西幫一個警示。」

「人家誰又聽你警示？」

「我們也只能盡力而為吧。」

在吃飯的時候，康笏南當著鎮上十幾位掌櫃，果然大談世事日艱，西幫日衰，真是苦口婆心。對康笏南的話，這些小掌櫃雖也大表驚嘆，可他們心裡又會怎麼想？他們傳話給商界，又會怎樣去說？孫北溟真是沒有底。

飯畢，回到客棧，康笏南立刻酣然而睡。孫北溟倒感疲累難消，炎熱難當，久久未能入睡。起晌後，即啟程向子洪口出發。不久，就進山了，暑氣也稍減。

康笏南望著車外漸漸陡峭的山勢，心情似乎更好起來。他不斷同車倌交談，問是不是常跑這條官道，一路是否安靜，以及家中妻小情形。還問他會不會吼幾聲秧歌道情。車倌顯得拘束，只說不會。

暑時正是草木繁茂、綠蔭飽滿的時候。陡峭的山峰，被綠蔭點綴，是如此的幽靜，悠遠，很給人一種清涼之感。

車輿帶雲走，

關山恣壯行。

康笏南忽然拾得這樣兩句，想續下去，卻再也尋覓不到一句中意的了。在長途跋涉中，他愛生詩興，也愛借旅途的寂寞，錘鍊詩句。所以，對杜工部那句箴言：「讀萬卷書，行萬里路」，康笏南有他的新解：讀萬卷書，不必是儒；行萬里路，才成詩聖。萬里行程，那會有多少寂寞，可以從容尋詩煉詞！可惜，康笏南也知道自己不具詩才，一生行路豈止萬里，詩卻沒有拾得多少。所得詩章，他也羞於編集刻印。今日拾得的這兩句，低吟幾回，便覺只有三字可留：「帶雲走」。

此三字，很可以篆一新印。

康笏南正在尋覓詩句的時候，孫北溟才漸有了些睡意，坐在顛簸的車裡打起盹來了。

包世靜武師一直和鏢局兩位武師相隨而行。這兩位武師，一位姓郭，是車二師父的入門徒弟；另一位姓白，也是形意拳高手。說到此去一路江湖情形，鏢局的武友說，不用擔心，都是走熟的道。西幫茶馬，早將這條官道占住了，江湖上，也靠我們西幫吃飯呢。

包世靜忽然問：「時下流行的義和拳呢，二位見識過沒有？」

白武師說：「包師父還沒有見識過？豫省彰得府的涉縣，即有義和拳設壇，只是我們此行並不經過。」

「涉縣已有拳民？那離我們晉省也不遠了！」

白師父說：「涉縣的義和拳由直隸傳入，還不成氣候。義和拳，就是早年的八卦拳。再往前，就是白蓮教，在豫省有根基。與我們的形意拳相比，他們那八卦拳，不是武藝，而是教幫。春天，我們走鏢黎城，入涉縣，聽說我們是拳師，被邀到鄉間比武。武場不似一般演武的擂臺，是一打麥場間插滿黃旗，上面都畫了乾卦。列陣聚在四方的人眾都頭包黃巾，黃巾之上亦畫了乾符。一個被他們喚做大師兄的農漢將我們請到場中，叫我們驗他刀槍不入的神功。」

包武師說：「前不久，我和康二爺曾去拜見車二師父。車師父也不信真有刀槍不入之功，更不信練功三五月，便能矢石槍炮均不入體。可義和拳刀槍不入的說法卻流傳得越來越神。」

郭師父說：「神個甚！那次，農漢要一人對我們兩人，還說使什麼拳棒刀槍都成。」

包武師問：「他真信自家刀槍不入？」

郭師父說：「看那一臉自負，是以為自家得了神功。我對他說，按武界規矩，先一對一，如果不敵，再二對一。他答應了。」

「他使的什麼兵器？」

「他什麼也不使。」

「真要任你們使刀槍去砍他？」

「他空拳，我也空拳。互相作揖行禮後，農漢卻沒有開打，只是點了三炷香，拈於一面黃旗下。然後，就口唸咒語，也聽不清唸的什麼。唸了片刻，忽然昏然倒地，沒有一點聲息了。武場四周的眾拳民，亦是靜無聲息。又過片刻，農漢猛地一躍而起，面目大異，一副猙獰相，又是瘋狂跳躍，又是呼嘯叫喊。他們說，這是天神附體了。我當時急忙擺出三體站樁勢，預備迎敵。但對手只是如狂醉一樣的亂跳亂舞，全沒有一點武藝章法，你看不到守處，也尋不到攻處。這時候，場子周圍的眾拳民，也齊聲呼嘯狂叫。一時間，弄得你真有些六神無主了。」

「六神無主，那你能不吃虧？我們形意拳，最講心要占先，意要勝人。人家這也是意要勝你，氣勢占先。」

「誰見過那種陣勢！我看他狂跳了幾個回合，也就是那樣子，沒有什麼出奇的招數，才定了神，沉靜下來。真是心地清靜，神氣才通。我明白不能去攻他。攻過去，或許能將他打翻，但四周的拳民，一定會狂怒起來。那就更不好應對。我當取守勢，誘他攻來，再相機借他發出的狂力使出顧功，將他反彈回去，丟擲場外。」

「那同樣要激怒眾拳民吧？」

「這我也想好了，在丟擲對手後，我也做出倒地狀。那就看似一個平手了。如果我使此顧功失手，那他就真有神功。」

「結果如何？」

「當然是如我所想，輕易就將那農漢遠遠丟擲場外。我雖做出倒地狀，眾人還是發怒了。我急忙來了個鷂形翻身，又一個燕形扶搖，跳到那位農漢前，跪了施禮說：『大師兄，真是神功，我還未挨著你，你倒騰空飛起！』」

「哈哈哈，你們倒機靈。」

「他們那麼多人，不機靈，怎成？」

「跟你交手的那位大師兄，真是沒有什麼武藝？」

「簡直是一個門外生瓜蛋。令人可畏的，是那些頭包黃巾的鄉民，視這生瓜為神。」

「就是。山東的拳民，大約即靠此攻城掠縣。但願我們此行，不會遭遇那種麻煩。」

「包師父，你放心，這一路是我們的熟道。」

畢竟是遠行的第一天，人強馬壯，日落前就已攀上盤陀嶺。按康笏南的意思，住在了西巖寺。西巖寺在半山間，剎宇整肅，古木蔽天。尤其寺邊還有一叢竹林，更顯出世外情韻。暑天，只是它的清涼與幽靜，也叫人感到快意的。

康笏南稍作盥洗，就來到山門外，居高臨下，觀賞夕陽落山。但有此雅興的也只他一人。孫北溟已甚疲憊，不願多動。老亭帶了武師們去拜見寺中長老，向佛祖敬香。幾位夥計，也忙著去張羅食宿了。

不過，康笏南覺得，出巡第一日，過得還是很愜意的。

2

第二日，行九十里，住權店。

第三日，行七十里，住沁州。康笏南拉了孫北溟又赴當地商界宴席，放言西幫之憂。

第六日，行六十里，到達潞安府。

潞安府有康家的茶莊和綢緞莊。康笏南和孫北溟住進了自家的天盛川茶莊，其餘隨從住進了客棧。康笏南對茶莊生意沒有細加詢問，只是一味給以誇嘉。茶莊生意重頭在口外，省內就較為冷清，而林大掌櫃又治莊甚嚴。所以，康笏南一向放心。

潞安莊口的老幫見老東家親臨櫃上，異常興奮，總想盡量多說幾句自家的功績。可一張嘴，就給老東家的誇嘉堵回去了。太容易得到的誇嘉，叫人得了，也不太過癮。所以，一有機會，這位老幫還是想多說幾句。不幸的是，他一張口，康笏南還是照樣拿誇嘉堵他。孫北溟看出來了，也不好說康笏南，只是故意多問些生意上的具體事務，給這位老幫製造一些炫耀自己的機會。

潞安已比太谷炎熱許多，但康笏南身體無恙，精神又異常得好。相比之下，孫大掌櫃倒顯得疲憊不堪。

離開潞安，行三日，抵達澤州。澤州比潞安更炎熱，花木繁盛碩大，頗類中原景象。康笏南記得，有年中秋過此，居然吃到鮮蟹。一問，才知是從鄰近的河南清化鎮購來。由澤州下山，就入豫省了，那才要開始真正享受炎熱。

但在澤州，孫大掌櫃依然是疲憊難消，炎熱難耐的樣子。赴澤州商界的宴席，他稱病未去。康笏南只好帶了包武師去，好像是赴鴻門宴。

見孫北溟這樣不堪折騰，康笏南倒很得意。

「大掌櫃，平日說你養尊處優，你會叫屈。這還沒有出山西，你倒熱草了。等下了河南，到了江漢，看你怎麼活！」

「我是胖人，天下胖人都怕熱，不獨我一人嬌氣。」

「胖，那就是處尊養優養出來的。」

「誰處尊養優吧，能有你會養？養而不胖，那才是會養。」

「你這是什麼歪理？你是吃喝我們康家不心疼！我們來得不是時候，秋天來澤州，能吃到活蟹。山西人多不識蟹，我們晉中一帶，就是財主中，也有終生未食蟹者。」

「還說我養尊處優呢，我就沒有吃過蟹。」

「你要沒有吃過蟹，那我就連魚也不識了！」

「你看我這一路，只吃清淡的湯水，哪有你的胃口好？走一處，吃一處，還要尋著當地的名食吃。真是會享受。」

「能吃，才能走。食雜，才能行遠。出遠門，每天至少得吃一頓結實的茶飯。你只吃湯水，能走多遠？」

「我看老亭也是只吃湯水。」

「老亭他也嬌氣了，這一路，還沒有我這個老漢精神。」

老亭的疲累感也一直沒有過去，食慾不振。所以，說到他，他也沒有言聲。

「老亭人家也是老漢了。比起來，還是我孫某小幾歲。老東臺，我再不精神，也得跟你跟到底。過兩天，就緩過氣來了。」

「澤州這個地方明時也很出過些富商大戶。看現今的市面愈來愈不出息了。」

「澤州之富靠鐵貨。洋務一起，這裡的冶鐵，就不成氣候了。早年，還想在這裡設莊口，看了幾年，終於作罷。」

「澤州試院，非常宏麗。院中幾棵古松，更是蒼鬱有神。想不想去看看？」

「要去你去吧。我也不想求功名，還是在客舍靜坐了喘喘氣。」

「看看你們，什麼興致也沒有。那日過屯留，很想彎到辛村，再看看卞和墓。看你們一個個蔫枯的樣子也沒有敢去。」

「就是春秋時那個抱璞泣血的楚人？他的墓會在屯留？」

「怎麼不會！早年，我去過一次，是為看墓前那尊古碑。可惜，碑文剝落太甚，已不可辨。卞和這個人，抱了美玉和氏璧，屢不為人識，獲刖足之禍，終於不棄，還要泣血求明主，豈知春秋及今，天下哪裡有幾個明主？」

「和氏之禍，在那些不識璞玉的相玉者。我只怕就是那樣的相玉者。邱泰基，我就相走了眼。」

「邱泰基，他會是不被我們所識的美玉？」

「他不是美玉，我以前將他錯看成了美玉。就是因他，引你老東臺有此次江漢之行。」

「哪裡只是因為他！他一個住外的小掌櫃能關乎西幫之衰？」

「我們行前，邱泰基又跑來見過我。他說，風聞我們有此暑天出巡，非常不安。為了自責，決意不再享用假期，願即刻啟程上班，請櫃上發落個沒人願去的地方。」

「呵，他這還像長了出息。你把他發落到哪兒了？」

「派到歸化莊口，降為副幫。」

「那就好。他畢竟還是有些本事，放到太小的莊口，可惜了。我們出發那天，他趕來送我們沒有？」

「沒有吧？我可未加留意。他不來這種場面出頭露面吧？」

離開澤州是更崎嶇險峻的山路，坐車的也只好棄車騎馬。午後過天井關，雖已入河南境，但依然在太行深山間。夜宿山中攔車鎮，又寂靜，又涼爽。翌日一早，即啟程攀登太行絕頂。雖看盡巉巖千仞，壁立萬丈，眾人倒似乎已經習慣，不再驚心動魄。但康笏南還是興致不減，欣賞著險峻山峰，想起黃山谷兩句詩：

一百八盤攜手上，

至今猶夢繞羊腸。

今日是和孫北溟相攜上此險峰，他老弟卻依然萎靡不振，真叫人掃興。他忽然想起黃山谷，是還惦記著被蘇黃激賞的《瘞鶴銘》嗎？

山頂有關帝廟，傳說籤極靈。大家都去抽了一個籤。孫北溟抽了一上上吉利籤，好像才終於緩過氣來，精神振作了不少。

但下了太行山，氣溫就越升越高，到月山、清化一帶已像入了蒸籠。這一帶屬河南懷慶府地面，處於太行之陽，黃河之畔，溫熱溼潤，遍地多是竹林，很類似南國景象。從晉省山地忽然下來，那真有冰炭之異。過沁河時，人人都汗水淋漓，疲憊極了。連鏢局的武師拳手，也熱草了，蔫蔫的，像丟了魂。孫大掌櫃和老亭重又失了精神。只有康笏南，依然氣象不倒。他出發時說，看先把誰熱草！所有人都先於他給熱草了。

這真是大出人們意料，都說，老太爺不是凡人！

他說，我要不是凡人，早登雲駕霧去了漢口。禦熱之法，最頂事的，就是心不亂。心不亂，則神不慌，體不熱。

說的是有理，可沒有修下那種道行，誰能做到呢？

黃昏時候，到達懷慶府。懷慶府古稱河內，是由湖廣入晉的門戶。附近的清化，又是那時一個很大的鐵貨集散地。北上南下走鐵貨的駝隊騾幫大都從這裡起運。所以，康家天成元票莊在此設有分莊。領莊的樊老幫早已接了信，所以等在城外迎接。

孫北溟只顧熱得喘氣，並沒有多留意這位樊老幫。洗浴過，吃了接風酒席，孫北溟狠搖大蒲扇，還是汗不止。正想及早休歇，康笏南過來了。

「你看這位樊掌櫃，好像不喜歡我們來似的。」

孫大掌櫃忙說：「他怎麼敢！我看他跑前忙後也夠殷勤。」

「殷勤是殷勤，好像有些懼怕我們。」

「這是一個小莊口，連樊老幫，通共派了三個人。你我來到這麼一個小莊口，人家能不怕？」

「這位樊掌櫃，是什麼時候派駐來的？」

「有兩年了吧。他以前多年住甘肅的肅州，太偏遠，也太苦焦。換班時，把他換到近處了。樊掌櫃是個忠厚的人。」

「多年住肅州？那他跟過死在肅州的劉掌櫃吧？」

「他就是多年跟劉掌櫃，也最受劉掌櫃心疼、器重。我就是聽了劉掌櫃的舉薦，才提他做了肅州莊口的副幫。」

「去年，樊掌櫃張羅了多少生意？」

「一個小莊口，我記不得了。叫他來問問。」

「他要是忠厚人，就先不用問了，小心嚇著他。」

肅州，即現在的酒泉。肅州分莊，是康家天成元票莊設在西北最邊遠的莊口了。進出新疆的茶馬交易，以及調撥入疆的協餉軍費，由內地匯兌，一般都到肅州。所以，肅州莊口的生意也不小。只是那裡過分遙遠，又過分苦焦，好漢不願去，賴漢又做不了。每到換班，大掌櫃孫北溟就很犯愁。後來，幸虧有了這位劉掌櫃，生意既張羅得好，又願意長年連班住肅州。可惜，劉掌櫃最後一次上班，已經六十多歲了，沒有做到頭，死在了肅州任上。這叫孫北溟非常內疚，是他把劉掌櫃使喚過度了。本來早該調老漢回內地調養身體的，因為好使喚，就過度使喚，太對不住老漢了。所以，除了在劉掌櫃身後破例多保留了幾年身股，還對他生前器重的樊副幫特別體撫。

說實話，自從把樊掌櫃改派懷慶府後，孫北溟真是沒有多注意。

康笏南問過後，孫北溟也沒有太在意，當晚他就歇了。次日，他和康笏南又赴當地商界應酬。席間，他只是略坐了坐，就藉故先回來了。

要來櫃上帳簿一看，孫北溟真吃了一驚。半年多了，這個懷慶府莊口，收存不過三萬，交付不到兩萬，通共才做了不到五萬兩銀子的生意。掛了天成元的大牌，三個人，張羅了多半年，只做了區區五萬兩生意，豈不成了笑談！

孫北溟的眼光，真是毒辣，一進門，就看出膩歪了。

他問樊老幫：「怎麼就張羅了這點生意？」

樊老幫一臉緊張：「大掌櫃，今年不是合帳年嗎，所以我們收縮生意，不敢貪做。」

「收縮，也不能縮到這種地步！三五萬生意，能營利多少？這點營利，能支應了你這個莊口的花費，能養活了你們三人？」

「懷慶府，不是大商埠……」

「這裡能做多大生意，我清楚。樊掌櫃，你去年做了多少生意？」

「去年，十幾萬吧，早有年報呈送總號的。」

「一年，只張羅了十幾萬生意？簡直是笑談！」

「這裡，不似肅州……」

「樊掌櫃，你有什麼難處？還是你手下的兩個夥友不聽使喚？」

「不能怨誰，是我一人沒本事……」

「劉掌櫃生前可是常誇嘉你。」

「我對不住劉掌櫃。」

孫北溟見樊老幫大汗淋漓，臉色也不好看，就不再責問下去了。

康笏南應酬回來，興致很好，也沒有再問到樊掌櫃。

孫北溟想了想，康笏南坐鎮，自己親自查問這樣一個小老幫陣勢太嚇人了。他就給開封莊口的領莊老幫寫了一封信，命他抽空來懷慶府莊口細查一下帳目，問清這裡生意失常的原因，報到漢口。天成元在河南，只在開封、周口和懷慶府三地設了分莊。開封是大碼頭，平時也由開封莊口關照另外兩個分莊。由開封的老幫來查這件事，總號處理起來就有了迴旋的餘地。

所以，他們在此只停留了一天就繼續南行了。

行前，改僱了適宜平原遠行的大輪標車，車轎裡寬敞了許多，舒適了許多。所以，經武陟、滎澤，過河到達鄭州，雖然氣候更炎熱，孫北溟倒覺著漸漸適應了。他看老亭的樣子似乎也活過來了。

但到新鄭，康笏南中了暑。

3

新鄭是小地方，康家在這裡沒有任何字號。他們雖住在當地最好的客棧裡，依然難隔燠熱。就是為康笏南做碗可口的湯水也不易。孫北溟感到真是有些進退兩難。

鏢局的武師尋到江湖的熟人，請來當地一位名醫。給康笏南把脈診視過，開了一副藥方，說服兩劑，就無事了。康笏南拿過藥方看了看，說這開的是什麼方子，堅決不用。他只服用行前帶來的祛暑丹散，說那是太谷廣升遠藥鋪特意給配製升煉的，服它，就成。另外，就是叫搗爛生薑、大蒜，用熱湯送服，服得大汗淋漓。

在新鄭歇了兩天，康笏南就叫啟程，繼續南行。可老太爺並沒有見輕，誰敢走？

包世靜武師提出：「到鄭州請個好些的大夫？」

康笏南說：「不用。鄭州能有什麼好大夫。」

老亭說：「那就去開封請！」

康笏南搖手說：「不用那樣興師動眾，不要緊。新鄭熱不死我，要熱死我，那得是漢口。我先教你們一個救人的辦法，比醫家的手段靈。我真要給熱死，你們就照這辦法救我。」

眾人忙說，老太爺不是凡人，哪能熱死！

康笏南說：「你們先記住我教給的法子，再說能不能熱死我。那是我年輕時，跟了高腳馬幫，從湖北羊樓洞回晉途中親身經見的。那回也是暑天，走到快出鄂省的半道上，有一老工友突然中暑，死了過去。眾人都嚇壞了，不知所措。領馬幫的把式卻不慌張。他招呼著，將死過去的工友抬起，仰面放到熱燙的土道上。又招呼給解開衣衫，露出肚腹來。跟著，就掬起土道上的熱土，往那人的肚臍上堆。堆起一堆後，在中間掏了個小坑。你們猜接下來做甚？」

眾人都說猜不出。

「是叫一個年輕的工友，給坑裡尿些熱尿！熱土熱尿，浸炙臍孔，那位老工友竟慢慢活過來了。」

眾人聽了，唏噓不已。

孫北溟說：「老東臺，你說過，禦熱之法最頂事的是心不亂。你給熱倒，是不是心亂了？你老人家不是凡人，我們都熱死，也熱不著你。不用說熱死人的故事了。你就靜心養幾天吧，不用著急走。」

「大掌櫃，你說我心亂什麼？」

「這一路，你就只想著西幫之衰，走到哪兒，說到哪兒。這麼熱的天，想得這樣重，心裡能不亂！」

康笏南揮揮手，朝其他人說：「你們都去吧，都去歇涼吧，我和大掌櫃說會兒話。」

眾人避去後，康笏南說：「我擔憂是擔憂，也沒有想不開呀？」

「心裡不亂，就好。西幫大勢，也非我們一家能撐起，何必太折磨自家？」

「我跟你說了，我能想得開。我不是心亂，才熱倒。畢竟老邁了。」

「年紀就放在那裡呢，說不老，也是假話。可出來這十多天，你一直比我們都精神。以我看，西幫大勢，不能不慮，也不必過慮。當今操天下金融者，大股有三。一是西洋夷人銀行，一是各地錢莊，再者就是我們西幫票號。西洋銀行，章法新異，算計精密，手段也靈活，開海禁以來，奪去我西幫不少利源。但它在國中設莊有限，生意大頭，也只限於海外貿易。各地錢莊，多是小本，又沒有幾家外埠分莊，銀錢的收存，只能囿於本地張羅。唯我西幫票號，坐擁厚資，又字號遍天下，國中各行省、各商埠、各碼頭之間，銀款匯兌調動的生意，獨我西幫能做。夷人銀行往內地匯兌，須賴我西幫。錢莊在當地拆借急需，也得仰賴我票號。所以當今依然是，天下金融離不開我西幫！我們就是想衰敗，天下人也不允許的。」

「大掌櫃，你說的這是什麼話？」

「這是叫你寬心的話，也是實話。就說上海，當今已成大商埠，與內地交易頻繁，百貨出入浩大。每年進出銀兩有近億鉅額，可交鏢局轉運的現銀卻極少，其間全賴我西幫票號用異地彼此相殺法，為之周轉排程。西幫若衰，上海也得大衰。」

「大掌櫃，你這是叫我寬心，還是氣我？天下離不開西幫，難道西幫能離開天下？」

「洪楊亂時，西幫紛紛撤莊回晉，商界隨之凋敝，朝廷不是也起急了，天天下詔書，催我們開市。那是誰離不開誰？」

「不用說洪楊之亂了。我們撤莊困守，也是坐吃山空！」

「坐吃，還是有山可吃。」

「大掌櫃，你要這樣糊塗，還跟我出來做甚！」

「我本來也不想出來的，今年是合帳年，老號櫃上正忙呢。」

「那你就返回吧，不用跟著氣我了！」

「那我也得等你老人家病好了。」

「我沒有病，你走吧。老亭——」

老亭應聲進來，見老太爺一臉怒氣，吃了一驚。

「老亭，你挑一名武師，一個夥計，伺候孫大掌櫃回太谷！」

老亭聽了，更摸不著頭緒。看看孫北溟，一臉的不在乎。

「聽見了沒有，快伺候孫大掌櫃回太谷！」

老亭趕緊拉了孫北溟出來了。一出來，就問：

「孫大掌櫃，到底怎麼了？」

孫北溟低聲說：「我是故意氣老太爺呢。」

老亭一臉驚慌：「他病成這樣，你還氣他？」

孫北溟笑笑說：「氣氣他，病就好了。」

「你這是什麼話？」

「你等著看吧。老太爺問起我，你就說我不肯走，要等他的病好了才走。就照這樣說，記住了吧？」

老亭疑疑惑惑答應了。

孫北溟走後，康笏南越想越氣。孫北溟今天也說這種話！他難道也看我衰老了？他也以為我會一病不起？

躺倒在旅途的客舍裡，康笏南心裡是有些焦急。難道自己真的老邁了嗎？難道這次冒暑出巡，真是一次兒戲似的舉動？決心出巡時，康笏南是有一種不惜赴死的壯烈感。別人越勸阻，這種壯烈感越強。可是越感到壯烈，就越對自己的身體沒有信心。年紀畢竟太大了，真說不定走到哪兒就撐不住。所以，中暑一倒下，他心裡就有了種壓不下的恐慌。

現在給孫北溟這一氣，康笏南就慢慢生出一種不服氣來。他平時怎麼巴結我，原來是早看我不中用了！非得叫他看看，我還死不了呢。

他問老亭：「孫大掌櫃走了沒有？」

老亭告他：「沒有走，說是等老太爺病好了才走。」

「叫他走，我的病好不了了！」

他嘴上雖這樣說，心裡可更來氣：他不走，是想等我死，我才不死呢。

這樣氣了兩天，病倒見輕了。

聽說康老太爺病見輕了，孫北溟就一臉笑意來見他。

康笏南沉著臉說：「大掌櫃，你怎麼還不走，還想氣我，是吧？」

孫北溟依然一臉淺笑：「我不氣你，你能見輕呀？上年紀了，中點暑，我看也不打緊，怎麼就不見好呀？就差這一股氣。」

「原來你是故意氣我？」

「老東臺英雄一世，可我看你這次中暑病倒，怎麼也像村裡老漢一樣，老在心裡嚇唬自己！你說我說得對不對？」

「對個鬼！我哪裡嚇唬自己來？」

「我跟你幾十年了，還能看不出來？我知道，我一氣你，你就不嚇唬自己了，英雄本色就又喚回來了。」

「大掌櫃，你倒會貪功！不是人家廣升遠的藥好，倒是你給我治好了病？你去哄鬼吧！」

「哈哈哈！」

4

離開新鄭，到達許州後，就改道東行，繞扶溝，去周家口。周家口不是小碼頭，康家的票莊、茶莊，在周口都有分莊。

雖說越往前走，氣候越炎熱，但大家顯然都適應了這種炎夏的長途之旅。沒有誰再生病，也沒有遭遇什麼意外。康笏南就希望多趕路，但孫北溟不讓，說穩些走吧，這麼熱的天，不用趕趁。

康笏南就向車老闆和鏢局武師建議，趁夜間有月光，又涼快，改為夜行晝歇，既能多趕路，也避開白天的炎熱，如何？他們都說，早該這樣了，頂著毒日頭趕路，牲靈也吃不住。康笏南笑他們：就知道心疼牲靈，不知道心疼人？

於是，從許州出發後，就夜裡趕路，白天住店睡覺。

白天太熱，開始都睡不好覺。到了夜裡，坐在車裡，騎在馬上，就大多打起瞌睡來。連車老闆也常坐在車轅邊，抱了鞭桿丟盹，任牲靈自家往前走。只有康笏南，被月色朦朧的夜景吸引了，精神甚好。

那日過了扶溝，轉而南下，地勢更平坦無垠。只是殘月到夜半就沒了，朦朧的田野落入黑暗中，什麼也現不出，唯有寂靜更甚。

淡月籠雲猶未醒。

狂風送雨已何處？

搖回清夢戍牆鈴。

寂歷簾櫳深夜明，

康笏南想不起這是誰的幾句詩了，只是盼望著能有一場雨。難得有這樣的夜行，如有一場雨，雨後雲霽，淡月重出，那會是什麼味道！這樣熱的天，也該下一場雨了。自從上路以來，似乎還沒有下過一場像樣的雨。中原這樣夏旱，不是好兆吧。

沒有雨，有一點燈光，幾聲狗叫，也好。很長一段路程，真是想什麼，沒有什麼。康笏南也覺有瞌睡了。他努力振作，不叫自己睡去，怕夜裡睡過，白天更沒有多少睡意。

就在這時，康笏南似乎在前方看到幾點燈光。這依稀的燈光，一下給他提了神。這樣人困馬乏地走，怎麼就快到前站練寺集了？

他喊了喊車倌：「車老闆，你看看，是不是快到練寺集了？」

車倌哼哼了一聲什麼，康笏南根本就沒有聽清。他又喊了喊，車老闆才跳下轅，跑到路邊瞅了瞅，說：「不到呢，不到呢。」
康笏南就指指前方，說：「那燈光，是哪兒？」
「是什麼村莊吧？」
車倌打了個長長的哈欠，又跳上車轅，「老掌櫃，連個盹也沒有丟？真精神，真精神。」
康笏南還沒有對答幾句，倒見車倌又抱了鞭桿丟起盹來。再看前方燈光，似乎比先前多了幾點，而且還在遊動。他以為是自己看了花了眼，定神仔細望去，可不是在遊動！
那也是夜行的旅隊嗎？再一想，覺得不能大意。幾位武師，沒有一點動靜，也在馬上打盹吧。
康笏南喊醒車倌，叫他把跟在車後的夥計招呼過來。
夥計下馬跑過來。康笏南吩咐把包師父叫來。
包世靜策馬過來，問：「老太爺，有什麼吩咐？」
「包師父，你們又在丟盹吧？」
「沒有，沒有。」
「還說沒有呢。你看前方，那是什麼？」
包世靜朝前望了望，這才發現了燈光。
「快到前頭的練寺集了？」
「還沒睡醒吧？仔細看看，那燈火在動！」
包世靜終於發現了燈火在遊動，立刻警覺起來，忙說：「老太爺放心，我們就去看個究竟！」
康笏南從容說：「你們也先不用大驚小怪，興許也是夜行的旅人。」

包世靜策馬過去，將鏢局兩位武師招呼來，先命馬車都停下，又命四個拳手圍了馬車站定。

包世靜問兩位武師：「你們看前方動靜，要緊不要緊？」

白師父說：「多半是夜行的旅人。就是劫道的歹人，也沒有什麼要緊。沒聽江湖上說，這一段地面有占道的歹人呀？」

「會不會是拳民？」

郭師父說：「在新鄭，我尋江湖上的朋友打聽過，他們倒是說，太康一帶也有八卦拳時興。」

「太康離扶溝沒多遠呀！」

郭師父說：「太康在扶溝以東，我們不經過。我跟朋友打聽扶溝這一路，他們說，還沒傳到這頭。這頭是官道，官府查得緊。」

包世靜聽了，說：「那我們也不能大意！」

白師父說：「包師父你就放心。我和郭師兄早有防備的，鬥智鬥勇，我們都有辦法。」

郭師父就說：「我先帶兩名拳手往前面看看，你們就在此靜候。」

說完，就叫了兩個拳手，策馬向前跑去。

這時，白武師已從行囊中取出四條黃綢頭巾，交給包世靜一條，天成元的三位夥計也一人分給一條。他交代大家，先收藏起來，萬一有什麼不測時，再聽他和郭師父的安排。

包世靜就著很淡的燈光，看了看，發現黃綢巾上畫有「乾」卦符，就明白了要用它做什麼。

「白師父，怎麼不早告我？」

「這是以防萬一的事，早說了，怕兩位老掌櫃驚慌。」

「他們都是成了精的人，什麼陣勢沒有見過。」

正說著，孫北溟大掌櫃過來了：「師父們，怎麼停車不走了，出了什麼事？」

包世靜忙說：「什麼事也沒有。這一路，大家都丟盹瞌睡的，怕走錯了道，郭師父他們跑前頭，打聽去了。」

孫大掌櫃打了個哈欠，問：「天快亮了吧？」

「早呢。」

「前站到哪打茶尖？」

「練寺集吧。」

「還不到？」

「這不，問去了。」

孫大掌櫃又打了個哈欠，回他的車上去了。

這同時，老亭已經來到康笏南的車前。

「老太爺，還是連個盹也沒有丟？」

「你們都睡了，我得給你們守夜。前頭是什麼人，問清了嗎？」

「聽說鏢局的郭師父問去了，多半也是夜行的旅人吧。」

「還用你來給我這樣說，這話是我先對他們說的。前方的燈光，也是我先發現的！老亭，這一出來，你也能吃能睡了？」

「白天太熱，歇不好，夜裡涼快，說不敢睡，還是不由就迷糊了。」

「還說熱！真是都享慣福了。嫌熱，那到冬天，我們走趟口外。」

「老太爺是不是嫌太放任眾人了？」

「酷暑長旅，不宜責眾過苛。只是，你也不能放任了吧？」

「該操的心，我哪敢疏忽了！」

「六月二十七，無論到哪兒也得用枸杞煎湯，叫我洗個澡。不能忘了。」

「記著呢。」

在炎夏的六月二十七，使枸杞煎湯水沐浴，據說能至老不病。康笏南堅持此種養生法已有許多年了。這次出來，特意叫老亭給帶了枸杞。

正說話間，傳來急馳的馬蹄聲。是跟著郭武師的一個拳手策馬跑回來了。他喘著氣，對白武師說：「白師父，前頭那夥人，果然是信八卦拳的拳民！」

包世靜立刻說：「真是拳民？」

白武師就問：「郭師父呢？他有什麼吩咐？」

「郭師父正跟他們交涉呢。那夥人說，他們是奉命等著攔截潛逃的什麼人，誰過，也得經他們查驗。」

包世靜說：「他們是不是要買路錢？」

「我看不準，反正都包著紅布頭巾，夠橫，不好說話。」

白武師說：「快說郭師父怎麼吩咐！」

「郭師父讓包起黃頭巾，護了車馬，一齊過去。」

白武師便招呼大家：「就照郭師父說的，趕緊行動，但也不用慌。」

包世靜跑就過去，把消息告訴了康老太爺和孫大掌櫃。老太爺當然很平靜，說：「想不到，還能見識一回八卦拳，夠走運。」孫大掌櫃就有些驚訝，問：「不會有什麼不測之事發生吧？」

包世靜掏出那條黃綢頭巾，說：「放心吧，鏢局的武師們早有防備的。」

武師、拳手和三個夥友都包上黃頭巾。之後，白師父打頭，包世靜殿後，拳手、夥友分列兩廂，這樣護著四輛標車，向前走去。

沒有走多遠，十幾個火把已經迎過來了。火把下，有二十來位頭包紅巾的農漢圍了上來。紅巾上，畫著「坎」卦符。郭武師和一個年輕的漢子正在說什麼。那漢子，清瘦單薄，神色是有些橫。

康笏南靜靜地看著這一切，不動聲色。孫大掌櫃雖心裡有急，但也只能穩坐不動。

老亭當然不能坐著不動，但剛跳下車來，郭武師就趕過來，對那位粗漢說：「這就是我們的師父，道法高深得很。」說著，就給老亭施了個禮，說：「拜見師父，我們遇見同道了，這位壯士也是個得道的大師兄。」

老亭揚著臉，問：「小兄弟，他冒犯了你嗎？」

那漢子說：「有幾個作惡的二毛子從太康偷跑出來了。誰知道你們是不是？」

老亭仍揚著冷臉，問：「你看我們誰是？」

年輕漢子也依然一臉凶相，走到康笏南和孫北溟坐的車前，叫舉來火把，向裡張望。

郭武師說：「這是我們師父的兩位師爺，讀書寫字的。」

老亭就說：「二位也下車吧，叫這位小兄弟認一認。」

康笏南下來，笑吟吟的，說：「好一個少年英雄！」

孫北溟下來，只是一臉的冷漠，沒有說話。

郭武師說：「看清了吧？我告你的，都是實情。」

那漢子又去看裝行李的車。包世靜要攔擋，白武師暗中拉住了。行李車也看過了，漢子還是一臉凶相。

老亭問：「我們能走了吧？」

「等天亮了，再說！」漢子的口氣很蠻橫。

包世靜又要衝前去，白武師拉住他。

郭武師就說：「等天亮，也不怕。只是，我們要趁夜間涼快，趕路。你信不過我們的人，那你能信得過我們的『乾』卦拳吧？師父，」郭武師抱拳向老亭施了個禮，「我請來祖師，與這位大師兄說話了。」

說完，他就向東垂手站直，嘴唇微動，好像是在唸咒語，跟著，兩頰開始顫抖，面色變青，雙眼也發直了。見這情狀，那十幾個火把都聚攏過來。只見郭武師忽然向後直直倒下，合目挺臥在地，一動不動。很有一陣，他的手腳才微微動起來，漸漸地，越動越急促。到後來，又突然一躍而起，如一根木樁，站立在那裡。片刻後，大聲問：「你們請我來此，做甚？」發聲洪亮粗厲，全不像他平時的聲音了。

白武師忙過來，跪下，說：「神祖降臨，法力廣大，我們願領教一二。」

「看著！」

郭武師大喝一聲，即換成形意拳的三體站樁勢，先狂亂跳躍一陣後，就練了一套虎形拳。騰踴飛撲間，時而逼近這個，時而逼近那個，直叫那些農漢驚慌不止，連連後退。臨收拳時，還使了一個掌上崩功，瞬間將一農漢手中的火把彈向空中，在黑暗的夜空劃出一道光弧，更引起一片驚叫。

郭武師收拳後，白武師又跪下說：「請神祖使刀棒，叫我們再領教一回。」

郭武師用更洪厲的聲音說：「你等可使刀棒，我不使！」

白武師就請那位年輕的大師兄先使長棒去攻。農漢已有些猶豫，白武師說：「你是得道的人，神祖傷害不著你，演習法力呢，盡可攻打，不用顧忌！」

這個單薄的漢子接過一條棍棒，向東站了片刻，唸了幾句咒語，就使棒向郭武師胡亂掄來。郭武師不動聲色，從容一一避過，不進，也不退，雙手都一直垂著。如此良久，見那漢子已顯瘋狂狀態，郭武師便瞅準了一個空檔，忽然使出一記跟步炮拳，逼了過去，將對手的棍棒擊出了場外。趁那漢子正驚異的剎那間，又騰空躍起，輕輕落在對手的身後。

那漢子發現郭武師忽然不知去向，更慌張了，就聽見身後發出洪厲聲音：「你只得了小法力，還得勤練！」

那漢子還沒有退場，白武師已提劍躍入場中，演了一套形意劍術。郭武師依然垂立了，不大動，只是略作躲避狀。收劍時，當然是白武師劍落人倒，敗下陣來。

「爾也是小法力，不可作惡！已耽擱太久，我去了。」

說畢，郭武師就頹然倒地。

白武師趕緊高聲喝道：「快跪送神祖！」

這一喝，還真把所有在場的人都被威懾得跪下了。那邊二十來個農漢，這邊武師、拳手、夥友、車倌，連老亭、康笏南、孫北溟全都跪下了。

等郭武師緩過神來，那些農漢當然不敢再阻攔了，只是想挽留了，到村莊住幾天，教他們法術。

郭武師說：「我們是奉了神祖之命，趕往安徽傳教，實在不敢耽擱！」

重新上路後，老亭就說：「幾個生瓜蛋，還用費這樣的勁，演戲似的！叫我看，不用各位師父動手，光四位拳手，就能把他們掃平了。」

郭武師說：「掃平他們幾個，當然不愁。就真是遇了這樣一二十個劫道的強人，也不愁將他們擺平。可這些拳民背後，誰知道有多少人？整村整縣都漫過來，怎麼脫身？所以，我們商量出這種計策，以假亂真，以毒攻毒。」

包世靜說：「老亭，你剛才裝得像！」

康笏南說：「我喜歡這樣演戲，就是戲散得太早了。」

5

雖然這樣，在周家口還是沒有久留。

周家口是大莊口，康家的票莊在此就駐有十幾人，生意一向也張羅得不賴。只是近來人心惶惶，生意不再敢大做。西幫在此地的其他字號，也都取了收縮勢態。康笏南對這裡茶莊、票莊的老幫，只是一味誇嘉了幾句，沒有再多說生意。他說得最多的，還是練寺集的遭遇，說得眉開眼笑，興致濃濃。

孫北溟給周家口老幫的指示，也只是先不要妄動，不要貪做，也不要收縮過分厲害，特別不要傷了老客戶。等他和老東臺到漢口後，會有新指示傳給各碼頭的。

在周家口打聽時，雖然有人說信陽、南陽一帶，也有八卦拳流行，但到漢口的一路，大體還算平安。特別是進入湖北後，一路都見官府稽查「富有票」「貴為票」的黨徒。兩票中嵌了「有為」二字，係康梁餘黨。官兵這樣嚴查道路倒安靜一些。

六月二十七，正是過豫鄂交界的武勝關，所以老亭為康笏南預備枸杞湯浴，是在一個很簡陋的客棧。康笏南沐浴後，倒是感覺美得很。他請孫北溟也照此洗浴一下，孫北溟推辭了，說他享不了那種福。

康笏南笑他：「我看你是怕熱水燙！盛夏雖熱，陰氣已開始復升。我們上年紀人，本來氣弱，為了驅熱，不免要納陰在內。這樣洗浴，就是為祛陰護元。我用此方多年了，不會騙你！」

孫北溟雖然不聽他說，康笏南還是彷彿真長了元氣，此後一路，精神很好。

到達漢口，已是七月初九。兩千多里路程，用去一個月稍多，比平常時候要慢。只是，時值酷暑，又是兩個年邁的老漢，做此長途跋涉，也算是一份奇蹟了。西幫的那些大字號，已經指示自家的駐漢莊口，注意康家的這次遠行。內中有一種意味，好像是不大相信康笏南和孫北溟真能平安到達漢口。所以，他們到達漢口後，在西幫引起了不小的轟動。

在上海開埠以前，京師、漢口、蘇州、佛山，是「天下四聚」，用現在的話說，就是國中四個最大的商品集散地。其中漢口水陸交會，輻射南北，又居「四聚」之首。所以，天成元票莊的漢號老幫陳亦卿，雖貌不驚人，那可不是等閒之輩。這裡的莊口，人員也最多，老幫之下，副幫一人，內、外帳房各二人，信房二人，跑市二人，跑街四人，招待二人，管銀二人，小夥計二人，司務八人，共計二十七人之多。

老東家和大掌櫃的到來，叫字號上下這二十來個掌櫃夥友，尤其是招待、司務，忙了個不亦樂乎，還是忙不贏。

千里跋涉，本來已人困馬乏，又掉進了漢口這樣的大火爐。所以，光是降溫驅暑，就夠忙亂了，還得應付聞訊而至的賓客。陳老幫一般都擋駕了，說先得叫兩個老漢消消乏，洗洗長路征塵，歇息幾天。只休歇了兩日，康笏南就坐不住了，要外出訪遊。

為了叫他再養息幾天，陳亦卿老幫說：「你去見誰呢，官場商場有些頭臉的人物多去避暑了。」

康笏南說：「那我去看長江。楊萬里有句詩說，『人言長江無六月，我言六月無長江。』還說，『一面是水五面日，日光煮水復成湯。』難得在這六七月間來到長江邊上，我得去看看，那些西洋輪船泊在熱湯似的江水中是一種什麼情形。」

陳亦卿說：「西洋輪船，它也怕熱。老東臺想看輪船，那就等個陰涼天。頂著漢口這能晒死人的日頭去看輪船，還不如尋個涼快的地方去見位西洋人。」

「見西洋人？不是傳教士吧？這些洋和尚，正招人討厭呢。」

「不是傳教士，是生意人，跟我們同業，也做銀錢生意。他在英人的滙豐銀行做事，叫福爾斯。聽說老東家和孫大掌櫃要來漢口，一定要拜見。老東家要是坐不住，我看就先見見這位福爾斯，還算個稀罕人。西幫那些同業老幫，以後再見也無妨。老東臺看如何？」

「陳掌櫃，你跟他有交情？」

「有交情是有交情，也都是為了做生意。咱號遇有閒資放不出去，有幾回就存到這家英人的滙豐銀行，生些利息。交易都兩相滿意。」

「我們沒有像胡雪巖那樣，借西洋銀行的錢吧？」

「在漢口，我們西幫銀錢充裕，很少向他們拆借。」

「陳掌櫃張羅生意是高手，那就先見見這個洋人。你們總說西洋銀行不能小覷，今日就會會他。你問問孫大掌櫃，看他願意不願意去。」

「老東臺去，他能不陪了去？」

「我是怕他還沒有緩過氣來。你不知道，他沒我耐熱！」

康笏南和孫北溟來漢口見的第一位賓客，就是洋人陳亦卿為何要這樣安排？

原來他和京號的戴膺老幫都早已感到西洋銀行的厲害了。他二位在國中最大的兩個碼領袖莊，不光是眼看著西洋銀行奪去西幫不少利源，更看到西洋銀行的運作章法，比西幫票號有許多精妙處。西幫靠什麼稱雄天下？還不是靠自家精緻的章法和苛嚴的號規！可自西洋銀行入華以來，日漸顯出西幫法度的粗劣不精來。西幫若不仿人家的精妙，維新進取，只怕日後難以與之匹敵的。

就說這家英人的滙豐銀行，於今資本、公積加另預備股本，總共擁資已達二千五百多萬兩之巨。其一張股票，原作價二百二十五兩，現今已漲至二百六十兩。滬上、漢口各碼頭華人，多信滙豐，不信本地錢莊。就是西幫票莊，許多時候也不得不讓它幾分。

前年，盛宣懷已獲朝廷允准，在上海創辦了中國通商銀行，那是全仿西洋的銀行。盛宣懷設通商銀行頭一個目的，就是想將省庫與國庫間的官款調動，全行包攬去，也就是衝著西幫來的。好在它開張兩年，很不景氣。西幫兜攬官款有許多巧妙，各省也不會輕易相信盛宣懷。但這是一個不能輕看的兆頭！西洋銀行與官家銀行，一旦成兩相夾擊之勢，西幫只怕就沒有活路了。

陳亦卿與戴膺早已多次聯繫，達成一個維新動議：天成元票莊，何償不可改制為天成元銀行？或者聯繫幾家西幫中大號，集股合組一間西洋式銀行？只是，他們幾次上達總號的孫大掌櫃，都無回音。現在是天賜良機了，老東家和大掌櫃一起來到漢口，第一件事，當然是要向他們宣傳西洋銀行的精妙。

不過，滙豐銀行的這個福爾斯先生，倒不是陳亦卿策動來的。他真是很想見見西幫這等神祕的大廠。

那日的相見，陳亦卿安排在一家臨湖的酒樓，三面是水，四方來風，到底涼快一些。康笏南和孫北溟都是一身薄綢衣衫，那福爾斯卻緊裹了西洋禮服，這叫康笏南很感動，就說：

「趕緊寬衣吧，不用這樣講究，我們又不是官場中人。」

陳亦卿趕緊把康笏南的話，對福爾斯說了一遍。

康笏南就問：「他聽不懂我們中國話呀？」

陳亦卿說：「他會說中國話，我是怕他聽不懂你的太谷話。」

福爾斯笑了，說：「我能聽懂，太谷、祁縣、平遙，是中國金融的大本營，我們在貴國做金融生意，聽不懂太谷話，那還成？」

康笏南高興了，說：「能聽懂，那就好。我說呢，誰也聽不懂誰的話，光靠通事給你翻話，那見面有甚意思！聽懂了我的話，那就換身寬大、涼快的衣裳吧。不用受那份罪，捂那麼熱！」

福爾斯說：「我們在漢口，已經熱習慣了。你們太谷，夏天一定很涼爽吧？早想去貴省的祁、太、平旅行一趟，一直沒有去成。」

孫北溟說：「那你夏天要避暑，就來我們太谷吧，敝號會當貴賓招待你。」

康笏南也說：「可不是呢，在太谷，還不覺怎麼涼快，可一跟這漢口比，咱太谷真成了清涼勝境了。福爾斯掌櫃，你還是脫了禮服吧，我看著還熱呢。」

福爾斯說：「你們中國有句話叫：客隨主便。那我就聽康掌櫃的，只穿襯衣了，真對不起。」

見福爾斯終於脫去緊裹著的外衣，康笏南才鬆了一氣。真是，穿裹那麼緊，看著都熱。他笑了說：「這就好了，隨便些，不用客氣就好。你在你家銀行，是幾掌櫃？」

陳亦卿忙說：「福爾斯先生是滙豐漢口分行的幫辦，類似咱號的二掌櫃，又比二掌櫃地位高。」

孫北溟問：「那他頂了多少身股？」

陳亦卿說：「英人銀行，未設身股，只發辛金，不過辛金頗豐厚的。」

康笏南說：「你們銀行的掌櫃是誰，我能不能會一會？」

陳亦卿忙說：「我不是說了嗎，他們的掌櫃避暑去了。」

福爾斯也忙說：「我們在漢口，只是間小分行。經理也是小人物，他漢話也說得不熟，所以由我來代他拜見二位大掌櫃，請多包涵。」

康笏南說：「你們還是小生意？把莊口從英國開到我們漢口了，還是小生意！」

福爾斯笑了笑說：「你們天成元大號，不是也把分號開到了俄國的莫斯科嗎？你們山西的其他票商，有把分號開到日本的，也有開到南洋的。」

康笏南也笑了：「福爾斯掌櫃，你倒會說話！」

福爾斯說：「我來中國三十年了，來漢口也十多年，對你們山西票幫真是敬佩無比。以我在中國三十年的經驗，還想不起一件山西票號失利的事。我們失利的事有多少！」

孫北溟就說：「自你們西洋銀行入華以來，我們失利的事還少啊？光是我們西幫一向獨占的利源，被你們分去了多少！以前貴國的東印度公司來漢口採買茶葉，購茶款項，一向由我西幫從廣州匯兌來漢口，再兌羊樓洞。現在，你們在漢口每年採買的茶葉，只是宜紅茶一宗就有七八十萬箱吧，可鉅款的匯兌，哪還有我們的份！」

福爾斯說：「孫掌櫃，我們滙豐、麥加利、道勝，還有法國的法華銀行，也常常託你們西幫票號匯兌款項的。」

孫北溟說：「那才是多大一點生意。」

福爾斯說：「到底是大廠說話，聽這種口氣都叫我們害怕！在漢口，你們十幾家西幫票號，可排程的資金就在七八百萬兩！你們動一動，漢口的金融就地動山搖。我們能做的，那才是多大一點生意？」

康笏南就說：「福爾斯掌櫃，你不知道吧？湖北羊樓洞、羊樓司一帶茶場，最早還是由我西幫開墾。早年間，我西幫往北路蒙俄銷茶，多是在福建、江西採買。路途遙遠，運費太大，我們北方的駝隊馬幫，也不堪江南之泥濘燠熱。西幫先人途經蒲圻羊樓司、羊樓洞一帶，發現此地臨近洪湖洞庭，又是山地，頗類閩、贛茶場天時地利。於是，在此租山地，僱土民，移種閩贛良茶。自此，鄂南才成產茶重鎮，漢口才成外銷茶貨的大碼頭。」

福爾斯說：「這些我當然知道。正是你們西幫如此偉大的精神才令人敬佩不已！」

康笏南說：「我們康家，就是靠茶莊起家，你也知道？」

福爾斯說：「當然知道。不然，我和陳掌櫃還能算朋友？」

孫北溟說：「我們西幫經營百年的茶貨生意，就是被你們英商俄商日漸奪去。我們移師票號，又歷百年創業，剛把生意做遍天下，你們西洋銀行，又來奪占我們的利源。真是步步緊逼啊！」

福爾斯又笑了：「那是因為貴國的紅茶太美妙了，已經成為我們歐人須臾不能離開的飲品。我們只是步你們西幫後塵而已。」

康笏南說：「福爾斯掌櫃，你太會說話。」

福爾斯說：「還是你們西幫太會做生意！」

康笏南說：「聽陳掌櫃他們說，你們西洋銀行的章法，十分精妙厲害！」

福爾斯說：「還是你們西幫票號的運作，令人驚異！在我們歐人看來，簡直神祕莫測。聽陳掌櫃說，你們天成元大號的資本金，不過三十萬兩銀子，可你們分號遍天下，一年要做多大生意，收貸總在幾百萬、上千萬吧？又不需抵押，就憑手寫的一紙票據！你們財東將這樣大的生意，全盤委託給孫掌櫃這樣的經理人，又給他絕對的自由。孫掌櫃再把分號的生意，同樣全盤委託給陳掌櫃這樣的老幫。官府、民間，對你們票莊的信任，也不靠任何法規，完全靠相信你們個人。所以，你們能做的金融生意，別人不能做。你們的生意，完全是因人而成，因人而異。你們這種生意，是Personalism，人本位。在我們歐人看來，靠這種人本位做生意，特別是做金融生意，那簡直不能想像！」

康笏南說：「這就是中夷之分！我們是以仁義入商，以仁義治商！」

福爾斯說：「我真不知道世界還有什麼地方的商人能像我相信你們山西商人這樣快！我在中國三十年，與你們西幫做過無數金融生意，但還從來沒有遇到一個騙人的山西商人。」

陳亦卿真是沒有想到，這位福爾斯在整個酒席期間都是這樣恭維西幫，恭維天成元，恭維老東家和孫大掌櫃。平時對票號體制的指摘，對銀行優越處的談論，怎麼一句都也不提了？出於客氣和禮節嗎？

不過，英人的狡猾，他也是深知的。

6

康笏南想拜見一下湖廣總督張之洞，居然獲准。

光緒八年（1882），張之洞任山西巡撫時，康笏南曾想拜見，沒有獲准。那時，張之洞初由京師清流，外放疆臣，頗有些治晉的自負，也很清廉。所以，不大好見。

可惜，他的治晉方略沒有來得及施行就遇了母喪。守制滿三年，他在京求謀新職，曾經向日昇昌票號商借一筆鉅款，以在軍機大臣間活動。日昇昌的京號老幫感到數額較大不敢爽快答應，說要請示平遙老號。張之洞是何等自負的人物？日昇昌這樣婉言推託，叫他感到很丟面子，也對西幫票號生了反感。

天成元的京號老幫戴膺聽說這件事後，立刻就去拜見了張之洞。表示張大人想借多少銀子，敝號都聽吩咐。張之洞故意說了一個更大的數目：十萬！戴膺老幫毫不猶豫，就答應下來。

不過，當時聽了這個數目，戴膺在心裡也嚇了一跳。十萬，這真不是一個小數目！以張之洞的人望，他當然不會不還。可那時的張之洞還頂著清流的名聲，他是否還能謀到封疆大吏之職真看不清楚。但你又不能像日昇昌那樣，婉言推託。戴膺老幫不愧是久駐京師的老手了，他在心裡一轉，就生出一個兩全之策。他沒有給張之洞十萬現銀，也沒有開十萬數目的銀票，而是給立了一個取銀的摺子：張大人您可以隨用隨取，想取多少取多少，十萬兩銀子，任你隨時花用。

張之洞根本覺察不到戴膺老幫是使了心眼，對此舉只是格外高興。天成元比那天下第一票莊的日昇昌可大氣多了！他有意說了這樣大的數目，不但爽快應承了，還為取銀方便，立了這樣一個摺子，急人所難，又予人方便，很難得。十萬兩是一筆鉅款，一次借回去，還得費心保管它呢。

後來，張之洞只陸續取用了三萬兩銀子，就謀到了兩廣總督的肥缺。他到任後，不但很快還清這三萬兩銀子，對天成元設在廣州的分號更是格外關照。

兩廣往京師解匯錢糧、協響、關稅的大宗生意，那還不是先緊天成元做嗎！

張之洞移督湖廣後，對陳亦卿領莊的天成元漢號也繼續很關照的。正是有這一層關係，康笏南才想求見，也才能獲准吧。

此時的張之洞，已經是疆臣中重鎮。不過，見到康笏南時，並沒有輕慢的意思，倒很禮賢下士的。

「這樣的大熱天，你老先生從山西來漢口，我真不敢相信！底下人報來說，你康老鄉袞要來見我，還以為是誰編了詞兒蒙我呢，就對他們說，他老先生要真的剛從山西來，我就見，不是，就不見。你還真是剛從山西來？」

「制臺大人，我敢蒙你嗎？」

「聽你們漢號的陳掌櫃說，你都過了七十了？」

「這也不敢蒙你，只是枉活到這老朽時候。」

「真是看不出！不知你們這樣的有錢人是怎樣保養自家的？有什麼好方子嗎？」

「制臺大人譏笑我這老朽了。一介鄉農，講究什麼養生，不怕吃苦就是了。」

「你都富甲天下了，還要吃這麼大苦幹麼！一路沒有熱著吧？」

「在河南中過一回暑，幾乎死到半道上。託制臺大人的福，入了湖北，倒是平安了。不過，真像你說的，我要那樣有錢，還來漢口受這份熱做甚？外間把我們說得太富了，制臺大人也從俗？」

「哈哈，康老財主，我也不向你借錢，用不著裝窮。你這一路來，看見正興建的蘆漢鐵路了吧？過幾年，你再來漢口，就可坐自跑的洋火車了，免了長旅之勞。」

「我們見到了。制臺大人治洋務，那是名聞國中的。制臺修此蘆漢鐵路，也用了昭信股票的籌款吧？去年朝廷行新政，發行昭信股票，逼著我們西幫認股。京師我們西幫四十八家票號，每家都認了一萬兩銀，共四十八萬兩。可我們剛認完，新政就廢了，昭信股票也停發了。這不是又捉了我們西幫的大頭嗎？」

「認了也不吃虧吧？反正用到我這蘆漢鐵路的昭信股票，本部堂是不會叫人家吃虧的。你們西幫富甲天下，就是捨不得投資辦洋務。洋務不興，中國的積弱難消啊！我看康老先生是位有大志的賢達，如有意於洋務實業，漢口漢陽，可是大有用武之地。鐵路之外，有治鐵、造槍炮、織布、紡紗、製絲、製麻。」

「制臺大人可是有言在先的，今日不向我借錢。」

「我這是為你們西幫謀劃長遠財路！」

「洋務都是官辦，我等民商哪能染指？」

「你們做股東，本部堂替你們來辦！」

「還是借錢呀？」

「哈哈，我就知道你們不會借！」

「制臺大人對我們一向厚愛，老朽一刻也未忘。」

「聽說康老鄉袞的金石收藏也頗豐厚。」

「這又是聽誰說的？一介鄉農，還值得你這樣垂愛？」

「我是聽端方說的。有什麼珍品也讓我開開眼界。」

「哪裡有什麼值得你稀罕的。」

「康老財主又裝窮了，你們老西都太摳了。你藏有的碑帖，最值錢的是什麼？」

康笏南當然不會說出自家的鎮山之寶，但他也沒有猶豫，從容隨口而說：「不過是一件《閣帖》而已。買的時候，是當宋人刻本弄到手的，請方家鑑定，原來是假宋本，其實不過是明人的仿刻本。」

「你老先生還上這樣的當？」

「那實在是仿得逼真。翻刻後，用故紙，使了蟬翅拓法，又只拓了極少幾冊，就毀了刻版。」

「聽說你對道州《瘞鶴銘》未出水本，也甚傾慕？」

「制臺大人，哪裡有這樣的事！那樣的珍品，有機會看一眼，足矣。決無意奪人之愛的。」

康笏南見張之洞當然是想聽聽這位疆臣重鎮對時局的看法，但人家不提官事，他也不好問。提起在河南遭遇的拳匪，張大人也只是說，愚民所為，不足畏懼。冷眼看這位制臺大人，倒也名不虛傳，是堪當大任的人物。他容雍大度，優雅自負，尤其於洋務熱忱不減，看來對時局也不像有大憂的。去年漢口發生一場連營大火，將市面燒了個一片蕭條。現在看去，已復興如初了。湖廣有張制臺在，市面應是放心的。

可惜，像張之洞這樣的大才官場是太少了。何況，像他這樣的大才，不受官場掣肘怕也很難。去年康梁變法，他那樣騎牆，那還不是為了自保呀？

有你張之洞這等大才，若敢跳出由儒入仕的老路，走我西幫之路，天下還不是任你馳騁！辦洋務，你得自家會賺錢，靠現在的朝廷給你錢，哪能辦成大事？你看人家哪些西洋銀行，誰家是朝廷的！

第五章　絕處才出智

1

聽說康老東家和孫大掌櫃要在這樣的大暑天南下漢口巡視生意，邱泰基是再也坐不住了。兩位大廠採取這樣非常的舉動，那實在是多年少見！這裡面，分明有對他這類不良之徒的不滿。

兩位大廠都出動了，他還能安坐家中繼續歇假嗎？

所以，在兩位老大人出行前，他就去見了孫大掌櫃，請求趕緊派他個遙遠苦焦的莊口，說成甚，他也是不能再歇假了。

「老東臺和大掌櫃這樣寬大慈悲，沒有將不肖如我開除出號已經叫我感激涕零，沒齒難忘了，再厚著臉歇假，那還像天成元的人嗎？」

孫大掌櫃聽了他這樣的話，也只是冷冷地說：「不想歇假，你就上班去。那你婆姨呢，她也同意你走？」

邱泰基說：「她同意。就是她不同意，我也得走！」

「哼，不會你剛走，你婆姨她也尋死吧？」

「大掌櫃，不用再羞恥我了。」

「那你就去歸化莊口做副幫吧。總號有個剛出徒的小夥友，我也把他派到歸化歷練。你走時把他帶上。」

大掌櫃的冷淡，倒在邱泰基的意料之中，可將他改派歸化就出大意料。歸化雖在口外，但那也是大莊口，更是康家的發跡地。總號一向委派人員都不馬虎的。大掌櫃將他貶到那裡，是不是尚有一息厚愛在其中？所以，邱泰基聽了，更加感激涕零。

六月初三，老東家和大掌櫃前腳走，第二天六月初四，邱泰基就帶了那個小夥計，踏上了北上口外歸化城的旅途。

邱泰基的女人姚夫人在心裡哪能捨得男人走？半年的假期，只住了不到一個月就又扔下她遠走久別，這還是向來不曾有過的事。從上月初七，到這月初三，這二十六天又是怎樣度過！她苦等了三年，終於等回來的男人一直就是個丟失了魂靈的男人。先是丟了魂靈，一心想死。後來，總算不想死了，可魂靈依舊沒有招回。

守著一個丟了魂靈的男人，你是想哭都沒有心思。連那相思的濃愁也沒有了。這是怎樣冰冷的一個夏天！

等了三年，苦等來的，怎麼會是這樣一個冰冷的夏天？

直到他決定要提前上班去，才好像稍微有了幾口活氣。問她願意不願意？你真是變成活死人了，這還用問！可攔住不叫他走，只怕這點活氣又沒了。你想走，就走吧。不走，你也是個活死人！

臨走的那一夜，男人的心思已經到了口外的歸化。他說，夏天的歸化，涼快。又說，他已經有十多年沒去過歸化了。還說，東家的三爺正在歸化。就是不說，又要分離三年！就要分離三年了，依然是活死人一樣。

初四那天大早，她把男人送出了水秀村。她沒有哭，只是望著男人走遠，只是想等著男人回頭望一眼。

可他就沒有回頭。

只有冰冷的感覺，沒有想哭的心思。

邱泰基受了這次打擊，減股，遭貶，終於不愛排場了。他決定不死以後，就對姚夫人說：「你不想使喚許多下人，就挑幾個中意的留下，其餘都打發了吧。」姚夫人心裡說，你減了股，就是想排場，哪有富裕銀錢？不過，她不想叫已經丟了靈魂的男人眼看著遣散僕傭，一派淒涼。現在，男人已經走了，姚夫人開始做這件事。

邱泰基一走，這處大宅大院裡其實就剩下了兩位主人：姚夫人和她九歲的女兒。公婆已先後謝世，大伯子更是自立門戶。姚夫人揣著冰冷的心思，大刀闊斧地將僕傭精減了，只留了兩男兩女四個下人。兩個女僕，一個中年的，管下廚、洗衣，家又在本村，夜晚不在邱家住宿；一個年輕的，在跟前伺候姚夫人母女。兩個男僕，一個上年紀的瘸老漢，有些武藝，管看門守夜；一個小男僕，管擔水、掃院、採買、跑佃戶。

這四個僕傭都是極本分老實，又長得不甚體面的人。那兩個女僕，都帶著幾分憨相。那個瘸老漢，更不用說了，不但瘸，還非常不善言語，整天說不了幾句話。相比之下，只是那個小男僕，機靈些，也生得體面些。他除了做些力氣活，還得跑外，太憨了，怕也不成。

總之，姚夫人留下的四個僕傭，叫誰看了都會相信，她要繼續忠貞地嚴守三年的婦節。

這也是一般商家婦人的慣常作法。都說寡婦門前是非多，這些孤身守家的商家婦，實在是比寡婦還要難將息。市間對寡婦的飛長流短，也不過傷了寡婦自家，可商家婦惹來流言蜚語，傷著的就還有她的男人，三年後那是要活眼現報的。在那一個接一個的三年中，她們是有主的寡婦。所以，為了避嫌，她們不光是使喚憨僕醜傭，就是自己，平時也布衣素面，甚至蓬頭垢面，極力遮掩了生命的鮮活光彩。

晉俗是一流俊秀的男兒都爭入號商。這些一流的俊秀男兒，當然也都是先挑美女娶。這樣，商家總是多美婦。美婦要遮掩自己的光鮮，那是既殘酷，又有難度。就是蓬頭垢面吧，其實也只是表明一點自家的心志，生命的光鮮又怎麼能遮掩得了。於是，有公婆的人家，公婆的看守那就成了最嚴的防線。只是，公婆的嚴酷看守也常常激出一些婦人的悲烈舉動。

旅蒙第一商號大盛魁，在道光、咸豐年間，有一位非常出名的大掌櫃王廷相。當年他做普通夥計的時候，丟在家裡的年輕媳婦就是在公婆的嚴守下，居然生下了一個野合的嬰兒。這個不幸的小生命，不僅被溺死，死嬰還被盛怒的婆婆暗中匿藏，淹在鹹菜壇內，留給日後下班回家的王廷相做罪證！

邱泰基是那樣一個俊雅的男人，姚夫人當然也是一位美婦。不過，邱家公婆在世的時候，姚夫人與她們倒是相處得很好。因為她是太滿意自己的男人了，有才有貌有作為，對她又是那樣的有情，到哪去找這樣好的男人呢？她再苦，也甘願為他守節了。就是公婆相繼過世之後，她也是凜然守家，連一句閒話也惹不出來。

這一次，男人是這樣狼狽歸來，又這樣木然去了。家宅更忽然大變，一片淒涼。姚夫人的心裡雖然滿是冰冷，卻再也生不出那一份凜然了。

男人，男人，為你苦守了這樣許多年，你倒好，輕易就把什麼都毀了。你還想死，這樣絕情！這都是因為什麼？就是因為你的絕情！我在家長年是這樣的悽苦，你呢？你是出必輿，衣必錦，宴必妓！宴必妓，宴必妓，這可不光是那些嫉妒你的老幫給你散布流言，連孫大掌櫃也這樣說你。

孫大掌櫃親口對我這樣說你！你絕情地上了吊，我問孫大掌櫃你為什麼要死，孫大掌櫃就說，你宴必妓！

就是因為你宴必妓，這個家幾乎給全毀了。

我知道，孫大掌櫃這樣揭你的短，是要我責罵你，嚴束你。可我什麼都沒有說你。不是我不敢說你，是怕說了，你又去死。你就這樣絕情啊，只是想丟了我，去死？

姚夫人真是一剛烈的女人。邱泰基木然地走後，她守著這淒涼冰冷的家，沒有幾天，就決定要做一件叛逆的事。

她嫁給邱泰基已經這樣許多年，只是生下一個女兒。就是千般喜歡這個女兒，也只是一個女兒。有一天，絕情的男人真要丟了她，只管他自家死去，那叫她去依靠誰！她是早想生一個兒子了，男人也想要兒子，公婆在世的時候，更是天天都在想望孫子。可她長年守空房，怎麼給能生出兒子來！每隔三年的那半年佳期，哪一回不是滿懷虔誠，求天拜地，萬般將息，可自從得了這個女兒後，就再也沒有任何消息了。

姚夫人一直覺得自己對不起男人，對不起邱家。她怎麼也成了不長莊稼的鹽鹼地？好在公婆和男人對她並無太大的怨言。因為周圍的商家婦人中，這種不長莊稼的鹽鹼地那是太多了。駐外頂生意的商家，人丁大多不旺。沒有兒女的多，過繼兒女的多，買兒買女的多，還有就是因偷情野合造成墮胎、溺嬰的也多。

姚夫人是個生性好強的女人，她一直不願意過繼個男丁來，更不願買個男嬰來養。何況，邱泰基弟兄兩個，又都是長年住外的生意人，老大門下也僅得一子，談何過繼？她一直祈望自己能養出一個親生兒子，不使自家的門下絕後。只有那樣，她才能對得住有才有貌又有情的男人吧。

現在發生了這樣的突變，姚夫人感到自己對男人的熾烈思情已經冰冷下來。男人絕情地放棄了這半年的佳期，可她自己已經年過三十，正在老去。再不生養一個男丁，她就將孤老此生了。這樣絕情的男人，這樣孤單的女兒，能將自己的後半生託付給誰？這一次，短短二十多天的佳期，守著一個丟了魂靈的木頭男人，更不要指望有生養的消息了。

男人已遠去，三年不歸期。要再生養，那就只有一條路，偷情，野合。

可她怎麼能走這條路？

那是多少商家婦走了的路，也是一代又一代都斷不了的路。商家婦人偷情的故事，你就是不想聽，已經聽了多少！流傳在婦人中的這種故事，有悲有喜，有苦有甜，有血淚，也有肝膽，有爛婦，也有痴情殉情的女人。那裡面有太多悽慘的下場，但也有多少偷情的智慧和機巧。常聽這些故事，你只要想偷情，你就一定會偷情。那些故事，把什麼都教給你了。

姚夫人所知道的那些故事，大多是從她的妯娌、老大媳婦那裡聽來的。她不想聽，大娘還是要說。兩個守空房的妯娌，怎麼能一說話，就扯出那種故事來？但大娘她總是愛說給你聽。公婆在世時，不喜歡大娘，喜歡你，大娘她有氣，想把你教壞！公婆去世以後，大娘說得更放肆了。也影影綽綽聽說，大娘其實也不那麼嚴守婦節。

姚夫人可從沒有動過心，要學大娘。大娘是嫉妒她，因為自己的男人比老大強，不但俊雅得多，也本事大得多，身股更頂得多。她守著的門戶，那是要比老大家風光得多！

誰能想到，風光多少年，忠貞守家多少年，會等來今天這樣一片淒涼。

現在，你狠了心要學大娘，要學壞嗎？不是，絕不是！她只是要生養一個男娃，一個可以託付餘生的男娃！

2

其實，在遣散僕傭的時候，姚夫人就有謀劃了：那個小男僕，是她特意留下來的。

像許多故事中那樣，暗中結識一位情意相投的男子，姚夫人連想都不願那樣想。結髮男人都靠不住，野男人怎麼敢靠！何況，比丈夫更有才貌的男人，到哪裡去找？這樣的男人都遠走他鄉，一心為商去了。一些商家婦人，盯著年輕的塾師。可這些人窮酸懦弱，又有幾個能指靠？與長工僕傭偷情的故事也不少，只是愛挑選強壯忠厚的漢子，結果總是生出真情，難以收場。

姚夫人選中這個小男僕，實在是帶了幾分母愛。所以，她以為不會陷得太深，能輕易收場。年齡，身分，都有這樣的差異，誰也不會久戀著誰。過兩年，自己真能如願以償，就將他舉薦給一家字號，去做學徒了。這也正是他的願望，遠走他鄉去為商。

這個小男僕，叫郭雲生，是鄰村的一個農家子弟。因為羨慕邱泰基的風光發達，在他十三歲時，父母就託人說情，將他送到邱家做僕傭。為了巴結邱家，甘願不要一文佣金，只望能長些出息，將來好歹給舉薦一家商號，去當夥計。票莊，茶莊，不敢想望，就是幹粗活的糧莊、駝運社也成。

姚夫人當年肯收下這小僕，僅是因為對男孩的喜愛。那時的郭雲生，憨憨的，還沒有脫稚氣。但能看出，不是呆笨胚子，相貌也還周正。初來的時候，只叫他管掃院。可他掃完院，又不聲不響尋活做，叫人不討厭。平時也十分規矩，從不惹是生非。什麼時候見了，都是稚氣地一笑。這男娃，就很得姚夫人的喜歡。

姚夫人出身富家，是初通文墨的。女兒四五歲時，就開始課女識字。女流通文墨，雖無大用，但至少可以自己拆讀夫君的來信。商家婦常年見不著男人，來封信，還得央求別人讀，男人是連句親近的話也不便寫了。這是母家當年叫她識字的理由，現在她又以此來課女。再說，閒著也是閒著。郭雲生來後不久得到姚夫人的喜歡，就被允許跟了認字。他到底不笨，認了字，又去做活，兩頭都不誤。

已經四年過去了，郭雲生已經十七歲。他雖然依舊勤快、溫順、規矩，但分明已經長成一個大後生了。姚夫人對他更有了一種母愛似的感情，她是一天一天親眼看著他長大的。不但是身體長高成形了，他還有了點文墨，會俐落地說話，辦事。這都是她給予他的吧。要不是邱泰基這樣狼狽地回來，姚夫人在今年這個夏天，本來是要請求丈夫為郭雲生舉薦一家商號的。誰能知道，這個假期會是這樣！

雲生，雲生，不是我想這樣。我更不想把你教壞，因為我真是把你看成了自己的孩子。雲生，我向你說不清，就算你報答一回我吧。你不會拒絕我吧？我這樣做，也不會把你嚇著吧？

我只能這樣做，就算你報答一回我吧！

姚夫人決定這樣做了，就不想太遲疑。她還有一個幻想，就是能很快和雲生完成這件事，很快就能有身孕。那樣，在外人看來，就不會有任何閒話可說，因為男人剛剛走啊。那樣，一切就都會神不知鬼不覺了。

在商家婦人流傳的故事中，也有許多神不知鬼不覺的偷情。可她不是偷情。

僕傭精簡了，家裡冷清了，那件事也決定要做了，但姚夫人不想讓別人看出她有什麼變化。一切都是依舊的。就是對郭雲生也依舊是既疼愛又嚴厲。姚夫人甚至對他說：「雲生，以後你就不用跟了認字了。家裡人手少了，你得多操心張羅事。你認了不少字，當夥計，夠用了。」

郭雲生很順從地一口答應。果然，不聲不響張羅著做事，整天都很忙。

到了傍晚，司廚的女僕封了火回家走了。看門的瘸老頭關閉了門戶，拖一張春凳出來，躺在門洞裡涼快。這也都是依舊的。

姚夫人呢，也依舊和女兒水蓮、女僕蘭妮，還有雲生，在自己的院子裡乘涼，說話。只是，乘涼比以前要長久些。久了，女兒嚷睏，她就叫女僕先伺候小姐去睡。頭兩天，女僕伺候小姐睡下還要出來。因為還要等著伺候夫人。後來姚夫人就說：「你不用出來了，就陪了她，先睡，她小呢，獨自家睡，害怕。」

就剩下她和雲生了，她依舊說著先前的閒話，都是很正經的閒話。那已過了六月初十，半片月亮升高的時候，入夜已久。姚夫人終於說：「涼快了，我們也歇了吧。雲生，你去端些水來，我盥洗盥洗。」

她說得不動聲色，雲生也沒有覺著怎麼異常，起身就往廚房打水。雲生走後，姚夫人就把臉盆腳盆都拿到當院，等雲生提來半小桶溫水，她就平靜地說：「等我盥洗完，你拾掇吧，不叫蘭妮了。」

她洗了臉，漱了口，就坐下來，慢慢脫鞋襪。這時，雲生背過了臉。她裝著沒有發現，仍慢慢脫去，直到把兩隻光腳伸到腳盆，才盡量平靜地說：「雲生，倒水。」

雲生顯然很緊張，慌慌地倒了水，就又背過臉去。姚夫人只是裝著沒有看見，慢慢洗自己的腳。良久，才喊雲生，遞過腳巾來。雲生是很慌張，但她依然像渾然不覺。洗畢，又盡量平靜地招呼雲生：「來，扶我回屋去。」

雲生扶著她走，她能感覺到他緊張得出著粗氣。她還是什麼也沒有表示。扶她走到屋門口，就對雲生說：「你趕緊去拾掇了，回去歇著吧，明天還得早起。」說完，就將屋門關住，上了門。

在屋裡，她聽著雲生慌張地收拾盥洗傢什，又聽見踏著匆促的重腳步離去了。

一切都像原先謀劃的那樣，沒有出現一點意外。其實，這哪裡是她的謀劃？都是從那些偷情故事中撿來的小伎倆。

姚夫人忽然忍不住，掩面抽泣起來。她覺得自己太可憐了，真是太可憐！要強如她，居然要費這樣許多心思去引誘自家的一個小男僕。這分明是在學壞，又要費這許多心思和手段，顯得不是有意學壞。她不願意這樣！可她想痛哭，也不能哭出聲來。她不能驚動睡在西頭閨房裡的女兒。她夜半的哭聲，已經早叫女兒厭煩了，因為被驚醒的次數太多了。所以從七歲起，她就叫女僕陪了女兒睡到西頭的閨房，自己獨個留在東頭的臥房裡。她住的這是一坐排場的五間正房，母女各住兩頭，不是放聲大哭，誰也驚不醒誰的。可在寂靜的夜半，她是多麼想放聲痛哭！

可憐就可憐吧，你必須做這件事。已經開始了，就不能停止。這樣像演戲似的也怪有趣味呢。真的，給這個小憨娃亮出自家的光腳時，你自家心裡不也毛烘烘的，臉上熱辣辣的？幸虧是半片月亮，朦朦朧朧，什麼都看不分明。

第二天，姚夫人發現，雲生一見她，就起了滿臉羞色。她依然若無其事，該怎麼吩咐他，還是怎麼吩咐。到傍晚，也還是照舊那樣乘涼，乘到很晚，剩了雲生一人陪她。月亮高升時，還由雲生伺候她盥洗，洗腳，扶了回屋。不管雲生是怎樣一種情狀，她都若無其事。
就這樣，一連幾天過去了。
這天歇晌起來，姚夫人若無其事地叫了雲生去收拾庫房。
晉地殷實人家都有間很像樣的庫房。邱家的庫房，當然也不是存放那些無用的雜物，所以甚為講究。首先，它不是置於偏院的一隅，是在三進主院的最後一進院，也就是姚夫人住的深院中，挑了兩間南房做庫房。位置顯要，離主人又近，稍有點動靜，就能知道。其次，自然是十分牢靠，牆厚，窗小，門堅固，鎖加了一道又一道。再就是，除了主家，一般僕傭那是根本不得入內的。都知道那兩間南房是弄得很講究的庫房，就是裡面存放了怎樣值錢的家底誰也不知道。
郭雲生聽了叫他去打掃庫房，當然很興奮，這是主家信任他呀。這幾天，他就覺著主家二娘特別信任自家，居然叫伺候她盥洗，洗腳。在他心目中，主家二娘是位異常高貴、美貌，又很威嚴的女人。叫自家這樣一個男下人那樣近身伺候她，也是不得已了吧。主家二爺出了那樣的事，排場小了，就留下三四個下人，不使用他，也只得用吧。二娘一向待他好，常說她自家沒有男娃，是把他當自家的男娃看待呢。現在，打發走了許多下人，倒把他留下來了，可見待他恩情有多重。
不拘怎麼說，在伺候二娘的時候也不能胡思亂想呀！可他就是管不住自家了。每天，就盼著月亮底下伺候二娘洗腳的那個時候。那個時候不能看，又想看，想看，又不敢看。到白天見到二娘，心裡想的就是她那兩隻白白的小腳。自家怎麼就這樣壞呀，就不怕叫二娘看出來把你攆走？越是這樣咒罵自家越是不頂事。這兩天夜晚，月亮更大，更明亮了，自家也倒更大膽了，竟然敢盯住看，不再背過臉去。你這真是想找死吧？

今天見了二娘，雲生心裡還是做賊心虛，只是在表面上極力裝得無事。見二娘對他也沒有什麼異常，還覺得好些。所以，接過二娘遞給的鑰匙，雲生是很順當地打開兩道大鎖。跟著二娘，第一次走進這神祕異常的庫房雲生才算是不胡思亂想了。

庫房內，擠滿了箱箱櫃櫃，箱櫃又都上了鎖。除了放在外面的一些青花瓷器，雲生也幾乎沒有看到什麼太值錢的東西。房裡面倒是有些陰涼，也不明亮。

二娘吩咐他，先把箱櫃頂上的塵土撣一撣，然後擦抹乾淨，末後再掃地。「先把房內拾掇乾淨，等出了梅，箱櫃裡有些東西，還得拿出去晾晒。」

雲生就說：「那二娘妳先出去避一避，小心爆土揚塵的。」

不料，二娘竟說：「不要緊，我跟你一搭拾掇。」

雲生一想，這是庫房重地，主家怎麼能叫我獨自留下？他就開始打掃。箱櫃頂上的灰塵真還積了不少，雞毛撣根本不管用。他只好一手托了簸箕，一手小心翼翼往下掃。

「這樣掃，你要拾掇到什麼時候？」二娘說他的口氣很嚴厲。

「我是怕爆土揚塵的嗆著二娘。」

「你就趕緊掃吧，我也不是沒有做過活！」

說完，二娘就打開一個長櫃，埋頭去整理裡面的東西。

雲生趕緊做自家的活，手腳快了，仍然小心翼翼。他是先站了高凳，掃一排立櫃頂上的塵土。那是多年積下的老塵了，夠厚夠嗆人。不久，房裡已是塵土飛揚。二娘就過來說：「你站在高處掃，我在底下給你接簸箕，快些掃完，好噴些水，壓壓塵。」

「二娘，我自家能行。」

「我知道你能行，幫你一搭掃，不是為了快嗎！這樣爆土揚塵跟著了火似的，氣也快出不上來了。」

雲生只好照辦了，他在高處往簸箕裡掃塵土，由二娘接了往門外倒。他心裡有些感激，但並沒有太慌張呀，怎麼在遞給二娘第二簸箕時，竟全扣在了二娘的身上，還是當胸就扣下去了……簸箕跌落到地上，一簸箕塵土卻幾乎沿了二娘的脖頸傾瀉而下，從前胸直到腳面，甚至臉面上也濺滿了，叫高貴的二娘整個兒變成一個灰土人了。

雲生嚇得幾乎從高凳上跌下來，他就勢慌忙跳下來，驚得不知所措。

二娘似乎給嚇著了，也顧不上發作，只是急忙彈抖身上的土。抖了幾下，又急忙解開衣衫抖：塵土已灌進了衣衫，沾了一胸脯。

雲生好像一時沒有反應過來，瞪著失神的眼睛，一直呆望著二娘解開衣衫，裸露出光胸脯，塵土沿著乳溝流下去了，畫出一寬條灰顏色，使兩隻奶頭顯得更白更鼓……他甚至想到，熱天肉身上有汗，塵土給黏住了，但還是沒有太意識到自家看見的那是二娘的肉身！

二娘只顧慌忙用手颳著胸前上的塵土，將白胸脯抹劃得花花道道了，才猛然抬起頭來，發現雲生在瞪著眼看自己，急忙掩了衣衫，同時臉色大變。

「狗東西，你也太膽大了！你扣我一身塵土，原來是故意使壞呀！」

見二娘如此勃然大怒，雲生早嚇得伏在地上了：「二娘，我不是有意，真是不是有意……」

「不是有意，你是丟了魂了，就往我身上扣土！狗東西，你是想嗆死我，還是想日髒死我，滿滿一簸箕土，就往我胸口扣！」

「二娘，我真是失手了……」

「這是什麼細緻活，也至於失手！你是心思不在活上吧？」

「我沒有……」

「還沒有！你的手不中用，眼倒中用，什麼都敢看！」

雲生已汗如雨下，驚恐萬狀。

「你是不想活了？」

「……」

「還是不想吃你這碗飯了？」

「……」

「你小東西也看著我們倒了點楣，就膽大了，想使壞？」

「二娘……」

雲生聽見二娘把話說得這樣重，剛抬起頭，想央求幾句，就看見二娘的衣襟還敞開著，慌忙重又低下頭，嚇得也不知央求什麼了。

「狗東西呀，我一直把你當自家男娃疼，沒想到你會這樣忘恩負義！」

「二娘，我對不住妳。」

「把你養大了，知道學壞了，是吧？」

「二娘，你想怎處罰我，都成，可二娘妳得先去洗洗呀！大熱天，叫二娘這樣難受，我真是該死！」

「你還知道難受？故意叫我這樣難受？」

「我先去叫預備洗浴的水，洗完，再處罰我吧！」

「那你還不快去，想難受死我！」

雲生跑走後，姚夫人扣好衣襟，鎖了庫房，回到自己住的上房。蘭妮見了夫人這樣灰頭花臉，整個兒一個土人，嚇了一跳。姚夫人乘機又把雲生責罵一頓，其實，她不過是故意罵給蘭妮聽的。

在蘭妮伺候她洗浴時，仍然是責罵不止。那天夜晚乘涼，也沒有叫雲生來伺候。這也都是姚夫人有意為之，要叫別人都知道，她對雲生真生了氣。

她要把這件叛逆的事做到底，又想掩蓋得萬無一失。她相信自己的智慧不會比別的商家婦人差。今天在庫房演出的這場戲已經不是在學別人的故事了。這謀劃和演出，叫她嘗到了一種從未有過的興奮。

3

可憐的是郭雲生，哪裡能知道主家夫人是演戲，是在引誘他？被痛罵一頓後，又不叫去伺候乘涼，他認定二娘是下了狠心，要攆他走了。

給主家辭退，那本是做奴僕的命運。可他這樣丟臉地給趕走，怎麼回去見父母！自從來到邱家後，一直都很走運，怎麼忽然就闖下這樣大的禍？都是因為自家管不住自家，心裡一味胡思亂想，失手做下這種事。但他不斷回想當時情形，好像那一刻並沒有多想什麼呀？二娘來幫他倒土，心裡只是感激，給她遞簸箕時哪還敢毛手毛腳不當心？怎麼想，也覺著失手失得奇怪。

難道是二娘自家失手了？

你不能那樣想。主家幫你做奴僕的事呢，你還能怨主家？再說，你怎麼能瞪住眼看二娘的光胸脯！那時，他真是跟憨人一般忘了迴避。這又能怨誰！

就是被攆走，也不能忘了主家的恩情。父母說，邱家教你識了字，又教你長了體面，光是這兩樣，我們就給不了你。二娘也常說，她是把你當自家的男娃疼呢。還沒有報答主家，就給這樣攆走，縱然你識了字，又長了體面，誰家又敢用你！怎麼就這樣倒楣。

雲生就這樣惶惶不安地過了兩天，幾乎見不著二娘。偶爾見到了，也是一臉怒氣，不理他。到第三天，才忽然把他叫去。他以為要攆他走了，卻是叫他接著把庫房打掃完。這次，二娘只是坐在院中的陰涼處，看著他一人在房裡做活。他真像得了赦命一樣，在裡面幹得既賣力又小心。

當天夜晚，二娘乘涼時，也把他叫去了。當著蘭妮的面，二娘仍是一味數說他。還說，蘭妮、廚房的李媽、看門的柳爺都給你說情，要不，不會饒你。等蘭妮伺候小姐去睡後，二娘似乎數說得更厲害了。

「雲生你這小東西，她們都說你規矩，安分，哪裡知道你也會學壞！你做的那種事，我能給她們說嗎？」

雲生慌忙又伏到了地上：「二娘，饒了這一回吧，以後再不敢了！」

二娘嘆了口氣，說：「起來吧，快起來吧，我不饒你，又能把你咋？跟了我四五年了，不到萬不得已，我能把你攆走！」

「二娘對我像父母，怎麼處罰我都不為過的。」

「快起來吧，你這小東西，真沒把我氣死！」

雲生爬起來，說：「二娘，妳就把工錢扣了，算罰我。」

郭雲生當年被送進邱家來，雖言明不要工錢，可姚夫人哪能不給呢？為省那幾個錢，落一個寒磣的名聲，還不如不讓他來呢。由於得到她的喜歡，雲生的工錢一直都不低。不低吧，又能有幾個錢？所以，姚夫人說：「小東西，扣了你那幾個工錢，我就解氣了？」

「那二娘想怎麼處罰就怎麼處罰吧。」

「那我就把你攆走！」

「攆走了，我也忘不了二娘的恩情。」

「小東西，你現在倒嘴甜了。要攆走你，那還難嗎？說一句話，得了。把你當自家男娃疼，慣壞你了。」

「以後，再不敢了。」

「唉，我雖沒生養過男娃，可也知道，你們男娃大了都想學壞。」

「二娘，我可不是……」

「不用說了。雲生，你今年多大了？」

「十七了。」

「你都十七了？我覺著你還小呢，都十七了？」

「可不是呢。我來時十三，伺候二娘四年了。」

「難怪呢，到了說媳婦的年齡了。你爹你娘就沒有張羅給你說媳婦？」

「我娘倒是想張羅，我爹說，一個做下人的，哪能結下好親！等你東家二爺二娘開恩，舉薦你進了商號，還愁說個體面的媳婦？」

「那你自家呢，想不想娶媳婦？」

「我才不想呢，只想伺候好東家。」

「說得好聽！我們一輩子不舉薦你進商號，你就一輩子不娶媳婦？」

「我就一輩子伺候東家。」

「就會說嘴，看看那天在庫房吧！你不定心裡想什麼呢，生把一簸箕土扣到我胸口，浮土鑽進領口，直往裡頭流，沒把我日髒死！我光顧解開抖土了，忘了還站著你這樣個小爺們呢。你也膽大，不客氣，逮住了就死命看！」

「我是嚇傻了……」

「這還像句話。我早看出來了，你小東西一見到點甚就犯傻。就說這晚間，我叫你伺候盥洗，也是萬不得已。你二爺他出了這樣的事，紅火的光景眼看像遭了霜，我心裡能不麻煩？夜晚早睡也睡不著，能說說話的，就你和蘭妮。水蓮又小，她熬不了夜，只得叫蘭妮陪她去睡。你說，不叫你伺候我盥洗，再叫誰？你小東西倒好，我洗腳，你也瞪大了眼傻看！」

「我沒看……」

「又嘴硬了，你當我也傻！我把你當自家孩子，以為你還小呢，本來也不在乎你看。伺候做娘的盥洗，還會胡思亂想！那天在庫房，見你瞪了大眼，饞貓似的傻看，我才知道你小東西學壞了！」

雲生又嚇得跪在地上。

「小東西，就知道跪，起來吧。有這種心思，男娃大了也難免。我也不責怪你了。等會兒，你伺候我洗腳，想看，你就放心看，二娘今天不責怪你。看夠了，你也就不饞了。雲生，二娘既把你當自家孩子疼，也不在乎了。」

「二娘，我不看，我一定要學好，不辜負二娘的抬舉！」

「叫你看，你又逞強了。雲生，我問你，你是真想進商號嗎？」

「可不是！進了商號，更不會忘記二娘的大恩大德。」

「可你知道不知道，進商號為首一條，就是不能想媳婦，不能饞女人！」

「我知道。」

「你知道個甚！進了商號，要有出息，就得駐外。駐了外，就得像你二爺那樣，三年才能回一趟家。在外，也不能沾女人。誰犯了這一條，都得開除出號。你二爺這回出事，犯的是講排場，坐了官轎，所以才沒出號。」

「我也絕不犯這一條！」

「小東西，看你那饞貓的樣兒，誰敢要你！」

「二娘，你們不舉薦我，就是怕我犯這一條呀？」

「我要早看出你是饞貓，還能留到今天不攆你走？我以為你還小呢，哪承想你小東西也是個饞貓！」

「我絕不敢了！」

「又說傻話。哪有餓漢說不飢的？還不知道女人是甚，說不饞，誰信！我也困了，你打水去吧。」

雲生慌慌地跑往廚房去打溫水，心裡真是七上八下，不知該驚該喜。二娘既原諒了他，怎麼又說你想看就看？既說饞女人是商號大忌，怎麼又會原諒他的饞樣？今夜晚二娘對他真是疼愛有加，可又總說他是饞貓，還是不放心他嗎？雲生畢竟是個不大諳事的後生，經過這幾天的驚嚇，根本不敢再胡思亂想了，哪裡能明白姚夫人的實在用心！特別是她提到商號大忌，更叫雲生鐵了心，要嚴束自家。

進商號，那是他的最高人生理想，也是他們全家的最高理想啊。主家二娘的高雅美貌，雖然叫他發饞，可要是管束不住自家，那就幾乎是要觸犯天條。

所以，雲生打來水，伺候二娘洗臉漱口時就遠遠站著，還背過了臉。已快到十五了，深夜的月亮十分明亮，偏偏連些雲彩也沒有。等一會伺候二娘洗腳，你千萬得管好自家。

「雲生，你過來給二娘擦擦脊背。」

雲生被這一聲輕輕的招呼嚇得心驚肉跳。還要給二娘擦脊背，他可是一點防備也沒有。

「沒有聽見？」

「聽見了。」

他轉過臉，老天爺，高貴的二娘已將上身脫光了，雖是背對著他，那也像是一片刺眼的白光……他管不住自家，呼吸急促起來，但狗日的你說成甚也得管住自家！

「二娘，我的手太日贜……」

「那你不會先在盆裡洗洗。趕緊些吧，想叫風吹著我！」

二娘的口氣和平時沒有兩樣，你千萬得管住自家。雲生努力平靜地走了過去，可老天爺，往臉盆跟前洗手，要走到二娘臉前了……幸虧二娘移過身去，繼續背對了她，在擦前胸。

洗過手，二娘遞過溼手巾，他又不由出起粗氣來，狗日的，你說成甚也得管住自家！他撐著溼手巾，剛挨著二娘的脊背，只覺著是一片刺眼的白光，簡直不會用勁了。

「雲生，你手抖那麼厲害，心裡又想甚？」

「沒想，甚也沒想……」

「趕緊擦吧，想叫風吹著我呀？」

雲生真是在做一件太受苦的營生，喘著粗氣，流著汗，在心裡不斷罵自家狗日的，才終於平安交代了。

二娘洗腳時，居然叫他給脫鞋襪！還對他說，小東西你想看，就看，不用偷著看，往後二娘不責怪你了。他真是一邊求老天爺，一邊罵自家狗日的，才管住了自家。

盥洗完，雲生扶了二娘回屋，到門口，二娘沒打發他走，叫他扶了進屋。他只得扶了進去。

屋裡黑黑的，他問：「點著燈吧？」

二娘說：「不用，有月亮呢。」

他就匆匆退了出來，慌忙收拾當院的盥洗傢什。收拾完，便匆匆回到自己在偏院的住處。他不知道這個夜晚發生的是怎麼一回事，只是知道終於管住了自家。二娘真是把他當成她自家的娃，什麼也不再避諱他了，還是又在試驗他，看他還是不是饞貓？早就聽說，那些大字號愛試驗新夥計，故意把錢物放在你眼跟前，看你偷不偷。二娘也是在試驗他？

狗日的，你總算管住自家了。

可二娘是那樣高貴美貌的女人，他哪能不饞呢！

二娘那邊，只是遲說了一句話，就讓這個小東西跑了。說了半夜那種話，又赤身露肉叫他擦背洗腳，臨了叫扶她進屋，還說不用點燈，他就一點意思也沒看出來？真是一個憨蛋，傻瓜，不懂事、不中用、不識抬舉的小挨刀貨！她本來想再說一句話：你收拾了院裡的傢什，先不要走，我還有句話要問你。還沒有等說出來，這個小挨刀貨他倒跑了！

聽著雲生匆匆離去的腳步聲，姚夫人真是越想越氣。費盡了心機，以為謀劃得很出色了，可連這麼一個小奴才也沒套住！自家一向是那樣好強，尊貴，可做這件事，是連一些羞恥也不要了，居然引誘不了一個小下人！自家難道早已人老珠黃，連一個下人也打動不了？永遠過著這種孤單熬煎的日子，不老得快才怪呢。都是因為做了受不盡苦的商家婦！

明亮的月光，透窗而入。姚夫人赤身立在窗前，淚如雨下。

4

這樣的事，不做則已，一旦做起來，就很難停下了。

做了許多天引誘的遊戲，居然沒有成功，姚夫人的自尊受到了傷害，她當然不肯罷休。別的商家婦人都能做成這件事，她居然做不成，就那樣笨，那樣沒本事、沒魅力呀？而一步一步深陷到這樣的遊戲中，她也更難返回到原先那樣的苦守之中了。雲生這個小東西，簡直成了一個誘人的新目標，在前面折磨著她。這不似以往那種對男人的等待，是一種既新鮮，又熱辣的騷動，簡直按捺不下，欲罷不能。本來是想引誘這個小東西，現在簡直被他這小東西吸引了。

自家就那樣卑賤？

雲生這小東西，也許真是個憨旦，不該選了他這樣一個小挨刀貨！成不了事，就打發了他拉倒，一天也不能留他。他就是痛哭流涕，搗蒜似的給你磕頭，也絕不能留他！還想叫舉薦進商號，這樣的憨旦，誰要你！你這個小挨刀貨，一心就想進商號……

姚夫人左思右想，終於還是要把這件事做下去。

這天，她見了雲生，裝得平靜如常。沒有惱他，也沒有寵他，只是吩咐他，把二爺的帳房仔細打掃一遍。

邱泰基在家居住的時日雖然極其有限，但他還是給自家安置了一處像模像樣的帳房。它就在姚夫人居住的上房院的西廂房。裡面除了帳房應有的桌櫃文具，還有一處精緻的炕榻。只是，這炕榻就像這間帳房一樣，一向很少有人使用。今天，炕榻上鋪陳的毛氈、棉褥，姚夫人都令揭起晾到院中，做了翻晒。

雲生在打掃這間帳房時，當然是很賣力的。他對這樣精緻的帳房更是充滿了敬畏和羨慕，什麼時候，自家才能真的出入商號的帳房呀！所以，他是一點也沒有再胡思亂想。他以為，二娘已經寬恕了他了，他不會被攆走，一切又都如先前那樣正常了。

這天是十五，應該是月亮最明亮的時候。可是到了晚間，天上卻有了薄雲，明月沒有出來，只是天幕明亮一些。坐著乘涼的時候，感覺稍顯悶熱。會下雨嗎？一夏天都幾乎沒有下雨了。姚夫人見今晚的圓月沒有出來，心裡先有一些不快。在這種不快的心境中，她就渴望下雨。要陰天，那就是陰得重些，下一場大雨，雷鳴閃電，狂風大作，接著就暴雨如注。老天爺，你就下一場這樣的大雨吧。

但天上分明只是一層薄雲，天幕很明亮。一點風也沒有。

今晚，女兒也是過早地就睏了。蘭妮伺候女兒去睡的時候打著哈欠，憨憨的，沒有一點異常。這些天來，這個憨丫頭照樣能吃能睡，也不出去串門，一點異常也沒有。還常勸二娘不要生雲生的氣，他不是有意要氣二娘。那你今晚就守著小姐踏實睡你的覺吧。

又剩下她和雲生了，但她今晚似乎已經沒有心思再做藏而不露的引誘。小東西，他是一個憨旦，你再做精心的引誘，那也是白費事！你是主，他小東西是僕，他只會聽你的吩咐，哪敢做那種非分越禮的巴結？有一種偷情的故事，商家婦總是引而不發，等待男人忍耐不下，發昏做出冒失舉動，她先驚恐，再盛怒，再痛不欲生，再無可奈何，再諒解了男人，最後才收下了這樣的私情。姚夫人本想仿照這樣的路數走，可遇這樣一個憨旦，哪裡能走得通？叫他做的事，只有得了你的命令，他會肯做。

只是做這樣的事，怎樣能下命令？不管能不能下，姚夫人在今晚已經沒有耐心了。她不想再囉唆了，成就成，不成就把這小東西攆走！她承認自己不會偷情，全沒有做這種事的智慧和機巧。她正經慣了，為了自己的男人，她早已經把自己造就成一個太正經的嚴守婦道的女人。想不正經一回，原來也是這樣的難。難，也要做一回。成也罷，敗也罷，反正要做一回。

姚夫人在今晚的失常，她自己可沒有覺察出來。

她只是焦灼不安地不想和雲生多說無關的閒話，也不想多熬時辰。和雲生只單獨坐了不大一會時候，就說今天要早歇了。在雲生伺候盥洗時，她比平時俐落，也沒有對雲生做過多的挑逗。

只是在雲生扶她進屋的時候，她說：「今黑間，要歇在西廂房，上房有些潮，明兒天好，你把上房炕上的東西也倒騰出來，晾晒晾晒。」

扶她進了西廂房，雲生問：「點燈吧？沒月亮，怪黑。」

她說：「不用點，點了招蚊蟲。雲生，你先去把當院的盥洗傢什收拾了。收拾完，不要走，我還有句話，要跟你說。」

姚夫人沒有一點停頓，一口氣將昨天就該說的話說了出來。雲生也沒有特別的反應，很平常地答應了一聲就出去拾掇傢什了。姚夫人站在窗前，焦灼不安地諦聽著雲生的動靜，只怕這憨旦收拾完又會逃走。說了不叫他走，他聽清了嗎？

小東西，他算是長了耳朵！收拾完，他也來到窗前，隔了一層窗紙問：「二娘，院裡拾掇妥了，還有甚吩咐？」

姚夫人慌忙從窗前退後，極力平靜地說：「你進來，我有話跟你說。」

小東西進來了。

「你坐下吧，能瞅見椅子在哪兒吧？」

「二娘，不用坐了，有甚事，妳就吩咐。」

「叫你坐，你就坐。」

「哎。」

姚夫人看見小東西在摸索著尋椅子。她進來一陣了，已經適應了屋裡的黑暗，能依稀看見暗中的一切。雲生剛進來，還是兩眼一抹黑。她給指點了座椅的方位，看他拘謹地坐下後，忽然就產生了一種很衝動的想法：在這小東西看清暗景以前，她先把一切都設定好。這個燃燒似的想法，不容多想，就迫她實行了：她一邊和雲生說話，一邊就將身上的衣裳一件一件脫去了。隔了一張桌子，她坐在另一把椅子上，可她已經不著一絲衣物，只有暗光將她覆蓋，更有一股火，在周身燃燒。

「雲生，我早有一件事要對你說。」

「什麼事，不是要攆我走吧，二娘？」

「盡說氣我的話，我會攆你走？我是想給你舉薦家好字號，總不能叫你一輩子伺候我。」

「伺候二娘一輩子也願意。」

「小東西，盡說嘴吧。你就是真願意，我也不忍心。老伺候我，能有甚出息。這次，你二爺回來，本來就要叫他給你尋家字號，哪想他就出了這樣的事？我們也不像以前風光了，雲生，你沒有嫌棄我們吧？」

雲生慌忙離了座，跪到地上。

「二娘，妳這樣說，奴才就真該給攆走了。今生今世，我也不敢忘了二爺二娘的恩情！」

「又說嘴吧。」

「真話！」

「那快起來，坐下吧。」

小東西，他還什麼也沒有看出來嗎？

「雲生，等你二爺在歸化城安頓下來，我就寫信叫他給你尋家字號。他要還是丟了靈魂似的，我就出面給你尋字號。不覺你倒十七了，再不能耽誤你了。」

雲生又撲通跪了下來，「二娘，真的嗎？」

「還不信二娘的話？」

「信，信！不拘什麼字號，我都要長出息，不給二娘丟人！」

一說駐字號，就這樣上勁，這忽然叫姚夫人有些傷心。這個小東西，也和自家的男人是一路貨，把商號看得比女人重要！我已經把女人的一切無有一點遮攔地亮給你了，你還沒有看見！小東西無論是坐著，還是跪了，都一直那樣拘謹著，不敢往她這裡看。居然會這樣憨？

「駐字號，我知道你會有出息。就怕你也會犯饞女人的大錯。」

「二娘，我絕不會了。」

「你先聽我說！」姚夫人忍不住，厲聲說了一句。

聽到這一聲，跪著的雲生，是把頭埋得更低了。

「雲生呀，你沒有娶媳婦，還不知道女人是甚，怎麼會不饞女人？除非你是憨子傻子木石人！所以，我今天要教你做一件事，叫你知道什麼是女人，學會怎樣才能不饞女人。小東西，你抬頭看我！」

他抬起頭來了，但沒有一點異常的反應。難道還沒有看清？屋裡依舊那樣黑暗，月亮並沒有出來，可進屋已經有一會兒了，怎麼還看不清！哪有你這樣的憨旦！

小東西他終於驚叫一聲，伏到地上：「二娘，二娘，我不能……」

「你不能什麼！」姚夫人厲聲問了一聲。

「叫二爺知道，我活不成……」

「雲生，我問你一句，你是想駐字號，還是想叫我把你攆走？」

「當然想駐字號……」

「那你就聽我的，敢不敢？」

「……」

「敢不敢？」

「那就敢吧……」

「不敢，你這就走！」

「敢，二娘……」

「雲生，雲生，二娘是為你。你這麼大一個男娃了，連女人是甚還不知道，成天跟饞貓似的，你當我看不出來？這麼一副饞樣，哪家字號敢要你？二娘雖是過來人，身子不值錢了，可不是看你有出息，想疼你，能這樣不管不顧，叫你小東西開蒙解饞呀？」

「二娘……」

「小東西，想看，你還不快看！」

小東西，你怎麼就那麼憨，那麼笨，那麼膽小，已經這樣了，還不敢冒失一回，不敢過來摟住二娘，都這樣了，還得樣樣教你，你怎麼是這樣一個小憨娃！都這樣了，你不能再哭，你引誘這樣一個小憨娃，不能算可憐，那些七老八十的男人，他們不也喜歡討十五六的女娃做小嗎，不能光叫他們男人有理，什麼都是他們有理，你也學他們一回，討一回小。雲生，憨娃，二娘不是教你學壞，二娘是萬不得已了，就算你報答一回二娘吧，這事二娘不會叫任何人知道，不會壞了你的名聲。小東西，你抖什麼，你手腳也太笨，樣樣都得教給你，還不相信我能送你進字號？

小東西，小東西，要知道是這樣，我何必還要費那麼大心思，謀劃了那許多計策，折騰了這許多天，早知這樣，我乾脆就對你說，小東西你報答一回二娘，二娘送你進字號，只怕你早就敏捷地躺到二娘的炕上了？小東西呀，你也是把字號看得比女人重？還是年輕了好，年輕了壯，可還沒有怎麼呢，你就出了一身汗，我不嫌男人的汗味大，是不嫌。

不，我沒有哭，我不是哭，不是哭，你想怎麼看二娘，只管看你的，想怎麼親二娘，只管親你的，我不是哭……樣樣都得教你。

第二天，姚夫人想極力顯得平靜，可分明沒有做到。連那個傻蘭妮都問了幾次：「二娘是不是病了？」倒是雲生這個小東西比她還裝得穩。見了她，有些羞澀，但沒有太失常。他的憨是裝出來的，還是把進字號看得太重了，不敢有閃失？

天晴了，十六的明月要出來。

5

六月十六，邱泰基和那個新夥計郭玉琪北上經太原、忻州、代州、山陰、右玉，已走到了殺虎口。殺虎口也是出蒙通俄，尤其是通往歸化、包頭、前營烏里雅蘇臺、後營科布多的大孔道，古邊地的大關口，俗稱西口。所以，殺虎口也是晉商的大碼頭。這裡，自然有天成元票莊的一間分莊。

殺虎口分莊的老幫夥友已經聽說了邱泰基的事。知道這位一向得意今日忽然遭貶的出名老幫要路過本地，本來想很快意地看看他的落魄相，可及至等來了，卻叫人吃了一驚。

邱掌櫃居然是一步一步從太谷走到了殺虎口！一般山西人走口外，負重吃苦，一步一步將荒涼的旅途量到頭，那並不稀罕。可大商號的駐外人員，即使是一般夥友，也支有往來的車馬盤纏，何況是領莊的老幫。邱泰基徒步走口外，分明有痛改前非的心志在裡面，這太出人意料。

一向以奢華風流出名的邱老幫，現在哪還有一點風流樣，又黑又瘦，身被風塵，更把負罪之意分明寫在了臉上。不是因為捎了總號的信件，要交給殺虎口莊口，他居然打算尋家簡陋的客棧，打一夜尖，悄悄就走了。

見是這番情狀，誰還有心思奚落他？

這裡的呂老幫就設了盛宴，招待他。他再三推辭，哪裡會依了他。

「邱掌櫃，我們都是長年在碼領袖莊，誰能沒有閃失？老東家大掌櫃已經罰了你，我們再慢待你，傳了出去，那成了甚了？我呂某還能在碼頭立足嗎？我們吃頓飯，喝杯酒，算是你邱掌櫃給我們一個面子。」

呂老幫把話說成了這樣，邱泰基感到更有些難堪了：

「呂老幫，你這樣說，我就更無地自容了。我惹的禍，不是做賠了一兩筆生意，是壞了咱天成元的聲名，真是罪不該赦的。咱西幫唯以聲名取信天下，咱天成元在商界又是何等盛名！叫我給抹了這樣一把黑，連累得老東臺大掌櫃也坐不住了，那麼大年紀，冒暑出巡漢口，你說我的罪過有多大！還有甚的顏面見同儕呀？」

呂老幫就說：「你罪過再大，也還是咱天成元的人吧？路過一趟，連自家字號的門也不進，你不是要壞我呂某的名聲？再說，還有跟你的這位郭掌櫃，初出口外，我能不招待人家？」

邱泰基總算入了席，但只是飲了三盅酒，怎麼勸，也不多飲了。邱泰基這樣，那個跟著的郭玉琪也不多飲，場面真是很冷落。席間，呂老幫多所寬慰，邱泰基依然神色凝重。老東家和大掌櫃是否真要出巡江南，呂老幫早想問個仔細，但見邱泰基這種樣子，也不便開口。直到終席，呂老幫才問：

「老東臺和大掌櫃真是要出遠門，下江南？」

「早已經啟程了。他們是六月初三離開太谷，我們初四上路。現在，他們已到河南了吧。現在河南湖北，那是什麼天氣，唉，你說我的罪過有多大吧！」

「已經啟程了？這裡的字號，還都不相信呢！都說那是我們天成元放出的一股風，還不知是要出什麼奇招。現在，哪還時興財東老闆出巡查看生意，還說是暑天就走，誰信？就是我們，也不敢信。真出動了？」

「我親眼見的，還能有假？初三那天大早走的，我想去送，又沒臉去送，只是跑到半道上，遠遠躲著，望著他們的車馬走近，又走遠了。咳，我一人發混，惹得老東臺大掌櫃不放心各碼頭掌櫃！」

「邱掌櫃，你也不能一味這樣想。康老東臺，本來就是位器局大，喜歡出巡的財東。一生哪沒有到過？大富之後，不喜愛坐享其成，只好滿天下去跑，見人所未見，謀人所未謀。西幫的財東，都要像他，那只怕我們西幫的生意早做到西洋去了。」

「只是，年紀大了，萬一……」

「我看康老東家倒不用我們多操心。老漢是成了精的人，災病上不了身的。倒是孫大掌櫃叫人不放心，這許多年，他出巡不多，這一趟夠他辛苦。叫他受點辛苦，也知道我們駐外的辛苦了，也好。」

「大掌櫃受了這番罪，怨恨我那是應該的，連累你們各位掌櫃，我實在於心不忍。」

「給各碼頭的掌櫃倒也該唸唸緊箍咒了。你看看日昇昌那些駐外老幫，驕橫成什麼了，眼裡還有誰！小生意不做，大生意霸道，連對官府也氣粗得很，把天下第一票號的架勢全露了出來。做老大的，先把咱西幫的祖訓全扔了。日昇昌它就是財東太稀鬆，掌櫃們沒戴緊箍咒，大鬧天宮只怕也沒人管。」

「我邱某就是淺薄如此。到歸化莊口後，還望呂掌櫃多檢點。」

「邱掌櫃，你真是太心思重了。你張羅生意是好手，如今我們的莊口離得近了，還望你多幫襯呢。」

呂老幫勸邱泰基在殺虎口多歇一日，他哪裡肯？祁縣喬家的大德通分號，也想在第二天宴請邱泰基探聽一點消息，他當然也更婉謝了。

翌日一早，邱泰基就帶了郭玉琪出了殺虎口，踏上口外更荒涼的旅程。

按西幫規矩，商號的學徒出徒後，能被派到外埠碼頭當夥計那便是一種重用，算有望修成正果。一旦外派，即便是新出徒，也可被稱作掌櫃了，那就像科舉一旦中式，就被稱作老爺一樣。

像所有能入票號的夥友一樣，郭玉琪在進入天成元以前一直是在鄉間的學館讀書。父母看他聰慧好學，是塊材料，就沒有令他考取秀才，下了心思託人舉薦擔保，將他送進了天成元票莊。在總號做學徒的三四年中，他雖然全是做些伺候大小掌櫃的卑賤營生，可也不算吃了多大的苦。聽說要外放到歸化城當夥計，心裡當然很高興。在總號幾年，早知道歸化是口外的大碼頭，又是東家的發跡地，能到那裡開始學生意，真是好運氣。口外當然比太谷苦焦，可你是駐票號，衣食花銷都比其他商號優越一等。還有，他從小就聽說了一句話：沒駐過口外，就不能叫西幫買賣人。

臨走，又聽說要跟了邱掌櫃一道上路，郭玉琪就更興奮了。

邱掌櫃那可是天成元出名的駐外老幫！雖說眼跟前倒了些黴，畢竟人家還是生意高手。郭玉琪在心裡甚至這樣想：邱掌櫃犯的過錯，那也是有本事的人才能犯。所以，他對邱泰基仍然崇拜異常。

這樣一位邱掌櫃，一見面，居然叫他「郭掌櫃」，簡直令他惶恐萬分。

「邱掌櫃，你就叫我的名字吧，大名小名都由你。」

「叫你郭掌櫃，也不過分，你是怕甚？駐外埠莊口，不拘老幫夥計，人人都得擔一副擔子，用十分心思，叫掌櫃不是光占便宜。在總號學徒，還不懂這？」

「懂是懂，只是跟邱掌櫃你比，我就什麼也不是了。」

「你什麼也不是，總號派你到口外做甚！能進票號，又能外派，那你就是百裡挑一挑出來的人尖，比中個秀才也不差。沒有這份心氣，哪能在票號做事？」

「邱掌櫃，你才是人中俊傑……」

「郭掌櫃，以後再不許這樣奉承我！我叫你有心氣，是叫你藏在內裡，不是叫你張揚。我吃虧倒楣，就在這上頭，你也知道吧？」

「再怎麼說，眾人還是佩服邱掌櫃。以後，還望邱掌櫃多教我管我。」

「生意，生意，全在一個『生』字。生者，活也。生意上的死規矩，旁人能教你，那些活東西，就全憑你自家了。郭掌櫃，咱這一路上歸化，你是騎馬，還是僱車？」

「我隨邱掌櫃，跟了伺候你。」

「我只想僱匹騾子，馱了行李，我自己跟了騾子走。」

「那我也隨邱掌櫃，跟你一搭步走。」

「郭掌櫃，你不必隨我。我是多年把自家慣壞了，惹了這樣一場禍，想治治自家。你獲外派是喜事，櫃上又給你支盤纏，何必隨我？我都想好了，咱離太谷時，僱輛標車，一搭坐了。等過了太原，到黃寨，再換成騾馬。這樣，你騎馬，我跟了騾子走，也沒人知道，不叫你為難。」

「邱掌櫃為我費這樣的心思，我領情就是了。可我也正想步走一趟口外呢。日前，祖父還對我說，琪兒你算享福了，上口外，字號還許你僱車馬。老輩人上口外，還不是全說一個走字。不用步走，倒是享福，可你剛當夥計就這樣嬌貴，能受了口外的苦焦？邱掌櫃，這不是正好呀，我隨了你走，也歷練歷練。」

若邱掌櫃你坐車騎馬，我想步走，也不會允許吧？」

「要這樣說，也不強求你了。實在說，你步走一趟口外，倒也不會吃虧。」

要步行赴歸化，郭玉琪其實是沒有一點準備。既是票號外派，就是遠赴天涯海角，也有車馬盤纏的。那不只是自家的福氣，更是票號的排場。但邱掌櫃要捨棄車馬，徒步就道，那就是說成什麼，他也得隨了走。邱掌櫃雖給貶到歸化莊口了，也是副幫二掌櫃。掌櫃步行，小夥計騎馬，哪有這樣的理！邱掌櫃說得那樣懇切，也許是真懇切，也許又是考驗你！

在總號學徒的三四年，從沏茶倒水，鋪床疊被，到謄寫信件，背誦銀錢平碼，那真是處處都在受考驗。稍不當心，就掉進掌櫃們的圈套裡了。說是學生意，其實什麼都沒有人教你，只有掌櫃們無處不在的圈套，想方設法在套你！躲過圈套，也沒有人誇你，掉進圈套呢，誰都會罵你笨。郭玉琪好在還不算太笨，沒有怎麼捱罵，可也學會了提心吊膽。從早起一睜開眼，就得提心吊膽，大事小事，有事無事，都不敢鬆心大意。就是夜裡睡著了，也得睜半隻眼，留三分心。所以，他對邱掌櫃佩服是佩服，也不敢大意。

六月初四，他們離開太谷時，真按邱掌櫃意思，先僱了輛標車，坐著過了太原府。到黃寨，便棄車就道，只僱了一匹馱行李的騾子。

郭玉琪沒有出過遠門，更沒有走過遠路。剛踏上黃寨那一片丘陵，就有了種荒涼感，加上初嘗跋涉的勞苦，就覺預料中的艱辛來得太快了。看邱掌櫃，分明也走得很辛苦，汗比自己流得多。

「邱掌櫃，才離開太原府，這地面就這樣苦焦？正是莊稼旺的時候，可坡上的那莊稼，稀稀疏疏，綠得發灰，看了都不提精神。」

「這能叫苦焦？越往前走，你就越知道什麼叫苦焦了。見不上莊稼，見不上綠顏色，見不上人煙，見不上水，你想也想不見的苦焦樣，都不愁叫你經見。」

「邱掌櫃是甚時走的口外？」

「二十年前了。那時跟你似的，正年輕。也是一心想到口外住幾年，以為不受先人受過的那份罪有不了出息。一去，才知道了，受罪實在還在其次。駐口外，那就像修行得道，要整個兒脫胎換骨。那裡不光是苦焦，比起關內，比起中原，比起咱山西，比起咱祁太平，那真是世外天外，什麼也不一樣！吃喝穿戴，日常起居異樣不說，連話語也不一樣，信的神鬼也不一樣。在我們這裡，從小依靠慣了的一切，到口外你就一樣也靠不上了。叫一聲老天爺，那裡的老天爺也不認得你！就是我們從小念熟的孔孟之書，聖賢之道，著了急，也救不了你了。」

「邱掌櫃不用嚇唬我，我不怕。」

「我嚇唬你做甚？我給你說吧，在口外有時候你就是想害怕，也沒法怕！」

「想怕也沒法怕？邱掌櫃，我還真解不開這是什麼意思？」

「你想害怕，那倒是由你，可你去怕誰呀？幾天見不上人煙，見不上草木，每天就能喝半碗水，除了駝鈴，什麼的聲音也聽不見，連狼都不去，你去怕誰？能見到的，就是頭上又高有藍的天穹，腳下無有邊涯的荒漠，還有就是白天的日頭，夜裡的星星。可這些藍天大漠，日月星辰，它們都認不得你。皇上、孔孟、呂祖、財神土地爺，全呼叫不應了。你怕，還是不怕，天地都不管你。」

「不能怕，就不怕得了。」

「那不能活，就死了拉倒？」

「也不是這意思。」

「我給你說，到了那種境地，天地間就真得只剩你自家了！你能逮住的，就唯有你自家，你能求的，也唯有你自家。誰也靠不上了，你唯有靠你自家。誰也救不了你了，但還有你自家。你說，這不是修行悟道，是甚？」

郭玉琪從小就常聽人說走口外，只知道口外是一個神奇的世界，也是一個苦焦異常的地界。可邱掌櫃這樣一種精深說法，他真是聞所未聞！

「邱掌櫃，我聽說口外盡是咱山西人，去了，也並不覺怎的生疏呀？」

「那都是先人趟出了路。你要把口外當山西一樣來混，那就白走一趟口外了。再說，在口外駐莊，你也不能只窩在字號。就是當跑街的夥計，也不能光在歸化城裡跑。從歸化到前營烏里雅蘇臺，後營科布多，那是大商路。到前營四千多里，到後營五千多里。往來送信調銀，平時多託駝隊，遇了急事，也少不了自家去跑。光是去路一程，快也得兩個月。出了歸化，過了達爾罕，走幾百里就是戈壁大漠了。中間有十八站沒河水，得自家打井淘水。那一段，你不得道成精，過不去。走出戈壁，還有好幾站，只有一口井，人馬都限量喝水，以渴不死為限。駱駝耐渴，是一口水也不給它喝。以後就進山了，在烏里雅蘇臺的東南路，還有雪山。想想吧，這種營生，你能靠誰？」

「經邱掌櫃這一指點，我已經有靠了。」

「那到了歸化，你就跟我先走一趟烏里雅蘇臺。我得去拜訪烏里雅蘇臺將軍連順大人，有一封端方給他的信，要當面呈他。」

「那我一定跟了邱掌櫃，學會在絕境修行悟道。」

郭玉琪跟隨邱掌櫃北行的第一天，就翻越了一座石嶺關，走得簡直慘不忍睹。直到四天後，出了雁門關，似乎才稍稍適應。雁門關外的蒼涼寂寥，使他幾乎忘記了正是夏日。舉目望去，真就尋不到一點濃郁的綠色。才出雁門關，就荒涼如此，出了殺虎口，又會是一種什麼情景？他想像不來。

及至出了殺虎口，感覺上倒沒有了太大的差異。依然是蒼涼，依然寂靜遼遠，走許多時候見不到一個村莊。但口外依然有村莊，也依然有莊稼。有些莊稼，甚至比雁門關外還長得興旺。放牧的牛羊，更多，更壯觀，像平地漫來一片雲。

只是，初出口外的一路遇到的果然都是山西人。路過的村莊、集鎮，幾乎整個兒都是山西人。

邱掌櫃說：「這裡還不能叫口外。我們山西的莊戶人走口外，已經把這一帶開墾得跟關裡差不多了。從殺虎口往歸化、包頭這一路，一直到河套、前套、後套，都是這番景象，到處都是山西人。但我們西幫商家出來，可不是尋地種，攬羊放。郭掌櫃，我給你說句不好聽的話，你要修練不出來，得不了西幫為商之道，那你就只能流落在此，種地放羊了。」

邱掌櫃說的這句話，叫郭玉琪聽得心驚膽顫。

6

邱泰基和郭玉琪走到歸化城時，已將近六月末。若是乘了車馬，本來有半個月就到了，多走了許多天。如此一步不落，生是靠兩條腿遠行千里，叫歸化莊口的眾夥友，也吃驚不小。

驚嘆之後，就問到康老太爺和大掌櫃的出巡，因為他們也都不大相信。聽說已經出動，估計已經到了漢口，更感意外。

櫃上辦了一桌酒席，歡迎邱泰基和郭玉琪。席間，邱泰基自然又是自責甚嚴。在這裡領莊的方老幫，見將邱泰基這樣的好手派來給他做副幫，心裡就鬆了一口氣。他倒不是指望邱泰基能兜攬到多少大生意，只是想，有這樣一個精明幹練的人做幫襯，應付康家三爺，或許會容易一些。所以在席面上，他很明白地對眾夥友說：

「邱掌櫃的過失，東家和老號已給了處罰，過去了。再說，過失也與我們無涉。邱掌櫃是生意高手，能來歸化與我們共事，是緣分，也是幸事。邱掌櫃既是我們字號的副幫了，往後各位都得嚴執敬上禮，聽他吩咐。」

邱掌櫃聽了當然感激不盡。

席後，方老幫即將邱泰基召到自家的帳房。

「邱掌櫃，你能來歸化，算是救了我了！」

「方掌櫃，這話怎麼說起呢？我是惹了大禍的人，只怕會連累你們的。有適宜我辦的事，方掌櫃儘管吩咐。」

「邱掌櫃，你也知道的，歸化這個碼頭，是東家起山發跡的地方。除了做生意，還得應酬東家的種種事。多費點辛勞，倒也不怕，就是有些事，再辛勞，也應酬不下。東家三爺來歸化一年多了，他倒不用字號伺候，只是吩咐辦的，那可是多不好辦！」

「三爺是有大志的人，也是康老太爺最器重的一位爺。將來康東家的門戶，只有這位三爺能支撐起來。可方掌櫃是領莊大將呀，應酬三爺，那不會有難處的。」

「邱掌櫃，你們都是站在遠處看，霧裡看花。三爺是有大志，比起東家其他幾位爺，也最有志於商事。可他性情太急太暴，謀一件事，就恨不得立刻見分曉。一事未成，又謀一事。他謀的有些事，明知要瞎，也不能跟他說。一說，他更要執意去辦。邱掌櫃，你也知道大盛魁在口外是什麼地位！我們和大盛魁爭也得有手段，哪能明火執仗地廝打？可三爺他就好硬對硬，明裡決勝負。」

三爺會是這樣？邱泰基真是還沒有聽說過。

「三爺那是年輕氣盛吧。」

「他也四十多了。康老太爺在他這種歲數，早就當家主政了。他是太自負，眼裡瞧不上幾個人。祁幫渠家喬家的人，瞧不上。這裡大盛魁的人，也瞧不上。我這老朽，他更瞧不上。自負也不能算毛病，咱西幫有頭臉、有作為的人物，誰不自負？可別人都是將自負深藏不露，外裡依然謙恭綿善，三爺他倒是將自負全寫在了臉面上了。」

「方掌櫃，這就是我好犯的毛病，淺薄之至。」

「邱掌櫃，我不是說你。」

「我知道。我跟三爺沒見過幾次面，可在太谷，也沒聽人這樣說他。」

「太谷有老太爺呢，他不敢太放肆。再說，太谷也沒多少人故意捧他。這裡呢，捧他的人太多。那些小字號捧他，可能是真捧，真想巴結他。蒙人一些王爺公子捧他，也不大有二心，他們是當名流富紳交結他吧。可大盛魁那些人，喬家渠家字號的那些人，也捧他，裡面就有文章。他瞧不上人家，常連點面子也不給人家，人家還要捧他，就那麼賤？人家也是財大氣足呀，不比你康家軟差！明明要瞎的事，也捧著他去做，攛掇著叫他往坑裡跳！這哪裡是捧他？不是想滅他，也是想出他的洋相！」

「真有這樣的事？」

「邱掌櫃，你既然來駐莊，我也不給你多說了。那些事，你自家去打聽吧。用不了多時，你更得親身經見。」

「那你也沒有給老太爺說說？」

「字號有規矩，我方某這樣一個駐外老幫，哪能對財東說三道四？」

「可字號也有規矩，財東不能干涉號事。三爺交辦的事，有損字號，不好辦，也該稟告了總號，不辦呀？」

「我給老號寫了多少信，孫大掌櫃也沒有說一句響話。只是一味說，三爺嫩呢，多忍讓，多開導吧。忍是能忍，開導則難。三爺哪會聽我們開導？大掌櫃也不似以往了，少了威嚴，多了圓通。這回，叫他出去受受辛苦，也好。」

「老號有老號的難處，各碼頭字號也各有自家的難處。眼下三爺在哪呢？三娘還叫我捎了封信給他。」

「聽說在後套呢。他正在謀著要跟喬家的復盛公打一新仗！我也正為此發愁呢。」

「跟喬家打仗？」

「你看，今年不是天雨少，旱得厲害嗎？三爺也不知聽誰說的，喬家的復盛公字號，今年要做胡麻油的霸盤生意。他們估計口外的胡麻收成不會太好，明年胡油一準是漲。所以，謀劃著在秋後將口外胡麻全盤收進，囤積居奇。三爺聽說了，就謀著要搶在喬家之前，先就買斷胡麻的『樹梢』！」

「買『樹梢』，那是大盤生意，康家在口外，也沒有大糧莊大油坊。口外做糧油大盤，誰能做過大盛魁和復盛公？」

「就是說呢！快入夏時，三爺才聽說了喬家要做霸盤，立刻就決定要搶先手，買『樹梢』。康家在口外，只有幾家小糧莊，哪能托起大盤來？三爺說，他已經跟大盛魁暗地聯手了。又說，糧莊不大，可咱的票號大，你們給備足銀錢吧。他買『樹梢』，分明是要把我們票莊拉扯進去！」

「沒有稟告老號嗎？」

「怎麼沒有！大掌櫃只回了四個字：相機行事。這不是等於沒有回話嗎？」

「方掌櫃，要是允許，那我就先見見三爺去。以我自家的戴罪之身，給他說說我惹的禍，老太爺如何氣惱，已經冒暑出巡江漢，看他肯不肯有所警戒？」

「那就辛苦邱掌櫃了。」

買「樹梢」，有些類似現代的期貨交易。就是莊稼還在青苗期，商家就和農家議定一個糧油價，並按此價付給部分銀錢。到秋後莊稼收穫後，不管市價高低，仍然按原議定價錢交易糧油。

西幫在口外做買「樹梢」生意，說起來比初創糧食期貨交易的美國人還要早。只是，它的出現有特殊背景。早期走口外的山西莊戶人，通常都是春來冬歸。春天來宜農的河套一帶，租地耕種，待秋後收穫畢，交了租子，賣了糧油，就攜帶了銀錢，回家過年。來年春天再出口外，都捨不得多帶銀錢，新一輪耕耘總是很拮据。有心眼的西商，就做起了買「樹梢」的生意。一般在春夏之交，莊稼的苗情初定，又是農人手頭最緊的時候，議價付銀，容易成交。可這種生意，風險太大。那時代莊稼的收成，全在老天爺，還有天時之外的不測風雲。

祁縣喬家在包頭的復盛公商號，就是做買「樹梢」生意起家。但發達之後，連喬家也輕易不做這種生意了。

三爺忽然要買「樹梢」，他是心血來潮，還真是落入了喬家的圈套？邱泰基越想越覺得不能大意。要是能挽三爺於既倒，那倒是給自家贖了一次罪。

可三爺到底是怎樣一個人，他還不太知道。

第六章　悽婉棗樹林

1

太谷在光緒二十年（1894）就設了電報局，局長一人，電務生一人，巡兵三人。說是收發官商電文，實在還是官電少，商電多。康笏南南下這一路，想叫沿途字號發電報報平安，數了數，還是漢口才通電報。

所以，康笏南離谷後二十多天，康家才收到河南懷慶府字號送回來的信報，說康老東臺一路平安，已赴武陟，經滎澤渡河，往鄭州去了。老太爺精神甚好，孫大掌櫃也平安，以下諸人都甚盡職，望老夫人、各位老爺放心勿念。又過了十多天，周口的信報剛到，漢口的電報也到了。

知道老太爺平安到達漢口，康家上下都放了些心，也驚嘆還是電報走得快。只是電文太簡單，寥寥幾字，哪能化解得了許多牽掛？周口的信報上說得多些，也盡是平安喜報，讚揚辭令。道上炎熱情形，老太爺飲食如何，患病沒有，日行多少，遇涼爽地界，是否肯休歇幾日，全沒有說。

信報和電文送達後，天成元櫃上趕緊呈往康莊，臨時主政的四爺接了，自然又趕緊呈給老夫人。杜老夫人看過，吩咐趕緊給大家看。

杜筠青能看出來，四爺是在真正牽掛老太爺，神情上就與別人不一樣。自老太爺走後，一向綿善恬淡的四爺，就像忽然壓了千斤重擔，一副不堪負荷的樣子，又像大難臨頭了，滿臉愁雲不散。每日見了，都是念叨一句話：不知老太爺又走到哪兒了？

自老太爺走後，主政的四爺就每天進老院來，向她問安，看有什麼吩咐。杜筠青做了老夫人多少年，真還沒有享受過這樣的待遇！初進康家門那陣，各門的媳婦還來問問安，那時她見媳婦們大多比自己年長，看她們來問安也很勉強，就主動免了這道禮。從此，真就沒人理她了。老太爺上次出巡京津，是三爺在家主政，他可是照樣不理她這個老夫人。

還是四爺人善，就是太軟弱了。

除了四爺，別人也還是照樣。而且，別人也都不像四爺那樣掛念老太爺，他們倒像是閻王爺不在，小鬼們反了。大面上，也念叨老太爺，心裡早自在鬆快得放了羊。她什麼看不出來！

老太爺一走，這個大宅院裡真是變了一個樣。

但她可不替他們康家發愁擔憂！老東西走時，什麼也沒向她交代，連句離別的人情話也沒說。老東西走了，她也鬆快自在。有事沒事，走出老院也由自家興致。媳婦們不喜歡見她，她就故意叫她們不喜歡，只要自家高興，偏去見。

看四娘，倒比四爺剛硬，一張嘴就是說合家亂了套，不服她家四爺管。

「我家四爺也是太善了，要是惡些，誰敢這樣？可我家四爺哪會惡呀？老太爺一走，爺們少爺們，一個也不去大廚房用膳了，山珍海味，就剩下給下人們受用。我們家四爺，見天獨自家在大廚房用膳，難活不難活？老夫人，你也不出來說句話？」

杜筠青心裡就笑了，我說話，四娘你聽嗎？你話裡的意思，當我聽不出來？還不是說，我老夫人說話更沒風！她真就笑了笑，說：「四娘，我倒有個主意，給妳家四爺說說，看能不能採納？」

「老夫人這樣說，不是咒我家四爺嗎？老夫人的示下，我們敢不採納！」

「四娘妳先聽聽我的主意。」

「老夫人說甚，我們也得聽！」

「四爺要真聽我的，那我們女人們就能享幾天福了！」

「女人們享福？」

「既然老少爺們都吃膩了山珍海味，怕去大廚房，那不用叫他們受這份罪了。我們女人們替他們去大廚房坐席，他們不吃，我們吃。山珍海味，我們還沒吃膩呢。我們受用，不比扔給下人強？我們一道坐席，天天相聚，說說趣聞笑話，熱熱鬧鬧，那不是享福是什麼！」

「啊呀，老夫人！這不是害我家四爺呀？女輩們見天到大廚房坐席，還要瘋說瘋道，那不是壞了祖上規矩，反了天了！老太爺回來，我家四爺怎麼交代？這不是害我家四爺！」

杜筠青就快意地笑了。

「四娘，我跟妳說句笑話罷了。在人家西洋，女人一樣坐席，還是上賓。」

「老夫人想學西洋，可不要連累我家四爺！」

「說句笑話吧，我還不知道四爺不容易，哪會難為他？什麼時候，我在老院自家的廚房辦桌酒席，請妳們各位奶奶都來聚聚，不知道肯不肯賞光？」

「老夫人這樣說，是要折我們的壽吧！老夫人賞宴，我們敢不領情？只是，眼下還沒得老太爺準訊兒，也不知路上平安不平安，都牽腸掛肚的，誰有心思吃席？等老太爺平安到了漢口，老夫人不請我們，我們也得吃妳一頓。」

四娘也真不給她留情面，她不過是隨口一說罷了，倒責怪她不管老太爺死活，在家擺宴取樂呢。

「四娘，妳們就是立刻要吃我的大戶，我也沒那心思。不過，老太爺這次出巡，我比妳們放心。他那股英雄氣，還在呢。妳們不是常說，他不是凡人嗎？妳也多開導四爺吧，不用太為老太爺擔憂了。」

「老夫人，我也這樣勸我家四爺呢。可他就是那樣一個善人，不叫他操心，難呢。」

杜筠青又在心裡笑了。哼，我也學會跟妳們鬥嘴了，妳們不用想多占便宜。

三娘不像四娘這樣嘴上厲害，可一副尊貴的派頭，比誰都分明。老太爺最器重三爺，誰也能看出來，眼見就要叫三爺出來主持外務，照看康家的大小字號。三娘也爭氣，孫輩的大少爺又是她生的。妳尊貴，按說也該。可妳尊貴，也不必全寫到臉面上。妳尊貴，也不能尊貴到我老夫人頭上吧？杜筠青早就感覺到了，這位說話得體，禮節周全的三娘，那一身逼人的尊貴氣，就彷彿全康家的女人，唯有她是正宮娘娘，別人都是偏房做小的，連她這個長一輩的老夫人也不例外。真是成不得大器！我就真是做小，也是給老太爺做小，輪不著妳做媳婦的神氣。

所以，杜筠青一見這位三娘，就更來了興致，故意惹她不高興。

三娘一張嘴，也是說她家三爺。誰也沒她家三爺辛苦，成年在口外，受的什麼罪？都像她家三爺，老太爺還用這樣出動呀，五黃六月大熱天，遠路風塵下漢口，檢點生意跑碼頭，顯得滿堂子孫無用，不孝順。

杜筠青就說：「可不是呢，老太爺等不回三爺來，只好自家出動了。」
三娘果然就不高興了：「也沒見老太爺叫我家三爺回來呀？口外也有咱康家一大攤生意呢，口外更受罪。」
「大夏天，口外比漢口涼快吧？」
「老夫人還能這樣說？好像我家三爺是在口外避暑呢，不回來。口外那是什麼地界，誰去那種苦焦地界避暑？」
「我不是那意思。總聽人說口外，口外，咱康家做生意又是在口外發家，就是不知道口外是種什麼樣。三娘妳也沒有去過口外吧？」
「我沒去過，可我家三爺常跑口外，還不知道那是種什麼地方？走口外，都是萬不得已。到口外吃盡苦中苦，回來才能人上人。」
「我早有個心願，什麼時候也到口外去一趟。也不用管老爺們的生意，就去看一眼，口外到底是個什麼樣。不知三娘有這心思沒有？三娘要是也想去，我就能跟了妳沾光。」
「我們婦道人家，去口外做甚？咱家也有規矩，除了當家主事的爺們，一般子弟家眷都不興隨便到外埠的字號走動。」
「要不我求三娘呢！三爺是主事的爺們，去口外，可不得求妳三娘！」
「老夫人不能這樣說，我家三爺主甚事呢？他去口外，不過是遵了老太爺命，吃苦受罪，歷練罷了，能主甚事？」
「我們去口外，也不圖吃苦，也不為歷練，就去開開眼，看看祖宗創業的地方是什麼樣，就得。」

「老夫人想去，就能去。我們做媳婦的，得守婦道，哪敢隨便出門？」

「誰說不許我們出門走動了？妳看人家五娘，不是跟了五爺，往京津遊歷去了嗎？興她們去京津，就不興我們去口外？」

「五爺五娘太年輕，也不知道替老太爺操心，就是一心玩樂。」

「三娘，我可沒聽老太爺說過五爺五娘的不是，倒是見小兩口恩愛異常，很高興。我看三娘妳嬌貴慣了，吃不得去口外那份苦吧？妳不想去，也不用為難，我尋旁人就伴。」

「老夫人說我嬌貴，可是太冤。我們康家，就沒有婦道人家四處走動的規矩。男人們出去照看生意，女人們又四處遊玩，這個家丟給誰呀？」

「看看，還說三爺不主事呢，三娘妳倒當起家來了！不說了，不說了，妳們不叫去口外，我就不去了。我這心思，也給老太爺說過，老太爺只是不相信我能吃了那份苦。說，只要妳敢吃那份苦，我就叫老夏包師父伺候妳去趟口外！康家的女人們，我看也得腿長些，到口外開開眼，也知道祖宗的不易了。看人家那些美國女人，萬里風塵，跑咱太谷傳教，妳們能像人家那樣腿長身強，咱也能把生意做到它美國。這可是老太爺說的！」

「老夫人，我家三爺能吃甚的苦，我也能吃甚的苦！去口外，那是說句話的事？我也是怕老夫人妳吃不了那份苦。」

「我至少比妳們強。我娘家父母，原是帶我去西洋的，所以不給我纏足，還從小教我受苦健身。我可沒有妳們嬌貴！」

說得三娘她也不大爭辯了。去口外，也不過是隨便一說，妳順水推舟就是了，倒真擺起了當家主事的派頭了！我老夫人真要想去口外，還用求妳呀？

為了叫三娘四娘不高興，結果弄得自家也不高興，杜筠青也就失去了招惹她們的興致。大娘二娘，都是可以做她母親的老婦人了，又一向慈善安祥，杜筠青也從來不招惹她們。

真是的，自己如若按父親所願，真做了公使夫人，也得這樣學會鬥心眼，練嘴皮嗎？常聽父親說，做參贊、公使、出使大臣，那得善於辭令、工於心計。她縱有這份天賦，又有什麼用呢！

歐羅巴、法蘭西、法京巴黎，還有公使夫人，那已經是多麼久遠的夢了。

她現在還能有什麼夢做呢？不過是像她的前任女人們那樣，忽然被老東西剋死，然後舉行一場浩蕩無比、華麗無比的葬禮。杜筠青已經做過這樣的噩夢，還不止一次。

四爺天天來問安，說不定還是遵了老東西之命，來監看她吧？四爺人善，她不會怨他。可他能看住誰？

就是沒人看守她，她又能跑到哪裡！不過是照舊進城洗趟澡吧。

2

康笏南走後，杜筠青倒沒有忽然放縱了天天進城洗浴。她還是隔兩三天，進城一趟。不過，每回是一準要放呂布的假，叫她往家跑一遭。

呂布的老父重病臥床，眼看著難有迴轉。她能這樣三天兩頭跑回來探視，還帶些老夫人賜下的藥物補品，心裡當然感激萬分。又趕上老太爺出巡不在，尤其那個冷酷的老亭，也隨老太爺走了，她越發放了心。那個老亭，平常冷頭冷臉的，不多說，可什麼也瞞不過他。老院裡的下人，誰不怕他！還有車倌三喜，也聽從了老夫人的叮嚀，答應不給她張揚。準是老父修了德吧，在這種時候，遇了老夫人慈悲，又把挨刀的老亭支開，給了她孝敬的機會。但願老人家能熬過暑熱天，或許還有望跳過這個坎兒？

呂布為了不多耽誤老夫人，就跟娘家一位兄弟約好，每回先牽了毛驢，在西門外接送她。可她回來早了，老夫人似乎還不高興，說：「不用那樣趕趁，跟老人家多說幾句話，怕什麼？我也正想在野外涼涼快快，散散心呢。」

呂布就更感動不已，來去也敢從容了。

杜筠青自己當然也想從容。這一陣她在華清池洗浴時候都不大。她對三喜說，天太熱，時候大了，那不是找罪受呀。洗不大時候出來，也不在城裡轉，就坐車出城來，只到那處棗樹林裡乘涼等候。英俊的三喜也比先前活潑得多，盡跟她說些有趣的話。有時候，也跟了她，一直走向棗林深處。棗林深處，越發幽靜，清涼。棗林外面的莊稼，也一天一個樣地竄高了。給又高有密的綠莊稼圍住，棗林更顯得神祕異常。杜筠青在這種時候，總是分外愉悅、興奮。

「三喜，就也不怕車馬給人趕走了？」

「不怕，誰敢偷老夫人的車馬呀？」

「幹麼人家不敢偷？」

「除非他是憨子傻貨！他偷了有甚用？全太谷誰不認得老夫人的車馬！」

「給全太谷都認住那才叫人煩呢，想自由自在些都不成。我們的車馬總在這裡停，都叫人知道了吧？」

「知道了吧，能咋！我們愛在哪停就停。老夫人不用多操心。」

「三喜，我可不喜歡太招搖！再說，我們也得給呂布遮掩點吧？都知道了我們回回在這裡停車馬，傳回去，我倒不怕，呂布還敢往家跑嗎？」

「老夫人妳真是心善呢，一個下人，還給她想那麼周到！」

「三喜，那輪到你家有了火上房的急事兒，我可要鐵面無私了！」

「我就是家裡火上房，也不能耽誤了伺候老夫人呀？」

「你就是會說嘴！我們套輛平常些的車馬出來，行不行呢？」

「老夏他就不敢答應，那不是成心給康家丟臉呀！再說，老夫人出門坐平常車馬，那才顯眼，還惹不出滿城議論來？」

「那我女扮男裝了，騎馬進城，三喜你也不用趕車了，給我當馬童得了。」

「那更顯眼！城裡滿大街還不擠了人夥，跟著看老夫人呀？」

「看叫你說的，我又不是新媳婦，人家幹麼擠著看我！」

「我可聽說過，當年老夫人頭一次坐康家的這種車馬就是女扮男裝，像洋畫片裡的人物走出來了。」

「鬼東西，這種事你也聽說了？聽誰說的？」

「車倌們都知道。」

「全太谷也都知道了？」

「就我們車倌悄悄說呢，哪能往外亂傳！連這點規矩都不懂，那不是尋倒楣呀？」

「什麼畫兒裡的人物！你們也是看我做了老夫人才這樣奉承吧。當年，我沒進康家時，還不是成天在大街上走動，誰擠著看呢！」

「老夫人那時的故事就傳得更多了。」

「可那時候，我多自由自在，想出門就出門，想去哪兒，抬腳就去了。每日午後，我陪了父親，經南街出南門，走到南關，看田園景色，落日晚霞，聞青麥氣息，槐花清香，真是想想都愉快。現在，哪還有那樣的日子。」

「現在也能呀，老夫人想去哪兒，還不是由妳？」

「我想在這棗樹林裡多坐一會兒都怕車馬太招搖，你說還能去哪兒？」

「車馬咋也不會咋，老夫人就放心吧。」

「三喜，我真是想跟以前似的，不招搖，不顯眼，自由自在地到處走走，看看。洗浴完，我們也尋個樂意的去處，自由走動走動，總不能老在這裡傻坐。」

「老夫人想去哪兒，逛東寺南寺，還是戲園聽戲，吩咐就是了，有甚難呢？」

「三喜，你年紀輕輕就耳背呀？逛寺廟，進戲園，當我不會？我是不想這樣顯眼，看人家滿大街的那些人，誰也不留意誰，那才自在。你能想個什麼法子，叫人們不大留意我們？」

「啊呀，那可不容易。」

「還沒想呢，就說不容易！你看，想個什麼法子，先把這輛太顯眼的華貴車馬打發了。」

「打發了車馬，老夫人真要騎馬？」

「三喜呀，你真是笨！」

「我們哪能不笨？都像老夫人妳那樣文雅、高明，誰趕車呀？」

「不用說嘴了，給我想想辦法。我們出門，還是不顯山，不露水，照樣坐車馬出來。洗浴完呢，看怎麼把這顯眼的車馬打發了。我們呢，就跟滿大街的平常人似的，沒人留意，自由自在。回康莊呢，還得把車馬招回來，照舊坐了家去。」

「啊呀，除非我是神仙，哪能給老夫人想出這種辦法？」

「你是不樂意給我想吧？也沒叫你立刻就想出來，一天兩天，三天五天，想不出來，只管想。」

自康笏南出巡後，杜筠青真是渴望能飛出康家，出格地自由幾天。老東西好不容易出了遠門，她不能放過這個時機。她想出遊，逛會，甚至去趟太原府，彎到晉源遊一回晉祠，吩咐老夏一聲，諒他也不敢擋駕。就是要給你派一群伺候的下人，那才掃興。她就想扔了康家老夫人這個可惡的身分，自在幾天。她更想背著他們康家，搗點鬼，壞一壞老東西的規矩，做出點出格的事來。她不怕叫老東西知道，有意做出格的事，就是為了叫老東西知道！可眼下得包藏嚴實，包不嚴，你就想出格也出不了格。弄來一堆下人圍住你，看你能做什麼？

誰也不叫你們伺候，就叫三喜一人跟了。顯眼的車馬，也不要。

三喜招人喜歡，有他跟了，她總是很愉快。現在，三喜在她跟前也不拘束了，什麼話都敢說，說得也叫人愛聽。三喜可比呂布強得多。呂布也已經叫她給收買了。

老東西給僱了這樣一個英俊、機靈、健談的車倌，她為什麼要不喜歡呢！除了父親和她的兩位哥哥，三喜就是她最喜歡又最能接近的一個男子了。可父親沒有帶她去西洋，卻把她賣給了這個老東西，名分上是尊貴的老夫人，可誰能知道她是在給老東西做禽獸！兩位哥哥，是早已經把她忘記了。只是，這個三喜，他能跟你一心嗎？你也得想個什麼辦法，把他收買過來吧？

杜筠青叫三喜給她想辦法，也是要試驗他願不願意跟她一道搗鬼。沒有想到，那天呂布匆匆趕回來，三喜居然把這件難事對她說了。

「都是為了你！叫老夫人回回都坐在這野地裡等你，想去處樂意的地界遊玩也不能！」

「老夫人，我心裡也過意不去呢！那我不用回回都往家跑了，隔十天半月跑一趟，也感激不盡了。」

「你不用聽三喜的！是他不想在我跟前枯坐，掂著家去藏起來抹牌呢。」

「老夫人，哪有的事呢！康家的規矩我們誰敢破？主家的老爺少爺還不許打牌，我們做下人的就敢？不是找倒楣呀？呂嫂，是不是妳告了黑狀？」

「三喜，你肯替我遮掩，感激還不夠呢，我能說你壞話？」

杜筠青就只是笑。還沒怎麼呢，三喜就把什麼都對呂布說了，她先還有些不高興。可一想，三喜既對呂布說了，那不就是願意一道搗鬼了？所以，她也就故意那樣說。

「呂嫂，我們都是為妳，妳能給出個主意不能？」

「你叫我給你出什麼主意？」

「是給老夫人出主意，不是給我。我能求動妳嗎？」

「呂布，妳不能給他出主意。他倒懶，我給他出了道題，想治他的懶，他倒推給了妳！」

「老夫人，到底是什麼事呀？」

「老夫人嫌停在大野地裡等你太無趣，想尋個有趣的去處，走動走動，又怕驚天動地的，不自在。」

「我可是蠻喜歡那片棗樹林，又幽靜，又涼快。三喜他嫌枯悶，就惦記著去熱鬧的地界。我們趕著這樣顯眼的車馬，往熱鬧處擠，那不是招人討厭呀？」

呂布張口就說：「這有甚難的，就不會找家車馬店，把我們的車馬停放了？再給老夫人僱頂小轎，想去哪兒，不能去？」

「三喜，說你懶，你還委屈呢。你看看，人家呂布立刻就想出了辦法！」

「車馬大店那種地方，能停放咱這種車馬？辱沒了咱這貴重的好車不說，兩匹嬌貴的棗紅馬，也受不了那種罪，車馬店能給牠們吃甚喝甚？」

「哎呀，能停多大時候，就委屈了牠們！」

「我看呂布想的法子，成。只是，好不容易打發了車馬，又得坐轎，還不是一樣不自在！」

「老夫人還想女扮男裝呢。」

呂布就又說了一出個簡單的主意：「還用女扮男裝？老夫人要不嫌勞累，想隨意走動，那就穿身我們這種下人的衣裳，再戴頂遮太陽的草帽，誰還能認出妳來？」

「看看，看看，人家呂布什麼辦法都能想出來！」

「叫老夫人裝扮成下人，我哪敢？」

「那怕甚？不過是擋一擋眾人的眼。」

「我喜歡這樣裝扮了出去走動，跟演戲似的，才有趣。三喜，你也不能穿這身顯眼的號衣了。要不，人家還能認出我們是大戶人家。」

在康家這種豪門大家，給主人趕華貴轎車的車倌，不僅年輕英俊，還穿著主家給特製的號衣，四季不同，都甚考究。那是一種門面和排場。

三喜就說：「那叫我穿什麼？」

呂布說：「妳就沒身平常衣裳了？反正不穿號衣就得了。」

杜筠青對這個微服私遊的出格之舉非常滿意。能跟呂布三喜一道商量如何搗鬼，更叫她感到興奮。那天回康莊的一路，她就享受到了一種從未有過的愉快。她們三人一直在討論，三喜裝扮成她的什麼人好。

三喜說：「我當然是裝扮成老夫人的下人。」

呂布就說：「老夫人扮的，就是我們這種下人，還能再跟著一下人？」

杜筠青說：「就為我生了一雙大腳，就非得扮成下人？扮個小戶人家的娘子也成吧？」

呂布說：「小戶人家有幾家僱傭人的？三喜他也不像小戶人家的長工傭人。三喜，老夫人扮成小戶人家的女人，你就扮成老夫人的兄弟吧！」

三喜連說：「呂嫂妳這不是亂了輩分了！給老夫人當兄弟，是想折我的壽？」

杜筠青說：「三喜給我當兄弟，也不像。扮個書僮琴童，倒像。」呂布說：「小戶人家，能有書僮？再說，書僮是跟公子，哪能跟了娘子滿大街跑？」

杜筠青說：「那三喜你就男扮女裝了，扮我的丫鬟！」

三喜說：「我的腳更大，哪能扮女人！」

呂布就說：「大腳娘子，跟了一個大腳丫鬟，也般配。」

說得三人都笑了。

3

那天回來，杜筠青就和呂布躲在她的大屋裡試著穿戴呂布的衣束。杜筠青是高挑身材，也不瘦弱。呂布呢，身材也不低，只是壯些，近年更有些發福。杜筠青穿了呂布的衣裳，就顯鬆垮。

杜筠青對著穿衣鏡，看自家鬆垮的新樣子，就忍不住笑了。換了身衣裳，真就脫去了老夫人那種可惡相了，果然像一個小戶人家的娘子。

呂布在一邊看了說：「老夫人妳架不起我的衣裳，一看就是揀了旁人的估衣穿。」

「我看這樣穿戴了，還蠻標緻呢，寬寬大大，也舒坦。小戶人家穿戴，哪要那麼合身？就是你這衣裳，也夠金貴，是細洋士林布吧？」

「這身還是外出穿的下人包衣，在家伺候老太爺老夫人，不是也得穿綢緞？」在康家這樣豪門大戶，貼身伺候主人的僕傭衣資也是不菲的。尤其像呂布這樣在老太爺老夫人眼跟前走動的下人，穿戴更得講究。可她們出外，那就絕不能沾綢掛緞，以明僕傭身分。只是布衣也上了講究。

「就先穿你這一身吧，你就把這身給我仔細洗洗。改日你回家去，再給我尋身村婦穿的衣裳，看我穿了像不像村婦。」

「老夫人穿了這身，我看也不像小戶人家的娘子。妳走幾步路，叫我看看？」

「怎麼，還是嫌我腳大？」說著，就走動起來。

呂布看了，說：「不是嫌腳大。看妳哪像大腳老婆走路的樣子？」

杜筠青想起了以前給老東西、給那些大戶財主們走佳人步時的情景。那時，驚得他們一個一個露出了傻相，可現在，老東西哪還把她當有西洋氣韻的佳人看？佳人步，就佳人步吧，她就是要邁著佳人步給他滿大街走。

「走得不像，就不像，莫非我還得跟妳學走步？」

「不用學，妳走路使點勁，就像了。」

「使點勁？不坐車，不坐轎，還叫我使點勁走？呂布，你是想累傻老婆呀？」

她們正在一邊試衣一邊說笑，就有女傭在外間稟報：六爺求見老夫人。

呂布問：「見不見呢？」

杜筠青說：「哪能不見？」

「那老夫人就趕緊換了衣裳吧。」

「我就穿這身見他。」

「那哪行？」

「怎麼就不成？你快去請六爺吧。」

六爺進來，見老夫人是這樣一身裝束，真就吃了一驚。

「母親大人這是……」

「我不知道六爺要來，沒顧上穿戴禮服。你不見怪吧？」

「我不是這意思。」

「大夏天，我就喜歡穿寬大的洋布衣裳，又涼快，又自在。」

「我唐突求見，母親大人不見怪吧？」
「老太爺剛出了遠門，你、四爺，就常來看我，我高興還來不及呢，見什麼怪呀！六爺沒有去學館？」
「學館太熱，就在家苦讀呢。」
「天太熱了，就休歇幾天，不要太苦了自己。」
「謝母親大人。可負了先母的重命，不敢懈怠一日的。」
「有你先母保佑，六爺又如此勤勉，來年中舉是必定了。」
「可我近來忽然明白了，所謂先母的英靈一直不散，尤其近來這次顯靈，只怕是他們編就的一個故事，只矇蔽著我一個人！」
「六爺，你怎麼忽然要這樣想？」
「我已不是少小無知的蒙童了。人辭世後，靈魂哪會幾年不轉世投生？先母又不是作了孽的人，死後多少年了，為何還不叫她轉生？所以，我才忽然明白了，這麼多年，大家都在矇蔽我一人！」
「六爺，為了矇蔽你一人，就叫我們大家也跟了擔驚受怕？你是不知道，我剛來你們康家，初次給那夜半的鑼聲驚醒，那是怎麼的情景？聽說了是你母親顯靈，我簡直驚恐無比！那時，六爺你還小，只怕還不知道害怕吧？他們若故意如此，那不就是為了驚嚇我？」
「初時，許是真的，先母捨不下我。以後，先母就走了。她捨不下我，也得轉世去了。」
「就是第二年後，那夜半驟起的鑼聲，也依然叫人驚駭不已。」
「妳為什麼這樣害怕她？」
「你的母親一定很嫉恨我。」

「妳與先母並不相識，她為何會嫉恨妳？」

「因為我做了你的繼母。」

「但妳並沒有虐待我呀？」

「六爺能這樣說，我真高興。可我相信，你的母親即使轉世了，她也會一直在心裡守護你。」

「那先母一定回過老院見過妳。」

「你母親沒有來這裡顯過靈。後來我也不怕了，真想見見她，可她沒有來過。」

「妳就是見過，也不會對我說。」

「六爺，我真是沒見過她。」

「我不相信！」

「你母親要知道你竟這樣想，她會多難受！」

「母親大人，妳一定和他們是一道的，假造了先母的英靈來矇蔽我。」

「六爺，你如何猜測我都不要緊的。要緊的是你不可負了你母親對你如此精誠。你不想想，我們真如你所言，驚天動地地假託了你母親的在天之靈一道矇蔽你，圖了什麼？為逼你讀書中舉？可你也知道，老太爺對中舉求仕，並不看重。」

「父親和妳說起過先母嗎？」

「他極少和我提起的。」

六爺看著杜筠青身後那些精緻的書閣，問：「書閣上這些書籍，都是為母親大人添置的嗎？」

「我也不太知道。聽呂布她們說，以前就是這種樣子。可她們不大識字，說的話也不可靠。我看，《海國圖志》、《法國志略》、《泰西藝學通考》這類書，許是為我添置的。有六爺愛讀的書，只管拿去。」

「我記的前次來時，好像在書閣上看到一本《困學記聞》，不知是否真確？」

「那你就找吧。」

六爺走近書閣，依次看了一個過，果然翻出了《困學記聞》。

杜筠青就說：「六爺的眼光、記性這樣好，那回就是掃了一眼吧，便記住了？你拿去讀吧，擱在這裡，也是擺設。」

「謝母親大人。書閣這些書籍，也許有先母讀過的？」

六爺忽然這樣問，杜筠青真是沒有想到。六爺今天過來，難道是要尋找他母親的遺物嗎？

「六爺，那真說不定有。書閣上許多書籍，我看也是陳年擺設了。不知你母親生前愛讀哪種書？」

「我哪能知道？奶媽總對我說，先母生前最愛讀書了，但奶媽她也認不得幾個字，說不清先母是愛讀聖賢經史，還是藝文別集。我不過隨便一問。母親大人讀書時，萬一翻見先母的批字，還求給我一睹。」

「我哪裡能與你母親相比，讀不懂什麼書的，閒來只是唸唸唐宋詩詞。不過，六爺既想尋你母親的手跡，那我就叫呂布她們逐卷逐冊逐頁地，翻一遍，凡遇有批字的都揀出來，請六爺過目，成不成？」

「母親大人不必這樣翻天動地的，我實在只是隨便一說。」

「反正她們也閒著無事，六爺不用操心。」

「那就謝母親大人了。」

六爺走後，杜筠青真給弄糊塗了。他到底是為何而來？

先是說不信他母親曾來顯靈，後來又疑心書閣裡藏了她的遺筆，六爺他到底發現了什麼？老太爺才出門沒幾天，他就有了什麼發現？

對最近這次鬧鬼，杜筠青自己也有些不太相信。這麼多年了，那位先老夫人的鬼魂真還不肯散去？你就真對老東西有深仇大恨，為何不變了厲鬼來老院嚇他，毀他？痛快復了仇，趕緊去轉世！哪用得了這樣，不溫不火，隱顯無常，曠日長久，卻又一次也不來老院？妳若是依然不想死去，依然對老東西情義難絕，那妳也該現了形，先來嚇唬我，折磨我吧？妳又總不出來！我不相信妳會依然戀著老東西不走，世上凡是女人，都不會喜歡那樣給老東西做禽獸！妳終於脫離了他，為何還不快走？捨不得妳的六爺？可妳已是鬼魂了，就不怕嚇著妳年少的六爺！

杜筠青早年就有過六爺那樣的疑心。隔些時候，就驚天動地鬧一次鬼，總說是那位先老夫人的陰魂又來遊蕩。其實哪有什麼鬼魂，不過是他們故意演這麼一齣戲，嚇唬她這個後繼的老夫人罷了！六爺也有了這樣的疑心，他一定是發現了他們搗鬼的蛛絲馬跡。更可見，她的疑心不差！

這一次，老太爺在出巡前，重演這出舊戲，還是想嚇一嚇她吧？或者，他已經擔心她會出格搗鬼，以此來告誡她？

但六爺為何要來對她說出這種真相？是因為老太爺不在？六爺對老太爺也有成見？

六爺疑心在這些書閣內藏著他母親的遺跡，那他可能還發現了更重要的事情？六爺是很少進老院來的。

這些書閣，杜筠青早就熟視無睹了。擺在書閣內的那些書籍，除了《稼軒長短句》，幾本唐宋詩詞，還有那捲《蘇批詩經》，她就幾乎沒動過別的。她也從來沒有疑心過，在這些塵封已久的書卷中會藏著什麼祕密。

杜筠青不由就伸手到書閣上取下了《古文眉銓》，一頁一頁翻起來。

翻了幾頁，又把呂布叫進來：「妳也從書閣上拿本書，一頁一頁翻。」

「我能識幾個字，叫我翻書，那不是白翻呀？」

「也沒叫妳認字。書上印的一行一行的字和用筆寫上去的凌亂的字，能分得清就成。一頁一頁翻，遇見手寫的字，妳就告訴我。就這點事，還做不了？」

呂布聽說是這樣，也隨手取了一冊，翻起來。

只是翻了不大工夫，杜筠青就煩了，合了書，推到一邊。罷罷罷，就是真有厲鬼來，也嚇不住她了！她還是要微服出遊，自由自在幾天。

呂布見老夫人歇了手，便說：「我還得給妳洗涮這身衣裳，有空再翻吧。」

「妳還得給我尋頂草帽吧？尋頂乾淨的。」

4

老太爺走後，六爺倒是真想闖進老院發現點祕密。可惜，他還什麼也沒有發現。他對老夫人說，已不再相信先母的英靈曾經守了他好幾年，那不過是謊稱，但願先母不會責怪。不這樣說，哪能套出那個女人的話來？

老太爺不在了，請求進老院，老夫人不便拒絕。但進去了，就四處亂鑽，見人就問，哪也不成吧？老院裡的下人，一個個都是老太爺特別挑揀出來的，沒人對你說實話的。向老夫人打聽，那更是與虎謀皮了，再傻也不能那樣做。想來想去，六爺就想出了這樣一個託詞。既然先母早已轉世去了，多年鬧鬼不過是一出假戲，那準能引出這個女人輕易不說的一些話來。

先母死的屈，還是不屈，聽聽這位繼母說什麼，也多少能看出些痕跡吧？

六爺真沒有想到，這個女人的應對竟如此不露一點痕跡。她彷彿比誰都敬重先母！又彷彿比先母還要疼愛他。他不過隨便問了一聲，書閣裡的書籍是否有先母讀過的，她便要叫人為他搜尋先母的遺筆。想搜尋，就尋吧。能尋出來，就是片言隻語，那也真要感謝你。

其實，六爺去尋那本《困學記聞》，實在也只是進入老院的一個藉口。

初入老院，一無所獲，六爺只能再覓良策了。

學館的何老爺，是位瘋瘋癲癲的人物。他說的話，大多不能深信，可有時也說些別人不敢說的話。何老爺來家館任教職也有四五年了。老太爺閒來也常與他聚談。家裡的夏管家、包武師，他也愛尋人家抬槓。他又是置身世外的人，也許還知道些事？

所以，六爺就有意纏了何老爺，扯些學業以外的閒話。

老太爺出巡後，何老爺變得異常興奮，也總留住六爺，扯些閒話。只是，他愛扯的，盡是些碼頭上的商事。

那日，本來是向六爺傳授應考策論的謀略，忽然就又說到老太爺的出巡：

「孫大掌櫃，他就是太不愛出門！你統領著天下生意，不通曉天下時勢，就是諸葛孔明，也得失算。孔明會用兵，可他再世也做不了生意。運籌帷幄，決勝千里，今日商場，哪還有那種便宜事！我看，不是老太爺拉扯，孫大掌櫃他才不想出這趟遠門。」

六爺乘機說：「何老爺，你也不出門了，何以能知天下時勢？」

「我駐京號十多年，滬號、漢號、東口字號，也都住過，足跡幾遍天下，豈能不知當今時勢！他孫大掌櫃去過哪兒？尤其近十多年，窩在老號而已。《繫辭》有曰：『富有之謂大業，日新之謂盛德。』今天下日新，你只是不理，德豈能盛，業何以富？」

「那老太爺真該換了你，接替孫大掌櫃領東。」

「六爺你不要譏諷我。你們康家真要選了我領東，天成元早蓋過它日昇昌，成了天下第一票號。頂了這個倒灶的功名，什麼都談不上了。」

「何老爺，我正苦讀備考，你卻這樣辱沒功名，對聖賢事大不敬，是成心要連累我呀？就不怕先母的英靈來懲罰你？」

「哈哈，我是早已受了懲罰了。再懲罰，又能如何！」

「那我就祈求先母，什麼時候再來恫嚇你一回！你要誤我功名，先母一定會大怒的。」

「先令堂大人如有神通，還望祈她摘去本老爺的功名。」

「何老爺今日是否飲酒過量了？」

「老太爺不在，老夏他哪裡捨得給我多備酒？」

「何老爺，先母辭世許多年了，亡靈忽又顯現，也許真在惦記我考取功名。可近來我也在想，先母的魂靈或許早已轉世而去，所謂顯靈，不過是一出假戲而已。何老爺，你也相信先母的亡靈至今徘徊不去嗎？」

「敬神，神即在。你希望她在，她就在。」

「可先母總是不期而至，並不是應我之祈才來。所以，我就疑心，是父親為嚴束我專心讀書，才假託了先母的亡靈，叫他們重唱了這樣一齣戲。」「六爺，老太爺他會如此看重你的功名？」

「老太爺很敬重何老爺，常邀何老爺小飲，長敘。對先母不時顯靈之事，不知你們是否談起？」

「那是貴府的家事，我哪裡敢談起？六爺，先母遺志，你當然不可違。可老太爺是希望你繼承家業，由儒入商。這是父命，也不可太忤逆了。六爺日後如有志於商，我甘願為你領東，新創一家票號，成為天成元的聯號。只是，六爺你得聽我一句話，總號萬不能再囿於太谷，一定要移師於雄視天下的京都……」

「那也得等我高中進士以後吧，不然，我怎麼能使喚你這位舉人老爺呢？」

「六爺，我早已想好了一條妙計，可以脫去這個倒灶的舉人功名？」

「是什麼妙計？」

「求誰寫一紙狀子，遞往官衙，告我辱沒字紙，不敬聖賢，荒廢六藝，舉人功名自會被奪去的。」

「你頂了這樣一個罪名，我可不敢用你。」

「六爺不用我，自會有人用我的。」

這位何老爺，說到碼頭商事，儒業功名，就如此瘋瘋癲癲，可說到老太爺和先母卻守口如瓶！可見他也不是真瘋癲。

想從何老爺口裡套出點事來，也不容易。

六爺謊稱先母的亡靈有假，居然就真的觸怒了她？

六月十三那日夜半，突然又鑼聲大作，還很敲了許多時候。先母不顯靈，已經有許多年了。近來，怎麼忽然連著顯靈兩次？六爺照例跪伏到先母的遺像前，心裡滿是恐懼。

奶媽並不知他有如此不敬之舉，依然像以往那樣，代先母說話：

「六爺，你母親是為你的婚事而來，你快答應了她吧。」

六爺只是說：「求母親大人饒恕我的不敬。」

奶媽就說：「也求老夫人給老太爺託夢，催他早日給六爺完婚。」

「求饒恕我的不敬。」

「六爺的學業，老夫人盡可放心。」

「我不是有意如此。」

「老夫人牽掛的，就這一件事了吧？催老太爺為六爺早日辦了這件大事，妳也該放心走了。老夫人妳太命苦，生時苦，升了天也苦，妳也該走了。」

六爺不再說話。

「老夫人就放心去吧。」

「老夫人還有甚的心思要說，妳就說吧。」

淒厲的鑼聲只是敲個不停。六爺心裡知道這是先母盛怒了，他滿是恐懼，祈求原諒自己。可先母似乎不肯寬恕他。他本來也是為了先母，想弄清先母的冤屈，卻這樣得不到先母體諒。母親大人，要真是你的在天之靈駕臨了，你應該知道為兒的苦心吧？你的在天之靈既然一直守護著我，也該將你不肯離去的隱情昭示給我了。我已經成人，你就是託一個夢來，也好。

可母親大人，妳已久不來我的夢中了。

難道我的猜測是對的？我一時的謊稱並不謬？母親大人妳其實早已脫離陰間，轉世而去了？這許多年，謬託妳的亡靈的，不過是父親和那個替代妳的女人？他們叫巡夜的下人，不時演這樣一出鬧鬼的假戲，其實只是為了嚴束我？

母親大人，如果妳真駕臨了，就求妳立刻隱去，令他們的鑼聲止息。如果他們的鑼聲一直不止，我就要相信我的謊稱不謬了。

六爺跪伏著，在心裡不斷默唸這樣的意思。

良久，淒厲的鑼聲只是不止。

六爺忽然站了起來，衝向了院裡。

奶媽大為驚駭，慌忙跟隨出來：「六爺，六爺，你這是做甚？」

「我去見母親。」

「她就在你的身邊，就在你的眼前，六爺，你得趕緊跪下！」

「我想在月光下，見見母親。」

「隔了陰陽兩界，你們不能見面，趕緊跪下吧，六爺！」

奶媽就在庭院的月光下，跪下了。

將滿的月亮，靜靜地高懸在星空。清爽的夏夜，並沒有一絲的異常。只有那不歇的鑼聲覆蓋了一切。不遠處，就能望見守夜的更樓。那裡亮著防風的美浮洋馬燈。鑼聲就是從那裡傳出來的。可是，除了更樓上燈光，再也沒有燈光了。除了這淒厲的鑼聲，也再沒有別的聲音了。所有的人都習慣了這送鬼的鑼聲了？

也許誰都知道，這鑼聲只是敲給他老六一個人聽的。今夜敲得這樣長久，那一定是因為他向那個繼母說出了真相。她害怕他識破真相！

奶媽她也知道真相吧？

六爺想到這裡，就向男傭住的偏院走去。

奶媽又慌忙追過來：「六爺，你要去哪兒？」

「去叫下人，開開院門，我要上更樓去。」

「六爺，你不能這樣。你母親就在你眼前！」

六爺不再聽奶媽的攔阻，直接向偏院去了。

只是，他剛邁入偏院，鑼聲就停下來了。隨之，就是一種可怕的寂靜。這種異常的寂靜，似乎忽然將清冷的月光也凝固住了。

六爺心頭一驚，不覺止住腳步，呆立在那裡。

不知是過了許久，還是並不久，在那凝固的寂靜中，格外分明地傳來了一聲真正淒厲的呼叫，女人淒厲無比的呼叫……

六爺只覺自己的頭皮頓時一緊，毛髮都豎起來了。

「奶媽，妳聽，這是誰在叫？」

奶媽卻說：「哪有叫聲？六爺，你母親已經走了，我們也回屋吧！」

沒有叫聲？不是女人的叫聲？

果然，還是那凝固了的寂靜。

5

六月十三夜半鬧鬼的時候杜筠青就沒有被驚醒。這一向，她睡得又沉又香美。自從成功地喬裝成小家婦人，每次進城洗浴，都要快意地尋一處勝境去遊覽，興沖沖走許多路；加上喬裝的興奮，自在的快樂，也耗去許多精神氣。回來，自然倦意甚濃，入夜也就睡得格外的香甜。

第二日一早，呂布告訴她夜裡又鬧鬼了，還鬧了很一陣。杜筠青就說：「看看，看看，誰叫六爺起了那樣的疑心！這不，他母親不高興了。」

但她心裡卻想：哼，說不定真是老東西臨走交代了他們，以此來嚇她。叫她看穿了，那還有什麼可怕！越這樣鬧，她越不在乎。

所以，早飯後，杜筠青照例坐了馬車進城洗浴去了。車馬出了村，呂布和三喜不似往日那樣有說有笑，一直悶著，誰也不出聲。

杜筠青就問：「都怎麼了，今兒個是不想伺候我進城了？」

呂布說：「老太爺一走，連前頭那位老夫人也來鬧得歡了。」

三喜說：「鬧得我都沒睡好覺。昨夜的鑼聲太陰森。」

杜筠青笑了：「你們是為了這呀？又不是頭一回了，能把你們嚇著？六爺那天還跟我說呢，他不信他母親的靈魂還在。這不，就叫他看看，在不在！」

呂布說：「老夫人妳倒睡得踏實，鬧了多大時候呢，就沒把妳驚動！」

三喜說：「我聽下夜的說，這回敲鑼好像不頂事了，怎麼敲，也送不走。」

杜筠青說：「呂布妳醒了，怎麼也不叫我一聲？這些天，我睡得連個夢也不做了。前頭這位老夫人，她喜不喜歡出門？呂布妳知道吧？」

呂布說：「她又不像妳，這麼喜歡洗浴，就是想出門，也沒法走動得這麼勤。她有個本家姊妹，嫁給了北洸村的曹家。她們姊妹愛走動，只是她去得多，人家來得少。除此，也不愛去哪兒。」

三喜進康家晚，來時，那位前任老夫人已故去幾年，知道的也僅是僕傭間的一些傳說。所以，他就問：「怎麼，他曹家的人，比我們康家的人架子大？」

呂布瞪了他一眼，說：「你知道個甚！人家不愛來，是嫌咱康家規矩太多，太厲害。康家主僕，誰也不能抹牌耍錢，那是祖上留下來的鐵規矩。那個本家姊妹偏喜好抹紙牌，來了康家抹不成，能不受制？在康家做老夫人的，都不能抹牌，人家來了能不拘束，還來做甚？」

三喜就說：「我聽說，曹家子弟抽洋菸的也不少。他曹家是尋著敗家呢，也沒人管？」

杜筠青笑著說：「三喜你倒會替曹家操心！呂布，聽妳這麼說，前頭這位老夫人還喜歡推牌九？」

呂布說：「她倒不喜愛。只是她那位本家姊妹，除了抹牌，還喜歡交結豪門大戶的貴婦。去曹家，能多見些尊貴的女人，多聽些趣事吧。」

三喜就說：「就不能把這些大戶女人也請到康家來？」

呂布又瞪了他一眼：「請來，又不能抹牌，也不能聽戲，乾坐著呀？老太爺見不得唱戲，誰敢請戲班來唱？」

三喜說：「太谷的王家，祁縣的渠家，都養著自家的戲班。我看也是尋著敗家。」

杜筠青說：「三喜你就好替人家操心！不說了，不說了，別人的事，不說他了。這幾天，我可是能吃能睡，樂意得很。你們也不少走路，夠自在，就沒有長飯長覺呀？」

呂布說：「老夫人長覺長飯，我看是給勞累的。」

三喜就說：「要是累了，今兒就哪兒也不用去了，洗浴罷就回。」

杜筠青連忙說：「誰說累了？呂布累不累，不管她，她回家去盡孝道。三喜你就是累，也得跟了我伺候！三喜，你說，今兒個我們去哪兒？」

「東寺、南寺、西園，都去過了。找新鮮，該去戲園、書場。」

「我可不愛去那種地方。再說，梆子戲哼哼嗨嗨，我也聽不明白。」

「那去逛古董鋪？」

「我更不去那種地方！」

呂布就說：「大熱天，也沒地方趕會吧？」

三喜說：「到六月二十三，東關才有火神廟會。」

「那三喜你記住這日子，到時我們去趕會。今兒，我們要不去趟烏馬河？三喜你不是說，今年烏馬河水不大，只是蒲草長得旺。」

三喜說：「烏馬河有甚看頭？」

「我就喜歡水，喜歡河。走吧，今兒我們就去一趟烏馬河。」

呂布說：「太陽將出來時，烏馬河才有看頭。」

杜筠青就說：「你也不早說！今兒不管它時辰了，就去一趟烏馬河。」

於是，馬車就沒有進城，直接趕到了東關。在東門外通濟橋邊，叫呂布下了車。然後，繼續東行，往烏馬河去了。

杜筠青第一次喬裝出遊時，是照舊先到華清池洗浴完才去了東寺。本來是想，洗浴畢，就順便換了裝，出了澡堂，便可以自由隨意了。沒承想，臨到澡堂的女傭伺候她換裝時，都奇怪地問：「老夫人，拿錯替換的衣裳了吧？」

杜筠青這才覺察到，在澡堂換裝改扮，還不妥當。華清池跟康家太熟，今兒在這裡喬裝打扮，說不定明兒就傳回康莊了。所以，她趕緊說：「可不是呢！這個呂布，心不知在哪兒，怎麼把她的衣裳給包來了？」

當時，她依然穿了自家的貴婦夏裝出來上了馬車。

那回，馬車本來要往南關的車馬店停。她一想，也不妥呀。自家的車馬本來就在南關三天兩頭的走，那一路的車馬店誰不認得她們？所以，三喜才吆了車馬，彎到東關，尋找一家不熟的小店停放。

這中間，車馬出了東門，杜筠青也才在車轎裡換裝改扮。喬裝畢，她就爬出車轎，學著呂布的樣子，跨車轅坐了。那感覺，真是新鮮極了。

初次這樣搗鬼，三喜甚不自然，只是不住看她，彷彿有什麼破綻。杜筠青就瞪了他一眼，說：「小心趕你的車，出了差錯，不怕主家罵你！」

尋到一家小車馬店，剛吆車進去，驚動得店裡掌櫃夥計都跑出來。這樣華貴的車馬，趕進他們這樣的小店，能不慌張嗎？見這陣勢，三喜又有些不自然了。

杜筠青就跳下車轅來，從容說：「我們主家奶奶進城走動，先換轎去了，車馬就停在你們店裡，小心伺候！」

店主自是殷勤不迭，伺候三喜停了車，卸了馬。

三喜一聲不吭，停放畢，轉身就要走。他有些緊張，連號衣也忘了換。杜筠青就對他說：「你也不嫌熱，捂這麼一身，想發汗？主家不是吩咐你了，不用穿得這樣招眼？」

三喜才脫了上身的號衣，換了件普通的白布褂。

出了車馬店，杜筠青走在前，三喜跟在後，離得八丈遠。她真聽了呂布的，走路盡量使勁，反惹得路人注意。這是圖什麼，找罪受呀！所以，也沒走多遠，她就放鬆快了，該怎麼走路，還怎麼走。也把三喜叫到了跟前，一搭走。

「三喜，看你吧，還不如我！」

「我哪做過這營生？」

「你看我，扮得還像呂布吧？」

「哪像呀，老夫人是京話口音，就不像。」

「京音就京音，他們管得著嗎！可你再不許叫我老夫人。」

「哪叫妳甚？」

「我看你就扮我的娘家兄弟吧。哪有傭人比主家還靦腆的？」

「那我更叫不出口！」

「叫不出，也得叫。你是三喜，就叫我二姐吧，我比你也醜不到哪兒。」

「老夫人，真叫不出口。」

「看看你吧！那你扮公子，我給你扮老嬤，叫你少爺，成不成？」

「那更不成了，老夫人。」

「你再叫我老夫人，我就把你攆走！就叫我二姐，聽見了吧？」

「聽見了。」

初嘗喬裝出行的滋味，一切都叫杜筠青興奮無比。尤其遇了意外，需要機靈應對，那更令她興致勃發。三喜的靦腆、不自然，也叫她感到一種快意。老東西在的時候，她為何就沒想出這種出格的遊戲法？

那次，她們是重進東門，回到東大街，又拐進孫家巷，去了東寺。

東寺是太谷城裡最宏麗的一座佛寺。寺內佛殿雄廓華美，古木遮天。寺中央那座精緻的藏經樓，高聳出古樹，尤其壯觀。初回太谷時，杜筠青曾陪了父親來此敬香遊覽。那時候，她雖也受人注目，可沒有顧忌。這一回，情境心境竟是如此不同。

杜筠青不願去多想，怕敗壞了剛有的這一份興奮。

東寺也有些像南寺，地處鬧市紅塵中，僧戒失嚴，香客也不是很多，顯得有些冷清。所以進到寺中，三喜真的叫了她一聲二姐：「二姐，我們先去敬香吧？」

杜筠青忍住沒有笑。

在大雄寶殿敬香時，那個懶洋洋的和尚，看也沒看她一眼，只說：「施主許個願吧。」

她有什麼願想許？她已經沒有什麼願望了，只是想這樣出點格，出得有趣，順利。可這樣的心願哪能對佛祖說？這個宏麗的寺院裡，只怕佛祖也不大來光臨了。杜筠青跪下拜佛時，什麼願也沒有許。

她布施了很少一點小錢。因為她得扮成小戶人家的娘子。

和尚又懶懶地問：「是否要在禪房用茶？」

三喜忙說：「不打擾師父了。」

杜筠青從和尚懶懶的神態中，看出自己喬裝得還不錯，心裡蠻得意。

那天，她們在東寺也沒有流連太久。出來，在一個小食攤前，杜筠青買了兩份糯米涼糕，自家吃了一份，給她「兄弟」吃了一份。雪白的糯米，撒了鮮豔的青紅絲玫瑰，又滿是葦葉的清香，真是很好吃。

「三喜，你要好吃，二姐就再給你買一份？」

「我不吃了。」

離開小食攤，三喜就說：「老夫人，妳盡量少說話好。」

「怎麼了？我說漏嘴了？」

「說倒沒說漏，就是你滿嘴京味，我一口太谷話，叫人家聽了，哪像姐弟？」

「又不白吃他的，他管我們說什麼話呢！三喜呀，這樣沒出息，那才不像我的兄弟。這涼糕還真好吃！不是為了扮小戶人家，我還得吃一份。」

「二姐，妳這就錯了。大戶人家，誰吃他的，還嫌日髒呢！就是吃，也不過嘗幾口鮮，哪會吃了一份又一份？小戶人家才饞它呢，吃不夠。」

「那你不早說！剛才我問你，還吃不吃，你倒裝大戶，不吃了？我們不是想裝小戶還裝不像呀？聽你這麼說，我可不如你。像我吃了一份還想吃，吃不夠。可我不是裝，真饞呢！我天生該是小戶人家。」

「老夫人，我可不是咒妳！」

「又叫老夫人！」

第一次喬裝出遊，雖然就這樣去了一趟東寺，可杜筠青還是非常興奮。一切都順當，一切都新鮮。一切都是原來的老地界，可你扮一個新角兒感覺就全不一樣了。

再次返回東門外，吆了車馬出來，杜筠青才發現身上已滿是汗。真該先遊玩，後洗浴。所以，往後幾回，就改了。進城的路上，就喬裝好，先遊玩一個盡興，再洗浴一個痛快，悅目賞心又爽身，真是神仙一樣的日子。

出太谷，往榆次、太原的官道，是必經烏馬河的。

這天，車馬快到烏馬河前，三喜就在官道邊尋了家車馬店。現在，他停放車馬，已經練達得多了，杜筠青可以一聲不吭，扮成有地位的女傭，站在一邊看。

他們多付一點草料錢，小店的店主也不會多問一句話。

烏馬河是一條小河，從太谷東南山中流出，向西北，經比鄰的徐溝，就匯入汾河了。只是，它流經的太谷東北郊，一馬平川，河面還算開闊。也沒有太分明的河岸，散漫的河灘長滿了密密的蒲草，像碧綠的堤壩，將河水束縛了。正是盛夏，還是有不小的河水，在靜靜地流淌。

叫三喜看，這能算什麼風景？但杜筠青來尋的，就是這一種不成風景的野趣。再說，太谷也沒有別的更像樣的河了。

在杜筠青的指點下，她們一直走到離官道很遠的地方才向河灘走近。走近河灘，河水是一點都看不見了，只有又綠又密的蒲草擋在眼前，隨風動盪。

「能進去嗎？」

「進哪兒？」

「穿過蒲草，到河邊看看。」

「那可不敢！蒲草長在稀泥裡，往進走，還不把人陷下去？」

「我們來一趟，就看一眼蒲草？你不是說，烏馬河常能蹚水過去？」

「蹚水過河，也不在這地界。」

「別處能蹚，這裡說不定也能？」

「這裡，我可不敢！」

「你不敢，我敢。」

「二姐，那我更擔待不起！」

現在，三喜已愛叫她二姐了。在這種寂靜的野外，也叫二姐。

「看看你吧。淹死我，你就告他們說，我自己跳河死了。只怕想尋死，這河也淹不死人。」

興致正濃的杜筠青也不管三喜說什麼，只是試著往蒲草裡走。踩過去腳下夠踏實，似乎連些鬆軟勁都感覺不到。原來三喜是嚇唬她，就放心往裡走。

邊上的蒲草，已有齊胸高，越往裡走，越高。全沒在草中時，就如沐浴綠水中，更神祕深邃，只是稍顯悶熱。杜筠青感到夠意思，披草踏路，興沖沖直接往裡走去。三喜緊跟在後面，還在不斷勸說，杜筠青哪裡肯聽？她嘲笑三喜太膽小，還是男人呢。

她們的說笑，驚起三五隻水鴨，忽然從蒲草深處飛出，掠過藍天，落向河面。

這使杜筠青更感興奮，一定要穿過蒲草，到河邊看看。

但腳下已有鬆軟感覺，三喜就說：「再往裡走，小心有蛇吧！」

「蛇？」

聽說有蛇，杜筠青心裡真是一驚，但她並不全為怕蛇。她回過頭來，異樣地看著三喜。

「二姐不信？真有蛇！」

「三喜，那你扶我出去吧，我還真怕蛇。」

她托著三喜有力的膀臂，走出了密密的蒲草灘，在河邊的一棵大樹下，坐了下來。望著碧綠堤壩束縛著的河水，靜靜流淌而去，聽著野鴨水鳥偶爾傳來的啼叫，杜筠青心裡只想著一個字：「蛇！」

6

杜筠青記不得在哪一年，但記得那是杜牧說的一個故事。

杜牧是近身伺候康笏南的一個老嬷。其實，她也一點也不顯老，看著比呂布年輕得多，可能比杜筠青也年輕。她到底年齡幾許，無人能知道。杜牧也比呂布生得標緻，手腳俐落，嘴也俐落。她不姓杜，杜牧是康笏南給她起的新名字。為什麼叫她杜牧，她擅詩文？

杜筠青問過呂布。呂布說，杜牧只比她標緻些，認字也不比她多。

那賜名杜牧於彼，是為了與她這位老夫人同姓？但呂布說，杜牧來康家在先，妳做老夫人在後。

居然叫杜牧給他做近身僕傭，真不知老東西是如何用意。

這個杜牧雖為僕傭，可能終日伴了老東西，而她這個老夫人，卻多日不得一見。杜牧是可以為老東西鋪床暖被的女傭！在漫長的冬夜，她是要與老東西合衾而眠的。最初知曉了這種內情，杜筠青驚駭無比，激憤無比。老東西原來就是這樣不納小，不使喚年輕丫鬟！可妳再驚駭，再激憤，又能如何？老東西不理會妳，妳就無法來計較這一切。妳去向誰訴說，誰又相信妳的訴說？

妳既然已經做了禽獸，還能再計較什麼！

妳就是去死，也無非落得一個命勢太弱，再次驗證老東西不是凡人。頂多，妳能享受一次華麗異常、浩蕩異常的葬禮。

妳連死的興致都沒有了，還能計較什麼。

可老東西來了興致，就愛聽杜牧、呂布她們這些老嬤說故事。天爺，那是什麼故事！他就只聽一種故事：獨守空房的商家婦人，如何偷情。駐外的男人，守家的女人，還不都是為了你們這些大財東富了再富，長年勞燕分飛，個個悽苦？老東西居然就愛聽這種故事。聽到奇兀處，居然會那樣放縱了大笑。這種故事，也居然就那樣多，說不盡。

那回，杜牧說蛇的故事，一定不是第一次。她終日守著老東西，老東西又那樣愛聽，還不早說了？偏偏跑到大書房來，忽然才想起這樣一個故事，誰信！杜牧一定是和老東西串通好了，專門一道跑到大書房來，說那個骯髒的故事。

老東西那天來到大書房，看著很悠閒。坐在杜筠青這頭的書房裡，說了許多祖上的事，又說了許多碼頭上的事，還說到西洋的事。臨了，才問起誰又聽說了新故事。

杜牧先還和呂布同聲說：「我們成天也不出門，到哪聽新故事？」

老東西就說：「哪就說個舊的，反正我也沒記性了，說舊的，我也是當新的聽。」

杜牧就推呂布先說。呂布說，她得想想，杜牧妳先說。杜牧就說開了，沒說幾句，老東西連連搖頭，太舊了，不聽，不聽。呂布跟著說的，老東西也不愛聽，不往下說了。

到這種時候，杜牧才裝得像忽然想起什麼似的，說：「還有一個舊故事，我早忘了，名兒叫蛇，不知老太爺聽過沒有？」

「蛇？沒聽過吧？妳先說說。」

杜牧這一說，就說得老東西眼裡直放光，可這故事也真是夠骯髒。聽完了，老東西意猶未盡，居然叫杜牧學那個商婦，如何假裝見了大花蛇，如何驚恐萬狀向長工敘說，又如何因驚恐而無意間失了態，大洩春光。

杜牧推說學不來，可她還是真學了，不嫌一點羞恥！看得老東西放縱了笑起來，大讚彼商婦計謀出眾。

接下來，就是一片忙碌，就是盆翻椅倒，就是沉重、噁心，就是當著這些無羞恥的下人，老東西迫她一起做禽獸。

那時，她做老夫人已經有幾年了，早已知道不能計較羞恥。在這個禁宮一樣的老院裡，是沒有羞恥的。老院裡的人都相信，皇上的後宮就是這樣的，似乎那是一種至高的排場。

但就是說成天，杜筠青她也享受不下這種排場！

她懼怕那種排場。在做禽獸的那種時刻，她是在受酷刑。可老東西把死路都斷了，她只能把自己冰凍了，從肉身到內心，冰冷到底。老東西不止一次說她像塊冰冷的石頭。說她的西洋味哪裡去了？

杜筠青早已明白，老東西看中她的西洋味，原來是以為她喜歡做禽獸。父親這是做了一件什麼事！當初帶了她到處出頭露面，就是為了用五厘財股，將她當禽獸出賣呀？

老東西說對了，我什麼也不是了，只是一塊冰冷的石頭，冰冷到底，你永遠也不用想焐熱。這三四年，老東西已經明白，我是焐不熱的石頭。他很少來大書房了，也不再喜歡杜牧給他說故事。老禽獸他也該老了！

可我也能有故事。

去過烏馬河之後，杜筠青就不再喬裝出遊了。隔了三天，進城洗浴，又像往常一樣，洗畢，就坐了車馬，回到歸途的那處棗林，坐了等呂布。只是在進華清池前，吩咐三喜也去男部洗浴，不要偷懶。

三喜常年接送她進城洗浴，也沾了光，常洗浴。可時不時還是會偷懶，彷彿那是件勞役，少洗一次，就多省了一份力氣。

這次，三喜沒有偷懶。他洗浴出來，等了很一陣，老夫人才洗畢出來，神色似乎也有些凝重。一直到出了城，沒說一句話。

三喜就問：「這一向到處跑，老夫人勞累了吧？」

「你怎麼能看出來？」

「我能看不出來？」

「我看是你還想瘋跑。」

「去哪兒，我還不是一樣伺候老夫人？」

「哪能一樣！改扮了瘋跑，你就能叫我二姐，不用怕我。」

「不改扮，也不用怕。」

「好呀，連你也不怕我？」

「我是說，老夫人心善，又開通，我不怕受委屈。」

「就你能說嘴。你要真不怕我，像這樣沒人的時候，不用叫我老夫人，還叫我二姐。」

「那哪敢！」

「還是怕我。」

到了棗樹林，杜筠青下了車。三喜把車馬稍稍趕進林子裡，正要栓馬，杜筠青說：「再往裡趕趕，停在蔭涼重的地界，省得馬受熱，車也晒得不能坐人。」

三喜就把車馬趕到了棗林深處。

在林子裡坐下來，杜筠青就說：「三喜，城裡還有什麼好地方能去遊玩？」

「好地方多呢，就不知道老夫人還喜愛去哪兒？」

「又沒別人，就不能不叫我老夫人？」

「那哪敢。」

「那我就去換了呂布的衣裳！」

「快不用了，二姐。」

「鬼東西，怎麼又敢叫？」

「是你非讓我叫。」

杜筠青就用一種異樣的眼光看住三喜，看得三喜有些不好意思起來。

「那我就不叫了。」

「看看你吧！」

三喜，三喜，我可要對不起你了。你說我心善，可我是要害你了。為了報復那個老東西，我只能害你了。老東西會怎樣處置我，我都不怕。可他會怎樣處置你，我真是不知道。我不想隱瞞，我們也隱瞞不了。我就是要成就一個給老東西丟人，給他們康家丟人的故事，叫它流傳出去，多年都傳說下去。這樣的故事，一定會有人傳說。我已經不怕丟人，但老東西他怕丟人。他在外面的美名美德太隆盛了，所以他最害怕丟這樣的人。在這故事裡，只是害了你，委屈了你。你剛才還說，我心善，開通，不會委屈你。你看錯了。我已經不心善了，也不在乎羞恥。不在乎羞恥的人，怎麼還能心善。我是成心委屈你。在這故事裡，只是委屈了你。

杜筠青看著這個英俊、機靈、對她又崇敬又體貼的車倌，真是有些猶豫了。她知道自己甚至有些喜歡上了這個青年！若能長久像這個夏天，和他單獨在這幽靜的棗林裡說笑，喬裝了一道出遊，被他不自然地稱作二姐，那她也會先忘了一切羞辱，就這樣走下去。這個夏天真是意外地把她感動了，想起了自己是女人，甚至是年輕的女子。但妳已經不是年輕女子了，甚至已不是女人，妳只是個禽獸！妳不能貪戀也不能輕信這個夢一樣的夏天。這個夢一樣的夏天，只是給了妳一個報復老東西的時機。妳必須抓住這個時機，成就了羞辱老東西的故事。

妳真喜歡這個英俊的三喜，也要大膽去做這件事吧。

「三喜，你怕蛇不怕？」

「怎麼能不怕？」

「你也怕蛇？」

「誰能不怕？老夫人，怎麼忽然說蛇？」

「又叫我老夫人？」

「二姐，妳是想起什麼了，忽然說蛇？」

「那天，好不容易去蹚烏馬河，你還用蛇嚇唬我！」

「河灘蒲草裡真有蛇。」

「那這棗樹林有沒有？」

「沒有吧。」

「那莊稼地裡呢？」

「說不準。二姐，快不用說了。再說，本來沒有，也得招來。蛇呀，狼呀，這些叫人怕的生靈，不敢多說，說多了，牠真來尋妳。」

「你又嚇唬人吧。」

看來，三喜沒有聽過那個蛇的故事。故事中，那個商家婦人就是在回娘家的途中在路邊的莊稼地裡，假裝見了一條大花蛇。問到蛇，又說到莊稼地，三喜他也沒有異常的表情。他沒聽過這個故事就好。就是聽過，也不管他了。

又說了些閒話，杜筠青就站起來，往林子深處走去，就像往常那樣悠閒走去。也像往常一樣，三喜跟了她。

走到林子邊上了，她努力平靜地說：「三喜，你等著，我去淨個手。」

杜筠青毅然走進林邊的高粱地裡。密密的高粱，沒過頭頂。鑽進地壟走了十幾步遠，已經隱身在青綠中，什麼也看不見了。不需要再走了。在那個故事中，送婦人回娘家的年輕長工，等在路邊，能聽到婦人的驚叫。婦人在驚叫前，將腰帶和一隻鞋，扔到不遠處，好像在驚慌中丟失的。婦人為了裝得像真驚恐，還便溺了一褲襠。可這一招，杜筠青是無論如何效仿不出來！

但已經不能再猶豫了。她先脫下一隻鞋，扔到一處，又解下腰帶，扔到另一處。彎曲的腰帶落在地壟裡，倒真像一條蛇。

她長吐了一口氣，就將心裡所有的屈辱化成了一聲驚叫：「蛇——」跟著，提了褲腰，撞著高粱棵，跑了幾步，站定了。心在跳，臉色一定很異常。

三喜果然慌忙撥開莊稼，跑進來。

「二姐，妳不是嚇唬人吧？」

但他跑近了，看見老夫人這種情狀，也真慌了：「在哪兒？蛇在哪兒？」

杜筠青抬起一隻手，指了指：「就在那兒！」

三喜貓了身，順著望去：「沒有呀？」

杜筠青就抬起兩隻手來，驚恐地比劃：「嚇死我了，剛蹲下，就見這麼粗，這麼長，一條大花蛇！」抬起兩手，未繫腰帶的綢裙褲脫落下去，擁到腳面……也許她裝得太像見了蛇，還是她的神色太異常，三喜並沒有立刻發現。

看了她驚慌的比劃，他竟貓了腰，盯住地壟，小心向前挪去了！這個傻東西。

杜筠青又驚叫起來：「還招牠，快扶我出去，嚇死我了！」

三喜返回來，走近她，終於發現了她的「失態」，呆住了。

「你也看見蛇了？」

她裝著一無知，奇怪地望望三喜，然後才好像發現了自己的失態，但似乎也未太在意，只順手提起裙褲。

「嚇死我了，快扶我出去！」

三喜過來，他很緊張。她裝著什麼都顧不到了，緊緊抓住他，碰撞著莊稼往外走。走回林子，她又驚叫著，比劃了一回，又讓裙褲退落了一回：她已經沒有羞恥，她這是在羞辱老東西！

她看著三喜驚窘的樣子，才好像真正意識到自己的失態：「老天爺——」急忙再次提起裙褲，連說：「褲帶呢？老天爺，還丟了一隻鞋……三喜，你還愣什麼，快去給我找回來，嚇死我了！」

三喜鑽進莊稼地了。杜筠青靠在一棵棗樹上長長出了一口氣。

接下來怎麼演呢？在那個骯髒的故事中，引誘長工的婦人，這時說：「反正是丟盡人了。」只得脫下溺溼的裙褲。妳做不到這步，該怎麼往下演？就此收場，又太便宜了老東西。

三喜回來，異常不自然地說：「剛才老說蛇，不是把自家的褲帶看成蛇了吧？」

「它在我手裡拿著呢，怎麼能看成蛇！我剛蹲下，就看見……嚇得我幾乎站不起來！」

「我就說，不能多說這些生靈。」

杜筠青接過腰帶，說：「把那隻鞋快給我穿上。」

三喜蹲下來，慌慌地給她穿時，她忽然又說：「踩了一腳土，先把襪子脫了，抖抖土，再穿。」

三喜拽下襪子，就猛然握住了她的那隻腳，叫她都不由驚了一下。

「老夫人……」

杜筠青知道故事能演下去了，便用異常的眼光盯住這個英俊的青年，許久才說：「三喜，你不怕？」

「不怕！」

「死呢，也不怕？」

「不怕。」

「蛇呢？」

「更不怕，二姐。」

「那你就抱起我，再進莊稼地吧。」

第七章　京號老幫們

1

西幫票號既以金融會兌為主業，各碼頭莊口之間的信函傳遞就成了其商務的最重要依託。客戶在甲地將需要匯兌的銀錢交付票號，票號寫具一紙收銀票據，然後將票據對摺撕為兩半，一半交客戶，一半封入信函，寄往乙地分號。客戶到乙地後，持那一半票據，交該號對驗，兩半票據對接無疑，合而為一，即能將所寫銀錢，悉數取走。這種走票不走銀的生意，全靠了碼頭間信函往來。

票號的開山字號平遙日昇昌在創業之初，因僅限於西幫商號間寫票，業務不頻，走票只是托熟人捎帶。後生意做大，就僱用了走信的「專足」。再到後來，寧波幫的私信局興起，就將走票的業務全託付其承攬了。

票號的分莊遍天下，用現在的話說，就是建有一個覆蓋全國、延及海外的金融網絡。控制這個網絡，那時代也是靠信函。西幫票號，又實行總號獨裁制，資本在總號，各地分莊利潤也全歸總號。所以，除了走票，號內的商務信函不僅頻繁，更有周密成規，立法甚嚴。

這種內部信報，一般都設四種：正報、復報、附報、敘事。正報、復報，是報告本號做的每筆生意，及生意變化、結果。附報，是報告他號所做的生意。敘事，則是報告當地商情、時務、政局、人事，以及本埠風俗趣聞、託辦的雜事。各票號書寫信報，又有自家獨用的暗語。所以在票號內，與帳房並列，特別設有信房，每日都有信報發出。

到光緒年間，西洋電報逐漸在大碼頭間開通。西幫票號，自然成了國中最先使用它的商幫。只是，電報費用昂貴，文字又有限，說不了多少意思，保密也差。所以，除非緊急商務，一般還是靠信報。

老東家和大掌櫃到達漢口後，差不多是將天成元的總號移去了，各碼頭莊口與漢號之間的信報往來自然格外多起來。其中，又以敘事信報居多，京號尤甚。因為康笏南和孫北溟兩位大廠會同漢號老幫陳亦卿，正就復興「北存南放」勢頭謀劃新舉動。

西幫票號做銀錢生意，本就奉行「酌盈濟虛，抽疲轉快」八字要訣。各分號間不分畛域，相互接濟，快捷排程，總是把存銀調往最能營利的碼頭。清代經歷康熙、雍正、乾隆三朝，江南經濟之發達，已遠勝北方，成為國內商業重心所在。但北方京師，又是國庫的聚散之地。這就形成北方聚銀多，江南用銀多的金融格局。西幫票號正是看準這種格局，常做「北存南放」的文章。就是在以京師為中心的北方，吸收存款，再調往江南放貸。西幫票商巧理天下之財，這是一大手筆。

只是，在光緒二十五年（1899）這個時候，西幫票號面臨了兩大危難，使「北存南放」大布局，變得舉步維艱，風險莫測。

一是在年初，朝廷發了一道上諭：不許各省藩庫將上繳中央的各項官款，即俗稱的京餉者，交給票號匯兌。原因是京師銀根短缺，不敷周轉，市面蕭條，商民俱困。朝廷也不知聽信了哪些糊塗大臣的諫言，居然把造成這種困局的癥結歸罪於西幫票號。說是各省都不解送現銀到京，一味託付票商匯兌，所以京師重地的現銀越來越少。其實，票號為各省匯兌京餉，交給戶部的，也還大多是白花花的銀子，並不全是一紙匯票。票號一時周轉不開，或戶部銀庫願收銀票、匯票，也是有的，但也不至造成京師短缺。京師銀根緊，那實在是另有原因的。

去歲戊戌年，朝局不靖，先是變法，後又廢了新法，時勢天翻地覆，血雨腥風。京城那班高官權貴，早暗中將銀錢弄出京城匿藏了。京內各業商家，又收縮觀望，市面哪能不蕭條！

但禁匯是朝廷上諭，西幫也不能等閒視之。承攬京餉官款的匯兌，早已是票號的大宗生意，斷了此財路，不是小事。歷來做「北存南放」，也主要是靠匯兌京餉來支持。票號在江南承攬了解京的官款，在京城又吸納了種種存款，兩相抵殺，走票不走銀。即用京城存款抵作京餉，交戶部入庫，同時將江南官款轉為商資，就近放貸。不許承攬京餉，「北存南放」還怎麼做？

再一危難，就是北方直隸、山東、河南，甚至京津，拳民蜂起，教案不斷，時局不穩。票號生意，全在南北走票，縱橫調銀，中原一旦亂起，生意必受阻隔。時局不定，商界也必然觀望收縮，金融生意也要清淡了。誰家能無幾分近憂遠慮？

面對此兩大危難，康笏南毒辣的眼光，還是看出了其中大有商機在。

從京號的信報中，康笏南斷定，京師市面蕭條，決非銀根短缺所至，反而是銀根疲軟的一種明兆。時局不明，商家收縮生意，市面自然要蕭條。各省應繳朝廷的京餉，更以時局不靖為藉口，設法拖延不辦，戶部收庫的銀子哪裡會多？加上高官權貴，又暗裡爭相往京外匿藏銀錢，自然要形成一種銀緊錢貴的表象。京號早有信報：一般商家，還有那些高官權貴都找上門來，降格以求，要我們為其儲存現銀或外調積蓄。所以京師銀市，實在是明緊暗疲。

此種時候，反倒是西幫可以在京城從容吸納疲銀的良機。這樣做，不僅有厚利可圖，亦有大義可取。在這種危難之際，人家來託靠你西幫，還不是因為信得過你嗎？此時拒人自保，最毀西幫信譽，以後人家誰會再來靠你？萬不可做一般見識，也取收縮之勢，拒絕收銀承匯。

至於中原諸省的拳亂教案，康笏南也覺成不了大氣候。來漢口途中，已親身遭遇了那班拳民，只是鏢局的兩位武師就將他們擺平了。中原諸省為拳亂所惑，商界多取守勢，我們也同樣可乘機收存疲銀，調往他處圖利。

如此收存的巨量疲銀，調往何處放出？

康笏南與孫北溟、陳亦卿議來議去，也唯有調來江南一途。口外雖也能做騰挪周轉，畢竟做不了大文章。此次兩大廠來到漢口後，已看清江南局面比料想的要好。市面繁榮，洋務方興，商機不減，銀錢流動也旺，尤其依託票號而立的大小錢莊，生意甚好。湖廣、兩廣、兩江的督撫，又都是可以指望的疆臣重鎮。康笏南見過張之洞後，更對江南局面放了心。制臺大人雖不與他言及官事時務，但康笏南老辣的眼光什麼看不出來！

如此鉅款調來江南，又用什麼來與之相抵殺？總不能在如此不靖的時候，將巨銀交給鏢局押運吧？

康笏南說：「也只有在江南盡力兜攬匯京的官款！」

孫北溟說：「有朝廷上諭，誰家還敢交我們解匯？」

康笏南說：「我見張之洞時，制臺大人還提及西幫匯兌官款庫銀，很值得稱讚，說那實在是便捷的辦法。比之各省委員押運，不知要省去多少費用。押運京餉的差事，一向就不大好辦。路途辛苦，風險叢生不說，就是千里迢迢押到京師了，交部入庫也不那麼容易。戶部衙門那班閻王小鬼，一處打點不到，都過不了關。哪裡像你們西幫票商，早將他們上下餵熟了！張大人把話說成這樣了，也沒有提及朝廷禁匯的事。」

陳亦卿也說：「現在中原拳民生亂，各省恐怕更會引為藉口，拖延了不起運京餉。我們倒是可以乘機往各省藩庫運動，攛掇藩臺撫臺，上奏朝廷，說明押運現銀的種種艱難。要解京城之困厄，還是匯兌最能及早見效。」

孫北溟說：「那陳掌櫃，你能運動下張制臺嗎？」

康笏南說：「湖北比鄰中原，距京不算遙遠，張大人就是想成全我們，他也沒有多少藉口可找，還是先不要難為他。」

陳亦卿說：「你康老東臺出面，張大人都不願言及官事，我更沒有多大面子。這種事，得曲折斡旋，不宜直言的。我尋別人，從中試探吧。以我看，制臺大人深諳洋務，通曉西洋銀行之運作，或許也會上一道奏片，陳說異地運現的弊端吧。」

康笏南說：「我說句狂言吧，掃除京師蕭條，非我西幫不能為！現今京師商界俱做觀望狀，既在觀望朝局，亦在觀望我西幫。除我西幫外，京師再沒有可以左右銀市的商幫了。我們一旦在京從容吸收疲銀，商界也會隨之振作的。在各省碼頭，我們再巧為張羅，多攬匯京的官商款項，促成京餉入庫。戶部庫銀多了，朝廷還禁我們做甚！」

孫北溟說：「老東臺雄才大略，為西幫計，也是為朝廷計。可我還是擔憂，江南行省中，究竟會有幾家肯被我們說動？」

康笏南一笑，說：「這就要看大掌櫃你麾下的那些老幫了。我倒還有一小計謀，不知你們肯不肯笑納？」

陳亦卿忙說：「老東臺有什麼妙計快說吧！」

康笏南便說：「我們何不先借出餘銀，為某些省衙墊交京餉呢？」

陳亦卿說：「借錢給他們交京餉？近年各省藩庫，哪有幾家不支絀的？每年只是分攤的甲午賠款就夠他們叫苦不迭了。借了我們的錢，他們怎麼還？」

其實，陳亦卿早想到了這樣一著。春天時候，他已經聯繫福建、江西的莊口，叫他們先借銀，再攬匯，鼓動藩臺撫臺上奏朝廷，開恩解禁。現在，老東臺也說出了這一著，他當然得裝糊塗，故意說出這些話。

孫北溟想了想，卻說：「我看老東家這一著倒毒辣！我們借銀給他交京餉，他也不便管我們是匯兌，還是押現。就是朝廷知道了，也不能太怪罪我們吧，商銀官用，也算是忠義之舉。」

陳亦卿說：「當然，在我們說，這也等於將京號吸納的疲銀轉手之間就放貸給官府了。只是，借貸給行省藩庫，就怕它拖延不還！」

孫北溟說：「他們該了我們的錢，或許會上奏朝廷，廢止禁匯的。」

陳亦卿這才讚嘆說：「原來有此老謀深算。」

康笏南就說：「此不過小伎倆耳！要振作『北存南放』的勢頭，恐怕還得聯繫我西幫各大票號協同來做。咱天成元一家，救不了京城困局的。」

孫北溟說：「按說，這也是咱西幫露臉的時機，該連手圖利取義。只是別家倒也好說，唯平遙日昇昌、蔚字號兩位老大豈肯聽我們的？此舉動若是他們謀出，我們大家跟隨了，還可成事。今由我們謀出，兩位老大只怕連聽也不想聽，哪裡還敢指望他們連手？」

陳亦卿說：「他們那些老闆，真會反對此種謀劃？」

康笏南笑了，說：「那就不要說出由我們謀劃。我已想到這一層。這件事，我們都無須出面，只託付一人去辦。」

孫北溟問：「誰？」

陳亦卿說：「京號戴老幫嗎？」

康笏南說：「對，就是戴掌櫃。此舉京師是重頭。西幫各號駐京老幫都是商界高手，平日連手就多。由戴掌櫃從中巧為張羅，為大局計，就是推舉日昇昌的京號出面挑頭，也無不可的。」

孫北溟說：「這樣，還可作為。」

陳亦卿又特意說：「好主意都叫老東臺搶去了。」

康笏南說：「那就麻煩陳掌櫃親筆給京號戴掌櫃寫一信報，將此重任託付予他。我和孫大掌櫃也該尋處涼快地方，幾天暑了。」

在這次謀劃中，康笏南、孫北溟兩大廠審時度勢，巧作運籌，藏而不露，按常態應是握有勝算的。只是，他們太輕看了中原拳亂，為此次振作「北存南放」留下了隱患。這是後話了，先不說。

2

天成元京號老幫戴膺受此重任，實在也並不感意外。

西幫票號自開創已有百多年了，運轉到光緒年間，正走向它的峰巔。其時各大字號的駐京分號地位變得舉足輕重。可以說，誰家沒有一個強手領莊的京號，它就難成氣候。在光緒二十五年（1899）這個時候，西幫票號在京師開有四十八家分號，代表的都是當時西幫中的翹楚。這四十八家京號的領莊老幫可以說個個都是金融業中一時之選。他們中間的許多人物，無論器局、眼光、手段，乃至學養、文才，都遠勝總號的大掌櫃。因為在京號老幫這個位置，庸常之輩那是難以立足的。西幫票商曆百年發達，既在做理天下之財，取天下之利的大事業，領航人物不廁身雄視天下的京都，那是不可想像的。所以到後來，票商京號的地位，實在也不遜於總號的。只是因為西幫票號體制獨特，內部立法嚴密，不致發生重臣壓主的麻煩罷了。

常有的麻煩只是京號老幫的許多卓見良策不為總號所看重。領東的那些老闆們，長年局促於晉省祁太平老號，與外間世界日漸隔膜了。外埠老幫的卓見良策，非不用也，是不識也。先就不識，談何採用？所以，天成元京號老幫戴膺，總是不斷勸說孫北溟多出來看看。外間世界日新月異，出來一半遊奇覽勝，一半巡視生意，何樂而不為？再說，腿長本就是西幫之長。可孫大掌櫃，只是不出動。這些年，倒將巡視外埠莊口的重任，一分為二，交給兩位老幫了。一位是漢號的陳亦卿，叫他巡察江南各號。一位就是京號的戴膺，由他巡察北方各號。他們代為出巡，並不怕辛苦，只是老號與外埠的隔膜依舊。

康老東臺倒是一向喜歡出來走動，可惜已經年邁，出動不容易了。戴膺前次下班回太谷，曾婉轉示意老東家，希望他能說動孫大掌櫃出來走走。沒想到，老太爺居然親自拉了孫北溟冒暑南下。聽到兩位大廠出巡的消息，戴膺真是感奮異常。起因雖出於邱泰基，可戴膺心裡明白，老太爺到底是聽懂了自己的勸諫才有此非常之舉。

以老邁之身，冒暑出巡，太難為了老太爺，可天成元畢竟是你康家生意。在此非常之時，沒有這樣的非常之舉，實在不足以應變的。

去年朝中鬧變法，政局不穩，西幫各號都取收縮之勢，生意減少三到五成。今年開市伊始，朝廷又下了一道禁匯的上諭，不謀對策，生意還怎麼做？可晉省老號那些當家大廠，依舊渾然不覺，以為朝廷已往也禁過幾回，都沒有禁得了，只令靜觀等待。

孫大掌櫃呢，藉口今年正逢天成元合四年大帳，本該收縮，也令取守勢。豈不知方今天下，早大不同與往昔。不但江南錢莊漸成大勢，單是一個西洋銀行，已在咄咄逼人，搶奪西幫利源！西幫這樣一味在北方觀望收縮，不能將銀資源源調往江南，別人就會乘虛而入，攻城略地。江南一旦失去，西幫大勢將不復存在！

光緒二十一年（1895），甲午戰敗，中日媾和，大清賠償日本軍費二億兩巨銀。朝廷它一時哪能還得起如此鉅款！英、法、俄、德列強便乘虛而入，將這筆鉅款轉為四國借款，每年還本付息一千二百萬兩，戶部攤二百萬兩，各行省及邊海關分攤一千萬兩。這一千二百萬巨銀，每年都匯往上海江海關，國中銀錢流向，更是南下的多，北上的少。西幫票業生意，全賴南北金融排程，南北失衡，本已使匯兌維艱，現在又禁匯北上京餉，江南之失，豈不近在眼前！

這種危言，戴膺是給老太爺說過的。他終有此非常之舉，那實在也是康家之幸，西幫之幸。

所以，聽說老太爺拉了孫大掌櫃已經出動，戴膺便與漢號的陳亦卿老幫頻通訊報。其實，他們求之於兩位大廠的，只是一句話：「無須收縮觀望！」為了求得這句話，他和陳老幫還頗費了一番心思。不露痕跡地鼓動老太爺拜見張之洞，會見英滙豐銀行的查爾斯，都是他們預謀的安排。

現在終於有了好結果。陳老幫在他親筆書寫的信報末尾說：「一切如你我所願。我遵兄旨，在兩巨擘前引而不發，裝糊塗，只怕老太爺也不糊塗。現全看兄之動作了。」

戴膺讀到此，會心一笑。

接信報後第二日，戴膺就去拜見了蔚豐厚京號老幫李宏齡。

天成元京號在前門外打磨廠，蔚豐厚京號在崇文門外草廠九條衚衕，離著也不遠。西幫票商中老大日昇昌，它的京號也在崇文門外草廠，與蔚豐厚隔著一條衚衕。它們兩家同屬西幫中的平遙幫，又都是票號的開山老號，因為創業時兩位大掌櫃失和，弄得兩大號一向爭鬥不止。不過此時兩位京號老幫，倒都是很賢能的人物。日昇昌的京號老幫梁懷文，與蔚豐厚的李宏齡來往密切，常常連手做一些事。戴膺與他們二位都有交情，只是與李宏齡更氣息相投些。他覺李宏齡在京師票界更孚眾望。

李宏齡見戴膺此來氣象不同，就問：「你們兩位當家的是不是已叫你說動了？」

戴膺一笑，說：「我哪裡能說得動他們！我只是勸他們不要久留漢口，反正是熱，不妨順江東下，早去上海。我們天成元的滬號不強，叫你們幾家大號壓得快倒塌了。」

「你這又是說誰呢？」

「大號能有誰，除了日昇昌和你們蔚字號，還能有誰？」

「別人不說，我們蔚豐厚可沒有惹你家。再說，滬上商機太多，誰也獨霸不了的。我看你們滬號的孟老幫，也不是庸常之輩。看著拙笨，實在是將過人的機巧深藏了，叫你難以識破。他不會欺負你，但你也別想欺負他，能給人這種感覺，不好把持。」

「那你們是想欺負他？」

「我們能識破還惹他做甚？只是滬上那些愛將機巧寫到臉面的主兒，常上你們孟老幫的當。」

「看叫你說的。我倒真想請求我們老號，將我調往滬號得了。滬上如今已成國中商務總彙，商機遍地，正可作為，不像在京師，掣肘這樣多。所以才攛掇兩位當家的赴滬走走。不知子壽兄有沒有這種意思？你我如能結伴轉滬，當能聯手做番事業。」

「我在滬上倒也領過幾年莊。滬上商機是多，只是那裡氣候水土，我終不能適應。」

「那是因為你居京太久了。西幫商家哪裡不能立身！去年，你老兄不是將公子也送往浙江讀書去了？到了滬上，離公子也近些，可偷享天倫。」

「去年，帶犬子出來，本來是想在京為其擇師課讀。恰巧遇了翰林院的趙寅臣大人，正要散館回浙。趙大人當年來京科考時，曾得我們蔚豐厚資助，榮點翰林後，也未相忘。所以，有些舊誼在。說起犬子拜師課讀的事，他就主張送往文運興隆的江浙。還說，他們趙家的學館，正聘有一位極飽學的塾師，授業相當有一套。現在也只收了他的兩個孫兒做學童，如不嫌棄，何不將公子送去，一道課讀？人家貴為翰林，我能嫌棄這番美意？就將孩子送往浙江處州趙大人府上了。」

京號老幫課子都要這樣擇師，足見他們的地位和眼光不同一般。

「子壽兄，不是指望你家公子來日也點翰林吧？」

「翰林不敢想，他只如你我，能做個京號滬號老幫就足夠了。」

「到他們這一輩人做老幫時候，還不知西幫票業成什麼樣呢。要叫我說，他們果然有出息還入票號做甚！」

「不入票號真去求仕做官？」

「求仕做官哪能叫出息？有出息，就寧進銀行，不入票號。」

「沒有自家銀行，叫他們去給洋人為奴？前年，盛宣懷在上海創辦的通商銀行，雖為第一間吾國銀行，可那也是朝廷的銀行。勢強技不強，並不起山。」

「所以，我勸老兄同去滬上。你我出面辦一間銀行，如何？」

「靜之兄不是說夢話吧？你我哪來許多股本開銀行？」

「我們回晉廣為遊說，不愁招不來股本。貴號的開山老闆毛大掌櫃，當年不是從日昇昌中退出，另覓新主，哪來你們蔚泰厚？」

「靜之兄，我聽出你的意思了。莫非你們天成元的兩位當家大廠已經有意仿辦銀行了？」

「沒有的事。」

「你們康老太爺和孫大掌櫃算是開通人物。兩位到了漢口，何不請他們見識見識西洋銀行？」

「我們漢號陳老幫，倒是安排老太爺會了會滙豐銀行的一位幫辦。這位英人幫辦太狡猾！他在老太爺面前，只是一味盛讚西幫票號如何了不得，彷彿比他們西洋銀行還要高明。聽得老太爺那個得意！」

「竟有這樣的事？」

「可不是呢。你想老太爺受了這番盛讚，他還會改制票號，仿辦銀行呀？」

「這也像英人做派，軟刀子殺人，不叫你覺出疼。只是，你們老東家、大掌櫃，畢竟還出來走走，會會洋人，別家誰肯出來！」
「我們老太爺還去會了會張之洞，也受了些誇獎。陳老幫就趁著老漢高興，說了我們的意思。」
「仿辦銀行？」
「你只是想著辦銀行！陳老幫給老太爺說的，是我們眼前緊急要走的一步棋：不能再一味收縮觀望，當巧為張羅，廣收疲銀，違旨攬匯。」
「你們當家的鬆口了？」
「老太爺正高興，點頭了。還放了一句要緊的話：為便於兜攬官款，可在江南相宜的行省給藩庫墊交京餉，逆匯到京。」
西幫票號承攬異地匯兌生意，有順匯、逆匯之分。順匯，就是客戶先交會款，才寫票，走票，然後在異地取款。逆匯，則是在未交會款的情形下，即可先寫票，走票，在異地取款，然後於約定的期限內，將匯款交清。此為西幫攬匯的一種靈巧手段。逆匯的匯水，即匯費，自然要比順匯高出許多。
李宏齡聽罷就笑了，說：「靜之兄，今日你一來，我就看出你帶來了好消息。你倒還要裝著無事，說許多廢話！」
「我可不是說廢話，是真想改就滬號的。」
「什麼改就滬號！你還不是嫌我說不動我家大掌櫃嗎？有你們康老太爺和孫大掌櫃這番舉動，我也有棋可走了。」
「謀出什麼新著，說出來聽聽嘛！」
「你們天成元一動，我即將此急報平遙老號，說你家兩位大廠已從張之洞處探得密訊，要趁大家收縮，搶先大做。你想，我們毛大掌櫃豈肯叫你們獨家搶先？」

「子壽兄，你這不是要害我？我家老太爺一再吩咐，我們天成元不可太出風頭，更不想獨自大做，招惹全幫。要出頭，還是得請你們平幫，請日昇昌和貴蔚字五連號。給你們老號去一道這樣的密報，還不是想毀我們？」

「你們東家大掌櫃，此次冒暑出巡江南，已經驚動了西幫。要說出風頭，早已經出夠了。康老太爺何等人物，他還怕同仁說幾句閒話？再說，我不這樣做，我們毛大掌櫃豈能給說動？」

「要說動毛大掌櫃，本有更好的棋可走。」

「還有什麼棋可走？」

「你給老號寫密報時，不要提我們天成元，就說是日昇昌要獨家大做。毛大掌櫃聽了，還能坐得住嗎？」

「這哪像靜之兄你出的主意！我可不敢謊報這樣的軍情。再說，就是這樣謊報了軍情，我們大掌櫃多半會卯了勁，依舊按兵不動。你做，我偏不做。我們兩家的脾氣，你老兄也不是不知道。在此種時候，我們兩家再卯了勁賭氣，於西幫何益？」

「子壽兄，我不過是說句笑話罷了。想讓我們天成元出頭，那就出一回頭。只是，由我們出這個風頭，日昇昌知道了，會怎麼想？人家是老大，它要出面攔著，不叫大家跟了做，那可真要毀我們了。你們都遵旨不動，偏我們一家違旨攬匯，朝廷會饒了我們？」

「你們一動，它日昇昌也會坐不住。說不定會與我們蔚字號連手，壓你們太谷幫一頭的。」

「那就全靠你與梁懷文老幫巧為張羅了。梁老幫那裡，我就不出面說了。你們是西幫領袖，你們一動，局面才會開。」

「這種敗興局面，按說也不該由我們這一班京號老幫來操心。只是，如今西幫那些老號大廠們，一個個都深居簡出，又剛愎自用，仍以為西幫天下無敵。我們忠心進言，他們不聽也罷，甚而還以為我等別有所圖，真是令人心寒。我向我們大掌櫃進言仿辦銀行，聽說他多有責言，說我李某想如何如何！我們還不是為字號計，為西幫計？」

「所以我說，如此處處掣肘，哪如我們自家去辦銀行！」

「你這憂憤之言，也不過說說罷了。你我就是真走了那一步，戶部那一班迂腐官員也不好應付的。朝廷今年下的這道禁匯上諭，還不是他們攛掇的。自洪楊之亂以來，我西幫承匯官款已經多少年了，並沒有出過什麼差錯，倒是常常為朝廷與省衙救急。一樣是如數交你銀子，就非得千里迢迢委員運現，總不放心我們便捷的匯兌？又沒有剋扣你官府分毫銀兩，只賺那一點匯水，比之你委員押現的浩大費用，不知要節省多少！說來真是可笑，這樣一個簡明的道理，那班居於高位的重臣要吏，生是聽不明白。這半年來，我往戶部多次奔走，依然無人肯上奏朝廷，請求解除禁令。」

「他們哪裡是聽不明白？盛宣懷的通商銀行，不是照常承匯京餉嗎？以前，翁同龢任戶部尚書多年，也不曾禁過匯。去年翁大人被罷免，王文韶繼任這才幾天就禁我們的匯。是不是想暗助盛宣懷一把，禁了西幫，由通商銀行大攬？」

「翁同龢做戶部尚書時，我尚可設法進言的。與現在這位王文韶，實在沒有多少交情。我們是對王大人孝敬不夠吧？」

「怕也不是這樣簡單。子壽兄，我看眼下，倒可先連手做一件事。這件事，無需求告老號，我們京號老幫就可做起。」

「靜之兄又有什麼高招？」

「朝廷禁匯，不是以京師市面蕭條為緣由嗎？我們何不屈尊做點小生意，向京城的小商家放貸些銀錢呢？我們西幫票莊，無論大號小號都架子太大了。不用說百八十兩的小生意了，就是千而八百的小額存貸，也不屑去做，只貪做大宗。今京師市面不振，我們做些小額放貸生意，或許還能救市。市面轉興，朝廷只怕也不會再固執禁匯了。」

「我們不做小額生意，也是為穩妥起見。小商家，最難預見。再說，這種小生意也得留給錢莊、爐房、典當鋪去做。」

「錢莊、當鋪一向依託票號，我們收縮，他們也得收縮。票商架子大，尤以貴平幫為最，平幫中又以日昇昌和貴蔚字號為最。你們帶頭做些小生意，別家也好放下架子了。傳到戶部，或許會對西幫多些好感。」

「說不定，他們倒會以為我們窮途末路了！」

「這種時候，我們西幫藏一點勢，有什麼不好呢？再說，做這種小生意，也無須做什麼排程。京師一地，子壽兄還不知嗎，本是官大商小。除了途經京師通蒙出俄的商貿，本也沒有幾家大的商幫商家。我看從各號所收存的積銀中放出一些，就足以振市了。近來號中發票生意頗旺，正該尋個出路放出。」

「說到發票，我也正有憂慮。各號歷年發行的發票累計起來，數目甚巨。在當今這種晦暗不明的時局中，一旦生變，持發票者蜂起擠兌，也甚可怕的。」

「所以，現在救市振市，太緊要了。」

「那就召集諸位老幫公議一次？」

「應當，應當。」

發票，是西幫票號開出的小額銀票。起初，銀票只是存款的憑據。你存入票莊多少銀子，票莊就給你一張憑條，寫明日後憑此票據可取走多少銀子。票號一向多做大宗生意，所以開出的銀票也多是大額。小額銀票，只是票號開出的一種臨時便條，隨存隨兌，憑票計銀，票面也不寫姓名。票面金額從十兩起，至五十兩、一百兩，最多一千兩止。

不想，這種發票到後來，很受京城官吏士紳的歡迎。為甚？攜帶這種發票出入權貴之門方便也。呈遞方便，收藏也方便。知道西幫票號信譽好，權貴府中的內眷，尤其喜歡收藏這種發票做私房積蓄，三五年至十數年不來兌現。當然，更大量的，發票還是在京師官場流動：再「黑」的銀錢，兌換成此種不記名的銀票，也就不著痕跡了。

於是，西幫票號這種手寫的發票，在京城發行量頗大，幾近於一種紙幣。天成元發行的發票，已有三十多萬兩。日昇昌、蔚豐厚那種大號就更多。西幫京號統共加起來，發票發行量在一二千萬兩這種規模，實在比朝廷戶部平素所存的庫銀還多。

時局動盪之際，發票依然受寵愛，因為它比銀錢更便於轉移、匿藏。但其中所隱藏的風險，也是顯而易見。

李宏齡在戴膺的鼓動下，終於願意做救市的嘗試。此一動議，先要拿到京師的「晉省滙業公所」，由各家京號共同商定。李宏齡正是「滙業公所」的總董之一。

3

京師的滙業公所，即是西幫票號在京的行業會館。像所有行會一樣，滙業公所也是對外連手共保，對內協調各號利益。金融行會，尤其還得及時議定匯兌行市，存貸利息，銀錢價格之類。只是，西幫的會館，常愛設在關帝廟。或者說，他們常常是先集資修建一座關帝廟，然後兼做自己的會館。

關老爺是西幫鄉黨，以威武忠義的美名傳天下。永遠背井離鄉，浪跡天下的西幫，敬奉關帝，一半是為思鄉，一半是想祈求他武威的保佑。可西幫這樣一敬，無形中倒給關老爺多了一個新謚：商家財神。於是，各商也逐漸效仿起來，格外敬奉關帝，祈求財運。

京師的滙業公所，在京城東北的蘆草園。這處會館也是前為關帝廟，後為議事堂。關帝廟院中建有華麗的戲臺和觀戲的罩棚。會館定例，是在關帝誕日，以及年節、端午、中秋，舉行同業集會，演戲開筵，酬神待客，聯繫同幫，也議定一些幫內大事。平時遇有急事，也來集議。

這次集議，本來是臨時動議，西幫各京號的老幫竟不約而同，全都親自出動了，雲集到蘆草園會館。可見大家對眼前時局也是十分憂慮的。這中間卻有一個例外：唯獨日昇昌的梁懷文老幫沒有到。以日昇昌在票業中的地位，梁老幫自然也是滙業公所的總董之一。同業公推出三名總董，梁老幫居其首。他不來，還能議成什麼事？

李宏齡見等不來梁老幫，就先帶了大家，往關帝神主前敬香，祭拜。拜畢，進入後院議事堂。大家對梁老幫不到，大感疑惑，紛紛問李宏齡：此次集議，就沒有同梁老幫相商嗎？

李宏齡說：「哪能不先請教梁老幫？我登門拜見時，他說一準要到的。我們還是再等一等吧。」

於是，大家趁這個時機，又紛紛問戴膺：你們老東家、大掌櫃南下江漢，一定有什麼不尋常的意圖吧？

戴膺連說：「在這種敗興的時候，我們能謀到什麼便宜？老太爺此番南下，實在是因為那位愛奢華的邱泰基！老太爺以為我們這些駐外老幫，個個都像邱泰基似的，成天在胡作非為呢。」

戴膺沒有想到，他剛這樣說完，李宏齡就當著大家說：「戴老幫，我可是得到信報了，你們康老東家在漢口拜見了張之洞，又拜見了英國滙豐銀行的幫辦，分明在謀劃大舉動。是不是要趁大家都收縮，你們天成元獨自大做？」

戴膺先還有些奇怪，什麼都沒說呢，李宏齡怎麼就全抖摟出來了？他看了李宏齡一眼，李宏齡不動聲色。戴膺才有些明白了：他老兄是有意這樣吧？

諸位老幫聽李宏齡這樣一說，更追問不止：得了張之洞什麼密示，朝廷是不是要收回禁令？

戴膺就說：「張制臺是何等人物，會對我們洩漏天機？各位都是有神通的人物，身在京畿，什麼天機探不到！」

李宏齡說：「你們天成元想動，就動。我們也不會壞你們的事。你們先動一步，做些試探，總比大家一起坐以待斃好吧？」

戴膺說：「我們想動，你們就不想動？我們老東家大掌櫃到了漢口，是想謀些對策。可目前局面，良策不好覓呀！朝廷禁匯，誰敢違？倒是你們各家的老號能沉得住氣，穩坐晉省，靜觀樂觀。」

祁縣喬家大德通的京號老幫周章甫說：「多數老號是不明外間情形。再不謀良策，真要坐以待斃了。」

李宏齡說：「你們祁幫也要動嗎？」

周章甫說：「我們大掌櫃倒也說了，一味收縮，不是回事。可如何動，也沒有良策可施。」

戴膺說：「子壽兄他有高見！」

李宏齡忙說：「我哪有什麼高見？真有高見，我們蔚豐厚早先動了。今請各位來集議，就是為共謀良策。」

正說著，日昇昌京號一位夥友跑進來，說：「敝號梁老幫昨兒中暑了，不能來集議，特吩咐在下來告假，請各位老幫包涵。」

大家聽了，心裡更生疑惑，只是嘴上也不便說什麼。

李宏齡打發走日昇昌那位夥友，就對大家說：「梁老幫不來了，那我們就議事吧。」

對時局，大家也不便多說什麼。自去年變法被廢後，東西洋列強就總跟朝廷彆著勁，可再發生宣戰開打的事，好像也沒緣由和跡象。只要不跟洋人打仗，局面就不至大亂。對山東、直隸、天津的一些拳亂，大家都沒當回事。拳民既跟洋人作對，也給朝廷添亂，兩頭不討好，哪能成了什麼事？

對李宏齡提出的救市動議，各家倒都甚為贊同。老號不明外間情形，一味叫收縮觀望，這樣久了，人家還以為我們也跟朝廷彆著勁呢。西幫跟朝廷彆勁，那還了得？這次禁匯，本就有對我們西幫的忌防，我們再一任京市蕭條，好像真別了勁與人家作對，那真不知會惹什麼禍！所以，都很贊同拿出京號存銀，連手多做些小額放貸。此舉一出，京市當會有變化。只要平幫的日昇昌、蔚字號，肯放下大號架子，別家都肯跟隨。

既由李宏齡提出此動議，蔚字號自然不成問題。可梁老幫未到，老大日昇昌它肯不肯這樣做？

李宏齡說，他會通告梁老幫的。

日昇昌要是不願意呢？

他一家不做，就不做，既經公議公定，各家照樣做。

李宏齡這樣說了，大家也就不再多說。

因小額放貸，大多是對小資本的錢莊、當鋪、爐房以及小商號，所以，公議了一個較低的放貸利息。對於限制發行發票的動議，大家都覺不大好辦。要發票的，都是官吏權貴，得罪不起。只要京市活了，擠兌就不會出現。而大勢更在於國中金融的南北排程能否早日盤活。只是，這又關涉朝廷禁匯，不便公議，也未多說。

因同業各家老幫都來了，議事畢，會館特意擺了筵席招待。雖是同業聚會，沒有太多顧忌，可在吃酒中，這些老幫們仍沒有說多少出格的話。在京師做老幫，誰都得有這種不露痕跡的自束本事。席間，大家議論多的，還是日昇昌梁懷文的缺席。

戴膺坐的這一席，都是祁幫和太幫的同仁，喬家大德通的周章甫也在。戴膺先敬過同席一巡酒，就問周老幫：

「你看梁掌櫃今兒不來，是和李宏齡又彆上勁了？」

周章甫說：「我看不會。梁掌櫃是賢達的人，眼前死局，他能看不出來？他今兒不來，只怕是平遙老號又有什麼指示吧？」

戴膺說：「能有什麼指示？不可妄動？」

同席一位老幫就說：「人家日昇昌財大勢強，可以靜觀樂觀，再熬半年也無妨，我們誰能陪得起？」

周章甫也說：「我們大德通是新號，也真陪不起你們大號。」

戴膺趁機就問：「你們老號的高大掌櫃，當年駐京時，與慶親王走動不少。在這緊要時候，也沒有走走這條門路？」

周章甫說：「我們大掌櫃哪有那麼大面子！」

同席都說：「人家走這種門路能給我們說？」

戴膺說：「不拘什麼門路吧，大家都動起來，就好說。」

周章甫說：「日昇昌要是別了勁，只是不動，那也是個事。它是西幫老大，商界市面都看它。」

戴膺說：「只要平幫的蔚字號和大家一股，就好說。李宏齡總董，我們還是可以指望的。你們高鈺大掌櫃，駐京多年，在這非常時候，也該來京走走吧？」

周章甫說：「有你們老東家大掌櫃做樣子，我也正在攛掇他出來呢。」

散席後，戴膺有意遲走一步，單獨問了問李宏齡：「梁老幫不來，會是什麼意思？」

李宏齡說：「梁老幫今日不出面，是事先說好的。」

「為什麼？我們所議之事，他都不以為然？」

「倒也不是。對設法救市，扭轉死局，梁老幫也是甚為贊同的。只是，對做小額放貸，感到不大好辦。他倒無所謂，只是怕老號怪罪。掛著『京都日昇昌匯通天下』的招牌，做針頭線腦的小生意，只怕老號要罵他。所以，他就不出面了，免得掃大家的興。」

「在這非常之時，做點小生意，就不能『匯通天下』了？還是不肯放下架子。」

「梁老幫倒是說了，他的京號不會坐視，也要向相熟的一些爐房、錢莊放貸，和大家一起救市。他不來，只是留個向老號交代的口實而已。」
「老號那些大廠，真還以為日昇昌依然天下無敵呢！」
「靜之兄，真還不能那樣說。梁懷文對我說，他們日昇昌的大掌櫃，見你們天成元兩位大廠出巡江漢，也有些坐不住了。」
「那他們的郭大掌櫃，也出來走走？」
「出來倒沒說，但吩咐了：狼行千里吃肉，不能再傻等了。日昇昌也要有舉動。所以，我就把你們天成元的意圖先嚷叫給大家聽了。」
「我說呢，怎麼都把我們底下說的話先抖給大家？」
「你們天成元和日昇昌一動，各家就更坐不住了。」
「日昇昌動了，你們蔚字號五連號動不動？」
「唉，我們范大掌櫃倒好說，就是蔚泰厚的毛大掌櫃不敢指望。他一句活話也沒放呢。蔚泰厚是我們五連號的老大，它不動，我們也不好動。」
「原來是這樣。梁懷文不來，我們還以日昇昌要冷眼相看呢。人家日昇昌動了，你們蔚字號又不動。什麼時候，你們平幫的兩大號，能不唱對臺戲？」
「各家都動了，只我們不動，那也好。」

4

西幫票號的開山字號日昇昌，原先是平遙一家叫西裕成的顏料莊。掌櫃叫雷履泰，財東為本縣達蒲村李家。雷掌櫃是生意場上的奇才，到嘉慶年間，西裕成已有相當規模，在外埠開了不少分莊，京師即有一間。

那時，在京師做生意的西幫商人很多。每到年關時候，都要往晉省老家捎寄銀錢。捎寄的途徑，只能交給鏢局押運。鏢局運現，費用很高，路途上也常不安全。辛辛苦苦出來賺點錢，往家中捎寄也這樣不容易。有一位在京做乾果生意的西幫商人，與西裕成京號掌櫃相熟，即與之商量：他往老家捎的銀子，先交到西裕成京號，由京號寫信給平遙老號，等他回晉後，再到西裕成老號用銀。因是熟人，京號老幫也就同意了。由此，開了異地匯兌的先例。

但起初，也沒誰把這當回事，只是覺得比鏢局運現便捷許多就是了。西裕成也只是繼續接受親戚朋友的託付，兩相兌撥，無償幫忙，不收任何匯費。漸漸的，西幫商人覺出了用此法排程銀錢的便利，來求兌撥的越來越多。這才兩相協商，交付一點匯水，變無償為約定付費。

西裕成的掌櫃雷履泰，獨具眼力，很快看出了其中的巨大商機：這種匯水雖少，但錢生錢，來得容易，如廣為開展，獲利必豐。異地運現，一向就是商家大難事。他與東家商議後，就毅然將西裕成改名為日昇昌，專門經營銀錢的異地匯兌。這個由西幫新創的商行，就被稱作匯兌莊，俗稱票莊、票號。當然，雷履泰和他的財東，並不知道他們是開了中國銀行的先河。

票號在那時無疑是朝陽產業，一旦出世，很快就如火如荼，無可限量。

雷履泰是經商高手，他由民用家資，推想到商家貨款，由京晉兩地，推想到國中各地，由北出口外的西幫，推想到縱橫江南的茶幫、米幫、絲幫，銀錢的流動那是無處不在的。於是，就選派幹練誠實的夥友，逐步往南北各大碼頭設莊攬匯。做金融生意，信譽是第一要緊條件。日昇昌也是沾了西幫的光，靠著西幫既有的聲譽，再加上雷履泰的巧為運籌，它的生意很快火起來了。

日昇昌初時的匯水，即匯費，只取百分之一，一兩銀子取一厘。比起鏢局運現的收費，可以說是微乎其微。這是明處取利，訂得低微，易於被更多客戶接受。雷履泰還有暗裡取利的手段，那就是在銀子的「平色」上做文章。

那時代，白銀為市面流通的主要貨幣，無論碎銀、銀錠、元寶，都有一個「平色」問題。「平」，就是銀子夠不夠它標定的分量；「色」，就是銀子的成色，即它的含銀量足不足。按道理，作為貨幣使用的銀子，應該是既足量，又純質的。可實際上，各地銀兩的「平色」差異很大。所以，在異地匯兌中，要換算出這種「平色」差異，加以找補釦除。正是在這種換算中，雷履泰為日昇昌制定了自家的「平色」標準，使換算變得有利可圖。這種由兌換而得的暗利，一般是從「平」中取千分之四，從「色」中取千分之五六。「平色」合起來，又是一個百分之一，也就是說，在不知不覺中，匯水多了一倍。

不過，這種「平色」暗利，雷履泰也嚴格守定於上述那個限度，再不叫擴張。因為太貪暗利，暗利必顯，誰還信賴你？不因一時利厚而太貪，這是雷履泰的精明處，也是西幫的商風。在收取匯水和平色換算上，日昇昌以及後來的西幫票號，都恪守了雷履泰所定下的這些規矩，使匯兌得以做成大事業。

日昇昌的興盛，叫雷履泰的聲名大著。他本來就是一個很自負的人，建樹了這樣的功業，眼裡就更放不進別人，只有自家，有些不可一世了。成功者，往往承受不了成功，這真是一種很容易見到的俗相。雷履泰於此，也未能免俗。

但晉省風氣既是儒不如商，一流人才都投於商家門下，日昇昌這樣如日東昇的商號，自然也是藏龍臥虎。雷履泰為日昇昌總理，俗稱大掌櫃，他之下，就是協理，俗稱二掌櫃。他的二掌櫃叫毛鴻翽，也是有大才的人。創業時候，他全力協助雷履泰，出謀劃策很不少，當是有功之臣。可事業初成，雷履泰就不把他放在眼裡了。唯我獨尊，頤指氣使不說了，凡稍涉權柄的事，就不許他趨前插手。這當然使毛鴻翽日益不滿。兩人的明爭暗鬥，也日漸多起來。

有一回，雷履泰得了重病，需臥床將息，卻不肯離開字號，回家靜養。凡重要號事，仍要扶病親自處理。毛鴻翽一眼就看出，雷履泰如此鞠躬盡瘁，實在還是怕別人染指號權！

於是，毛鴻翽就去拜見了財東李箴視，不露痕跡地進言說：

「雷大掌櫃對東家，那真是鞠躬盡瘁了。近日病得下不了地，仍不肯回家療養，早圖康復，照舊日夜操勞號事，不惜損傷貴體。雷掌櫃是日昇昌的棟梁，東家怎麼捨得如此不加愛護？」

李箴視在此前，已聽說了雷履泰正抱病料理號務，現在經毛鴻翽這樣一說，更覺該去勸一勸了。李東家很快來到櫃上，慰問一番後，就對雷履泰說：「雷大掌櫃不可操勞過甚！我家生意再當緊，也不如大掌櫃貴體當緊。我看在號中療養諸多不熨帖，還是回府上放心靜養吧。」

雷履泰聽了，心裡自然明白是怎樣一回事，但當時什麼也沒說。李東家走後，他就坐車離開字號，回了家。

沒過幾天，東家李箴視又親往雷履泰家中探視慰問。進了門，就見雷大掌櫃依然在伏案寫信。李東家拿起幾張看了看，不禁大吃一驚：原來這些信函都是吩咐日昇昌駐外埠分莊，盡快結束業務，撤莊回晉。

李箴視慌忙問：「大掌櫃，你這是為甚？」

雷履泰平靜地說：「日昇昌是你李家的生意，可各地分莊是我雷某安置的，我得撤回來交代你。兩相了結後，東家還是另請高手吧，我得告退了。」

李箴視一聽，這簡直是晴天霹靂，頓時給嚇傻了。雷掌櫃一走，哪裡還會再有日昇昌！他一慌張，不由就給雷履泰跪下了。

「雷大掌櫃，這是怎麼了？」

「日昇昌為我一手張羅起來，剛有眉目，為世人看重，就有人想取我而代之。那我就讓開，他留，我走。」

「雷大掌櫃，我們李家對你可從來沒有二心呀？你千萬不可聽信閒言碎語。我們不靠你，還能靠誰？大掌櫃真要走，那日昇昌也只好關門歇業！」

聽這樣說了，雷履泰才把東家扶起來，說：「我也知道東家對雷某不薄，但有人成心居間挑撥，長此下去，我也不好做呀！」

李箴視就再三明示：「日昇昌就只交給雷大掌櫃一人領東，別人不能插手！」

從此以後，李東家對雷履泰更倚重無比，言聽計從，不敢稍有怠慢。雷履泰對毛鴻翽自然就越發冷落，用現在的話說，就是將他「掛」起來了。在這種情形下，毛鴻翽只得告辭出號。

那時票號初創，是新興產業，想辦者多，會辦者少。聽說日昇昌的二掌櫃辭職出來，許多想開票號的財東商家都爭著聘請。這種意外的局面，叫毛鴻翽大受鼓舞，被雷履泰排擠出號的失落感一掃而空了。他稍作權衡，就選中了財力雄厚的蔚泰厚綢緞莊。

蔚泰厚的財東，是介休的大戶侯家。綢緞莊又是那時比較顯達的行業。蔚泰厚創業經久，分號遍地，已是很顯赫大商號。所以，它才有了改組票號的雄心，欲與日昇昌爭奪新財路。毛鴻翽應徵後，蔚泰厚即將他任命為票號總理，即大掌櫃。受此知遇之恩，毛鴻翽當然要竭盡所能，壓一壓雷履泰的日昇昌。

毛鴻翽新組票號使出的第一招，是改組不改號。蔚泰厚是老號，大號，本就信譽好，名聲大。所以，毛鴻翽不學雷履泰，廢西裕成，立日昇昌，而是依舊沿用了蔚泰厚的老字號名。這省得重創牌子了，蔚泰厚的老客戶，也便於兜攬過來。用現今的話說，就是繼承了老字號的無形資產。

毛鴻翽使出的第二招，是在改組蔚泰厚後不久，又說服財東，將蔚泰厚的幾家連號，蔚豐厚、蔚長盛、新泰厚等綢布莊，也一併改組為票號，形成蔚字五連號的強大陣容。

再一招，就是將這蔚字五連號的五家總號，全都設在了平遙城。蔚字號的主要財東，本是介休的大戶侯家，將五大新票號一齊移師平遙，顯然是要和雷履泰的日昇昌唱對臺戲。

雷履泰做派霸道，日昇昌的夥友大多懼怕他。毛鴻翽藉此從日昇昌挖走了不少人才。類似的招數，自然也不免使用。

總之，毛鴻翽出山之後，真有些身手不凡，幾招下來，就在新興的票業界掀起了驚濤大浪。雷履泰雖與毛鴻翽交惡更甚，但他還是能從容應對。兩位高手這樣不斷過招鬥法的結果，是使新起的票號業迅速發展起來。雙方都說勢不兩立，可偏就是雙強兩立到底了。日昇昌，蔚字五連號，一直都是西幫票商中的巨擘。

雷毛之間的爭鬥，如果是發生在官場宦海，那是必然要有一個你死我活。天下官場歸一家。無論是爭寵，還是邀功，是盡忠，還是獻媚，都是要狹路相逢的。誰得逞，誰失意，要由同一個主子來裁定。所以，不是你死我活，就是兩敗俱傷。雷毛二位幸在商海，就是把擂臺設在平遙一隅，那也是海闊天空，鬥智施才的空間太大了。西幫票業初創，也幸虧由此雷毛二公爭鬥著啟幕，使這一金融行業有了競爭的活力，也成全了許多競爭的規矩。

當然，雷毛之爭，使平幫兩大號長期失和，難免有無謂的損失。雷履泰的霸道，也影響到日昇昌的號風。那一塊「京都日昇昌匯通天下」的金字招牌，高掛在國中三四十個水旱碼頭，鋪面豪華，做派高傲，小生意不做，小商號不理，全可見雷履泰的遺風。毛鴻翽的大器大才，也使蔚字號中大掌櫃的地位至高無上，財東倒黯然失色了。

票號經年既久，領東者不斷易人，又有祁縣幫、太谷幫的興起，平幫兩大號的對立，本已趨於平淡了。但在光緒二十四年（1898），蔚泰厚新任了一位大掌櫃，由此又掀起了新波瀾。這位大掌櫃叫毛鴻瀚，與開山大掌櫃是遠房本家。可他卻更像是雷履泰式的人物，愛剛愎自用，獨斷專行，有些霸道。只是他的器局和才幹並不傑出。霸道沒有大才押底，那是更可怕的。

所以，蔚豐厚京號的李宏齡，對他們這位毛大掌櫃也頭痛得很。

相比之下，日昇昌現在的老闆，倒還開通一些。它的京號老幫梁懷文，也才敢巧為應對。

5

那日，梁懷文沒有去蘆草園會館見同業，倒真如李宏齡所言，是為避開兩頭作難。不過，他還有另外一個原因，就是戶部福建司的一位主事，那日正要約見他。這位主事劉大人，與梁懷文一直有交情，所以也不好推辭。

那時代，中央戶部設有十四個司，分管各省的錢糧財稅。司的長官是郎中，其下是員外郎，再往下，才是主事。所以主事也不是很高的官員，但他往往很管事。所以，西幫住京的那些老幫們也很巴結這些人。

劉大人傳來話，要見見梁懷文，那自然不是在衙門裡見。喜歡在哪裡會見，彼此都清楚。

那日午前，梁老幫就派了櫃上的一位夥友，往前門外韓家潭，給一家「相公下處」打招呼：訂一桌七十二兩銀子的海菜酒席，以做夜宴。

韓家潭一帶，就是京城俗稱的八大胡同，為後來青樓柳巷聚集的地方。不過在先時，這一帶原是「相公」的領地。相公只是伶童，即戲班中扮演旦角的男童。大清有律法，嚴禁一切官員嫖娼狎妓。京城那班驕奢腐敗的權貴名士，就轉而戲狎「相公」，並以此為一種公開的雅興。那些走紅的相公，其住所，即所謂相公下處，陳設極其精美雅緻，酒席也非常排場講究。所以，西幫那些京號老幫拉攏官吏，就常在這種「相公下處」。陝西巷、韓家潭，又是其中更上等的地方。

到光緒年間，北來京師的江南妓女已漸漸擠入八大胡同了。她們大多藏身在一般的茶館酒樓，上等人不大去。「相公下處」，仍為高雅排場的消遣處。不過，情形已在變化，狎妓之風在京城官場正暗中興起。相公下處，也在做兩面文章。

做了會面的安排，梁懷文猜不出劉大人此來的意圖。與戶部這些屬吏往來，大宗的事務，當然還是交割承匯的京餉。劉大人此來，是否與朝廷禁匯相關？或許，是有別的事？在往常，戶部各司裡的郎中主事，不時會將一些暫時用不著的庫款，暗中存入票號，以圖生一點利息。現在，戶部正庫空支絀，大概也不會是為這種事。那劉大人是不是他自家手頭支絀，又想用錢？

傍晚，天色還大亮的時候，梁懷文就先乘轎來到韓家潭。他所選中的這家相公下處，外面不甚招搖，連一塊班頭的名牌也不掛，大門緊閉。不過，他剛落轎，就有男奴出來伺候了。才一進門，貴婦一般的領媽，也慌忙迎出來。這是財神爺來了，當然不敢怠慢。

這是一所兩進五開間的大四合院，庭院清曠，軒窗宏麗。被恭恭敬敬讓進客廳後，奴僕就圍了梁老幫忙騰起來，遞手巾，扇扇子，捧菸袋，上茶的，一大堆。梁懷文有些發胖，來時出了一身汗，這時也只是顧喘氣，沒多說話。

領媽就問：「梁掌櫃今兒來捧我們，不知還請了哪位大人？」

梁懷文懶懶地說：「來了誰，是誰，小心伺候就是了。」

客廳裡，一色都是舊大理石雕嵌文梓的家具，連立著的六扇屏風，也是嵌雲石屏，屏中是石紋自然形成的山水。滿眼石頭，倒還給人一些清涼的感覺。

梁老幫喝了口茶，就問領媽：「聽說陝西巷已經有掛牌的妓寮？」

領媽說：「沒有的事吧？一掛那種牌子，我們這裡不也成下三爛地界，有頭臉的，誰還來？」

「哼，有頭面的，又有幾個是愛乾淨的！愛乾淨的，誰來這種地界？」

「梁老幫就是太愛乾淨！」

「我們字號有規矩。」

「朝廷更有規矩，可那些貴人們誰聽呢！」

「叫他們都守規矩，你們吃喝甚？」

「也不用說我們！你們西幫呢，吃喝什麼？還不是成天攛掇那些權貴，叫他們壞朝廷的規矩？」

「你倒看得毒辣。我是給你出主意呢，現如今在京城官場，愛捧相公、掛像姑的主兒，眼看著稀少了。捧江南姑娘早暗中成風，你們也該換塊牌子吧？」

「這樣不就挺好，換它做甚？梁老幫請來的，總還是顧些頭臉吧？我們面兒上照舊，進到裡頭，想捧誰還不是由你？捧像姑，捧姑娘，由你。」

「我看是行市要變。能明著掛牌，何必藏著躲著？再說，姑娘頂著像姑的名，不倫不類，哪能紅起來？」

「有人還偏喜歡這麼著呢。」

「看生意行市，我不比你們強！聽不聽由你。」

「我們哪能不聽梁老幫的！今兒來的貴人，也是要捧姑娘吧？」

「我不管，來了你們問他。」

不久，劉大人也微服趕到。一番客套過後，劉梁二人進入一間僻靜的密室。

梁老幫先說：「劉大人今兒出來，是只想聚聚，還是有見教？」

劉大人就說：「我是有好消息告訴你。」

「劉大人總是這麼惦記著我們，是什麼好消息？」

「近日朝廷已有硃批，准許福建繼續匯兌京餉，不必解運現銀來京了。」

「真有這樣的事？」

「軍機處發到戶部的抄件，我都親眼見了，還有什麼疑問！硃批就十個字：著照所請，該部知道。欽此。」

「那倒真是一個好消息。春天吧，我聽劉大人說過，閩浙總督許大人就曾上奏朝廷，要求准許福建及閩海關匯兌京餉，免除長途運現的不便。那不是遭了朝廷的責罵嗎？這位許大人，居然還敢繼續上奏？」

劉大人笑了。

「梁掌櫃，你知道許制臺這後一道奏摺是怎麼寫的嗎？我背幾句給你聽：

臣素性迂直，隨時隨事皆力戒因循，從不敢輕信屬員扶同欺飾。唯經再三體察，該司道所請委屬確情，不得不披瀝上聞，冀邀鑑納。如以臣言為不實，則大臣中之曾官閩者，及閩人之現任京秩者，乞賜垂詢，當悉底蘊。倘荷聖慈優逮，准免現銀起解，以節財力，而裕商民，全閩幸甚……

看許大人這勁頭，真有幾分以死相諫的意思。朝廷還能再駁他嗎？也就只好准奏了。前次奏摺，只是一味哭窮，說閩省地瘠民貧，庫儲屢空，只能向你們西幫商家借了錢，交京餉，裝得太可憐，朝廷哪會准奏！」

「我看也不是故意裝窮，福建本來就常跟西幫借錢，墊匯京餉。」

「我還看不出來呀？福建這樣再三上奏，乞求准匯，還不是你們西幫在後頭鼓動？」

「人家是封疆大吏，能受我們鼓動！」

「梁掌櫃，我看就是你們日昇昌在閩鼓搗的。」

「劉大人，我們跟這位許大人，可沒什麼交情。」

「不是你們日昇昌，那就是太谷的天成元？」

「不管是誰吧，能鼓搗成，就好。朝廷這樣鬆了口，以後各地禁匯，是不是要鬆動了？」

「哪能呢！我今天來，就是給你們西幫送個訊。有福建這先例可引，還不趕緊叫你們各省的老幫往督撫衙門去鼓搗。各地上奏的一多，說不定真能解禁呢。你們不鼓搗，朝廷才不會收回成命。」

「那就多謝劉大人了。只怕外間酒席也備好了，那就開宴吧？」

「又讓梁掌櫃破費。」

「我們之間，不用客氣。」

二位出來後，果然酒席已經擺好。

領媽問：「劉大人，今兒是叫哪位相公陪您，大的，小的？」

劉大人一笑，說：「就小相公吧。」

話音才落，從屏風後面走出一位嬌小美貌的「相公」，給二位施過禮，就挨劉大人坐了。其聲音、舉止全酷似女子——其實，「他」本來也就是扮了男裝的女子。這種掛羊頭賣狗肉的勾當，早已在相公下處風行，無人不知的。

6

那晚，梁老幫吃了幾杯酒就起身告退了。他在，劉大人不便放肆的。

回字號的一路，他就想，劉主事透出的消息倒是個喜訊。朝廷禁匯才半年，就鬆了口了。正月，朝廷下了禁匯的上諭，他就知道禁不了。平遙老號也叫沉住氣，靜觀等待，看看到底誰離不開誰，誰困住誰。等到他們吃不住了，來求咱，再說話。不過，說是這樣說，禁了匯，受困的也不只是官家，西幫你能不受累？坐著靜觀，總是下策。福建第一家解禁，那肯定是人家太谷幫在那裡鼓搗的。天成元的東家老闆出巡漢口，就已經驚動了西幫，現在又第一家鼓搗得解了禁，平幫還要坐視到什麼時候！

梁老幫又想及同業的聚會，不知集議出什麼結果。於是，就決定先不回字號，直接到蔚豐厚，見見李宏齡。小轎剛出珠市口，他忽然又想，何不先就近去天成元，見見戴膺，將劉主事透出的訊，說給他，落個人情。

八大胡同在前門外西南，天成元京號所在的打磨廠，在前門外東邊，是離著不遠。

梁懷文忽然來夜訪，叫戴膺大感意外。正要張羅著招待，梁老幫連忙說：「靜之兄，快不用客氣，剛從韓家潭應酬出來，路過，就進來了。倒口茶，就得了。」

「有些時候沒見占奎兄了，好容易來一趟，哪敢怠慢？」

「我說了，有口茶，就得。我也坐不住，只跟你說幾句話，就走。靜之兄，叫夥友們都下去歇著吧。」

戴膺明白了，就領梁懷文進了他得小費房，要了壺茶，將夥計全打發開。

「占奎兄，今兒同業集會，本想見見你，不想你又迴避了。」

「我的難處，你也知道。別人責備我，我都不怕，只要你老兄能體諒，就行了。」

「要知道你不去會同業，倒鑽進韓家潭取樂，我當然也不饒你。是不是見到什麼人了？」

「是見到個人，還得了個喜訊，所以特別來報喜。」

「什麼喜訊，來給我們報？」

「當然是你們天成元的喜訊。」

梁懷文就將戶部劉主事透出的消息告訴了戴膺。

「靜之兄，福建票號數你們天成元勢力大。許制臺這樣一再上奏，想必是你們鼓搗的。」

「人家是封疆大吏，還兼福州將軍，能受我們鼓搗？」

「哈哈，剛才我對劉主事也說了這樣一句話，幾乎一字不差！搪塞那班糊塗官吏用這種話還成，你倒用來搪塞我？」

「說句笑話吧，我敢糊弄你老兄！我們閩號的事，平時漢號的陳老幫招呼得多些，我知道的不很詳細。福建解禁，對天成元有益，對整個西幫，也有利吧？」

「要不我趕緊來給貴號報喜呢！鬆了一個口子，就能鬆第二個、第三個口子。可你們怎麼鼓搗成的，有什麼高招，能透露一二嗎？」

「我們能有什麼高招？我聽漢號陳亦卿說，福建藩庫虧空太大，常跟我們閩號借錢，就是京餉，也常靠我們墊付。朝廷一禁匯，我們當然不能再借錢給他們了。藩臺、撫臺、制臺，幾位大人可就著了急。閩省偏遠，可還得交兩份京餉，一份藩庫交，一份海關交。再加上甲午賠款，他們不挪借，哪成？我們就說，要想救急，只有一條路，上奏朝廷，准許福建例外，依舊匯兌。」

「原來是叫你們逼的。」

「誰讓他們那麼窮窘呢！聽我們閩號說，福建那班顯貴，沒有一個會理財的，只會給自家斂財。你說他那藩庫怎麼能有錢？」

「還說福建呢，就說朝廷的戶部，又有幾人會理財？現在這位王尚書，也是老臣了，以往也在戶部做過官，按說他該懂財政。怎麼一上來就將國庫支絀，市面蕭條，歸罪與西幫，先拿了我們開刀！禁了匯，你國庫就錢多了？迂腐之極。人家西洋銀行，用電報匯兌呢，我們連信局走票也不讓，非得把銀子給你運到眼跟前，才歇心？迂腐之極！」

「占奎兄，在韓家潭叫假相公多灌了幾杯吧？」

「靜之，我可不是在說醉話！今兒是沒去蘆草園，若去了，當著同業的面，我也要說這樣的話！」

「剛才在韓家潭，對著戶部那位主事大人，是不是也說這種話了？」

「說了。在那種地方，說什麼吧，他不得聽？劉大人倒也說了，鹿傳霖正運動呢，想取王文韶而代之。」

「鹿傳霖他就會理財？」

「至少他通些洋務，不會攛掇朝廷禁匯吧？」

「誰知道他什麼時候才能入主戶部？現在這種困局，只怕還得靠我們自家。你們日昇昌在廣東勢力無敵，何不也設法攛掇兩廣重臣，上奏解禁？廣東鬆了口，那可非同小可。」

「我何曾沒有這樣想？可我們老號，一直不叫動，生是擺著架子，要等著朝廷來求我們！不是看見你們天成元兩位大廠出動，他們還不動。」

「我們那兩位大廠，也是給我們攛掇出來的，孫大掌櫃也不愛動。」

「我們老號那些人，你進言再中肯，也不愛理你。」

「我們還就他們吧。光緒初年，朝廷也禁過匯。那次，還不是我們西幫鼓動起許多疆臣撫臺，一齊上奏，終於扭轉局面嗎？」

「廣東方面，我們可以去試。各家也都得動吧？今兒集會，議定了吧？」

「這種和朝廷作對的事，怎麼能公議？不過，大家心裡都清楚。只是，要成事，還全得靠你們平幫，平幫又得靠你們日昇昌和蔚字號。李宏齡倒說了，他們要先鼓動四川上奏。」

「要早這樣動，就好了。」

送走梁懷文，戴膺給漢號的陳亦卿寫了一紙信報，將福建解禁的消息，簡要相告，並請轉達老太爺和大掌櫃。在福建鼓動上奏，這是他和陳亦卿事先策劃好的。現在終有見效，心裡當然很快慰的。

近來事態，一件一件都還差強人意，戴膺也就想往京西尋處涼快地界，避幾天暑。然而，還沒等他成行，天津就傳來了一個叫他心驚肉跳的消息：

五娘被綁票了。

第八章　綁票津門

1

五爺五娘去天津時，戴膺極力勸阻過。天津衛碼頭，本來就不比京師，駁雜難測，眼下更是拳民生亂，洋人較勁，市面不靖得很。偏在這種時候去遊歷，能遊出什麼興致來？戴膺甚至都說了：萬一出個意外，我們真不好向老太爺交代。哪能想到，竟不幸言中！

起先，五爺倒不是很固執，可五娘執意要去。五爺對五娘寵愛無比，五娘要去，他也不能不答應。再說，五娘的理由也能站住幾分：好容易出來一趟，到了京城，不去天津，太可惜。女流哪像你們爺們，說出門就出門，來了第一趟，不愁再來第二趟。說天津碼頭亂，我們的字號不照樣做生意？我們去天津，也不招搖，也不惹誰。俗話說，千年的崖頭砸灰人，我們也不是灰人，天津碼頭不亂別人，就偏亂我們？

話說成這樣，誰還好意思硬攔擋？一個美貌的年輕婦人，能說這樣開通大度的話，戴膺就有幾分敬佩。

東家老爺出來遊歷，本不是字號該管的事，一應花銷，也無須字號負擔。五爺帶著自己存銀的摺子，花多少，寫多少。五爺五娘又都是那種清雅文靜的年輕主子，不輕狂張揚，更不吆三喝五。到京後，只管自家快樂異常地遊玩，不但不涉號事，也很少麻煩字號。越是這樣，京號裡的夥友越惦記東家這一對恩愛小夫妻。怕他們出事，那也在情理之中。

在京遊玩月餘，什麼事也沒有出過。五娘是個異常美貌的年輕娘子，她故意穿了很平常的衣飾，也似乎故意把臉晒黑了，就是精神氣不減。大熱天，總也煞不下他們的遊興，遠的近的、值得不值得的全去。五娘還說，就是專門挑了夏天來京城，熱天有熱天的好處。別人也不知那好處是什麼，只見他們一副樂不思蜀的樣子。

去天津衛這才幾天吧，就出了這樣的事！

這叫人意外的消息，津號是用電報發來的，只寥寥幾字，什麼詳情都不知。是給哪路神仙綁的票，要價又是多少，五爺情形如何，往老號及漢口發電報沒有，全不知道。

這是人命關天的火急事，老號、康府、漢口的老太爺就是得到了消息，也遠水難救近火。京號最近，必須全力營救五娘。

戴膺接電報後，立刻就給津號回了電：不拘索價多少，趕緊調銀救人。

天成元津號老幫劉國藩，是個比較冒失的人，生意上常常貪做。處理這種事情，那是絕不能冒失的。戴膺思之再三，決定親自趕往天津。這樁綁票案，顯然不是只對著五爺五娘。是對著康家，對著天成元，還是對著太谷幫，甚而是整個西幫，都很難說。天成元建立以來，還沒發生過這樣的事！

京津之間，止二百多里遠，僱輛標車，日夜兼程，不日就可到達的。

往天津前，戴膺趕去求見了京師九門提督馬玉昆。遇綁票事，當然不宜先去報官。但康家與馬玉昆大人有交情。馬玉昆當年在西北平匪剿亂時，遇軍餉危急，常向西幫票號借支，其中康家的天成元就是很仗義的一家。光緒二十年（1844），他被朝廷調回直隸，不久，又補授太原鎮會，與康家更有了直接交往。尤其與康三爺，氣味相投，交情很不淺。有這樣一層關係，遇了如此危難，前去求援，當然是想討一個萬全之策。馬大人也真給面子，不但立刻召見，還提筆給天津總兵寫了一道手諭。手諭是讓總兵協拿綁匪。戴膺接了手諭，道了謝，匆匆退出來。他知道，這樣的手諭，不到不得已時候，不能輕易拿出。

帶了這道手諭，還有京號的五萬兩匯票，戴膺連夜就火急赴津了。

那日，五爺五娘離開客棧，一人坐一頂小轎，往海河邊上看輪船。五爺的轎在前，五娘在後。跟著轎伺候的，一個女傭，一個保鏢，都是從康家跟來的。他們出遠門遊歷，當然不只帶這兩個下人，但為了不招搖，其餘下人都留在了客棧。

一路上平平靜靜的。到了海河邊，五爺的轎停了，五娘的轎卻不停，照舊往前走。

女傭玉嫂就喊叫：「到了，到了。」

兩個轎伕也不聽，還是往前走。

保鏢田琨跑了幾步，上前喊住。

這一來，轎是停了，可掀起轎簾，伸出來的頭臉，卻不是五娘，而是一個上年紀的老者。他很生氣，喝問：「誰呀，這樣大膽，敢攔我的轎！」

田琨一下愣住了。

這時，五爺已經下了轎。一見轎裡坐的不是五娘，就有些慌了：「五娘的轎呢？怎麼沒有跟上來？」

田琨也慌了：「一直緊跟著呀，怎麼就……」瞪起眼往四處搜尋，哪裡還有別的轎！

玉嫂連說：「不用發愣了，快去找找吧！」

兩個給五爺抬轎的轎伕，就說：「不要緊，不定在哪跟差了。轎伕是我們自家兄弟，丟不了。老爺們稍候，我們去迎迎！」

說完，兩人先給那乘攔錯了的轎主賠了不是。轎上坐的老先生，陰沉了臉，嘟囔著什麼，重新上了轎。等人家起了轎，繼續往前走了，兩個轎伕才順原路去尋找五娘，轉眼也沒有了影蹤。

五爺和兩個下人，守著一頂空轎等了許久，任他們怎麼焦急，只是什麼也等不來。保鏢田琨這才真正慌了。

難道遇了歹人了？這四個抬轎的，難道是一夥歹人？就是尋找，去一個轎伕就成了，還能兩人一搭走，轎也不要了？

直到這時，田琨才意識到，跟在五爺後面的那乘轎也有詐。可哪裡還有它的影蹤！這乘轎，多半也是他們一夥的。怎能這麼巧，五娘坐的轎跟錯了，它就正好跟上來，還和五娘的轎一模一樣？如果不是一模一樣，他早應該發現了。老天爺，五娘的轎，顯然被歹人調了包！

這夥歹人在什麼時候調的包呢？就在他和玉嫂的眼皮底下調包，居然一點都沒有覺察到？這一路，他一步都沒有離開過呀？

田琨不敢細想了，知道闖了大禍。天津這地方，他人生地不熟，現在又是孤單一人，怎麼去追趕歹徒？當緊得將五爺保護好，先平安回到客棧，再說。

田琨盡量顯得平靜地說：「五爺，五娘尋不見我們，多半要回客棧。我們也不用在這裡傻等了。」

玉嫂就說：「五娘迷了路吧，這倆給五爺抬轎的，也迷了路？他們尋不見五娘，也該回來吧，怎麼連個影蹤都沒有？不是出什麼事了吧？」

田琨忙說：「大白天，又在繁華鬧市，能出什麼事！我看，我們還是先回客棧吧。五娘回了客棧，也等不見我們，更得著急。」

五爺說：「我不回！我哪兒也不去！他們到底把五娘抬到哪兒了？你們都是活死人啊？一個都沒跟住五娘！」

玉嫂就說：「田琨，你還不快去找找！」

田琨說：「天津這街道，七股八叉的，我再找錯了路，五爺連個跑腿的也沒了，那哪成？五爺，出了這樣的差錯，全是在下無用，聽憑五爺處罰。眼下補救的辦法，我看就叫玉嫂守在這裡，我伺候五爺回客棧……」

五爺連說：「我不回客棧，不回！等不來五娘，我哪也不去！」

田琨說：「萬一五娘回到客棧，等不見我們，出來找，再走差了，那豈不……」

玉嫂也說：「大熱天，老這麼晒著，也不是回事。五爺就先回客棧，我在這裡守著，你還不放心？」

「我哪兒也不去！老天爺，他們把五娘抬到哪兒了？」

五爺這樣，保鏢田琨真是一點辦法沒有。那兩個轎伕仍然沒有影蹤，看來真是凶多吉少。不能再這樣拖延下去了得盡快給津號報訊。田琨也不能多想了，就對五爺說：「五爺，我去尋五娘！玉嫂，你伺候五爺坐回那頂空轎裡，耐心等著，哪兒也不要去，誰的話也不要信，只等我回來。」

說完，飛跑著離去了。

康家的天成元津號在針市街。因為對津門街道不熟，他只得沿來路，跑回客棧，又從客棧跑到津號。

路上和客棧，都沒有五娘的影蹤！

津號劉國藩老幫，聽了保鏢田琨的報訊，頓時臉色大變：「只怕是出事了！」

五爺一到天津，劉老幫就曾建議從鏢局再請幾位保鏢跟了。五爺五娘只是不肯，說那樣太招搖了，反而會更引人注意。他們似乎也不想叫生人跟了拘束他們的遊興。沒有想到就真出了事。說這些，都沒有用了。

他和田琨商量了幾句，就親自帶人趕往海河邊。當緊，得先把五爺請回來。

趕到時，五爺和玉嫂倒是還守著那頂空轎，可五爺的神情已有些發痴。乘劉老幫和五爺說話，玉嫂拉過田琨，低聲問：「還沒找見？」

田琨搖了搖頭。

玉嫂說：「五爺都在說胡話了。」

「才這麼一會兒，五爺就變成這樣？」

「才一會兒，不說你走了多大工夫了！你走後，五爺著急，也只是著急，倒還沒事。後來，過路的倆人問了我們的情形，就說：快不用傻等了，多半是遇上綁票的了！」

「兩個什麼人？」

「四十來歲的男人。」

田琨就趕緊過去對五爺說：「五爺，劉老幫說的是實話，五娘真是先回客棧了，虛驚一場，我們快回吧。五娘也等得著急了。」

五爺目光恍惚，只是不相信。費了很大勁，大家才好歹把五爺勸上了新僱來的一輛馬車。

回到客棧，五爺就喊著要見五娘，田琨玉嫂他們也只能說，五娘出去迎我們了，不知五爺是坐馬車，已經派人去叫了。但五爺哪裡肯信？人立刻就又痴呆了。

忙亂中，留在客棧一個男僕拿來一封信，說是天盛川茶莊的夥計送來的，叫轉交康五爺。

劉老幫接過信，拆開看了一眼，就驚呆了，五娘果然給綁了票：限五日之內，交十萬兩現銀，到大蘆贖人。逾期不交，或報官府，立刻撕票。署名是津南草上飛。

這哪會是天盛川送來的，分明是綁匪留下的肉票。劉老幫忙將這個男僕拉了出來，低聲問：「這是甚時送來的？」

「五爺他們出去不多時，就送來了。」

「送信人，你也沒聽口音？是天津衛口音，還是我們山西口音？」

「那人來去匆匆，我也沒太留意。好像是帶天津衛口音。我見咱津號年輕夥計，也能說天津話呀？」

「會說天津話吧，見了自家老鄉，還說天津話！」

再細問，也為時晚了。

草上飛？近來，劉老幫也沒聽說過津門出了這樣的強人綁匪，可眼下拳亂處處，誰又知道這個「草上飛」是新賊，還是舊匪？十萬兩不是一個小數目，可開多少價，也得救人。只是這真實情形，怎麼向五爺說明？

五爺分明已經有些神智失常。

康家的天成元、天盛川，在津門也沒有得罪江湖呀，何以出此狠招？綁誰不好，偏偏要綁五娘？津號的劉老幫當然知道，在康家的六位老爺中，數這位五爺兒女情長。

他本來聰慧異常，天資甚好，老太爺對他也是頗器重的。不想，給他娶了個美貌的媳婦，就將那一份超人的聰慧、全用到了女人身上。他對五娘，那真是迷塌了！對讀書、從商、練武、習醫，什麼都失去了興趣，就是全心全意迷他的五娘。五娘對他，彷彿也是格外著迷，又不嬌氣，不任性，也不挑剔，簡直是要賢惠有賢惠，要多情有多情。兩人真似前世就有緣的一對情人！

起先，老太爺見五爺這樣沒出息，非常失望。可慢慢的似乎也為這一雙恩愛異常的小夫妻所感動，不再苛責。後來甚至說：「我們康家，再出一對梁山伯祝英台，也成。」老太爺都這樣開通，別人更不說什麼了。

尤其是五爺五娘只管自家恩愛纏綿，也不招惹別人，在康家的兄弟妯娌間，似乎也無人嫉恨他們。可這一對梁山伯祝英台，為什麼偏偏要在天津出事？這可怎麼向東家老太爺交代？津號的聲名就如此不濟，誰都敢欺負？

2

出事後，津號給京號報急的同時，也給太谷老號和漢號發了告急的電報。

太谷老號收到如此意外的急電，當然不敢耽擱，趕緊就送往康莊，交給四爺。四爺一見這樣的電報，真有些嚇傻了。

來送電報的老號協理忙安慰說：「四爺也不用太著急，京津字號的老幫，都是有本事的人，他們一定在全力營救。再說，出了這樣的事，也一定電告漢號了，還有老太爺大掌櫃他們坐鎮呢。」

四爺還是平靜不下來，連問：「你說，五娘真還有救嗎？」

「綁票，他就是圖財要錢，我們又不是沒錢。只要五娘不驚嚇過度，這一難，破些財，就過去了。」

「五爺他們也不愛招惹是非，偏就欺負他們？」

「這種事，也不是只衝著五爺五娘。」

「那他們是衝著誰？衝著你們字號？」

「天津碼頭，今年拳亂教案不斷，局面不靖，什麼意外都保不住要發生。」

「天津就這麼亂，漢口不要緊？」

「漢口不要緊。四爺，你也不用光自家著急，先跟二爺他們商量商量。有什麼吩咐，我們字號隨時聽候。」

四爺這才把二掌櫃送走，趕緊把二爺、六爺叫來。

對這種突發災難，六爺能出什麼良策？也不過說幾句尖刻話罷：生意做遍天下了，還有人敢欺負？

二爺一聽出了這樣的事，當下就憤怒之極：「這是哪路生瓜蛋，竟敢在太歲頭上動土！膽子不小呀，真倒欺負到爺爺家裡來了。老四，這事你就不用管了，我召太谷武林幾個高手，立刻就去天津衛！」

六爺能看出，年長的二哥從來都不曾這樣威武過，現在終於叫他等到一顯身手建功立業的時候。可二哥的武藝究竟有多強，真能力挽狂瀾，千里奪婦歸？六爺心裡暗生了冷笑。

四爺對二爺的這種威武之舉卻是大受感動，二哥出來撐著，他也可以稍稍鬆口氣。事出江湖，二爺出面最合適了，就是老太爺在，似乎也只能如此吧。

二爺是有些異常的興奮，但也並不是一時性起。他與五爺雖不是一母所出，畢竟有手足情分。更何況，這是關乎著康家的聲威！

他沒有和四爺、六爺多囉唆，趕緊就策馬跑往貫家堡，去見車二師父。車二師父是太谷武林第一高手，又有師徒之情，二爺去求助，也理所當然。還有一層理由，是車二師父當年在天津，有過一件震驚一時，傳誦四方的盛事。

那是光緒十八年（1842），車二師父護送太谷孟家主人往天津辦事。其時他已年屆花甲，滿六十歲了，但武藝功力不減，那一份老道彷彿更平添了許多魅力。他本來在華北各碼頭就很有武名，這次到天津，武界也照例熱鬧起來，爭相邀他聚談、演武、飲宴。

當時，天津碼頭正有一位遊華的日本武士，叫小山安之助，劍術極精。在津設擂臺比武，尋不著敵手，很有一些自負。其實，天津是個五方雜處的大碼頭，武林高手一向就藏著不少。只是，日本武士將身手和聲名全託付給那一柄長劍，套路與中華武術中的劍術全不相同，用現代的話說，就是「制式」完全不同。天津一些武師，對小山的自負，很生氣，跳上擂臺應戰，就有些心浮氣躁，武藝不能正常發揮，敗下陣來的還真不少。另一些清高的武師，起根就不屑於跟倭國武人同臺演武。這就使小山更自負得不行！

津門武友，自然向車二師父說到了這個小山。車二師父也只是一笑而已，他本就不是一個喜歡出頭露面的人，當然不會上趕著去尋日人論高低。不想，這個小山武士，倒先聽說了車二師父的武名，居然親自登門來拜見。把自負全藏了起來，禮節周全，恭恭敬敬，表示想請教車師父的功夫。這一手，真還厲害！他要掛了一臉自負，扔出狂言跟你挑戰，你不理他也就是了。可這樣先有禮，已占了理，你不搭理人家，就不大器了。張揚出去，你是被嚇住了，還是怎麼了？

車二師父只好應戰。

車師父的形意拳功夫，當然是拳術、兵器都精通的。他自己比較鍾愛拳術，不借器械，好像更能施展原氣真功。而在器械中，他更喜歡槍和棍。以槍棍化拳，才能見形意拳的精髓。形意拳雖講究形隨意走，形意貫通，但威力還在形上，是立足實戰的硬功。車二師父以高超絕倫的「顧功」，也就是防守的功夫，聞名江湖，但他也不是僅憑機巧，是有深厚的強力硬功打底的。已經六十歲了，他依然臂力過人，一雙鐵腿掃去，更是無人能敵。所以，他於劍術，平時不是太留意。中華武術中的劍，形美質靈，帶著仙氣，是一種防身自衛的短兵器，武人都將劍喚做文劍。

日本武士手中的劍，那可是道地的武劍。以中華武人的眼光看，那是刀，不是劍。刀是攻擊性的長兵器，不沾一點文氣、仙氣。

但車二師父就是提了一柄佩了長穗的文劍，躍上了小山安之助的擂臺。

客氣地施禮後，小山喝叫一聲，忽然就像變了一個人，神情凶悍，氣象逼人，掄著他那柄似劍非劍、非刀似刀的長劍，閃電一般向車師父砍殺過去。車師父卻是神色依舊，帶著一臉慈祥，從容躲過砍殺。手中那柄細劍，還直直地立在身後，只有劍柄的長穗，舞動著，劃出美麗的弧線。小山步步逼近，車師父就步步趨避，眼看退到臺口了，只見他突然縱身一躍，越過小山，落到臺中央。

六十歲的人了，還有這樣的功夫，臺下頓時響起一片喝采聲。

小山似乎氣勢不減，但他不再猛攻，也想取守勢，不料車師父的劍早飛舞過來，他急忙舉劍一擋，噹啷一聲，一種受強震後的麻酥之感就由手臂傳下來。小山怒起，又連連砍殺過去，可觸到車師父的劍時，卻只有綿軟的感覺！到這時，他心裡才略有些慌，只是不能顯露出來。

車師父就這樣引誘小山不斷攻來，又從容避開，叫他的攻擊次次落空。其間，再忽然出手一擊，給對手些厲害看。

幾個回合下來，小山已經有些心浮氣躁了。於是車師父就使出了他的絕招。兩人砍殺剛入高潮，小山就突然失去了對車師父劍路的預測，尤其對虛劍實劍全看不出了：用力砍去，觸到的軟綿無比；剛減了一些力氣，卻又像砍到堅石，手震臂麻，簡直像在被戲耍。這可叫他吃驚不小！這樣一驚慌，出劍就猶豫了，不知該勁大勁小。如此應對了沒幾下，忽覺手臂一震一麻，劍就從手中彈出，飛到遠處，噹啷落地。

臺下又是一片喝采聲。

小山這時倒不慌了，整了整衣冠，行了禮，承認輸了。並表示想拜車師父為師，學習中華形意拳功夫。

車二師父推說中日武藝各有所宗，兩邊都跨著，只能相害，不能互益，沒有答應。其實，他哪裡會將中華絕技傳授給外人！

如此別開生面地大敗東洋武士，車二師父的名聲一時大震津門。以前只是武界知道他的大名，從那以後一般老百姓也將他看作英雄好漢了。這事雖已過去六七年了，但在天津，車二師父的武名還是無人不知的。現在康家在天津有難，正可重借車二師父的大名，擺平那些綁匪。

車二師父聽康二爺一說，當即表示願意盡力。只是，他考慮再三，覺得自家親自赴津，太刺眼，太張揚。這樣弄不好，會逼著綁匪撕票。再說，他自己畢竟也年紀大了。所以，他建議請李昌有去。李昌有是他最得意的門生，武藝也最好，尤其擅長「打法」。「打法」，即攻擊性的拳術，與「顧法」相對。李昌有的「打法」，在太谷武林已經出類拔萃，有「車二師父的顧法，昌有師父的打法」之說，師徒相提並論。

二爺就去請正當盛年的李昌有。昌有師父很給面子，一口就答應下來。他們一道挑選了十多名強壯的武師拳手，便連夜飛馬趕往天津。

發往漢口的電報，老太爺康笏南晚了兩天才見到。因為他和孫大掌櫃正在離漢口數百里遠的蒲圻羊樓洞山中。說是避暑，其實在巡視老茶場。漢號陳亦卿老幫，見到這樣的電報，當然不敢耽擱，立刻派櫃上夥友日夜兼程送去，還是晚了。

康笏南得知這個消息後，第一反應，就是問孫大掌櫃：「這是誰在跟我們作對？」

孫北溟說：「能是誰？莫非津號的劉國藩得罪了江湖？」

康笏南說：「江湖上誰敢欺負我們？我看不是江湖上的人。」

「那是鬧八卦拳的拳民？」

「我們一不辦洋務，二不勾搭洋人，拳民為難我們做甚？」

「總是津號的仇人吧。」

「你說，是不是日昇昌僱人做的？」

「日昇昌？不會吧？我們跟它也沒這麼大仇，至於做這種事？眼下又正是西幫有難的時候，它也至於這樣和我們爭鬥，壞西幫規矩吧？」

「正是在這種時候，才怕我們太出頭了。」

「我們出什麼頭了？」

「你我出來這一趟，準叫他們睡不著覺了。」

「我看不至於。老東臺，你也太把開封的信報看得重了。」

他們南來途中路過河南懷慶府，發現那裡莊口的生意異常，曾叫開封分號查清報來。日前開封來了信報，說懷慶府莊口的生意，是給日昇昌奪去了。我號老幫是新手，又多年在肅州那樣邊遠的地方住莊，不擅防範同業，叫人家趁機暗施手段，把我號的利源奪過去了。

懷慶府雖不是大碼頭，但那是中原鐵貨北出口外的起運地，貨款匯兌、銀錢流動也不少。康笏南看了信報，就非常不高興，說日昇昌你是老大，這樣欺軟不欺硬，太不大器。孫北溟倒覺得，還是我們的人太軟。他沒有想到，樊老幫竟會如此無用。康笏南卻依然一味氣惱日昇昌。現在，他把天津出的綁案也推到日昇昌，這不是新仇舊恨一鍋煮了？

康笏南笑孫北溟太糊塗。他囑咐漢號來送訊的夥友：趕快回漢口告訴陳老幫，叫他給口外歸化打電報，命三爺火速赴津，不管救沒救下人，也得查明是誰幹的。

孫北溟說：「靠津京兩號，還查不清嗎？」

康笏南卻說：「出了這種事，老三他應該在天津！」

孫北溟還是吩咐：給京號也發電報，叫他們全力協助津號營救。

出了這樣的事，孫北溟感到應回漢口，以方便應付緊急變故。但康笏南不走。他說，出了再大的事，也該他們小輩自家張羅了。他最後來一趟羊樓洞得看夠。這是康家先人起家的地方，哪能半途而廢？

只是天津的消息，使蓊鬱的茶山，在他眼中更多了幾多蒼涼。

3

京號戴膺老幫趕到天津時，已是出事後的第二天下午。

他想先去看望一下五爺，津號的劉國藩勸他暫不必去。因為自出事以來，五爺就一直那樣傻坐著，不吃不喝，也沒合過眼，嘴裡喃喃著什麼，誰也聽不懂。他們正哄他吃喝些，睡一會兒，不知哄下了沒有。你這一去，那就更哄不下了。

戴膺吃了一驚，說：「五爺竟成了這樣了？離京時，五爺還是精幹俊雅一個人。東家幾位老爺，雖說都沒大出息吧，可到底還是好人善人，誰就尋著欺負他們？」

「老太爺太非凡，好像把什麼都拔盡了，弄得底下的六位爺，出息不大吧，福氣也不大？五爺五娘竟遭了這樣的不測，真叫人覺得天道不公了。」

「這哪能幹人家老太爺的事！國藩兄，你們查明沒有，是誰幹的？」

劉國藩說：「我已經向鏢局幾位老大請教過。他們都說，還沒聽說津門地界出了『草上飛』。再說，江湖上誰不知票號鏢局穿著連襠褲，沒幾個傻蛋敢欺負票號。看他們做的那工作，也像是生瓜蛋幹的。」

「青天白日，繁華鬧市，就綁了票，生手他敢這樣幹？」

「鏢局老大說，看開出的那價碼，就是棒槌生瓜蛋。十萬兩銀子，他又不敢要銀票，還得到津南幾十里外的大蘆交割，那只能用銀橇運去。可這得裝多少運銀的橇車？五千兩的銀橇，那得裝二十輛，就是一萬兩的銀橇，那也得裝十輛。一二十輛銀橇車，趕車、跟車帶護衛，那又得多少人？這些人都由精兵強將裝扮，那還不定誰綁誰呢！老手綁票，都是踩準你有什麼便於攜帶轉移的珠寶字畫，指明了交來贖人。銀錢要得狠，那也得叫你換成金條。哪有十萬八萬的要現銀！」

戴膺聽這樣說，還覺有些道理。

銀兩是容易磨損的東西，所以那時代運送現銀都使用一種專用的橇車。車上裝有特製的圓木，每段圓木長三尺多，粗一尺多。它被對半剞開，挖空，用以嵌放元寶銀錠。一般是每段圓木內嵌放五十兩重的元寶十錠，每輛車裝十到二十段。十萬兩銀子，那可不是要浩浩蕩蕩裝一二十輛橇車！

戴膺就說：「要真是些生瓜蛋，還好對付些吧？」

劉國藩說：「鏢局老大說了，生瓜蛋更怕人！」

「為甚？」

「大盜有道，黑道也有自家的道。生瓜蛋什麼道都不守，你能摸透他會幹什麼事？所以，這真還麻煩大了。」

「但無論如何，也得把五娘救出來！五娘有個萬一，不光不好向東家交代，對我們天成元的名聲也牽連太大！天津局面本來就不好，我們失了手，那以後誰都敢欺負我們了。頭一步，務必把五娘救出，下一步，還得將綁匪緝拿。我離京時，去見過九門提督馬玉昆大人，馬大人真給面子，提筆就給天津總兵寫了手諭，我帶來了。只是，眼前還不宜報官吧？」

「鏢局老大說：先不能報官。就是報了官，官兵也不大頂事。我看也是，江湖上的事，還得靠江湖。所以，我已託靠了幾家相熟的鏢局，由他們全力營救。」

「靠得住嗎？要不在京師的鏢局，也請幾位高手來？」

「我看不必。老大們說了，這班生瓜蛋已經給咱留好了口子：到時候，就出動它二十輛銀橇車，派四五十名武藝高手押車，前去贖人。工作要做得好，贖人、擒匪，一鍋就齊了。現在，面兒上不敢有動靜，他們正暗中探訪，看這到底是哪班生瓜蛋做的營生。」

「自劫走人後，就再沒有消息？」

「沒有。」

「贖期是五天？」

「五天。老大們說，這也是生瓜蛋出的期限。在天津衛這種大碼頭綁票，還當是深山老林呢，寫這麼長期限，怕人家來不及調兵遣將，是怎麼著？」

「是怕我們調不齊十萬兩銀子吧。你們津號調十萬現銀不為難吧？」

「靜之兄，我正在盡力籌措。天津局面不好，生意不敢大做，櫃上也不敢多儲現銀。收存了，就趕緊放出。津門客戶，多為商家，不像你們京號，能吸收許多官吏的閒錢。」

「再怎麼說，你堂堂津號，還排程不了十萬兩銀子？」

「局面好時，這實在是個小數目。天津眼下情形，靜之兄你也知道，洋人跋扈，洋教招人討厭，鄉民祭壇習拳，跟洋人過招，亂案紛紛，生意哪還能做？」

「可我看你們的信報，老兄的生意還是在猛做。」

「也沒有猛做，大家都收縮，留下滿眼的好生意，就挑著做了幾檔吧。」

「這就是了。國藩兄，一聽說出了此事，我就在想，這事怕不只是圖財詐錢，是不是還有別的意圖？」

「別的意圖？」

「你剛才說了，鏢局老大們都認定，這不像是江湖上的匪盜做的。可是從綁走五娘的情形看，分明是熟悉我們內情的。五爺五娘又不是那種愛招搖的大家子弟，頭一回來天津，才幾天，那班生瓜蛋怎麼就知道是我們的大財東？出事那天，又怎麼知道他們要去海河看輪船，預先在沿途設好調包計？送肉票的，還自稱是我們天盛川茶莊的夥計！這班生瓜蛋，就這麼門兒清？」

「靜之兄，出事後，我也這麼想過。仔細問了跟著伺候的保鏢女傭，他們說，怕抬轎的欺生，不仔細伺候，頭幾天就對他們道出了五爺五娘的身分，說天成元票莊、天盛川茶莊都是他們康家的字號。出事前一天，又跟轎伕約好，第二天去海河看輪船，叫他們早些來。保鏢女傭都說，太大意了，也不知道天津衛碼頭就這麼凶險。」

「那轎伕是怎麼僱的，不到可靠的轎行僱，就在大街上亂叫的？」

「哪能亂叫！五爺五娘一來，我就給他們交代了，可不敢在街上亂僱車轎。還派了櫃上的一位夥友跟著伺候，替他們僱車僱轎。可沒跟幾天，就叫五爺給打發回櫃上了，說跟著一夥下人呢，不麻煩字號了，張羅你們的生意去吧。五爺是好意，哪想就出了這樣的事！」

「那就這麼巧？剛剛自家僱轎，就遇了歹人，還那麼門兒清？」

「原先坐的轎五娘嫌不乾淨，保鏢才給換了轎。坐了兩天，就出了事！」

「就這麼巧？剛換了轎，就撞上歹人？」

「是呀，這是有些蹊蹺。」

「所以我疑心，這中間是不是有我們的對頭在搗鬼？」

「那會是誰？」

戴膺和劉國藩分析了半天，也沒有把疑心集中到一處。洋人銀行，欠了壞帳的客戶，甚至西幫同業，當然還有江湖上的黑道，反洋的拳民，都有些可能，又都沒有特別明顯的理由。戴膺心裡還有一種疑心：劉國藩是不是還有自己的仇人？但這是不便相問的。

戴膺只好先拿出他帶來的五萬兩銀票，叫劉國藩趕緊去張羅兌換現銀。此外，他還想見見鏢局的幾位老大。

二爺和昌有師父日夜兼程，飛馬趕到天津時，已是出事後第四天了。

二爺見到五爺，真是驚駭不已！不但消瘦失形，人整個都變傻了，痴眉呆眼的，竟認不出他是誰。

「五弟，我是你二哥呀！」

五爺還是痴痴地望了望，沒有特別的反應。

二爺擂了一拳，砸在桌案上，震得茶碗亂跳，五爺居然仍是痴痴的樣子。昌有師父慌忙將二爺拉出來了。

二爺雖然一生習武，可他是個慈善天真的人。現在，臉色鐵青，怒氣逼人，真把大家嚇住了。他問：

「這是哪路王八做的，清楚不清楚？」

劉國藩忙說：「鏢局派人打探幾天了，依然不大清楚。叫他們看，不像是江湖上的盜匪，不知從哪來的一班生瓜蛋。」

二爺喝道：「生瓜蛋他也敢欺負爺爺？」

戴膺就說：「二爺一路風塵飛馬趕來，還是先歇息要緊。明日一早，我們就得去大蘆贖人。」

二爺又喝問：「為甚等明天？既是生瓜蛋，為甚不早動手？」

昌有師父站起來，說：「二爺，你就聽戴掌櫃的，先歇息吧。我去會會鏢局的老大。有我呢，一切不用二爺太操心。」

二爺仍想發作，但看了看昌有師父，終於忍住了。

於是，二爺和其他武師拳手，就留在客棧歇息，昌有師父只帶了兩個拳手，趕去會見鏢局老大。

津門鏢局的幾位老大，當然知道昌有師父的武名。當年，昌有師父也在太谷鏢局做過押鏢武師。所以，幾位老大一定要盡地主之禮，招待他。

他對老大們說：「眼下我只是缺覺，不缺醉。等跟著各位老大救出人，擒了賊，咱再痛快喝一頓，如何？」

武人不愛客套，想想人家飛馬千里而來，是夠睏乏了，就依了客人的意思。幾位老大介紹了探訪結果，更詳細告訴了翌日如何裝扮，如何運銀，如何布陣，如何見機行事。

昌有師父聽了老大們的計謀，以為甚好。只是覺得，二十輛車，四五十號人，浩浩蕩蕩，會不會把綁匪嚇住了，不敢露面？

老大們就問：「昌有師父，那您有什麼高招？」

昌有說：「我看人馬車輛都減一半，只去十輛橇車，每輛也只跟兩人。這樣陣勢小，還保險些。又不是占山為王的主兒，挑二十來個高手，我看沒有拿不下的局面。各位老大看成不成？」

老大們議了議，覺著也行：「有您這樣的高手，那就少去些人馬吧。您要不來，我們真不敢大意，萬一有閃失，誰能擔待得起？」

昌有忙說：「這事全憑各位老大！各位的本事，我能不知道？用不著排那麼大陣勢，就能把這事辦了。」

經商量，昌有從他帶來的武師中挑八位，剩下由鏢局出十幾位，組成一班精銳，扮成車倌，出面救人。另外再安排一二十人，預先散在附近，以在不測時接應。為了少惹麻煩，不驚動市面，明天還是越早走越好。最好，能趕在綁匪之前，先到達大蘆。那樣，在地利上不至吃虧。於是，定了天亮時趕到大蘆。
這樣，後半夜就得出動了。議定後，昌有師父匆匆辭別各位老大，趕回客棧，抓緊休歇。

4

大蘆在津南，離城五六十里遠，那裡有一處浩渺的大湖，風煙迷漫，葦草叢生，是常有強人出沒。但津門鏢局都知道，近年並沒有什麼「草上飛」聚嘯於此，也沒有出了別的山大王。出事以後，鏢局天天都派有暗探在此遊動，什麼線索也未發現。

鏢局老大當然知道，綁匪指定的贖人地點，絕不可能是他們的藏身之地。不過，綁匪既然將此定為贖人的地點，那應該有些蛛絲馬跡可辨。怎麼會如此無跡可尋？

尤其是京號戴老幫帶來五萬銀票後，贖資很快備齊了，在第三、四天，就想繳銀贖人。綁匪留的肉票，也說是五日之內。但鏢局派出的暗探，卻在大蘆一帶什麼動靜也沒有發現。也許他們是深藏不露，非等來運銀的橇車，不肯出來？生瓜蛋也會隱藏得這樣老辣？

要不要貿然押著銀子，前去試探，鏢局老大和京津老幫都拿不定主意。換回人來，那當然好，要是浩浩蕩蕩白跑一趟，那在津門市面還不知要引起什麼騷動。所以，第三天沒有敢出動。

捱到第四天，鏢局謀了一個探路的計策：僱了一隊高腳騾幫，馱了重物，浩浩蕩蕩從大蘆經過。到大蘆後，選了僻靜處，停下來休歇。但盤留很久，依然沒有任何人來「問路」。這到底是怎麼回事？出了什麼不測？正在憂慮，二爺和昌有師父趕到了。見二爺那樣悲憤，也沒有敢對他們說出這一切。

反正是最後一天了，留下的唯一出路：必須押銀出動。

為了在天亮後就能趕到大蘆，大約在三更天，武師們就押著運銀的橇車靜靜地出發了。除了十輛銀橇，還跟著一輛小鞍轎車，那是為了給五娘坐的。

現在是二爺坐在裡面。

昌有師父本不想叫二爺去，二爺哪裡肯答應！但上了年紀的二爺，裝扮趕車的跟車的都不合適，那就只好裝成一個老家僕了。昌有師父叮嚀他，必須忍住，不能發火，二爺要見了綁匪就忍不住，那五娘可保不住出什麼意外！二爺當然什麼都答應了。

出城以後，依然是黑天，二爺卻從車上跳下，跟著車大步流星地往前奔。趕車的是太谷來的武師，就悄悄說：「天亮還早呢，二爺你還是坐車上吧。」

二爺說：「不用管我！」

趕車的武師也不敢再多說話。

天黑，路也不太好走，但整個車隊，一直就在靜悄悄地行進。當然，誰心裡都不平靜。

綁匪是不是生瓜蛋，鏢局老大們已經不大敢相信。鏢局就是吃江湖飯的，五天了，居然打探不出一點消息。會不會是鬧義和拳的拳民做的工作？可天成元票莊一向也不十分親近洋人，不會結怨於拳民的。劉老幫也極力說，拳民們才不會這樣難為他。可是現在押這樣一大筆現銀，黑燈瞎火的，又不走官道，最怕的，就是遇了這些拳民。遇賊遇匪都不怕，遇了像野火似的拳民，那可就不論武藝論麻煩了。叮嚀眾弟兄不要聲張，盡量靜悄悄趕路，也是出於這種擔憂。

好在一路還算順利。又是夏天，不到五更，天就開始發亮了。在麻麻亮的天色裡，路上遇過兩個人，模樣像是平常鄉民。見影影綽綽走出這樣一溜銀橇車，鄉民都嚇呆了，大張著嘴，一動不動看車隊走過。他們準以為是遇了匪盜！

見了這種情況，車隊更加快往前趕。天亮以後，押著這樣多銀橇，那畢竟是太顯眼了。

這天竟是個陰天，到達大蘆時，太陽也沒有出來，滿世界的陰沉和寂靜。他們停在了一個沒有人煙的荒野之地。不遠處，即能望見那個浩淼的大湖和動盪著的蘆葦、蒲草。

綁匪不會來得這樣早吧？不過，鏢局老大還是派出人去探查。

二爺過來，悄悄問昌有師父：「你會鳧水不會？」

昌有也低聲：「也只是淹不死，但落入水中，也等於把武功廢了。」

「我一入水，就得淹死了。」

「二爺，有水戰，也輪不上你搶功的。」

「那我來做甚！」

「我勸你甭來，你非來不可。快不敢忘了你扮的身分，山西來的老家人，不會鳧水，也不奇怪。我們沉住氣，還是先少說兩句吧。」

二爺哪能沉著從容得了？他安靜了不大工夫，就向湖邊走去，沒走多遠，給鏢局老大叫住了。嗨，哪也不能去，就這樣傻等！

大家就這樣一直傻等到半前晌時候，陸上、水上都沒有任何動靜。既不見有車馬來，也不見有舟船來。

這幫生瓜蛋唱的是一出什麼戲？

二爺說不能再這樣傻等了，老大們也有些感到氣氛不對，只有昌有師父主張再靜候至午時。他說：「他們會不會還是嫌我們來的人馬多，不敢露面？所以，還是不能妄動。這是人命關天的事，稍為不慎，就怕會有不測。」

二爺說：「那要等到什麼時候？」

一位老大說：「嫌多嫌少，反正我們的人馬已經來了。我看，我們得去僱條小船，派水性好的弟兄到湖泊中去探探。」

大家聽了，覺得早該這樣。

昌有師父說：「還是要引誘他們陸戰，不要水戰。」

於是，就派出兩位鏢局的武師，去附近找鄉民僱船。其餘人，仍七零八散地坐在地上，吃乾糧，打瞌睡：這也是有意裝出來的稀鬆樣。

這樣一直等到過了正午，仍然沒有「草上飛」的影子。大家正焦急呢，才見前晌派出的一位武師匆匆跑了回來。大家忙問：有什麼消息了？但他也不理大家，只是把一位鏢局老大拉到遠處，低聲告訴了什麼。

老大一聽，臉色大變。忙招呼其他幾位鏢局老大和昌有師父過來，但二爺早跟過來了。

「尋見那些王八了？」

老大支吾著，說：「還不敢確定……」

「那你們在告訴甚？」

「只是，有些叫人疑心的跡象……」

昌有師父看出其中有事，就對二爺說：「二爺，看來時候到了，你不敢忘了自己扮的是誰。你先回人堆裡候著，我和老大們先合計合計，看如何動作。商量好了，再對你說。行吧？」

「我出不了主意，還不能聽你出主意？」

昌有說：「二爺，不是不叫你聽，是因為你扮的不是車伕。你扮的是大戶人家的老家人，該有些派頭，不能跟我們這些趕車的紮在一堆。」說時，就扶了二爺，往回退。「二爺你還信不過我？」

哄走二爺，昌有師父過來一聽，頓時也臉色大變，急忙問：「在哪兒？我們還不快去看看！」

說話間，昌有師父和一位鏢局老大跟了跑回來的那位武師急匆匆遠去了。

到底發生了什麼事？

原來，派出去的那兩位武師，在很遠的一個莊子裡才僱到一條小船。他們藉口有兩位兄弟下湖晃水去了，不見回來，要去找找。漁夫先有些不肯，他們出了很高的禮金才同意。漁夫搖他們下湖後，蕩了很大一圈，也仍是什麼動靜也沒有。返回時，遇到一條小漁船。船主互相喊著問了問，那頭說：剛才見過一條船，停在蘆葦邊，喊過話，沒人應。

他們就叫漁夫搖過去。不一會兒，果然看見了那條船。漁夫吆喊了幾聲，沒有人應。武師他們自己也吆喊起來：「五爺——，五爺——」

他們這樣喊，用意很清楚。可是仍沒有人應。

他們就叫漁夫靠近那船。靠過去，仍然悄無聲息。一位武師跳上了那條船，跟著就傳出他的一聲驚叫。另一武師急忙也跳了上去，最怕見到的景象顯現在眼前：船艙裡一領葦蓆下，蓋著一具女屍！

看那死者的情形，多半是五娘。

死者是個年輕娘子，衣裳已被撕扯得七零八碎了，可仍能看出那是大戶人家的裝束。只是面目已難以辨認：額頭有一個高高隆起的大血口，使臉面整個變了形，加上血跡遮蓋，面目全非，慘不忍睹。

這些王八，還在期限內，怎麼就撕了票！

不過，看死者情形，又像是廝打掙扎後，一頭撞到什麼地方，自盡了。於是，他們全掀掉葦子，看見下身幾乎裸露著。這幫王八！正要蓋上，發現死者身邊扔有一信函。忙撿起來，見信皮上寫著：劉掌櫃啟。

劉掌櫃？天成元的老幫不就正姓劉嗎？這就是康五娘無疑了。

信是封了口的。他們沒有拆開看，反正已經撕了票，反正人已死了。兩位武師蓋好葦蓆，回到原來的船上。他們問漁夫，能不能認出那是誰的船？漁夫說他認不得，那種小船太普通了。

武師便請求將那條船拖著帶到湖邊。漁夫當然又是不肯，再加了價錢才答應了。

鏢局老大和昌有師父趕到湖邊，武師們才把綁匪丟下的那封信拿了出來。鏢局老大見寫的是「劉掌櫃啟」，就讓給昌有師父拆看。

昌有師父看了，只是罵了一聲：「王八！」

老大問：「到底是誰幹的？」

昌有說：「街面上的一幫青皮吧。信上說，這樁生意沒做好，他們中間出了下三爛，欺負了你們娘子，瞎了票。娘子是自家尋了死，不是他們殺的。」

老大說：「青皮也敢做這種生意？」

昌有說：「要不，能弄成這種下三爛結局！我們快上船看看吧。」

他們上船看了，真是慘不忍睹。只是，眼下的當務之急，已不容他們多做思量。肉票已毀，那得趕緊押了十萬現銀，安妥回城。天氣炎熱，裝殮五娘也是刻不容緩了。還有這樣的噩耗，怎麼告訴二爺？他們做了簡捷的商議，命兩位武師暫留下看守，就跑回去做安排。

其實，昌有師父看到的那封信是另有內容的。只是，他感到事關重大，不能聲張，就巧為掩蓋了。幸好在一片忙亂中，別人都未能覺察出來。

5

那一封信是這樣寫的：

劉壽兒如面：

見字勿驚。奴家本只想逼你回頭踐約，待奴如初，無意要你銀錢。不料僱下幾個青皮，色膽包天，壞了五娘性命。料你不好交代，欲怪罪奴家也怪不成了，但待來生。

奴拜上

昌有師父看了這封信，就猜測這個「劉壽兒」可能是天成元津號的劉掌櫃。要真如此，那可不是一件小事。康家五娘被綁票，原來是他自家字號的老幫結的怨。結怨，還不是因為生意！這事張揚出去，那還不亂了？

所以，昌有師父就遮掩下來。回到城裡，更是忙亂不迭，似也不宜告人。而且，將這事告誰，還沒有想妥。最應該告訴的，當然是二爺。可二爺雖然年長，卻依然天真得像個少年。人是大善人，武功武德也好，只是不能與他謀大事。這事先告給二爺，他立刻就會將劉掌櫃綁了。

二爺之外，五爺更不成。可憐的五爺，現在除了傻笑，什麼也不會了。原來還擔心，怎麼將五娘遇難的噩耗告訴他，可看他那樣，說不說都一樣了。

劉掌櫃，當然不能叫知道。

如此排下來，那就只剩了一個人，他們京號的戴掌櫃。可戴掌櫃也正忙碌，面都不好見。

面對最不願看到的結果，戴膺他能不忙嗎？幾家鏢局，加上二爺帶來的一千人馬，竟然沒有把人救回來！驚駭之餘，他立刻意識到事態嚴重。五娘慘死，不好向東家交代，那倒在其次，最可怕的，是這事傳到市面，天成元的聲譽將受撼動：連東家的人都救不了，誰還敢指靠你！所以，他是極力主張，此事不敢太聲張。尤其五娘的喪事，不宜大辦。

經二爺同意，已經將五娘入殮，移入城外一佛寺，做超度法事。大熱天，既不宜扶靈回晉，也不宜久做祭奠。所以，戴膺勸二爺從簡從速治喪，及早寄厝津郊，等以後再挑選日子，從容歸葬。但二爺使著性子，不肯答應。該怎麼辦，一要等老太爺回話，二要等太谷家中來人。等候的這些天，得報喪弔唁，排排場場。一向慈祥的二爺，現在脾氣火暴，聽不進話去。唉，這也畢竟是東家的事，二爺這樣犟著，戴膺也沒有辦法。

津號的劉國藩，也是被這事嚇毛了，二爺說甚，他就聽甚。大肆張揚這種敗興事，對生意有什麼影響，劉國藩他能不知道？可勸不下二爺，光勸劉老幫也無用。

發往漢口、太谷的電報，去了幾日了，仍不見有回話！

京號那頭，他也得操心。

你說戴膺他能不著急嗎？

昌有師父見戴掌櫃這樣忙碌著急，本來還想拖延幾天，但又怕老這樣捂著，萬一再出了事，怎麼辦？所以，他還是尋了個機會，把那封信交給了戴掌櫃。

戴膺一看，當下就愣了。良久，才慌忙問道：

「昌有師父，這信誰還看過？」

「除了你我，誰也沒看過。」

「那些鏢局老大，也沒看過？」

「沒看過。他們遞給我時，信口還封著，是我將信拆開的。我一看，事關重大，就藏起來了。」

「恕我失言，你也沒驚動過劉掌櫃吧？」

「戴掌櫃，這我還曉不得？」

「昌有師父，我們真得感謝你了。這封信，不管落到誰手裡，天成元都吃抵不上的。」

「戴掌櫃，這位津號劉掌櫃真是那樣的人？」

「要知道他是那樣的人，還能叫他當老幫？劉掌櫃做生意是把好手，就是有些冒失。你也見了，他是個相貌堂堂的男人，有文墨，口才好，交際也有手段。在天津這種大碼頭，沒有劉掌櫃這樣的人才做老幫也不成。可那種風流花事，私蓄外室，那是絕不允許有的。昌有師父你也知道，這是西幫的鐵規。劉掌櫃冒失吧，他怎麼敢在這種事上冒失？」

「是不是會有人想害他？」

「昌有師父，你這倒是提醒了我！我一看這信，真有些懵了，心裡只是想，劉國藩，劉國藩，你當老幫當膩了，還是怎麼著，能幹這種事？」

「我是武人，只初通文墨，可看這封信上的字，可比我寫得好。我就想，一個婦人，能寫這樣好的字，那會是怎麼一個婦人？」

聽昌有師父這樣一說，戴膺重新把那封信展開，仔細端詳：文字書寫雖工整，但頗顯老到蒼勁，不像是女流手跡。一個做這種事的賤人，也不會通文墨，識聖賢吧。

「我看，這分明是別人代為書寫的。」

「我也這樣想過。可做綁票這種黑道生意，既已廢了票，還留這種信件做甚？除非是要陷害於人。請人代寫這種黑信，那也得是萬分可靠的人。在黑道中，又有幾個通文墨的！這個女人倒像是個山大王似的，有出去劫人的嘍囉，還有寫戰表的軍師？」

「昌有師父，依你看，這個與劉掌櫃相好的女人，還不定有沒有呢？」

「戴掌櫃，我只是一種疑心。我們常跑江湖的人，好以江湖眼光看人看事，生意場上的情形，我哪有你們看得準？」

「這件事，早出了生意場了。所以，還得多仰仗昌有師父呢。這事眼前還不宜叫別人知道，所以想託付你在津門江湖間，暗中留心打探。我呢，在字號中暗做查訪。不知肯不肯幫忙？」

「戴掌櫃，不要說見外的話。我和二爺交情不一般，這次出來就是為二爺效勞來了。戴掌櫃託付的事我會盡力的。」

「那我們就先這樣暗中查訪。我離京前，求見過九門提督馬玉昆大人，馬大人給天津總兵寫了一道手諭交給我。來津後，因怕聲勢大，太招眼，沒去向官兵求助。現在又出了這樣一封信，還不知要扯出什麼來呢，就更不能驚動官兵了吧？」

「我看也是先不驚動官家為宜。」

昌有師父離開後，戴膺看著那封綁匪留下的信，越發感到局面的嚴峻。劉國藩真會在天津蓄有外室嗎？五娘被害，若真是因劉國藩在津門私蓄外室引起，那不但劉國藩將大禍臨頭，戴膺他自己的罪責也怕難以擔待。京號一向負有監管北方各號的職責，尤其是津號和張家口分號這樣的大莊口，京號的責任更重。雖然劉國藩做津號老幫，並不是戴膺舉薦的，但出了這樣的事，他居然沒有一點防範，這可怎麼向老號和東家交代？

如果劉國藩並沒有私養外室，那他也是在津門積怨太深了。居然採取這樣的非常手段來報復，那一定是有深仇大恨。積怨外埠客地，那本是西幫為商的大忌。劉國藩他何以要結如此深仇大恨？他有了這樣可怕的仇人，居然也不做任何透露？這一切，也是難以向老號和東家交代的。

由這封信引起的嚴峻情勢，怎麼向孫大掌櫃稟報，也是一個問題。劉國藩是孫大掌櫃偏愛的一位老幫。不寫信報不行，但怎麼寫呢，說五娘之死全由劉掌櫃引起，也還為時過早。再說，身在天津，瞞過劉掌櫃發信報，也容易引起津號的疑心。

戴膺決定將這封信也捂幾天，先不動聲色辦理五娘後事。

得知五娘的噩耗後，太谷先回了電報：說在家主政的四爺，要帶了五爺的幼女，由管家老夏陪同，趕來天津奔喪。

四爺帶了東家的一夥人，遠路風塵來奔喪，那喪事豈能從簡？一講排場，還不鬧得沸沸揚揚，叫整個天津衛都知道了這件敗興的事？

戴膺正發愁呢，漢口的電報也跟著來了。幸虧老太爺不糊塗，明令不許在天津治喪，不許將五娘遇害張揚出去，只吩咐把五娘暫厝津門，待日後遷回太谷，再加厚葬。這才使戴膺鬆了一口氣。但老太爺在回電中，叫盡快查出綁匪是誰，敢這樣欺負我們的到底是誰。

綁匪能是誰？

昌有師父在江湖武界中還沒有打聽到新消息。戴膺自己在津號的夥友中也沒有探問出什麼來。為了兜攬生意，招待客戶，劉老幫當然也去青樓柳巷應酬的，可誰也沒有露出風聲，暗示劉老幫有出格的花事。也許，津號夥友們即使知道，也不會輕易說出？

這一向觀察劉國藩，他當然有些異常。出了這樣的事，他當然不能從容依舊，沉重的負罪感壓著他，全不像以前那樣自負了。可是，劉國藩沒有露出心裡有鬼做賊心虛那一類驚慌。如果那一封信是真的，與劉國藩相好的那個女人現在也應該自盡了。劉國藩對此能一點也未風聞嗎？但冷眼看去，劉國藩不像在心裡藏了這樣的不軌和不幸。

如果他在津門沒有相好的女人，那他的仇人就多半是生意上的對頭。這樣的仇人，應該能誘他說出的吧。

很快，太谷又來了電報，說四爺他們不來了，一切託付二爺料理。很明顯，這是老太爺給家裡也去電報。後來聽說，四爺他們已經動身上路，剛走到壽陽，就給追了回來。二爺得了老太爺指示，四爺他們也不來了，就主持著張羅了一個簡單的儀式，將五娘浮厝寄葬了。

喪事辦完，商定二爺先招呼著將五爺護送回太谷，昌有師父帶著弟兄們暫留津門，查訪綁匪。只是五爺怎麼也不肯離開天津。他完全瘋了，不走，你也沒有辦法。五爺不走，二爺也不急著走了，他要跟昌有師父一道尋拿綁匪。

戴膺離開京號已經有些時候了，就想先回京幾日，處理一下那裡的生意號事，再來天津。京號老幫們剛剛議定，要放手做些事情，天津就出了這樣的意外。津號的事不能不管，京師的生意更不能不管，只好兩頭跑。孫大掌櫃在漢口的信報上雖有附言，說老太爺已安排三爺來津，主理五娘被綁票事件，但三爺何時來，一直沒有消息。三爺是東家六位爺中唯一可指靠的一位。能來，當然再好不過了。

戴膺在離津前，跟劉國藩單獨坐了坐，只是想寬慰一下他，順便也交代幾句生意上該當心的關節，並不想做過深的試探。劉國藩心情沮喪，黯然失神，只是要求調他離津號，另派高手來領莊。出了這樣的事，他實在無顏再主理津號了。

戴膺就說：「叫不叫你在津門領莊那得孫大掌櫃定。他既不說話，那就依然信得過你，國藩兄，你也不用太多心了。這種事，哪能全怪你！」

「不怪我，還能怪誰？五爺五娘頭一回來天津就出了這樣的事，我哪還有臉在天津做老幫！」

「今年天津局面不好。正常時候歹人他也不敢出來做這種事。你不可自責太甚，還是振作起來，留心生意吧。心思太重了，生意上照顧不到，再出些差錯，那就更不好交代了。」

「靜之兄，我也是怕再出差錯！出了這樣可怕的事，我怎麼能靜下心來全力張羅生意？還是請老號另派高手吧，我已給孫大掌櫃去信說了這種意思，還望靜之兄能從旁促成。」

「國藩老兄，你是叫我做落井下石的事？」

「哪能那樣說！我是希望你能如實稟報這裡的情形，以東家生意為重。」

「出了這樣的事，我敢不如實稟報嗎？你還是放寬心，先張羅好生意吧。要說責任，我也逃脫不了。你我該受什麼處罰，老號和東家也不會馬虎。我看也不必多想了，先顧我們的生意吧。我回京走幾天，那裡也正馬踩車。」

「國藩兄，這可不像你說的話！老兄一向的氣魄哪裡去？」

「靜之兄，這種關節眼上，你怎麼能走？你走後，再出什麼事，我更擔待不起了。」

「天津太亂，我真是怕了。」

「我這裡還有馬玉昆大人寫給天津總兵的一道手諭，交給你吧。萬一有什麼危急，可去求助官兵。」

「手諭還是你拿著吧。到需要求助官家的時候，局面還不知成什麼樣了。」

「天津之亂，就亂在拳民聚義反洋。國藩兄，你是不是因為跟洋人做生意，與拳民結了怨？」

「不至於吧？我們津號和洋人、洋行做的生意很有限的。再說，我們也沒有招惹過拳民。櫃上有幾位夥友，笑話拳民的武藝太一般，我趕緊囑咐他們不敢亂說道，尤其不敢到外頭亂說亂道。」

「拳民中，你有相熟的朋友嗎？」

「沒有。認得的幾個，也僅僅是點頭之交。有些想跟櫃上借錢，我一個都沒有答應。」

「唔，還有這樣的事？那你記得他們是些什麼人？」

「是些城外的鄉間小財主吧。」

「你沒有把五爺五娘來津遊玩的消息，無意間告訴給這些人吧？」

「哪能呢！五爺五娘來津，這是眼前的事，那班人來借錢，是此前的事，兩碼事挨不上的。再說，東家要來人，我怎麼會到處亂張揚？」
「這也是病篤亂投醫呀，我只是隨便問問。」
「在我，倒是說清了好。」
「國藩兒，那我就再隨便問一問。你的小名壽兒，在天津誰們知道？」
「我的小名兒？」
「我記得你的小名叫壽兒，對吧？」
「可你問這做甚？」
「隨便問問。」
「沒幾個人知道我的小名。就是櫃上，也沒幾人知道。外人更沒誰知道。怎麼了，我的小名怎麼了？」
「沒怎麼，沒怎麼，昌有師父問我呢，我也記不的確了，就問問。」
戴膺問到劉國藩的小名，完全是一時衝動，脫口而出，所以也沒有說得很圓滿。他本來是不想這樣輕率說出的，打算從京師返回後再說，只是話趕話，沒留心說了出來。不過，當時劉國藩也沒有太異常的反應，戴膺就把話題轉到別的方面了。
他哪裡能想到，剛回到京師還沒兩天，就接到津號更可怕的一封電報：劉國藩服毒自盡了。

6

這個消息，不僅叫戴膺震驚不已，也令他愧疚異常：一定是那次輕率地問起小名，引起了劉老幫的疑心吧。要是問得委婉、隱蔽些，劉老幫也許不會走這條路。

劉國藩為什麼要走這條路？難道那封信是真的，他真在津門蓄有外室？或許會還有更可怕的隱祕？

對於字號來說，劉國藩的自盡，比五娘遇害更非同小可。戴膺立即給津號回電：萬不能慌亂，他將盡快返津。

他向京號副幫梁子威做了一番應急的交代，就立刻啟程奔津了。

老天爺，這是怎麼了，一波未平，一波又起！

然而，等戴膺趕到天津時，津號的局面比他想像的還要可怕：擠兌風潮已起，在天成元存銀的客戶紛紛來提取現銀！顯然，劉老幫自盡的消息已經傳出去了。這樣的消息，怎麼能叫嚷出去！

東家的人被綁票沒能救出，老幫又尋了死，這樣的金融字號誰還能信得過？出現擠兌，正是戴膺最擔心的，但沒料到來得這樣快。

劉國藩在生意上喜歡貪做，津號本來存銀不厚，應付這突然而來的擠兌，只是憑著先前為救五娘所籌措的那十萬現銀。這是抵擋不了多久的。

見戴膺趕來，津號驚慌失措的副幫、帳房都是一味求他快向同業拆借現銀，以救眼前之急。因為京號的戴膺，畢竟比他們這背時透了的津號面子大。

久歷商戰的戴膺知道津號這時最需要的不是現銀，而是主心骨。還沒到絕境呢，就這樣驚慌，哪還有

一點西幫的樣子?於是,他冷笑兩聲,說:

「天成元也不只你們一家津號,還用得著這樣驚慌?我給你們說,放開叫人家提銀!天津這種亂世局面,我們也正該收縮生意。凡是存有銀錢的客戶,無論是誰,想提就提,絕不能難為人家!」

津號副幫說:「現在是想擋也擋不住了,就怕支持不了幾天。」

戴膺說:「你們轉動不開,跟我們京號要。要多少,給你們多少,用不著跟同業借。」

「有戴老幫這句話,我們就放心了。只是,眼看就周轉不動了。」

「還能頂幾天?」

「就兩三天吧。」

「那你給櫃上的夥友說,誰也不能愁眉苦臉,驚慌失措。平時怎樣,現在還怎樣!就是裝,也得裝出從容依舊,自有雄兵百萬的樣子來。叫他們放出口風,就說京號已經急調巨銀來津,不但不怕提款兌現,還要繼續放貸,想借錢的,歡迎照常來!」

「那就聽戴老幫的。」

「我看你還是將信將疑,怎麼能安頓好櫃上的夥友?」

「我心裡是沒有底。」

「我不會給你唱空城計!是不是得我出面,替你安頓夥友們?」

「不用,不用,我就照戴老幫說的去安頓櫃上夥友。」

戴膺又問到劉老幫的後事,居然還挺著屍,既未入殮,更沒有設靈堂。真是一片慌亂。他本要追問,劉老幫自盡的消息是如何洩漏出去的,想了想,事已如此,先不要問了。

消息既已傳了出去，不管怎樣死吧，堂堂天成元大號的津號老幫，怎麼能不正經辦後事？難道字號真要倒塌了！

他將二爺叫來，趕緊主持著將劉國藩先入殮，然後又極隆重地把靈柩移入附近寺院，設了靈堂，祭奠，做法事，一點不馬虎。還聯繫西幫駐津的各票號、商號，盡量前來弔唁，全不像給五娘辦後事那樣靜悄悄。不管劉國藩是否有罪過，為了平息市面上的擠兌風潮，必須這樣做。津門已是一片亂世情形，擠兌風潮一旦蔓延，那就不只是天成元一家之災難了，整個西幫都要殃及。所以，西幫各號都應戴老幫之求，紛紛取了張揚之勢，前往弔唁。

對劉國藩的疑心，本也沒有告訴二爺。他還以為劉老幫太膽小，五娘被害，怕不好交代，尋了死。所以對劉掌櫃很可憐的，後事怎麼辦，他也沒多操心。二爺只是覺得天津不是好地方，接連死人。

二爺沒有攪和，戴膺還覺順手些。

在為劉國藩大辦喪事的同時，他已暗中將昌有師父派往京師了。原來，戴膺一得知劉國藩自盡的消息，就估計到可能出現擠兌。所以，他在離京前，已經向副幫梁子威做了安排：立刻招呼鏢局，預備向天津押運現銀。他趕到天津後，見擠兌已出現，便立即給梁子威去了起鏢運現的密語急電。估計第一趟五萬兩現銀很快就會到達。第二趟現銀起鏢，就交給了昌有師父和他帶來的弟兄們。因為這一趟，要押更多的一筆現銀。

在戴膺返津後的第二天下午，由京師解運來的第一趟銀子果然到了。雖只有五萬兩，卻也裝了長長十輛銀橇，入津後穿街過市，也還有些陣勢。但天成元津號櫃上的擠兌者，並未因此減少。

津號副幫依然想從同業拆借，戴膺堅決不允：面對此種危局，獨自扭轉乾坤，與求助於別人援手，那對重建自家信譽是大不一樣的。除非萬不得已時，根本就不用去想求助於同業。不如此，那還叫天成元！

他還親自到櫃上，接待客戶，從容談笑。

櫃上的跑街夥友，也攬到了幾筆放貸的生意。

但擠兌的勢頭，依然沒有止住。西幫同業也有些沉不住氣了，紛紛來見戴膺，勸他還是接受大家的拆借吧。一旦將西幫各號聯手的消息張揚出去，擠兌之勢就會被壓下的。

戴膺只是一味感謝各家，卻不張口借錢。他說尚能頂住，就要頂，得叫世人知道，西幫誰家也不好欺負。

其後兩天，局面一天比一天緊，但戴膺依然不叫亂動，從容挺著。

到擠兌發生後的第五天，終於出現了轉機：昌有師父押著四十多輛銀橇，裝著三十多萬兩現銀由京師抵達了天津。四十多輛銀橇車，插著「太谷鏢」和「天成元」兩種旗號進城後逶迤而過，浩浩蕩蕩占去了幾條街。如此陣勢，頓時就轟動了天津全城。

到下午，擠兌的客戶忽然就減下來了。到第二天，幾乎就不再有人來提款。是呀，有這樣雄厚的底子，還用擔心什麼呢！

津號以及西幫各號到這時才算鬆了一口氣。大家對戴膺的器量和魄力自然是讚嘆不已。

戴膺對此也不過恬然一笑。

但在這天夜晚，戴膺將津號的所有夥友都召集起來，非常嚴肅地對大家說：「津號遇此危局，我不得不唱一回空城計！現在圍兵已退，但我這空城計，你們千萬不能洩漏出去。一旦洩漏，我可再無法救你們了。」

津號的副幫就問：「戴老幫，你對我說過不唱空城計。你使了什麼空城計，我們都不知道？」

戴膺依然嚴肅地說：「叫你們早知道了，只怕不會這樣圓滿。」

到這時，他才給大家點明，今天昌有師父押到的三十萬兩銀子，其實也只有五萬兩現銀子。其餘裝在銀橇車裡的，不過是些大小、輕重和元寶相似的石頭蛋！這樣做，倒不是京號排程不來三十萬現銀。是怕運來如此巨銀，津號一時無法排程出去，在局面不靖的天津碼頭，保不住又生出什麼亂來。

聽戴膺這樣一說，大家都驚嘆了起來。怪不得銀子運到後，只將一根根裝銀的木橇卸下來，堆在字號後院，卻沒有開橇將銀子清點了收入銀窖。原來裡面還有文章。

現在，戴膺把一切說明後，大家才趁夜深人靜，開橇將銀子入窖。那些石頭蛋呢，也按戴膺的吩咐，妥善收藏起來。因為說不定到了什麼時候，它們還有用場。但是，它們只能在不得已時，偶爾一用，萬不可多用，更不能為世人所知。

靠戴膺的巧妙運籌，津號所遇的這場不小危難，不僅化險為夷，還使天成元票莊在天津碼頭大大露了富，其雄厚財力震動商界。要在正常年景，這對津號生意那是太有益了。但誰能想到，來年就逢了庚子之亂？在那樣的動亂中，露了富的天成元津號，自然在劫難逃了。這也是後話，先不說。

擠兌是壓下去了，但劉國藩的死因還是一個謎。這使戴膺仍不能鬆心。不過，他還是斷然做主，將劉國藩厚葬了。

第九章　聖地養元氣

1

得到津號劉國藩自盡的消息，最受震動的是孫北溟大掌櫃。

劉國藩是他偏愛的一位老幫，將其派往天津領莊，不但是重用，還有深一層的用意：為日後派其去上海領莊做些鋪陳。上海已成全國商貿總彙，但滬號一直沒有太得力的老幫。

劉國藩的才具膽識都不差，尤其忠誠可嘉，常將在外間聽到的一些逸聞細事，其他老幫夥友的一些出格言行，寫入信報，呈來總號。坐鎮老號，統領散布天下的幾十處莊口，孫北溟當然很喜歡看這樣的信報。其他老幫，包括京號的戴膺和漢號的陳亦卿，他們似乎不屑寫這種信報，多是報些外間如何辛苦，或是時風如何新異，該如何應變云云。就彷彿老號已經老糊塗了，需要他們不時來指點！孫北溟自然是不大高興，他畢竟還是領東、大掌櫃。所以，劉國藩就很討孫北溟的歡心。

但劉國藩似乎不孚眾望，將他派往天津領莊，京號的戴膺就不大讚同。戴膺以為劉國藩有些志大才疏，津號又不是一般小莊口，恐怕他難以勝任。天津碼頭，九河下梢，五方雜處，又是北方最大的通商口岸，商機雖多，可生意也不大好做，非有大才不能為。尤其得識時務、通洋務才成。劉國藩多在內地住莊，也未有驚人建樹，忽然就派往津號領莊，恐怕不妥。

孫北溟當然不會因戴膺有異議就改變主意。他以為戴膺不喜歡劉國藩，是疑心劉國藩也進過他的「讒言」。其實，劉國藩並沒有說過戴掌櫃的不是。他還是執意將劉國藩派往天津了，只是關照劉國藩要尊重京號的戴掌櫃。對戴膺呢，也給了面子，交代說：劉國藩領料津號是不太硬巴，無奈各莊口的人位排程，一時也難做大的迴旋，就暫叫他去津吧。日後有好手，再做替換。萬望戴掌櫃多拉巴他，多操心津號。劉國藩到津後，戴膺也只是說他生意上太貪，太冒失，別的也沒有說什麼。

孫北溟他哪會想到這個不爭氣的劉國藩，居然會惹出這樣的禍，簡直是完全塌了底！他自己死了不說，還把東家的五娘連累了，津號也受擠兌，幾不可收拾。孫北溟領東幾十年，還沒有做過這種塌底的事。自己也許真的老邁了，老糊塗了。此番康老東臺硬拽了他出巡生意，是不是早已生出了對他的不滿？五娘遇害，老幫自盡，字號受擠兌，這都非同小可。尤其是這一切災禍，都是因為劉國藩在津私納外室所至。自己如此器重的老幫，居然敢違犯西幫字號的鐵規，識人的眼力竟如此不濟了？

思之再三，孫北溟感到自己罪責重大，已無顏繼續領東。再者，自己也的確老邁了，該退隱鄉間，過幾天清閒的日子。

於是，他鄭重向康笏南提出了謝罪的辭呈。

康笏南離開漢口往鄂南產茶勝地羊樓洞一帶巡遊後，本來想繼續南下入湘，到長沙小住。如果有些希望，就真去道州轉轉，尋訪何家所藏的《瘞鶴銘》未出水本。何家只要肯鬆口，他出的價錢一定會壓倒那位在陝西做藩臺的端方大人。何家要是不肯易手，就設法請求一睹原拓。數千里遠道而來，只為看一眼，想不會拒絕吧？

在漢口，漢號老幫陳亦卿跟他說了，住長沙的田老幫已經往道州拜訪過何家。何家倒還給了應有的禮遇。當然，田老幫也沒有太魯莽，只在閒話間提了一句「未出水本」，未做深探。何家當然也不會輕易露出藏有此寶，只是說，那不過是外間訛傳。

陳亦卿還說，他與田老幫謀有一計，似可將那件寶物買到手。康笏南聽了他們的計謀，卻不願採納：那名為巧取，實在也是豪奪，太失德了。金石碑帖，本是高雅之物，以巧取豪奪一途得來，如何還能當聖物把玩？他想以自己的誠意去試一試。

誰想，還沒有等離開羊樓洞，就傳來五娘遭綁票的消息。沒有幾天，又是五娘遇害的噩耗。跟著，津號劉老幫也自盡了。這樣平地起忽雷，康笏南哪裡還有心思入湘去尋訪古拓！即使為了安定軍心，他取從容狀，繼續南下，孫北溟也不會陪他同行了。孫大掌櫃已經坐臥不寧，執意要回漢口，趕緊料理這一攤非常號事。

康笏南只好服從了孫北溟，由羊樓洞返回了漢口。不過，他努力從容如常，好像不把天津發生的一連串倒塌事看得太重。他甚至對孫北溟戲言：「出了這些事，我也好向你交代了！不然，我把你拽出來，巡視生意，什麼事也沒有，只叫你白受這麼大辛苦，你還不罵我呀？」

但孫北溟好像有幾分傻了，全聽不出他的戲說意味，一味繃著臉，報喪似的說：「老東臺，是我該挨你罵！」

康笏南趕緊說：「我罵你做甚？你是綁票了，還是殺了劉掌櫃了？才出多大一點事，就擱在心上，掛在臉上，這哪像你孫大掌櫃？」

「天津出的不是小事。我領東幾十年，還沒出這種塌了底的事。」

「什麼大事小事，只要生意沒倒，餘下的都是小事！」

「可五娘……」

「那也怨不得你孫大掌櫃，只能怨她命裡福緣太淺吧。不用再說了。這才多大一點風浪，你孫大掌櫃要是不能穩坐釣魚臺那才是個事。」

康笏南以為已經把孫北溟安撫住了。他是大掌櫃，不是一般人物，話點到就成了，哪用說許多廢話！真是沒有想到，孫北溟原來並沒有活泛過來，居然鄭重提了辭呈，要以此謝罪。

孫北溟，孫北溟，你真是老糊塗了。想謝罪，也不能在這種時候呀！津號的擠兌剛剛平息，你老號的大掌櫃就忽然換馬，倒好像你家天成元真是爛了根，空了心，徒撐著一副虛殼子，風一吹，就要倒塌了。叫人家這樣一疑心，擠兌風潮不重新湧來才怪。擠兌風潮再起時，那就不是對著一處津號了，天成元的幾十處莊口都怕逃不脫的。說不定，整個西幫票業都要受牽動。當年，南幫胡雪巖的阜康票莊倒時，西幫票號受到多大拉動！孫北溟，你一人謝罪，說不定會拉倒我家天成元，你真是老糊塗了。

天津的倒運消息，一則跟了一則傳來，康笏南心裡當然不會不當一回事。他是成了精的人物，能看不出字號的敗象？尤其五娘的死於非命，五爺的失瘋，他豈能無動於衷？就是對五爺五娘不器重，畢竟是自家血脈，豈能容別人禍害！出了這樣的事，無論在商界，還是在江湖，作為富豪的康家都是丟了臉面的事。只是為了爭回一時臉面，就攪一個天翻地覆，那豈不是將自家的敗象、暴露給天下人看嗎？康笏南何等老辣，自然知道必須從容如常，顯出臨危不亂、舉重若輕的器局，你就是裝也得裝出不當一回事的樣子來。再往大裡說，既以天下為畛域，建功立業，取義取利，哪能不出一點亂子！

這樣的道理在以往的孫北溟，那是不言而喻的。現在，他老兄是怎麼了？難道字號的敗象，真是由這位大掌櫃引發的嗎？

但無論如何，康笏南不會叫孫北溟辭職。孫大掌櫃於康家功勞大焉，即使真衰老了，真失察致禍，也得留足面子給他。康笏南也很喜歡五娘，她嬌媚卻不任性，更不張狂，只卿卿我我，一心守著五爺，也難得了。但十個五娘，能換來一個孫大掌櫃嗎？孫北溟他即使真想告老歸隱，也不能在這種時候！為你家擔當大任一輩子，老來稍有一點閃失，就將人家踢出門，那簡直太失德了！康家絕不能做這種事。

但任憑康笏南怎樣勸慰，孫大掌櫃就是去意不消。也是，大掌櫃不是一般角色，就這樣簡單駁回，自然難以了事。不費些心思，使些手段，哪成？

那日，康笏南顯得清閒異常，提出要去看長江。孫北溟哪裡會有心思陪同？就苦著臉推辭了。他也沒有強求，轉而對陳亦卿老幫說：「那陳掌櫃得領我去吧？在漢口碼頭，我倒不怕綁票，就怕走迷了路，尋不回來。」

這樣一說，陳老幫還能不從？就趕緊打發夥友去僱轎。

天津出事後，從康家跟來的包世靜武師越發緊跟了老太爺，寸步不離。聽說老太爺要去遊長江，趕緊把鏢局的兩位武師招呼來，預備跟隨了仔細侍衛。

誰料，老太爺卻不叫他們跟隨，一個也不要，堅決不要。包武師不敢疏忽，就叫孫大掌櫃勸一勸。

孫北溟說話，老太爺也不聽。

包武師又叫陳老幫勸。陳亦卿笑笑，說：「老太爺不叫你們去，是疼你們，那就不用去了，歇著吧。漢口是我的地界，你們不必多操心。」

所以，乘了轎走時，陳亦卿只從櫃上叫了一個小夥計，跟隨了伺候。

到了江邊，雖然並不涼快，老太爺的興致卻甚好。他望著浩蕩東去的江水，嘆息道：「陳掌櫃，你記得老杜那兩句詩嗎：『人生有情淚霑臆，江水江花豈終極？』」

陳亦卿聽了，以為老太爺想起了五爺五娘的不幸，忙說：「老太爺嫌江水無情，我們就別看它了。我就說長江也沒個看頭，除了水，還是水，老太爺總不信！」

「我哪是嫌大江沒看頭？天水相連，水天一色，才看了個開頭，你倒不想陪我了？」

「老太爺樂意看，我們就樂意伺候。」

「總說仁者樂山，智者樂水。我看似這等山水佳美處，仁者智者都會樂得忘乎所以吧。陳掌櫃，你常來江邊嗎？」

「我們都是俗人，真還沒有這麼專門來看過長江。老太爺你也見了，我們在外當老幫，一天到頭，總有忙不完的事，哪還有多少閒情逸致？」

「不要給我訴苦！你說怪不怪，我不喜愛山，就喜愛水。尤其見了這浩蕩無垠的江水，更是愛見，只想沐浴焚香，拜它一拜。」

「老太爺有大智，自然樂大水！」

「那陳掌櫃你是說我不仁？」

「老太爺借我幾分膽，我也不敢這樣想呀？」

「哈哈，你們一個個都忽然變得膽小了。陳掌櫃，你給僱條船，我們下江中逛它一程，如何？」

「聽老太爺吩咐。就是江中太熱了。」

「是不想給我僱船吧？」

「哪敢呢！臨時僱，就怕僱不著乾淨的。」

「我知道你們也不想叫我下水，就怕淹死我。對吧？」

「老太爺就盡想著我們的壞處。」

「我能冤枉了你們？今兒夜晚，我還想來這裡看看江中月色，陳掌櫃你領我來嗎？」

「我當然聽吩咐。」

老太爺並沒有真叫僱船，他只是為了顯得興致好，說說罷了。看了一陣，說了一通，陳亦卿就提議，尋家臨江的茶樓，坐一坐，喝口茶，想繼續看呢，江面也能望得見。

老太爺很樂意地答應了。

尋了一家講究的茶樓，乾淨，清雅，也能憑窗眺望大江，只是不夠涼爽。好在老太爺也不計較，落座後一邊喝茶，一邊欣賞江景，興致依然很好，說古道今的，顯得分外開心。

這樣坐了一陣，康笏南才對跟來伺候的那名小夥友說：「你也下去散散心吧，我要和你們陳掌櫃說幾句話。」

小夥計一聽，趕緊望了陳老幫一眼。

陳亦卿忙說：「老太爺疼你，你就下去耍耍吧。」

小夥計慌忙退下去了。

2

陳亦卿也不是一般把式，見老東家避去眾多隨從，單獨約他出來，就知道有文章要做。現在連跟自己的小夥計也支開了，可見猜得不差。陳亦卿雖不大看得起劉國藩，卻也沒有料到他居然把津號局面弄成這樣，幾近號毀人亡。多虧京號的戴膺老兄奮力張羅，才止住潰勢。經此創傷，需有大的動作來重振天成元聲名才對。但孫大掌櫃自己似乎就有些振作不起來，只思儘早返回老號。大掌櫃一向偏愛劉國藩，出了這樣的事，他當然面子上不好看。只是，事已如此，誰也沒有說什麼閒話，老太爺也沒有怎麼計較，總該先收拾了局面再說。

今年生意本來就不好做，津號又出了這樣的事，大掌櫃再不振作，那還了得！陳亦卿不相信老太爺真會無動於衷，毫不在乎。但他完全沒有料到，老太爺單獨對他說的頭一句話竟是：

「陳掌櫃，孫大掌櫃跟我說了，他想告老退位。」

平心而論，陳亦卿和戴膺早就覺得孫大掌櫃近年已顯老態，尤於外間世界隔膜日深，在老號領東明顯落伍了。但現在告老退位，不是時候呀！

所以陳亦卿立刻驚訝地問：「老東臺，真有這事？」

「可不是呢，好像還鐵了心了。」

「老東臺，孫大掌櫃現在可是萬萬不能退位！」

「人家老了，做不動了，總不能拽住不叫人家走吧？這次出來前，我們就說好了，結伴做最後一次出巡，回去就一同告老退位。他不當大掌櫃了，我也要把家政交給小一輩。這本來是說好了的。」

「要是這樣，那還另當別論。不過，眼下這種局面無大改觀，我勸二位大人還是不要輕易言退。你們一退，字號必然跟了往下滑溜，真還不知道要滑到哪兒呢！」

「陳掌櫃你就會嚇唬我們。」

「老東臺，我說的可是實情！」

「可津號出了這種事，孫大掌櫃更心灰意懶了。連湖南、上海都不想陪我去，就想立刻回到太谷，告老退位。」

「津號的事，也不能怨孫大掌櫃吧？他是責己太深了。」

「劉國藩可是他器重的一位老幫，總是用人失察吧。」

「大掌櫃器重他，也不是叫他胡作非為！」

「陳掌櫃，你看劉國藩這個人，到底如何？」

「我和劉掌櫃沒在一處共過事，從旁看，只是覺得他無甚大才，到津號領莊夠他吃力。倒真看不出他敢胡作非為。到現在，他的死還是一團謎。說他胡作非為了，保不住還冤枉了人家。」

「我也見過幾次劉掌櫃。跟他聊天兒，本想聽些稀罕的事兒，樂樂，可他太用心思討好你。再就是太愛說別人的不是。稀罕的趣事兒，倒說不了幾件。」

「劉掌櫃是有這毛病，所以人緣也不大好。其實，人各有稟性，也不必苛求。劉老幫張羅生意，還是潑潑辣辣的，勇氣過人。」

「有勇，還得有謀吧。他生意到底張羅得如何？我真沒留意過。」

「劉掌櫃的生意，中中常常吧。天津碼頭，生意也是不大好做。」

「哈哈，原來他生意做得也中中常常？我說呢，他那麼用心思討好我！你給我領莊，把錢給我賺回來，就是討好我了，還用許多心思說好聽的做甚？他愛說別人的不是，也原來是怕別人比他強吧？」

「劉掌櫃已經自盡了，有再大的不是，也自裁了。」

「陳掌櫃，你倒厚道。劉掌櫃要有你這樣的幾分厚道，也不至於走投無路吧。不過，我總跟人說，有真本事，才能真厚道。我們西幫一向就以厚道揚名天下，此厚道何來？有治商的真本事也。劉掌櫃這樣的中常之才，怎麼能委以老幫重任，還派到了天津這樣的大碼頭！」

「孫大掌櫃識人，一向老辣。劉掌櫃或者還有過人之處？」

「過人之處，就是會討好人！」

「孫大掌櫃領東幾十年了，能稀罕幾句討好的話？」

陳掌櫃，陳掌櫃，你就不能說孫大掌櫃一句不是！康笏南引誘著，就只是想聽陳亦卿埋怨幾句孫北溟。以陳亦卿在天成元的地位，對津號這樣的閃失，埋怨幾句，那也不為過。可這個陳掌櫃，就是不越雷池一步。

在東家面前，不就號事說三道四，這本是字號的規矩。陳亦卿這樣功高位顯的老幫，依然能如此嚴守號規，本也是可嘉可喜的事。康笏南為何卻極力想叫他對孫北溟流露不恭呢？原來，他是想在安撫孫大掌櫃的這出戲中，叫陳亦卿扮個白臉。只要陳亦卿拿津號說事，帶出幾句不中聽的話，就給康笏南重申對孫北溟的絕對信任，提供了一個夠分量的由頭。津號出了這樣的事，連陳亦卿這樣的大將都有怨言了，可我依然叫你領東不含糊。必要時，還得當面說陳掌櫃幾句。這次單獨約陳亦卿出來，是想探探他的底。要是怨氣大，那當然好了；要是有話不便說，就引誘他說出來。誰想，陳亦卿不但沒有一點埋怨，還直替孫北溟開脫說好話！

看來，陳亦卿真是老幫中俊傑，孫北溟也畢竟治莊有方。所以，這出戲還得唱，暗唱不行，那只好明唱。康笏南便說：

「討好的話，是不大值錢。可也得看誰說，誰聽。陳掌櫃，我老漢說幾句討好你的話，你也不愛聽？」

「老太爺也真愛說笑話。」

「不是笑話。你陳掌櫃和京號戴掌櫃，是天成元鎮守南北的兩位大將，我不討好誰，能不討好你們！」

「老太爺，是不是也怕我們惹亂子？」

「是怕你們二位也想退位！真要那樣，我還不得帶了康家老少，跪求你們！」

「老太爺越說越逗人了，我們能往哪退？我們誰不是從小入康家字號，生是天成元人，死是天成元鬼，能往哪退？天津出了這點事，孫大掌櫃已自責太甚，老太爺您不至於也風聲鶴唳吧？」

「陳掌櫃還真說中我的心思了。津號出了這樣的事，別的真還能忍，就是引得孫大掌櫃執意要告老退位，叫我頭痛！」

「在這種關口，孫大掌櫃怎麼能退位！」

「我就是老糊塗了，也沒糊塗到這份兒上！可我勸他勸不動呀？所以就想求陳掌櫃幫我一把。」

「老太爺是稱心逗我吧，我能幫什麼忙？」

「我想請你跟我唱一出苦肉計，不知陳掌櫃肯不肯受這一份委屈？」

「為了字號，我倒不怕受委屈。不知老太爺的苦肉計怎麼唱？」

康笏南就說出了自己謀下的手段：改日好歹把孫大掌櫃也請出來，三人再單獨吃頓飯。席間呢，陳亦卿就拿津號的劉國藩說事，流露出對孫北溟的埋怨和不恭。康笏南聽了就勃然大怒，言明十個五娘也抵不上一大掌櫃，就是出再大的事，對孫北溟還是絕對信任。回太谷後，可以告老，但無需退位，張羅不動生意就歇著，天成元大掌櫃的名分、身股、辛金，麻煩你還得擔著。

實在說，陳亦卿聽了是有些失望。這種苦肉計，很像康老太爺慣用的手段，將仁義放在先頭。對孫大掌櫃顯得仁義，對陳亦卿自己也傷不著什麼，扮個白臉，挨老太爺幾句假罵，也算不上受委屈，更無皮肉之苦。只是，此種手段也太陳舊了些。孫大掌櫃可不像一般駐外老幫，更不比年輕的小夥友，他還會吃這一套？

所以，陳亦卿故意先說：「老太爺真是足智多謀！我聽老太爺的，唱白臉，不過是說幾句風涼話，不會軍法伺候吧？」

康笏南就笑了：「陳掌櫃要想挨罰，也現成。」

「只要能把這出戲唱好，挨罰也不怕。老太爺，我就怕孫大掌櫃看露我們的把戲，不吃這一套！孫大掌櫃跟了老太爺一輩子了，還看不出您常使的手段？」

「陳掌櫃，那你有什麼好手段？」

「要叫我說，老太爺得使種新手段。」

「那就說說你的新手段！」

「叫我說，這出戲，我來唱紅臉，老太爺您改唱白臉！」

「陳掌櫃你倒精！你扮紅臉，盡說討好的話，那不難。我這白臉如何唱？」

「老太爺只說一句就成：津號出這樣的事，為了好向族人交代，得罰大掌櫃半厘身股。」

「罰孫大掌櫃？」

「出了此等非常事，就得有非常舉動。在東家的字號裡，孫大掌櫃是在您一人之下，我們眾人之上。領東幾十年，從未受過罰吧？現在忽然挨罰，那就非同小可！傳到各地莊口，都得倒吸一口冷氣。連大掌櫃都挨罰，別人誰還敢不檢點？能罰一儆百，孫大掌櫃就是受點委屈，也值。再說，孫大掌櫃一向威風八面，從沒捱過罰，忽然受此一罰，他恐怕不會再言退位了。」

「為甚？」

「孫大掌櫃這次執意要退位，是自責太甚。老太爺不但不怪罪，還要那樣格外捧他，他心裡必定自責更甚！可你一罰他呢，他才會減輕自責，重新留心字號的生意。」

「你說得是有幾分道理，可我康笏南為一個兒媳婦處罰大掌櫃，那會落一個什麼名聲！不能這樣做事。」

「津號閃失，不只是關乎五娘一人，叫人心驚的，是牽動了生意！老太爺這樣賞罰嚴明，刑上大夫，肯定會成為新故事，在西幫中流傳開的。」

「你說成甚，我也不會做那種事。陳掌櫃，你是不想給我扮白臉吧？」

「老太爺叫扮，我就扮。」

「那別的話就不說了，到時候只照我的意思來。」

「聽老太爺吩咐。」

3

老太爺不肯聽從進諫，使陳亦卿有些失望。可生意是東家的，人家想咋就咋吧。

老太爺重仁義，字號受益多多。可治商只憑仁義，也會自害。老太爺剛到漢口時，曾請他見過滙豐銀行的福爾斯。本來是叫老太爺開開眼，看看人家西洋那種責任有限的規矩。哪知這個福爾斯太狡猾了，反話正說，大讚西幫唯尊人本，叫老太爺聽得上了當。日前見福爾斯，這傢伙居然也知道了津號的事，還說太意外了，你們西幫不該出這樣的事呀？那一臉的大驚小怪，說不定也是裝出來的。

西洋銀行尊責任有限，西幫票號尊人本無限。有限責任，就能弄得很精密；無限人情，只好大而化之。西洋銀行出了事，人家只做約定的有限賠償；我們票號出了事，你東家就得全兜攬起來，傾家蕩產，砸鍋賣鐵，也得包賠人家。那是對外，對內呢，料理號事人事，也是人情為上。除了區區幾條號規，論處好事壞事，就全看東家、老號的一時脾氣。聖明一些的，賞罰還能服眾，遇上霸道跋扈的，就是顛倒黑白，誰能擋住？以此資質與人家西洋銀行相較量，豈能長勝不衰？

老東家、大掌櫃到漢口以來，陳亦卿有事無事，都給他們論說這番中西金融業之優劣。無奈，兩位老大人聽入耳的不多。

這次處理津號禍事，陳亦卿婉諫老太爺改變陳舊手段，令孫大掌櫃有「罪己」之罰，也是想為日後效仿西洋規矩做些鋪陳。老太爺不肯聽從，你也無奈。

這天，他按老太爺的吩咐，將兩位老大人請到一家講究的飯莊，名義上是嘗新上市的河蟹。其時，早進八月，正是食蟹的好時候。

孫北溟知道老太爺喜歡食蟹，所以也不好拒絕。他催老太爺盡快返晉，老太爺不肯動身的藉口是要等到秋涼了再走。其中，就有到中秋時節，美美吃幾天河蟹的意思。一生就饞蟹，拖了老朽之身，好容易來到南國，不美食幾頓秋蟹就返回，只怕要死不瞑目的。此生他再也來不了南國了！老太爺說得這樣悲壯，孫北溟就是再沒有食慾也得來。

開席前，坐著閒說雜事，陳亦卿也沒有往津號的事上扯。但老太爺沒說幾句，就問孫大掌櫃：「京號戴掌櫃有新的信報嗎？」

大掌櫃說：「有是有，大多是說京師生意，津號那頭，依舊沒有查出綁匪是誰。」

「京城局面如何？」

「戴膺報告說，四川、廣東，也獲朝廷恩准，恢復由我們西幫承匯京餉。連同已經解禁的福建，朝廷禁匯的詔令，已在三個行省鬆了口。局面似在好轉。」

「福建解禁，是我們鼓搗的。四川、廣東，是誰家鼓搗的？」

陳亦卿忙說：「廣東是日昇昌，四川是蔚字號，都是平遙幫。」

「我們還得鼓搗吧？」

陳亦卿說：「漢口的江海關，也有望獲准解禁。」

「那是陳掌櫃你鼓搗的？」

「是沾了你們二位老大人的光。」

「你倒會說討好的話。」

「那是實情。二位親臨漢口，誰能不給點面子？」

「京師局面好轉，各碼頭也會跟著好起來。」就在這時，老太爺轉而對孫大掌櫃說：「大掌櫃，那你能不能也給老身一點面子？」

孫北溟忙問：「老東臺，你這是從何說起？」

「局面既已好轉，你就不要著急退位了，成不成？」

「津號出了這樣的事，我實在是無顏再繼續領東了。再說，我已老邁，也該回鄉享受些清閒。」

看來，老太爺的苦肉計已經開唱。可如此開頭，陳亦卿真不知怎樣插進來，扮他的白臉。正犯愁呢，就見老太爺並不理他，只顧自家說話：

「在我面前，不要說你老邁，我不比你老？你要老把津號的事放在心上，那我給你出個主意，如何？」

「願聽老東臺高見。」

「那你就下一道罪己的告示，發往天成元駐各地碼頭的莊口。要是還嫌不夠，就言明自罰半厘身股。這樣受過罪己，也就了結了這件事，無須再牽掛了。如何？」

孫北溟聽了，先愣住，彷彿不知該如何回答似的。

陳亦卿也吃了一驚。這不是他給老太爺出的那個主意嗎？老太爺當時一口回絕，不願採納，怎麼又採納了？採納當然好，可也不能這樣沒有一點鋪陳，忽然就甩了出來吧？看來，他得扮紅臉，便趕緊說：

「津號的事，還沒有查出眉目，就叫大掌櫃受過，怕不妥吧？」

孫北溟才好像醒悟過來，忙說：「我是領東，字號出了這樣的事，受過罪己，那是應該的。只是……」

老太爺就說：「只是什麼？不想罰股？」

「我是說，罰半厘，跟沒罰一樣。叫下頭的老幫夥友看了，像在唱戲，能警示了誰？要我自罰，就跟邱泰基似的，也罰二厘身股吧。」

陳亦卿說：「西幫中的大掌櫃，誰受過罰？孫大掌櫃出於大義，勇於自罰，已經是開天闢地了。罰多罰少，都在其次。只是，孫大掌櫃做此義舉，還是緩一緩，等津號事件查出眉目再說。」

孫北溟說：「查出眉目吧，五娘也不會生還，劉國藩也不能再世。我既是領東，出了這樣的事，受過罪己，理所當然。出事已有些時日了，我也不想再遲疑。要叫我自罰，還是不能少於二厘！少了，跟沒罰一樣。」

老太爺說：「那就算我們東家罰你吧。這是頭一回，就罰半厘。若要二次受罰，加至一厘，第三回，再加至二厘。事不過三，三次受罰，就需退位了。我看，這很可以作為康家商號的一條新規矩，定下來，傳下去。二位看如何？」

陳亦卿心裡說好，嘴裡卻不便道出。

孫北溟說：「我看甚好。只是，此規矩因我有過而立，要在後人中留罵名了。」

陳亦卿忙說：「哪裡會是罵名！西幫大掌櫃中，你是自責罪己第一人。人孰能無過，有過而勇於罪己，也是美德美名。日昇昌的開山大掌櫃雷履泰，他也不是沒有過失，可驕橫如他，哪會罪己？他的功績與他驕橫跋扈的名聲，也就一道流傳下來了。你們二位大廠，為西幫大掌櫃創立新規矩，那將會是流傳後世的美談。」

老太爺哈哈一笑，說：「陳掌櫃，你也不用捧我們了。我和孫大掌櫃又不是蒙童，還要你哄？孫大掌櫃，你既已贊同這個新規矩，那你老兄要想退位，可還得加倍努力，再給我惹兩次禍吧？」

孫北溟說：「我再惹這樣兩次禍，還不把你們康家毀了！」

老太爺說：「毀了，那也活該，誰叫我選了你老兄領東呢！我這也算是有頭有尾了。當年，你老兄初出道時，往奉天創辦新號，兩敗而歸，我也是給了你第三次機會。現在，你要告老退位，也得過我的三道關。」

孫北溟說：「你這是什麼三關，惹禍再三，豈不是要毀我？」

老太爺說：「那你老兄執意要退位，豈不是要毀我？」

陳亦卿見一切都圓滿了，忙說：「二位老大人，誰也不用毀誰了，趕緊開席吧，再遲，鮮蟹也不鮮了。」

這頓蟹，吃得很愜意。席間，孫大掌櫃果然不再言退位。老太爺提出，天也涼快了，還是去一趟蘇州、上海吧。孫北溟也答應了，說滬號太弱，總是他的一塊心病，去趟上海是必要的。

事後，陳亦卿問老太爺：「怎麼又採納了我的主意？」

老太爺說：「你的主意好唄。」

「事先，老太爺可是說，主意好是好，就是不能用。怎麼又用了？」

「不想叫用，是咋？」

「我是想知道，老太爺為何這樣英明？」

「陳掌櫃，你不用這樣討好我。」

自己的主意被採納，陳亦卿當然很高興。只是，老太爺將自己的主意，還是化成了他慣用的手段，同以往的仁義勾掛起來。提及當年的知遇之恩，孫大掌櫃當然不能再固執了。

成了精的老太爺，總算將孫大掌櫃穩定住了。可看兩人間那一份仁義，日後也別指望有什麼大的變局。

孫北溟初出道時，康笏南也是剛剛主持家政不久。所以，他血氣方剛，雄心萬丈，常將「財東不干涉號事」的祖訓丟在一邊，喜歡對康家的票莊、茶莊指手畫腳，說三道四。

那是咸豐年間，天成元票莊正在爬坡，在西幫票號中間，還擠不到前頭。就說駐外的莊口，還只有十幾處。整個關外，沒有康家的一間字號。太谷第一大戶北洸村的曹家，正是在關外發的跡，那裡曹家的勢力很大。雖同為太谷鄉黨，康笏南卻偏想到關外插一腿。他就不斷攛掇天成元的大掌櫃：在關外做生意的太谷人那麼多，為何不到奉天府開一間分號？不用怕曹家！

不要怕曹家，這話可說得夠狂妄。

太谷曹家，是於明末時候就在關外的朝陽發了跡，漸漸將商號開遍了赤峰、凌源、建昌、瀋陽、錦州、四平街。入清後，它正好順勢進關發展，成為西幫中最早發達的大家。到咸豐年間，曹家正在鼎盛時期，它出資創辦的各業商號，散布全國，多達六百四十餘處，僱用夥友三萬七千多人，生意「架本」，也就是現在所說的流動資金，就有一千萬兩之巨。西幫做生意尊人本，憑信譽，所以「架本」總是比「資本」大得多。但曹家的商業「架本」如此之巨，卻也是驚人的。所以，年輕的康笏南說「不用怕曹家」，天成元的老闆們聽了，心裡都發笑：我們憑什麼能不怕人家！

但康笏南主張自家的票莊到關外設莊也有他的見識：曹家雖然財大勢盛，商號遍天下，但曹家卻還沒有開票號。在咸豐年間，曹家除了經營雜貨、釀造、典當、糧莊這些老行業外，最大的主業是曲綢販運。曲綢產地為河南魯山及山東一些地方，其銷路主要在口外關外，幾為曹家所壟斷。曹家生意做得這樣大，資金流動也必然量大。曹家涉足金融生意的，只有帳莊。帳莊只做放貸，不做匯兌。所以，在關外開一間匯兌莊，不正好大有生意可做嗎？

天成元的老闆們都不信：曹家就那樣傻，叫我們賺它地盤的錢？

康笏南就反問：曹家也不是天生的第一大戶吧？它的先人也是賣砂鍋起家吧？

字號推脫不過，就答應到奉天府設莊一試。

當時，孫北溟只是天成元駐張家口的一個跑街。跑街，用現在的職務比擬，就是那種在外頭跑供銷、攬生意的業務人員吧。張家口在那時俗稱東口，是由京師出蒙通俄的大孔道、大商埠。孫北溟又是極為能幹的跑街，已屢屢建功立業，頂到三厘身股。碰巧那年他正回到太谷歇假，聽說要在關外奉天府設莊，就自告奮勇，跑到總號請纓。

總號對他，好像不是太中意。從用人慣例，受命到外埠開設新莊的，至少也需是駐外的副幫。孫北溟雖是一位能幹的跑街，但忽然就到新莊口做老幫，總好像太便宜了他。所以，總號只是答應他：調往奉天新號做跑街，可以。

到新號還是照舊做跑街，何苦！孫北溟謀的，是新號的老幫，至少也要是副幫。那時候他已經看出，東家剛出山主政的康笏南少爺愛攬事。於是，他也把「號夥不得隨便見財東」的號規丟在一邊，悄悄去拜見了康笏南。

孫北溟的一番雄心壯志，很對康笏南的心思。問答之間，也覺出此人口才、文才、器量、心眼都還成。於是，當下就答應了向老號舉薦，由他領頭去奉天開闢新莊。

新主政的少東家出面舉薦，老號的總理協理都不好駁回。可心裡當然極不痛快。尤其對孫北溟恨得癢癢的。說不動我們，竟敢去搬少東家，連規矩都不懂，還想受重用？只是對往奉天設莊，這些老闆們本來也沒有太大信心，既然少東家舉薦了人，做得成做不成，他們也好交代了。於是，就同意了派孫北溟去奉天，做新奉號的新老幫。

西幫票號到外埠開設新分號，並不另發資本，只是攜帶了總號的圖章，以資憑信，再發給路費和一些創辦費，就齊了。孫北溟挑選了兩名夥友，遠赴奉天上任時，康笏南卻特別關照櫃上，要破例給孫掌櫃帶一筆厚資去。為甚要破例？因為關外七廳，沒有咱家一間字號，最臨近的就是張家口了，也不好接濟。老闆們心裡當然不願意：孫掌櫃你不是有本事嗎，還要破例做甚！老掌櫃們努了努，也只答應給攜帶兩萬兩「架本」，交代路過天津時，從津號支取。

孫北溟對康笏南少東家當然就更感激不盡。

可惜奉號開張一年，沒有做成幾筆生意，倒將那兩萬兩「架本」給賠盡了。

因為關外曹家的字號眼高得厲害，根本不把天成元這樣的票號當回事。一開頭，就這樣放了瞎炮，孫北溟當然異常羞愧。這下可給賞識自己的少東家丟盡了臉，叫總號那幾位老掌櫃得了理，遂了意。東家和老號兩頭都不好交代，孫北溟只好寫了自責的信報，一面求總號另派高手，取代自己，一面向少東家康笏南謝罪。他說自家太狗屎，扶不上牆，有負東家重託了，罰股、開除，都無怨言。

他可沒有想到，康笏南的回信居然什麼也沒說，就問了一句：你還敢不敢在奉天領莊？要是敢，就叫老號再給你撥三萬兩「架本」。

放了瞎炮，把老本賠了個精光，少東家居然還這樣信任他，他能說不敢再領莊嗎？孫北溟感激涕零回了話：東家、老號若肯叫他將功補過，自己一定肝腦塗地，把奉號排排場場立起來。

康笏南果然說到做到，很快給孫北溟調來三萬兩銀子。

使出吃奶勁，又撲騰了一年，好嘛，這三萬兩新「架本」，又叫奉號給賠光了。這下，孫北溟是連上吊自盡的心思也有了。只是，自己一死，更給少東家臉上抹了黑，叫人家說：看看你賞識的人吧，還沒咋呢，就給嚇死了。所以，他不敢死，只好再去信報，請求嚴懲自己：辛苦掙下的那三厘身股，都給抹了吧，還不解氣，就開除出號，永不敘用。

康笏南的回話，依舊沒說別的，只問：孫掌櫃你還敢不敢領莊？要敢，再給你調五萬兩「架本」！

老天爺，連敗兩年，賠銀五萬，居然依舊不嫌棄，還要叫你幹，還要給你調更大一筆本錢來！孫北溟真是感動得淚流滿面，遙望三晉，長跪不起。這種情形，他是越發不能退後了。

退路，死路都沒有了，就是想豁出去幹，也沒有什麼可「豁」的了。孫北溟這才冷靜下來。這種冷靜，那是比不怕死，還要寧靜。以前，就是太看重自己的死了，老想著不成功，就成仁，大不了一死謝東家。可少東家器重你，不是稀罕你的死，你就是死了也盡不了忠，只是給少東家抹了黑。做生意，那是只有成功，難有成仁。這樣一冷靜，一切想法都不一樣了。

第三年，孫北溟領莊的奉號，終於立住了，止虧轉盈，尤其為曹家字號所容納。天成元也終於在關外有了自家的莊口。

破例重用孫北溟，打出關外，逼近曹家，成了康笏南主政後最得意的一筆。孫北溟也由此成為天成元一位最善建功的駐外老幫。奉號之後，他先後被改派張家口、蕪湖、西安、京師領莊，歷練十多年，終被康笏南聘為大掌櫃。

康笏南與孫北溟之間，有這樣一層經過幾十年錘打的鐵關係，誰背棄誰，那當然是不可能的。但康笏南採納陳亦卿出的主意，叫孫北溟罪己受罰，那也是前所未有的。所以，孫北溟受到的震動，真是非同小可。但想想津號惹的禍，也就兩相沖抵，平衡了。由此，孫北溟似乎被震得年輕了幾歲，暮氣大減，當年的膽魄與才具，也隱約有些重現出來。

啟用了孫大掌櫃，康笏南當然喜出望外。只是自家和孫北溟畢竟老邁了，康家事業，終究還得託付於後人。在處理津號這場禍事中，京號的戴掌櫃和漢號的陳掌櫃，臨危出智，應對裕如，日後都可做孫北溟的後繼者。可自家的那位老三，呼喚再三，不見出來。

康家出了這樣大的事，三爺始終不到場，日後他還怎麼當家主政？

4

收到五娘被綁票的第一封電報，口外的歸化莊口，一時竟猜不出是出了什麼事。因為電報是太谷老號發來的，用的是暗語。暗示綁票的密語為：「脫臼」。因久不使用這個暗語，「五娘脫臼」是什麼意思，很叫大家猜測了半天。

歸號的方老幫，還有櫃上的帳房、信房，都是應該熟記電報密語的。可他們一時都記不起「脫臼」是暗示什麼。生了重病，還是受了欺負？但重病、受欺負似乎另有密語。

方老幫請教邱泰基，他一時也記不起「脫臼」是暗示什麼。不過，邱泰基到底腦筋靈泛，他提醒方老幫：既然大家對「脫臼」二字這樣生疏，那會不會是電報局的電務生譯錯了電文？

方老幫一聽，覺得有可能，就趕緊打發了一個夥友去電報局核查。核查回來說，沒錯，就是該譯成「脫臼」二字。

這兩個字，一時還真把歸號上下難住了。直到第二天，信房才猜測，這兩個字是不是暗示「綁票」？方老幫和邱泰基忙將電報重唸了念，嗯，換「脫臼」為「綁票」，這就是一封異常火急的電報了：

五娘在津脫臼（遭綁票）速告三爺

五娘遭綁票了？大家又不大相信。誰這樣膽大，敢在天津欺負康家！江湖上不論白道黑道，只怕還沒人敢碰康家。那麼是義和拳民？聽說義和拳只和洋人和二毛子過不去，不會欺負西幫吧？西幫又不巴結洋人，五爺五娘更不是二毛子。也許是津號得罪了什麼人？

但不管怎樣，得按太谷老號的意思，速將這一消息轉告三爺。前不久，剛剛得到消息，三爺在包頭。

邱泰基就提出讓他去見三爺。方老幫想了想，就同意了。

邱泰基剛到歸化時，就曾想去拜見三爺。方老幫也正為三爺熱衷於「買樹梢」焦慮不已，很想讓邱泰基去勸說勸說。可三爺到底在哪兒？那時就打聽不清楚，有的說在後套的五原，也有的說應烏里雅蘇臺將軍連順大人的邀請，又到外蒙的前營去了。要在後套，那還能去拜見，要是真到了前營，可就難見了。由歸化到前營烏里雅蘇臺，必須跟著駝隊走，道上順利，也得兩個多月才能到。邱泰基到歸化時，正是盛夏大熱天，駝隊都歇了。

駝運業的規矩都是夏天歇業不走貨。因為夏天的草場旺，是駱駝放青養膘，恢復體力的好季節。加上熱天長途跋涉，對駱駝的損害太大，駝隊也得負載過多的人畜用水，減少了載貨量，不合算。

不靠駝隊，邱泰基是無法去前營的。他只好待在歸化，一面專心櫃上生意，一面繼續打聽三爺到底在哪兒。由於三爺跟方老幫的意見不合，三爺顯然有意冷落歸號，他的行蹤都不跟櫃上說一聲。方老幫不贊成三爺那樣冒冒失失「買樹梢」，也許是對的。可總跟三爺這樣頂著牛，也不是辦法呀。邱泰基就想從中做些斡旋，不過他一點也沒聲張。

現在他為人處事，已和先前判若兩人了。

邱泰基到歸化半月後，老天爺下了一場大雨。都說，那是今年下的頭一場能算數的雨水。因為一冬一春，幾乎就沒有像樣的雨雪，就是進了夏天，也還沒下過一場透雨。這場雨時大時小，一直下了一天。雨後，邱泰基就趕緊打聽：這場雨對河套一帶的胡麻有何影響。凡問到的人都說：那當然是救命雨，救了胡麻了！

胡麻有救，對三爺可不是什麼好兆。他「買樹梢」，買的就是旱。受旱歉收，年景不濟，胡麻才能賣出好價錢。得了這場偏雨，若胡麻收成還可以，那三爺買旱，豈不買砸了！三爺要真去了烏里雅蘇臺，就先不說了，如果在前後套，或包頭，那他多半要同字號聯繫。

邱泰基做了這樣判斷，也沒有對任何人說。

方老幫見下了這樣大的一場透雨，當然更得了理，埋怨三爺不止。邱泰基含糊應對，沒有多說什麼。倒是真如他所判斷，雨後不久，櫃上就收到三爺的急信，叫為他再預備筆款子，做什麼用，也沒說。信中說，他在包頭。

看過信，方老幫更急了，就想叫邱泰基趕緊去包頭，勸說三爺。

邱泰基卻對方老幫說，不宜立刻就去見三爺。因為剛下過大雨，三爺發現買旱買錯了，正在火頭上，你說什麼，他也聽不進去。

方老幫只好同意緩幾天再說。

現在，有了五娘出事的電報，正好為見三爺提供了一個由頭。於是，在收到太谷電報的第三天，邱泰基匆匆向包頭趕去。

去包頭前，邱泰基提議：趕緊以三爺的名義，給京津兩號發電報，令他們全力營救五娘。三爺得報後，肯定要發這樣一封電報，包頭那邊又不通電報，歸號預先代三爺發了，沒錯。

方老幫當然同意，心裡說：這個邱泰基，到底腦筋靈泛。

跟著邱泰基的，還是他從太谷帶來的那個小夥友郭玉琪。方老幫本來要派個熟悉駝道的老練夥友，但郭玉琪非常想跟著邱掌櫃去。邱泰基就答應了他。

那時的包頭，雖然還屬薩拉齊廳管轄下的一個鎮子，但在口外已是相當繁華的商埠了。西幫中的兩家大戶：祁縣的渠家和喬家，最先都在包頭創業、發跡的。他們經營的商號，尤其喬家的復盛公商號，幾乎主宰著包頭的興衰。這個原先叫西腦包的荒涼之地，誕生了喬家的許多傳奇，以至流傳下一句話來：「先有復盛公，後有包頭城」。年輕的郭玉琪，對包頭也充滿了好奇，他當然想早日去那裡看看。

包頭離歸化不過三四百里路程。邱泰基和郭玉琪騎馬出城後，便一直向西奔去。北面是延綿不斷的陰山支脈大青山，就像是一道兀立的屏障，護著南面的一馬平川。這一馬平川，農田多，草原少，已與中原的田園景象沒有什麼不同。雨後的田野，更是一片蔥蘢。但大青山托起的藍天，似乎仍然有種寥廓蒼涼之感。

邱泰基年輕時就駐過歸號，知道口外這夏日的美景，實在也是藏了幾分凶悍的。他就對郭玉琪說：「這就是有名的河套一帶了，你看與中原哪有什麼不同？」

郭玉琪回答說：「邱掌櫃，我看這裡的天，比中原的要高，要遠。」

「才到口外，你是心裡發怵，認生吧？」

「我可不發怵，還想到更遠的荒原大漠去呢。我聽邱掌櫃說過，到了那種地界，才能絕處出智，修行悟道。」

「既已到口外，那種機會有的是，以後你就是不想去，也得去。但修行悟道，也不光是在那種地界。像眼前河套這種富庶地方，也一樣。你看著它跟中原也差不到哪兒，可它的脾氣卻大不一樣。」

「邱掌櫃，有甚不一樣？」

「你見到三爺就知道了。」

「三爺？聽方老幫說，三爺的脾氣不太好。三爺的脾氣，還跟這裡的水土有關？」

「我跟你說過吧，口外關外是我們西幫的聖地。西幫的元氣，都是在口外關外養足的。西幫的本事，尤其西幫那種絕處出智的能耐，更是在口外關外歷練出來的。山西人本來太綿善、太文弱，不把你扔到口外關外歷練，實在也成不了什麼事。」

「這我知道。從小就知道，不駐口外，成不了事。不過，聽說三爺本來就有大志。他是東家，也用不著學生意吧。」

「駐口外，學生意實在是其次，健體強志也不最要緊。」

「最要緊的是甚？」

「歷朝歷代，中原都受外敵欺負。外敵從何而來？就是從這口外關外。為何受欺負？中原文弱，外敵強悍。文弱，文弱，我們歷來就弱在這個『文』字上。可你不到口外關外，出乎中原之外，實在不能知道何為文弱！」

「文弱是那些腐儒的毛病。邱掌櫃大具文才，也不致為這個『文』字所累吧？」

「不受累，我能重返口外嗎？」

「邱掌櫃，我實在沒有這種意思！」

「我知道，跟你說句笑話吧。西幫在口外關外修行悟道，參悟到了什麼？就是『文』之弱也。歷來讀書，聽聖賢言，都是將『文』看得很強。『鬱鬱乎文哉』，成了儒，那就更將『文』看得不得了，可以修身、齊家、治國、平天下。所以想出人頭地，世間只有一條路：讀書求仕。可你也知道，西幫卻是重文才，輕仕途，將『文』低看了一等。因為一到口外，『文』便不大管用，既不能御風寒，也不能解飢渴，更不能一掃荒涼。蒙人不知孔孟，卻也強悍不已，生生不息。你文才再大，置身荒原大漠，也需先有『生』，而後方能『文』。人處絕境，總要先出智求生，而後才能敬孔孟吧。所以是『人』強而『文』弱，不是『文』聖而『人』卑。是『人』御『文』，而非『文』役『人』。是『人』為主，『文』為奴，而不是『人』為『文』奴。」

「邱掌櫃，你的這番高見，我真還是頭一回聞聽！」

「在中原內地，我也不能這樣明說呀？這樣說，豈不是對孔孟聖賢大不敬嗎？將儒之『文』視為奴，御之，役之，那是皇上才敢做的事，我等豈敢狂逆如此？但在這裡，孔孟救不了你，皇上也救不了你，那你就只好巴結自己了。」

「我可得先巴結邱掌櫃。」

「想做一個有出息的西幫商人，光巴結老幫掌櫃不行，你還得巴結自家。」

「我們都知道邱掌櫃會抬舉自家，自視甚高。」

「你不要說我。」

「我們是敬佩邱掌櫃。」

「我邱某不足為訓。但你做西幫商人，為首須看得起自家。西幫看不起自家，豈敢理天下之財，取天下之利？我們西幫待人處世，依然綿善，可骨頭裡已滲進了強悍。」

「邱掌櫃的指點，我會記住的。」

「光記於心還不行，得滲入你的骨頭。」

「知道了。」

「你見過東家的三爺沒有？」

「我在老號學徒那幾年，見過三爺來櫃上。也只是遠遠望幾眼，沒說過話。三爺是誰，我是誰？」

「我跟三爺也沒有交情。這些年，三爺老往口外跑，他是有大志，要在這裡養足元氣，以等待出山當家。方老幫不贊成三爺『買樹梢』，我與方老幫倒有些不一樣，我不是十分反對三爺『買樹梢』。三爺尋著跟喬家的復盛公叫板，可見三爺還有銳氣，還有膽量呢。要是沒有這點銳氣和膽量，那豈不是白在口外跑動了！」

「邱掌櫃，那你還怎麼勸說三爺？」

「勸不下，那我們就一道幫三爺『買樹梢』！」

頭一天，他們跑了一半的路程，在途中住了一宿。邱泰基特意尋了那種蒙古氈房，住在了曠野。郭玉琪是第一次住這種蒙古氈房，整夜都覺得自己被丟在了曠野，除了叫人驚駭的寂靜和黑暗，什麼也沒有。甚至想聽幾聲狼嗥，也沒有。

邱掌櫃早已坦然熟睡。聞著青草的氣息，郭玉琪真是覺得在這陌生而又遼闊的天地間，就只剩下了他自家。

5

用了兩天，趕到包頭。在康家的天順長糧莊，邱泰基見到了三爺。

記的三爺是很白淨的，現在竟給晒成黧黑一個人，臉面、脖頸、手臂，全都黧黑發亮。不但是黑，皮膚看著也粗糙了。口外的陽婆和風沙，那也是意想不到的凶悍。

但三爺精神很好。

邱泰基沒有敢多寒暄，就把太谷老號發來的那封電報交給了三爺。他說：「我們猜測，『脫臼』是暗示遭了綁票。所以，火急趕來了。」

三爺掃著電報，說：「還猜測什麼，『脫臼』本就是暗示綁票！電報是幾時到的？」

邱泰基忙說：「三天前。收到電報，方老幫就叫急送三爺，是我在路上耽擱了。多年不來口外，太不中用了，騎馬都生疏了。」

邱泰基這樣一說，三爺的口氣就有些變了：「你們就是早一天送來，我也沒法立刻飛到天津。出事後，津號發電報到太谷，太谷再發電報到歸化，你們再跑四百里路送來，就是十萬火急，也趕不上趟吧？邱掌櫃，你是見過大場面的人，你看該如何是好？」

邱泰基沒有想到，來不來，三爺就將他一軍。他略一思索，便答道：「五娘遇此不測，當然得告訴三爺。現在老太爺又南巡漢口，在家的二爺四爺，也沒經見過這種事，就更指望著靠三爺拿主意了。綁票是飛來橫禍，又是人命關天，給了誰，能不著急？不過我看三爺已是胸有成竹了，哪還用得著我來多嘴？」

這幾句話，顯然更說動了三爺。他一笑，說：「邱掌櫃，我是叫你出主意，你倒會賣乖！我胸有成竹，還問你做甚？」

「三爺，我不拘出什麼主意，也是白出，你不過是故意考我。我才不上當。禍事遠在天津，怎樣救人緝匪，也勞駕不著三爺。三爺該做的，不過是下一道急令，叫京津兩號，全力救人。京號的戴掌櫃，神通廣大，他受命後，自然會全力以赴的。」

「邱掌櫃到底不是糊塗人。可我就是下一道急令，也不趕趟了。」

「三爺，我們在歸化收到電報，方老幫就讓代三爺發了這樣的急令了。事關緊急，方老幫也只好這樣先斬後奏。」

「你們已經帶我回了電報？」

「只給京津兩號回了電報，叫他們全力救人。太谷老號、漢口老太爺那裡還沒回。」

「邱掌櫃，我看這先斬後奏，是你的主意吧？」

「是方老幫提出，我附議。」

「哼，方老幫，我還不知道？他哪有這種靈泛氣！」

「三爺，還真是方老幫的主意。這是明擺著該做的，給誰吧，看不出來？」邱泰基見三爺臉色還不好，趕緊把話岔開了：「三爺，你當緊該拿的主意是去不去天津？」

「那邱掌櫃你說呢？」

「三爺又是裝著主意，故意考我吧？」

「這回是真想聽聽邱掌櫃的高見。」

「三爺想聽高見，那我就不敢言聲了，我哪有高見！」

「不拘高見低見吧，你先說說。」

「康家出了這樣的事，能不去人主？可除了三爺，也再沒撐大得起場面的人了。老太爺不在太谷，就是在，這事也不宜叫老太爺出面。挨下來，大爺、二爺，都是做慣了神仙的人，就是到了天津，只怕也壓不住陣。往下的四爺、六爺，怕更不濟事。三爺，你不出面，還能叫誰去？」

「可包頭離京師一千五百多里路呢，日夜兼程趕趁到了，只怕什麼也耽誤了。」

三爺說的雖是實情，可邱泰基早看出來了，三爺並不想趕往天津去。

「是呀，綁票這種事，人家會等你？我聽說三爺跟京師的九門提督馬玉昆有交情，那三爺還不趕緊再發封電報，叫京號的戴老幫去求救？再就是給太谷家中回電報，請二爺火速赴津。二爺武藝好，江湖上朋友也多，遇了這事，正該他露一手。三爺一說，二爺準高興去。總之，三爺在這裡運籌張羅，調兵遣將，那是比親赴天津還可行！」

顯然，三爺愛聽這樣的話。他說：「邱掌櫃，我也是想叫二爺去天津壓陣。」

「那就好。看三爺還有什麼電報要發？我們好趕回歸化，一併發出。老太爺那裡，也得回個話吧？」

「叫他不用著急，我和二爺緊著張羅就是了。」

三爺和邱泰基又合計了一陣，擬定了要緊急發出的幾份電報。但三爺不叫邱泰基走，要他多留幾天，還要合計別的事。邱泰基當然也想多留幾天，「買樹梢」的事，還沒顧上說呢。三爺本來是叫天順長派個夥友跑一趟歸化。可郭玉琪卻自告奮勇，請求叫他回歸化，發電報。

三爺問了問郭玉琪的情況，知道是新從太谷來的，就同意叫他去。包頭到歸化，是一條大商道，老手閉住眼也能跑到，對新手，倒也不失為鍛練。

郭玉琪領了重命，很興奮。他也沒有多看幾眼包頭，只睡了一夜，翌日一早，便策馬上路了。

臨行前，邱泰基送出他來，很囑咐了一氣。這個小夥友，一路陪他從太谷來到口外，吃苦，知禮，也機靈，歡實，很叫他喜歡。他當然沒有想到，從此就再見不著這個小夥友了！

郭玉琪走後，三爺擺了酒席招待邱泰基。邱泰基不敢領受，連說自家是壞了東家規矩，惹惱老太爺，受貶來口外的，萬不能接受招待。

三爺說：「那就不叫招待，算你陪我喝一次酒，還不成呀！」

邱泰基知道推辭不掉，但還是推辭再三，好像萬不得已才從了命。

席面上，三爺也不叫用酒盅，使了蒙人飲酒的小銀碗。舉著這樣的小銀碗，還要一飲而盡！邱泰基可是沒有這樣的功夫，但也沒法偷懶：三爺舉著銀碗，你不喝，他也不喝。

只好喝了，就是醉倒失態，也得喝。

整碗喝燒酒，大塊吃羊肉，真有種英雄好漢的豪氣了。邱泰基本來還是有些酒量的，只是不習慣這樣用碗喝。這樣喝，太猛了，真要三碗不過岡。可喝過三四碗，也不咋的，還能撐住。

三爺興致很好，似乎並不牽掛天津的禍事。問了問太谷的近況，老太爺出巡跟了些誰，孫大掌櫃離了老號，誰撐門面，但不叫邱泰基再提受貶的事。只是說：「你來口外，正是時候。沒有把你發到俄國的莫斯科，就不叫貶。」

邱泰基聽了，大受感動。這也是他惹禍受貶以來，最受禮遇的一次酒席了。但他知道，萬不能再張狂。三爺也有城府，酒後可不敢失言。

「邱掌櫃，我叫你們字號預備的款項，方老幫安排了沒有？」

「三爺吩咐，我們能不照辦？已經安排了。東口和庫侖有幾筆款，近期要匯到。款到後，就不往外放貸了，隨時聽三爺呼叫。」

「安排了，方老幫也嘟囔不止，對吧？」

「方老幫就那脾氣，對東家還是忠心耿耿。」

「我呼叫字號款項，也是按你們櫃上的規矩，借貸付息，到期結帳，又不是白拿你們的。外人借貸，不知怎樣巴結人家呢，我一用款，他就嘟囔！我連外人都不如？」

「三爺，我們都是為東家做事，有什麼不是，您還得多擔待。您是有大志大氣魄的，我們呢，只是盯著字號那丁點事。」說著，又趕緊把話岔開。「這場大雨，對胡麻生意真是很當緊嗎？」

「可不是呢！今年天旱，河套的胡麻好賴算捉了苗，但長得不好。所以喬家的復盛公又謀劃在秋後做霸盤，將前後套的胡麻全盤吞進，屯積居奇，來年賣好價。怕市面先把價錢抬起來，復盛公已經降了胡油的價碼。歸化的大盛魁是口外老大，它能坐視不管？就找我，想跟我們的糧莊聯手，治治復盛公！」

「大盛魁想怎麼聯手，一起『買樹梢』？」

「他們才不想擔那麼大的風險！他們的意思是現在就聯手搶盤！復盛公不是降了胡油的價嗎？那我們就吞它的胡油，有多少吞多少，它就是往高抬價，我們也吞進！把價錢抬起來，看它秋後還怎麼做霸盤？」

「在口外，數大盛魁財大氣粗，壓它復盛公一頭，那還不容易？何必還要拉扯上我們？」

「邱掌櫃，你也聽信了方老幫的嘟囔？」

「那倒不是。我是說，我們糧莊生意不大，可我們的票莊、茶莊、綢莊，也是生意遍天下。它們兩大家鬥法，我們何必摻和進去，向著一家，損著一家，有失自家身分？」

「邱掌櫃，我可沒有答應跟大盛魁聯手。人家大盛魁也不想跟復盛公搶胡麻生意，只是看不慣復盛公老愛這樣做霸盤。在口外，無論漢人蒙人，都離不開胡油，炸糕、炒菜、點燈，全靠它。做胡油霸盤，那不是招眾怨嗎？大盛魁的生意全靠在蒙人中間做。所以，他治復盛公的霸盤，也是想積德，取信於蒙人。康家的生意，現在雖然已經做遍天下，可我們是在口外起的家，也應該積德呀！」

「所以，三爺也想治一治喬家的復盛公？」

「對。可大盛魁現在就搶盤，把胡油價錢抬起來，不是一樣招眾怨嗎？所以，我就主張用『買樹梢』的辦法，治治復盛公。我在夏天先把胡麻的青苗買下來了，你秋後哪裡還能做成霸盤！」

「三爺的主意，是比大盛魁的強。」

「可誰能預料到，會下這樣一場偏雨！正在胡麻長得吃勁的時候，得了這樣一場透雨，收成那當然會大改觀。收成好，胡麻多，那價錢就不會高了。我『賣樹梢』預定的價錢，可是不低！」

「那三爺想如何補救？」

「邱掌櫃，你看呢？」

「我先猜猜三爺的打算，行吧？」

「你猜吧。」

「我猜三爺又想跟大盛魁聯手，立刻搶盤，趕在秋收前，把胡麻的價錢抬起來。對不對？」

「還真叫你猜著了。」

「這樣聯手搶盤抬價，那一樣也得招眾怒吧。」

「趕到這一步，也只剩這著棋了。邱掌櫃，你還有什麼高招？」

「三爺，我今兒喝多了酒，真還有些話，想說出來。」

「那你就說吧。邱掌櫃的話，我還真愛聽。」

「說了不中聽的，三爺想罰想貶，都不用客氣！」

「說吧。想遭貶，那我就跟孫大掌櫃說一聲，把你發到莫斯科去。」

「貶到莫斯科，我也要說。三爺有大志，我是早聽說了。這次來包頭見到三爺，你猜我一眼就看出了什麼？」

「我可不給你猜。邱掌櫃還是少囉唆吧。」

「我一眼就看出，三爺在口外，把元氣養得太足了！」

「邱掌櫃，你這話是什麼意思？」

「三爺一副雄心萬丈，氣衝霄漢的樣子，那還不是元氣養得太足了？您本來就想尋件大事，寄託壯志，一展身手，或是尋個高手，擺開陣勢，激戰一場。正好，復盛公叫您給逮著了。它想做霸盤，大盛魁要搶盤，三爺您就來了一個『買樹梢』，出手，過招，攻過來，擋回去，好嘛，三家就大戰起來了。三爺，我看您入局大戰，重續三國演義，十分過癮。」

「邱掌櫃，你這是站在哪頭說話呀？」

「三爺，你先說我說得在不在理？」

「有幾分理，也有幾分歪理！我好像閒得沒事幹了，不想積德，也不賺錢，就專尋著跟它們挑事？」

「三爺，您長年藏身在口外，勞身骨，苦心志，臥薪嘗膽，養精蓄銳，就為跟復盛公較勁呀？所以，我是覺著三爺不值得入這種局。喬家的復盛公，在口外，尤其在包頭，那還是大商號，它的命根在這裡。大盛魁，那就更不用說，它做的就是蒙人的生意，它的天地就在口外的蒙古地界。你們康家不一樣，起家的天盛川茶莊，在口外已不能算是雄踞一方的大字號了，就是在你們康家的商號裡，也不是當家字號了。天順長糧莊，就更是小字號。康家的當家字號，是我們天成元票莊。天成元票莊的重頭戲在哪兒？不在口外，而在內地，在天下各地的大碼頭。三爺在口外養足了元氣，該去一試身手的地界，是京師、漢口、上海、西安那種大碼頭，豈能陪著復盛公、大盛魁這些地頭蛇，練這種胡麻大戰？」

「邱掌櫃，你倒是口氣大。」

「不是我口氣大，是你們康家的生意大，三爺的雄心大，所有我才大膽進言，只望三爺棄小就大。復盛公與大盛魁想咋鬥，由它們鬥去。你看老太爺都出巡江漢了，三爺心存大志，早該往大碼頭上跑跑了。」

「我也往碼頭上跑過。總覺著成日虛於應酬，弄不成什麼事，還沒在口外來得痛快，豪爽。」

「三爺要以商立身，那總得善於將英豪之質，壯烈之膽，外化為圓順通達。我們西幫，正是將口外關外的英豪壯烈與中原的圓通綿善融於一身，才走遍天下，成了事。現在，三爺正有一機緣，可以奔赴京津。」

「繞這麼大一圈，原來，邱掌櫃還是想叫我去天津！」

「三爺想怎麼說，就怎麼說吧。」

「那再飲一碗酒！」

這次酒席後，三爺是更喜歡和邱泰基一道說話，正事閒事，生意時務，都聊得很愜意。幾天過去，三爺還真被邱泰基說動了，有了要退出胡麻大戰的意思。只是，對夏初已經上手的「買樹梢」生意，不知該如何收拾。邱泰基說：「離秋收還些時候呢，先放下靜觀。這攤事，你就交給天順長糧莊料理吧，我們天成元也會輔佐他們。三爺就放心去你的京津！」

6

對去不去京津，三爺還沒有拿定主意。到大碼頭歷練歷練，他也不是不想。只是，一切都還是老太爺主事，字號的事又難以插手，去了能做甚，就為學習應酬？

老太爺老邁是老邁了，可也不想把家政、外務交付後輩。他們子一輩六人，老太爺還算最器重他，可也從沒有跟他說過繼位的事。老爺子對他，依然不夠滿意吧。老爺子沒有什麼表示，他就跑到大碼頭去顯擺，那不妥。

三爺正在猶豫呢，歸號的方老幫又派人送來一封電報：電報是漢號替老太爺發的，叫三爺速赴天津，坐鎮營救五娘，並查明是誰竟敢如此難為康家？

三爺叫邱泰基看了電報，說：「邱掌櫃，看來還得聽你的，去趟天津。」

邱泰基忙說：「你是聽老太爺，可不是聽我的。要聽我的，三爺現在已經在天津衛了。」

說時，邱泰基問歸號來人：「郭玉琪送回去的電文，都及時交電報局了吧？」

不想，新來的夥友竟說：「郭玉琪沒有回去呀？他不是在這裡跟著伺候邱掌櫃嗎？」

「郭玉琪沒有回歸化？」邱泰基吃驚地問。

「沒有！來時，方老幫還交代，要是邱掌櫃一時還回不來，那就叫郭玉琪先回來。怎麼，他不在包頭？」

「三爺，」邱泰基驚叫道，「得趕緊去尋尋郭玉琪！」

三爺說：「包頭到歸化，一條大道，怎麼能走丟了？」

說完，立刻吩咐天順長糧莊，派人去沿途尋找。

邱泰基還是不踏實，就對三爺說：「我得回歸化了，正好也沿途尋尋郭玉琪。他陪我從太谷走到歸化，是個懂事、有志氣的夥友，可不敢出什麼事！」

三爺一想，他也得趕緊啟程奔天津，就決定跟邱泰基一道走。去天津，先就得路過歸化，再取道張家口赴京。

但離開包頭不久，邱泰基就讓三爺前頭先走，他要沿途查訪。三爺雖有些依依不捨，還是先走了。當時他就在心裡說：有朝一日，繼位主事後，一定聘這位邱掌櫃出任天成元票莊的大掌櫃。

邱泰基可顧不上想這麼多了，他考慮的就一件事：郭玉琪的下落。

包頭至薩拉齊，再至歸化，正是夾在陰山與黃河中間的土默特川。以前，這一帶本也如古《敕勒歌》所描繪的那樣：

敕勒川，陰山下，
天似穹廬，籠蓋四野。
天蒼蒼，野茫茫，
風吹草低見牛羊。

但到清光緒年間，這種蒼茫樸野的草原風光已不好尋覓。自雍正朝廷允許漢人來此囤疆墾荒以來，這一片風水寶地，差不多已經被「走西口」出來的山陝農民開發成農耕田園了。廣袤的蒙古草原，留在了陰山之北。包頭所對著的昆都倫溝山口，正是北出陰山，進入西部蒙古草原的商旅要衝。所以，歸化至薩拉齊、再至包頭的駝道商路，不僅繁忙，沿途所經之地，也並不荒涼。至少，客棧、車馬店、草料鋪，是不難見到的。

所以，郭玉琪在這一條商路上走失，那是讓人意外的。但他畢竟是一個剛來口外的年輕夥友，本來就懷了壯志，一路又聽了邱泰基的許多激勵，意氣上來，做出什麼冒失的舉動，也說不定的。

邱泰基最擔心的，就是郭玉琪一時興起，日夜不停往歸化跑。他人生地不熟，騎術也不佳，在口外做長途商旅的經驗更近於無。夜間走錯路，或遇狼群，或遭匪劫，都是不堪設想的。郭玉琪走時，邱泰基還特意吩咐：天黑前一定尋處可靠的客棧，住宿下來，不可夜行。誰知他會不會一時興起，當耳旁風給忘記了？

一路打聽都沒有任何消息。等趕到來時住宿的那處蒙古氈房，也毫無所獲：郭玉琪並沒有再來此過夜。邱泰基在周圍探訪多處，亦同樣叫人失望。

花了幾天時間，一路走，一路打聽，還是一點線索也未得到。

回歸化，見到在前頭尋找的天順長的人，結果也一樣。

郭玉琪這樣一個叫人喜歡的後生，來口外這才幾天，就這樣不見了？他還想不畏荒原大漠，好生歷練，以長出息，成才成事，可什麼還沒來得及經歷，就出了意外？

然而，邱泰基回到歸化，甚至都沒顧上為郭玉琪多做嘆息，就被另一件急事纏住了。他一到歸號，就見到了暴怒的三爺。這是怎麼了，又跟方老幫頂牛了？

一問才知是津號發來新的電報：五娘已經遇害。三爺的暴怒，原來是衝著津門的綁匪。他要在口外招募一隊強悍的鏢師，帶了赴津復仇：「這是哪路王八，敢這樣辱沒康家！」

邱泰基一見三爺這番情狀，就感到事情不妙。五娘遇害，是叫人悲憤交加，可三爺帶著這樣的暴怒赴津，那更不知要鬧出什麼亂子來。京津不比口外，不能動輒就唱武戲，就是非動武不成，那三爺你也不能貿然出頭吧。搬動官府，或是請教江湖，總得先武戲文唱。

於是，他草草安頓了櫃上一位夥友，繼續查詢郭玉琪的下落。自家呢，就忙來勸說三爺：面對此種意外，萬不可失去大家風度；而此種禍事，似乎也不宜太張揚了。二爺既然帶著武名赫赫的昌有師父，坐鎮津門，三爺緩幾天去，也無妨了。

三爺哪就那麼好勸？

可無論如何，邱泰基要把三爺勸住。否則，再弄出點事來，他怎麼能對得起寬諒了自己的東家？今年以來，不測之事一件跟一件，也叫他對時運充滿了敬畏。不小心些，也許還會出什麼事？

在邱泰基的努力下，三爺真還打消了去天津的主意，決定先回太谷：老太爺不在，他得回家中坐鎮。

第十章　一切難依舊

1

七月，老太爺傳回過一次話來，說趕八月中秋前後，可能返晉到家。

聽到這個消息，三喜明顯緊張起來。杜筠青見了，便冷笑他：「你說了多少回了，什麼也不怕，還沒有怎麼呢，就怕成這樣！」

三喜說：「我不是怕。」

「那是什麼？」

「走到頭了。」

走到頭了。杜筠青知道這話的意思，可三喜這樣早就慌張了，很使她失望和不快。

「我看他九月也回不來。」

「九月不回來，就天冷了，路途要受罪。不會到九月吧？」

「出去時是熱天，回來時是冷天，老骨頭了，依然不避寒暑。他就是圖這一份名聲。」

「真到冬天才回來？」

「六月出去，八月回來，出去三個月，來回就在路途走倆月，圖什麼？」

「那是捎錯了話？」

「話沒捎錯。可你看上上下下，哪有動靜，像是迎接他回來？」

「那捎這種話做甚？」

「就為嚇唬你這種膽小的人。」

杜筠青完全是無意中說了這樣一句話，一句玩笑話，也能算是帶了幾分親暱的一句話。但她哪能料到，這句話竟然叫三喜提前走到了頭。

杜筠青將三喜勾引成功後，才好像終於意識到發生了什麼事：自己本來是出於對老禽獸的憤恨，怎麼反而把自己糟蹋了？

所以，自那次與三喜野合後，回來就一直稱病，沒有再進城洗浴。她不想再見到三喜了！她越想越覺得三喜原來是這樣一個大膽的無賴。他居然真敢。

而她自己，為了出那一口氣，竟然淪落到這一步。這樣自取其辱，能傷著那個老禽獸什麼？你要氣他，就得讓他知道這件事。你怎麼讓他知道？流言蜚語，辱沒的只是妳這個淫婦。除非妳留下遺言，以死相告。

杜筠青真是想到了死。不管從哪一面想，想來想去，末了都想到了死。但她沒有死。一想就想到了死，再想，又覺死得不解氣。

也許，她在心底下還藏著一個不想承認的念頭：並不想真死。

老夫人稱病不出，呂布心裡可就焦急了：老父病情已趨危急，只怕日子不多了，偏在這種關口，她不能再跑回家探視盡孝！看老夫人病情，似乎也不太要緊，只是脾氣忽然暴戾異常。請了醫家先生來給她診療，她對人家大發雷霆。四爺和管家老夏來問候，她也大發脾氣。對她們這些下人，那就更如有新仇舊恨似的，怎麼都不對，怎麼都要捱罵。

老夫人可向來不是這樣。康家上下誰都知道，這位年輕開通的老夫人沒架子、沒脾氣，對下人更是仁義、寬容。這忽然是怎麼了？

呂布當然知道，老夫人早被老太爺冷落了，就像戲文裡說的，早給打進了冷宮。可這也不是一天兩天了，以前也不發脾氣，現在才忽然發了脾氣？或許是因為老太爺不在，才敢這樣發脾氣？

管家老夏很生氣地問過呂布：「妳們是怎麼惹惱了老夫人？」

呂布只好把自家的想法說了出來：誰敢惹老夫人！只怕是老夫人自家心裡不舒坦。她總覺著老太爺太冷落她了，趁老太爺不在，出出心裡的怨氣。

老夏立刻喝斥她：「這是妳們做下人的能說的話？」

但喝斥了這樣一聲，老夏就什麼也不問了。

看來，老夫人真是得了心病，那何時能醫好？呂布時刻惦記著病危的老父，但也是乾著急，沒有辦法。她即使去向老夏言明了告假，在這種時候，老夏多半也不會開恩：老夫人正需要妳伺候呢，我能把妳打發走？

那天，呂布出去尋一味藥引，遇見了三喜。三喜就慌慌張張問她：「老夫人怎麼了，多日也不使喚車馬進城？」

呂布就說：「老夫人病了，你不知道？」

三喜聽了，居然臉色大變，還出了一頭汗：「病了？怎麼病了？」

呂布看三喜這副樣子，就說：「三喜，你對老夫人還真孝順！剛說病了，倒把你急成這樣。我看，也不大要緊，吃幾服藥就好了。她這一病，我可沒少挨她罵。你是不知道，她的脾氣忽然大了，逮誰罵誰！」

呂布說著，就匆匆走了，並沒有發現三喜還呆站在那裡。

等回到老院，呂布挑了一個老夫人脾氣好的時候，說了聲：「剛才出去碰見三喜了，他還真孝順，聽說老夫人病了，急得什麼似的，臉色都變了。」

呂布本來想討老夫人的喜歡，哪承想自家話音沒落，老夫人的脾氣忽然就又來了，氣狠狠地說：「三喜也不是什麼好東西！你不用提他！老夏再來，得叫他給我換個車伕，像三喜這種尖滑的無賴，趕緊給我打發了！」

呂布再也不敢說什麼了。根據近來經驗，你再說一句，老夫人會更罵得起勁。可老夫人一向是挺喜歡三喜的，怎麼現在連三喜也罵上了？呂布心裡就更沉重起來。她知道前頭死去的那一位老夫人後來也是喜怒無常，跟著伺候的下人成了出氣筒，那可是遭了大罪了。現在這位老夫人，本來最開通了，不把下人當下人你有些閃失，她還給你瞞著擋著，怎麼說變就變了？偷偷放你往家跑，這種事怕再不會有了。沒事還找碴兒罵你呢，怎麼還會叫你再搗鬼！萬幸的是，老夫人發脾氣時還沒有把那件搗鬼的事叫嚷出來。

只是以後的日子可怎麼過？主家要成心把你當出氣筒使喚，那也活該你倒黴。你就是到老太爺那兒告狀，也白搭。越告，你越倒楣。

老院的事，呂布她什麼不知道。只是，她沒有想到，倒楣的角色也叫她攤上了。

但就在罵過三喜不久，老夫人忽然說，她的病見輕了，要進城洗浴一次。許多時候不洗浴，快把她骯髒死了。

呂布聽了當然高興，可也不敢十分高興。老夫人肯定不會允許她再偷著往家跑。她出去告訴三喜套車伺候時，特別叮嚀他，得萬分小心，可不敢惹著老夫人！現在的老夫人，可不是以前那個老夫人了。

三喜聽了，一驚一乍的，簡直給嚇著了。

老夫人出來上車時，四爺和管家老夏都跑來問候：剛見好，敢進城洗浴嗎？要不要再派些下人伺候？

老夫人揮揮手，只說了一句：「不用你們多操心。」

雖然是冷冷的一句，但今天老夫人的情緒還是平靜得多了。在陽光下看，她真是憔悴了許多。

老夏厲聲對三喜和呂布說：「好好伺候老夫人，有什麼閃失，我可不客氣！」

三喜戰戰兢兢地答應著，呂布看了，都有些可憐這後生。

出村以後，三喜依然戰戰兢兢地趕著車。呂布也不敢多說什麼，叫他坐上車轅，或是叫他吼幾聲秧歌，顯見地都不相宜。正沉悶著，就聽見老夫人問：

「呂布，妳父親的病好了沒有？」

呂布忍不住，就長嘆了一口氣，說：「唉，哪能好呢！眼看沒多少日子了，活一天，少一天。蒙老夫人慈悲，上次回去看他時，已吃不下多少東西。」

「那妳也不跟他們告假？」

「不是正趕上老夫人欠安，我哪好告假？」

「這可不干我的事！我是什麼貴人，非妳伺候不下？」

「老夫人，是我自家不想告假。老夫人待我們也恩情似海，在這種時候，我哪能走？這也是忠孝不能兩全吧。」

「妳也不用說得這麼好聽！妳想盡孝，就再回去看看，離了妳伺候，我也不至淹死在華清池。」

聽了這種口氣，呂布哪還敢應承？忙說：「蒙老夫人慈悲，我已算是十分盡孝了。說不定託老夫人的福，家父還見好了呢。近些時，也沒見捎話來，說不定真見好了。」

「我可沒福叫妳託，想回，妳就回，不想回，拉倒。」

呂布不敢再搭話，老夫人也不再說話，一時就沉悶起來。三喜一直小跑著，緊張地趕著車，他更不敢說什麼。

這樣悶悶地走了一程，老夫人忽然說：「三喜，你變成啞巴了，不吭一聲？」

三喜驚慌得什麼也沒說出。

呂布忙來圓場：「三喜，老夫人問你呢，也不吭聲！要不，你還是唱幾句秧歌吧，給老夫人解解悶。」

呂布見老夫人也沒有反對，就催三喜：「聽見了沒有，快唱幾句！」催了好幾聲，三喜也不唱。

老夫人冷冷地說：「呂布，妳求他做甚！」

老夫人話音才落，三喜忽然就吼起來，好像是忍不住衝動起來，吼得又格外高亢，蒼涼：

酒色才氣世上有，
許仙還願法海留，
白娘子不答應，
水淹金山動刀兵，

為丈夫毀了五百年道行。

呂布聽了，就說：「三喜，你使這麼大勁做甚？還氣狠狠的，就不怕惹老夫人生氣！」

豈料，老夫人卻說：「再唱幾句。」

三喜接著還是那樣使著大勁，氣狠狠地唱：

好比古戲鳳儀亭，

貂蟬女，生得好，

呂布一見被傾倒，

為貂蟬，

把董卓一戟刺了。

呂布說：「三喜，你唱的是《送櫻桃》吧？」

老夫人說：「再唱。」

好比東吳的孫夫人，

劉備死在白帝城，

孫夫人祭江到江中，

為劉備，

貞節女死到江中心。

這樣一唱，氣氛就不再沉悶。老夫人的情緒似乎也有些好起來，三喜也不再那樣拘束，驚慌。所以，呂布就起了回家去看一眼老父的心思。等快到達華清池時，她終於鼓起勇氣，向老夫人說：

「老夫人，要不，我再回家看一眼父親？」

「我早說了，由妳。」

「那我一準快去快回，不會耽擱老夫人的工夫！」

「多日沒來洗浴，今天要多洗些時候。妳也不用太急慌，小心跑岔了氣。」

聽老夫人這口氣，呂布心裡更踏實了。等老夫人一進華清池的後門，她跟三喜招呼了一聲就匆匆離去了。

2

三喜獨自一人守著車馬，既覺得時候難熬，又怕時候過得太快。他已經抱了必死的信念，只是想對老夫人說明一聲。

他得到老夫人那簡直就像是做夢一樣。夢醒之後，他知道惹了殺身之禍。老太爺那是什麼人物！但他並不後悔。用自己卑微的性命，換取夢了無數次的那一刻，已經太便宜了自己。他已經是罪孽深重了，就怕由此害了老夫人！那樣，他就是死十回吧，又有什麼用？

但他犯這樣的罪孽，實在是扛不住了。

那一刻，他真是夢了無數回。他也不呆傻，老夫人的美貌、開通、愛乾淨，他能看不見、覺不到？尤其是，一年四季，三天兩頭，總是守著剛剛出浴的老夫人！如此美貌的老夫人，洗浴之後那是怎麼一種神韻，除了他，能有誰知道？他心裡雖然不斷罵自己，但真是扛不住地著迷。更要命的，是老夫人沒有一點貴婦的架子、主家的架子，開通之極，待他簡直像她喜歡的兄弟，能感到一種格外的疼愛。

三喜原來還以為，這不過是一種錯覺吧，自家盡往美處想呢。可後來，越來越覺著不像。老夫人是真喜歡他，真疼愛他。特別是今年夏天，真是一步一步走進美夢裡了。先是把呂布放走，又跟他逗留在棗樹林說笑，還假扮成姐弟四處遊逛，任他叫她二姐。夢裡也不曾這樣。

他是誰，老夫人是誰！他能伺候天仙一樣的老夫人，天仙似的老夫人又真心疼他，那他這輩子還會再稀罕什麼？派到外埠，住家字號，熬著發財？不盼望了。什麼也不盼望了，就這樣給老夫人趕一輩子車。

現在，他是給老夫人趕不了幾天車了。一切都快走到頭了。但他不後悔，就只怕害了天仙一樣的老夫人。夢裡的事真發生後，老夫人不再出來，不再進城洗浴，三喜就知道大禍要臨頭了。那幾天，他就想自裁了卑微的性命。可他不明不白地死去，會不會連累了老夫人？一切罪孽都放在我身上，然後我去死。你想怎麼咒我都成，但你不要壞了自家的名聲。我死，一定找個不相干的由頭。

後來，他見到呂布，聽說老夫人病了，又逮誰罵誰，心裡就更想死了。妳想罵，還是罵我吧。妳以前人緣多好，忽然這樣壞了脾氣，逮誰罵誰，全是因為我。我情願去死，妳也不敢變成另外一個人似的。為我這樣一個下人，壞了妳的美名和道行，太不值！

死前，我只想再見妳一面，由妳來罵。怎樣解氣，就怎樣罵。妳想叫我死後，永輩子不能再脫生為人，我也答應妳。但妳得聽我說一聲：妳不能壞了自己的道行！

就是死，我也覺著太便宜了自家。今年的夏天，太便宜了我，我真是情願用性命來換。只可惜我的性命太卑微，太不值錢了。老夫人，妳如天仙一樣的性命，萬萬不能因為我，壞了道行。

今天老夫人洗浴，也沒有用太多時候。她被澡堂的女僕扶出來時，似乎已經洗去了先前的憔悴，美豔如舊。但冷漠也依舊。

三喜不敢多看。

老夫人上車的時候，喊了他一聲：「你是發什麼呆，不能扶我一把！」

三喜慌慌地扶她上了車。

吆喝著牲靈出城，他可真是緊張極了，因為他無法平靜下來。怕心思不能集中，吆喝錯了，車馬撞著人，可心思哪能集中！車裡的老夫人就似一團烈火，炙烤著他的後背，血脈都快燒起來了。好在是熟路，牲靈也懂事，穿街過市倒還沒出事。

出了繁華的城關，漸漸到了靜謐的鄉間大道，三喜覺得應該向老夫人說明自己的心志了，可怎樣開口？一直尋不著詞兒。越尋不著越慌，越慌越尋不著。

正慌得不行，忽然聽見老夫人說：「小無賴，你啞巴了？」

他趕緊說：「老夫人，我作了孽，我該死……」

「我聽不見！你坐到車轅上說。」

三喜不敢坐上去。

「小無賴，你聾了，聽不見？」

三喜聽老夫人的口氣，不是那樣冰冷，只好小心地跳上車轅坐了。

「你剛才說什麼？」

「老夫人，我知道我作了孽，惹了禍，該死。」

「那你怎麼還沒死？」

「我死容易，就怕連累了老夫人。老夫人因我壞了道行，我就是死十回，也不頂用……」

「小無賴，你就知道死！」

老夫人這樣罵的同時，還伸腳蹬了他一下，軟軟的。三喜不由回頭望了一下，老夫人伸出來的居然是一隻光腳，什麼也沒穿的光腳！而且，蹬過他，也不縮回去，就那樣晾在車簾外。他頓時覺得天旋地轉，幾乎從車轅上掉下來。看來，老夫人並不惱恨他。老夫人依然疼愛他，說不定是真心給他這一份恩情。但他不敢再魯莽了，不能再不顧一切抓住這隻要命的腳。

「老夫人，一切罪孽我都擔，就是……」

「就是不想死！」

「不是，不是。我知道，我是必死無疑。可我不怕死，也不後悔。老夫人給我的這份恩情，我情願用性命來換。」

「小東西，就知道死！」

老夫人又軟軟地蹬了他一下。他是再扛不住了，就是天塌地陷，也不管了，伸手抓住老夫人那隻光腳，任它在自己手裡亂動。老夫人輕聲喊著：「小無賴，小無賴！」但他能覺得出來，她的腳是在他的手中歡快地亂動，並不想掙脫。

杜筠青沒有想到三喜會說這樣的話：用性命來換她的恩情。她這是給了他恩情嗎？

她本來不是一個壞女人。只是為了氣一下那個老禽獸才故意出格，故意叛逆，故意壞一下。可一旦越過壞的界限，她又被嚇得驚慌失措，無法面對。稱病，罵人，發脾氣，暴戾無常，那也不能使她重新退回去了。退路只有一條，那就是死，以死洗白自己。

可是她不想死。要想死，在與老東西做禽獸後就該死去了。

現在，沒有氣死老禽獸，倒將自己髒汙死了，那豈不是太憨傻？

就是直到這種時候，杜筠青深藏在心底下的那個念頭才不得不升浮上來：其實，她是異常喜歡三喜這個英俊、機靈的年輕男子的。自從進入康家以後，杜筠青因為堅守了進城洗浴的排場，三天兩頭得由車倌伺候。而事實上，她能常見到、又能常守著的異性，就唯有這給她趕車的車倌了。為了豪門的門面，車倌偏偏都挑選了非常英俊、機靈的年輕男子。康家似乎只對自己的男主子嚴加防範，女僕全僱用上年紀的；而對女主子，倒十分放心了，男傭並不怕他年輕、英俊、機靈。杜筠青知道，他們對女人放心，是諒她們也不敢！這雖然也誘惑她，想故意去做一種反叛，可她對三喜以前的那兩個英俊的車倌，卻是什麼心思也沒有。三喜為什麼叫她喜歡，她也說不清楚。但她清楚，自己喜歡三喜，這就是一種壞，不是故意做出的那種壞，而是真壞。所以，她總是盡量將這種壞，深藏在心底下。

其實在更多的時候，她是想將對三喜的喜歡，裝扮成一種假壞，也就是為了反叛老禽獸，才故意喜歡三喜的。可這假壞一天一天漲大，終於出格成真！杜筠青除了驚慌失措，她在心底下還在關心一件事：這個三喜，這個英俊機靈的小東西，是不是值得她這樣？他如果只是一個小無賴，只是想乘機發壞，那她就真的只是為了傷害老東西，故意毀了自己。要是那樣，她也只有一條死路了。杜筠青知道自己已經給老東西毀了，可還是不願再自毀一次。

人再無奈，也不該作踐自己。

那天，聽呂布傳來了一點三喜的消息：他也驚慌了。他是為誰驚慌，為他自己，還是為她？杜筠青忽然非常想見到他，無論他是小無賴，還是小東西！

當終於見到他的時候，杜筠青就忽然覺得可以放心了。她忽然不想再計較什麼了，他是不是小無賴，委身於他是不是值的，都不計較了。真壞，還是假壞，她也不管了！

就是真壞，她也願意了。

就是日後給老禽獸處死，給世人辱罵萬年，她也情願了。

所以，杜筠青沒有想到三喜能說那樣的話：他情願用性命來換她的恩情，一點也不後悔。因為她就沒有盼望聽到這樣的話。可這句話，真是打動了她，熱淚噴湧而出：那個早死的男人，這個不死的老禽獸，還有「賣」掉了她的父親，誰願意用他的性命來換她的恩情？

三喜，三喜，你也給了我恩情，我也不會後悔，可我不要你的性命！你說過，什麼也不怕。現在，我也要說，我什麼也不怕。我不怕壞，我情願跟你一起壞。什麼都不怕，什麼都不用想，我們能壞一天，就多壞一天。要死，我們一起去死。

這天的棗樹林和挨著它的大秋莊稼地成了他們的瘋狂之地。

也許是天道不怒，那天呂布也是遲遲不歸。

原來，呂布此次跑回娘家，正趕上了老父的彌留之際。他最後認出了她，也最後遺棄了她。她終於有了向東家告假的正規理由，可以獲假七七四十九天。

呂布歸家守「七」後，管家老夏派老院的另一個女傭跟了伺候老夫人進城洗浴。可她沒跟幾天，就給退回來了。

杜筠青對老夏說：「她不是跟著伺候我，是跟著一心氣我！」

老夏趕緊說：「老夫人想要誰，就叫誰。」
杜筠青冷冷哼了一聲，說：「誰也不要，我就等呂布了。」
老夏忙說：「沒人跟了伺候，哪成？」
杜筠青就厲聲反問：「你是怕沒人氣我？」
老夏賠笑說：「那叫伺候老太爺的杜牧跟了伺候老夫人？」
杜筠青就發了脾氣：「她眼裡哪有我？她更會氣我！」
老夏再不敢說什麼了。他只好跑去叮嚀三喜：千萬手疾眼快機靈些，千萬小心不敢再惹著老夫人。
真是天道不怒，出來進去，就只有她和三喜兩個人。
真是夢一樣的夏天。

3

在那之後沒有幾天，就傳來了五娘在天津被綁票的消息。
聽到四爺驚慌地跑來報告的這個消息，杜筠青心裡真是一震：怎麼會是那個美麗溫順的小媳婦出了事，而老東西卻永遠平安無恙，沒人敢犯？
她對四爺說：「你也不必太慌張了。綁票還不是為銀錢？你給天津的字號說，要多少銀錢，就給多少，好歹把人救出來。五娘那麼個溫柔人兒，不會給嚇著吧？」

四爺苦著臉說：「可不是呢，五爺也夠嗆，他哪受過這種驚嚇？」

「這是得罪了誰了？」

「不知道，甚也不知道，只聽說天津衛本來就亂。二爺要帶些武師，急奔天津。老夫人有吩咐的沒有？」

「二爺要去天津？」

「可不是呢，他非要去。」

「那就去吧。告訴他，能出銀錢把人贖回來，就不要動武。」

四爺應承著走了。杜筠青知道她說的話都是廢話。四爺，也不過來應付一下，算是請示了她。五爺五娘是康家最恩愛的一對小夫妻了，就偏偏遇了這樣的不測，天道還是不公。

她自己現在變壞了，會遭什麼懲罰？也許妳變壞，反倒不會遭報？反正出了這樣的禍事，全家上下都忙做一團，更沒有人注意她了。不過，在聽到這一不測之後，杜筠青有意拖延了幾天，未出門進城洗浴。

二爺連夜走時，她去送行，顯得也焦慮異常。

第二天，六爺來見她。當然也是因五娘的不測，不過，她沒有想到，六爺是請她出面，叫大老爺為五娘卜一卦。

她就說：「六爺，你去求他，不一樣？」

六爺就說：「我去了，大哥跟佛爺似的坐著，根本就不理我。」

「他耳聾，哪知道你說什麼？」

「我寫了一張字條，給他看了。他只是不理我。」

「他不理你，我去就理了？」

「妳是長輩，他敢不聽！」

「大老爺比我年紀大多了，我端著長輩的架子，去見他？只怕也得碰個軟釘子。再說，大老爺他真會算卦？」

「大哥一輩子就鑽研《周易》，卜卦的道行很深。聽說，老太爺出巡前，曾叫大哥問過一卦，得了好籤，才決定上路的。」

「我怎麼一點都不知道？」

「大哥輕易不給人問卦。可五爺是誰？親兄弟呀！五娘遇了這樣的大難，不應該問問吉凶？任我怎麼說，只是不理。」

「你沒有叫四爺去求？」

「四哥說，他去了也一樣求不動的。」

「那我就去一趟。我碰了釘子，栽了面子，可得怨你六爺。」

「老夫人的面子也敢駁，那大哥他就連大小也不識了。」

杜筠青做老夫人也有些年頭了，真還沒有多見過這位大爺。每年，也就是過時過節，大家都擺了樣子，見那麼一下。除此而外，再也見不著了。剛做了老夫人時，挨門看望六位爺，去過老大那裡一回。這位大爺，真像一尊佛爺似的，什麼表情也沒有，好像連眼也沒有睜一下，只是那位大娘張羅著，表示盡到了禮數。這大爺大娘比她的父母還要年長，杜筠青能計較什麼？從此也再沒去過他們住的庭院。年長了，也就知道：失聰的老大一直安於世外之境，不招誰惹誰，也不管家長裡短。杜筠青當然也更不去招惹人家了。

現在，她答應去求這位大老爺，自然是想表示對五娘的掛念，但還有一個心思：要是能求動，就請他也給自己問一卦。她反叛了老東西，她已經變壞，看這位大爺能不能算出來。

老夫人忽然來到，叫年長的大娘很慌亂，居然要給她行禮。

杜筠青忙止住了。她也沒有多說閒話，開門見山就把來意說了。大爺自然依舊像佛爺似的，閉目坐在一邊。大娘聽了，就接住說：

「五娘出了這樣的事，誰能不心焦？我一聽說了，就比劃給這個聾鬼了，他也著急呢。我當下就想叫他問一卦，成天習《易》，家裡出了這樣的事，還不趕緊問個吉凶？他就瞪我，嫌我心焦得發了昏，誰能給自家問卦？」

「不能給自家問卦？」

「自家給自家打卦，哪能靈？」

「可五娘是在天津出的事呀？」

「聾鬼和五爺他們是親兄弟，一家人，走到哪都是一家人，問卦靈不了。剛才六爺就來過，也想叫聾鬼給問個吉凶。聾鬼沒法問，六爺好像挺不高興，以為我們難求。聾鬼和五爺六爺都是親兄弟，能辦的，還用求？」

「可聽說，老太爺這次出遠門，大老爺給卜過一卦。」

「哪有這事呢！老太爺是在外頭另請的高手。老夫人也不想想，老太爺出遠門這樣的大事，我們敢逞能問卦？聾鬼他也不喜愛給人卜卦，他習《易》不過是消遣。寫了幾卷書，老太爺還出錢給刻印了。可除了學館的何舉人說好，誰也看不懂。他是世外人，什麼也不敢指望他。」

「那就不說了。五娘多可人，偏就遭了這樣的大難，真叫人揪心。」

「可不是呢。二爺不是去了嗎，還有京師天津那些掌櫃們呢，老夫人也不用太心焦了。前些時，聽說老夫人病了，已經大癒了吧？看氣色，甚好。」

「本來，也想叫大老爺給問一卦呢。前些時，總是心慌，好像要出什麼事，就擔心著老太爺，沒想是五娘出了事。可現在心慌還沒去盡，所以也想問問卦。」

「老夫人現在的氣色，好得很。」

「你們都是揀好聽的說。」

「真的。聾鬼，你也看看。」

大娘就朝一直閉目端坐的大爺捅了一下。大爺睜眼看了看杜筠青，眼裡就一亮。大娘就說：「你看，聾鬼也看出了你臉色好。」

「我看，大老爺是看出我臉上有不祥之氣吧？」

「哪會呢，我還不知道他！」

說時，大娘又朝大爺比劃了一下。他便起身到書案前，提筆寫了一張字條。

杜筠青接過看時，四個字：「容光煥發」。她心裡一驚，這是什麼意思？但面兒上，還是一笑，對大娘說：「我還看不出來，是妳叫寫這好聽的詞兒。」

從大娘那裡回到老院，她就一直想著這四個字：自己真顯得容光煥發？對著鏡子看，也看不出什麼來。反叛了老禽獸，就容光煥發了？哼，容光煥發，就容光煥發。只是，容光煥發得有些不是時候，人家都為五娘心焦呢，妳倒容光煥發！

她就趕緊打發人，把六爺請來，告他：「替你去求了，大老爺也沒給我面子。說是給自家人問卦，不靈驗。」

六爺就說：「大哥也太過分了吧，連老夫人妳的面子也真駁了？」

「他們說的也許是實情。大娘還說，老太爺出遠門前，是請外頭的高手給卜的卦，大老爺沒給問卦。」

「我才不信。要不，大哥也算出凶多吉少，不便說，才這樣推託？」

「誰還算出是凶多吉少？」

「學館的何老爺。」

「他瘋瘋癲癲的，你能信他？」

「他還說得頭頭是道。」

「六爺，你不用信他。還是安心備考吧。」

「我知道。」

「你也得多保重，不敢用功過度。尤其夏天，不思飲食，也得想法兒吃喝。用功過度，再虧了飲食，那可不得了。我前些時，就是熱得不思進食，結果竟病倒。」

「我還沒有聽說，已經大癒了吧？」

「好是好了，臉色還沒有緩過來吧？」

「我看老夫人臉色甚好！」

「你們就會揀好聽的說。」

「真是，老夫人臉色甚好！」

六爺也說她臉色好！

送走六爺，杜筠青又在鏡前端詳起自家來。真是臉色甚好，容光煥發？自己的變化，真都寫到臉上了？寫在臉上，就寫在臉上吧。自入康家門，只怕就沒容光煥發過。

隔幾天，進城洗浴的路上，就先把這事對三喜說了。問他：「小無賴，你看呢，我的臉色真不一樣了？」

沒有想到，三喜也沒理她這句話，只是一臉心思地說：「出了這樣的事，老太爺還不趕緊回來？」

杜筠青還以為三喜是指她們之間的事呢，就問：「我們的事，有人知道了？」

三喜才說：「我是說五娘遭綁票，出了這樣的大事，老太爺還不得趕緊回來？」

杜筠青聽了，就罵了一聲：「你盡嚇唬人吧！就為這事，千里迢迢跑回來？他才不會。五娘出了這樣的事，我們看著怪嚇人，可叫老東西看，哪算回事呀！三喜，我看你是害怕了吧？」

「我說過，我不怕。」

「那你還總疑心老東西要回來？」

「他回來，我就走到頭了，總得有個預備。」

一聽這樣的話，杜筠青就又感動，又壓抑。每每瘋狂之後，他們都會感到有限的日子又少了一天。前面的路，真是能看到頭：最多，他們能把這個夏天過完。天涼以後，他們就無處幽會了。天涼以後，老東西也要回來。或者，還沒有過完夏天，她們的事就已被發現。這是老東西的天下，不是他們的天下。他們趁早一道私奔了？那樣，倒是叫康家出了大醜。可他們能私奔到哪兒？天下都有人家的生意。三喜總是說，他什麼也不指望了，他已經把八輩子的好日子都過完了，立刻去死，也心滿意足。這話，真是叫杜筠青聽得悲喜交加。

「三喜，你又這樣說！老東西回不來呢。我們這才幾天，就走到頭了，那天道也太不公。這些時，都忙乎五娘的事了，更不會有人注意我們。」

「出了這樣的事，都不回來？」

「小無賴，你是想叫他回來，還是怎麼著？」

「二姐，那我也不死了，也去做土匪，把二姐也綁走。」

「你早就是小土匪了！」

4

二爺沒走幾天，果然就傳來了可怕的消息：營救不及，五娘遇害。六爺聽到這消息，才明白何老爺不是胡言亂語。

剛傳來五娘被綁票的消息，何老爺就說：五娘怕沒救了。這不是訛錢，是訛人。一準是津號那個劉國藩結了私怨，人家故意訛他呢。何老爺還說，五爺五娘走時，他就告誡過他們：千萬不敢去天津，津號那位劉掌櫃靠不住。可五爺五娘哪還把他的話當句話記著？只怕當下就沒往耳朵裡進！要聽了他何某人的告誡，哪能出這等事？

「六爺，我的金玉良言沒人聽了。你們康家沒一人愛聽我的金玉良言了。天成元也沒一人愛聽我的金玉良言了。西幫，天下人，誰也不聽我說了。」

何老爺忽然這樣感傷不已，大發議論，真把六爺嚇了一跳。不過，六爺早習慣了何老爺的瘋瘋癲癲，也就接住話頭，叫他議論下去。或許，他還真能說出些解救五娘的門道。

但聽了半天，何老爺也只是一味奚落津號的劉掌櫃，說他是「只有心思，沒有本事，就愛說別人的不是」，就憑這稀鬆樣，竟哄住了領東一個人，撿了一方諸侯當。劉國藩他能當上老幫，天成元也該敗了。事前膽大如虎，事後膽小如鼠，既無妙思，更無急智，又不結善緣，只一味好大喜功，不砸鍋塌底還等甚？

何老爺何以對劉掌櫃仇恨如此？六爺側面問了問，他跟劉國藩原來在一搭住過莊，好像也沒有什麼過節，只是覺得這個人無能無行，竟被重用，氣憤不過。

六爺就說：「何老爺已脫離商界，生這種閒氣做甚！你總看不起官場，可商界又如何？庸者居其上，賢者居其下，還不是也這樣！」

「六爺說得好！」

何老爺忽然擊節稱讚，又把六爺嚇了一下。這位何老爺，今兒怎麼老是一驚一乍的。

「字號的事，我們管它呢。只是何老爺何以就斷定五娘沒救了？」

「六爺，我連這都看不出來，豈不是比劉國藩那狗才還無能？」

「那何老爺有辦法救五娘嗎？」

「要救五娘，只有一法。」

「什麼辦法？」

「眼下你們康家是誰主事？」

「四爺。」

「那六爺就趕緊去對四爺說：要救五娘，立刻請何老爺赴津。」
「何老爺去天津，就能救了五娘？」
「六爺要不信，那五娘一準就沒救了。」
「已經議定，二爺帶一班武師，立刻赴津。」
「差了，差了，這是一出文戲，你們怎麼能武唱？五娘是沒救了。」
六爺倒是把何老爺的這一通胡言亂語，對二爺、四爺和管家老夏都說了，可誰也沒當正經話聽。二爺出發前，何老爺還跑去見了，特意交代：到了天津，二爺只把劉國藩一個人拿下，擺出些威武來，拍桌子瞪眼，嚴審那狗才。往厲害處一嚇唬，劉國藩就會把什麼都招出來。此為解救五娘的唯一入口處。二爺當然也沒把何老爺的話當回事。
不過，六爺見何老爺如此反常，也有些將信將疑的。所以就想請習《易》的大哥，先卜一卦，驗證一下。大哥偏又不肯。他正想到外間請人算一卦，五娘遇害的噩耗就傳來了。六爺這才真吃驚了：何老爺還真有些本事？
所以，在四爺叫去議事前，六爺趕緊先去見了何老爺。一見面，六爺就說：「還是何老爺料事如神！事到如今，才知道未聽何老爺指點，鑄成大錯。現在四爺更慌了，何老爺不會生我們的氣，坐視不管吧？」
何老爺冷笑一聲，說：「我說了，你們還是不會聽。」
六爺就說：「四爺不聽，我聽。何老爺的高見，我一定要張揚，堅持。」
「要聽我的，事到這一步，四爺六爺你們也沒什麼可著急的了。給五爺門口掛了孝，給五娘設個靈堂，不就得了？天津那頭，可要熱鬧了，只是沒你們什麼事。」

「五娘的喪事，宜在天津那頭辦？」

「光是五娘喪事，能熱鬧到哪？五娘一死，劉國藩也必死無疑！」

「劉掌櫃也要遇害？」

「他那點膽，必定得給嚇死！老幫給嚇死了，津號跟著就得遭殃。天津那碼頭，遇這種事，不把你擠垮算便宜你。六爺你看吧，津號是要熱鬧非凡！」

何老爺說的原來是這樣一種熱鬧，六爺可不愛聽這些生意上的事。

「那五娘的喪事，還是回來辦好？」

「叫我看，最好是先祕不發喪。」

「祕不發喪？」

「你們不會聽我的吧？把這許多禍事張揚出去，你們康家的生意不做了？」

「何老爺的高見，我一準對四爺說。」

「六爺，那你再求四爺一聲，派何某去天津吧。當此危難之際，京號的戴老幫是一定在津的。我去，可助他一臂之力。」

何老爺竟提出這樣的要求，六爺更沒有想到，但也只好應承下來。

在跟四爺議事時，六爺很正經地說出了何老爺的高見。四爺和老夏一聽祕不發喪，就依然以為是瘋話。至於派何老爺赴津，四爺更不敢答應，貴為舉人老爺，只怕老太爺也不便做此派遣吧。

等到四爺老夏趕赴天津奔喪，在壽陽被追了回來，接著又傳來劉國藩自盡的消息，何老爺本來該更得意了，豈料他竟忽然瘋癲復發，失去常態！

那日，六爺得知津號的劉掌櫃果然服毒自盡，就急忙跑到學館，去見何老爺。何老爺一聽，哈哈笑了幾聲，兩眼就發了直，瞪住六爺，卻不說話。

「何老爺！何老爺！」

就像沒有聽見，依然瞪著眼，不說話。六爺有些怕了：何老爺眼裡什麼都沒有了，平時的傲氣、怨氣、活氣、全沒了。這是怎麼了，難道何老爺捨不得劉掌櫃死？

「何老爺，劉掌櫃的死，你不是早有預見？」

「六爺，我求你一件事。」

何老爺依然是兩眼空洞，說話都像是變了一個人。

「何老爺在上，有什麼吩咐，學生一定照辦。」

「你們康家誰主事？」

「是四爺臨時主事。」

「那你去跟四爺說，劉國藩死了，津號老幫的人位空出來了，趕緊把何開生派去補缺。除了他，誰在天津碼頭也立不住！聽清了吧？」

「聽清了。」

「那你說說，我求你做甚？」

「派你去天津做老幫。」

「那你還不趕緊去見四爺？」

「我這就去。」

六爺趁機慌忙離開了學館。要在平常時候，何老爺這樣瘋說瘋道，六爺不會當回事。何老爺客串科舉，不幸中舉，噩夢一般離開票號，雖然已經有幾年了，平時還是說不了幾句話，就拐了彎，三繞兩繞，準繞回商號商事。只是，平時可不是這副怕人的模樣，眼裡一點活氣也沒有了！他住票號多少年，還不知道字號的人事歸誰管？四爺他能管了津號的人位？何老爺說這種傻話，分明已有些不對頭了。

六爺當然也不能把這些傻話轉告四爺。四爺還正為一攤非常事件焦頭爛額呢。管家老夏，他也管不了何老爺。所以，六爺只能躲開了事，也不知該如何將息有些失常的何老爺。

誰料，六爺剛回到自家的書房，還沒喘了幾口氣，四爺就派人來叫他速去。還以為天津又傳了什麼怕人的消息，也不敢遲疑，他慌忙來見四爺。到達時，還沒進屋，就隔著簾子聽見何老爺那種變陌生了的可怕聲音：

「派我去津號領莊，有何不妥？」

原來，叫他來是因為何老爺。他有些不想進去，可下人已經將竹簾撩起來了，只得進來。見六爺進來，何老爺轉而衝他問：「你說，我去津號領莊，有何不妥？」

六爺忙順著他說：「當然比誰都強，只怕有些大材小用。」

何老爺瞪著眼，說：「你不知道，天津衛碼頭那是什麼莊口，本事小了立不住！少東家們，趕緊派我去，再遲疑，津號就沒救了。」

四爺就問：「六爺，何老爺這是怎麼了？」

六爺趕緊搖搖頭，繼續對何老爺說：「我和四爺一準舉薦何老爺去津號領莊，就請何老爺放心。我正在給老太爺和孫大掌櫃寫信呢。」

「來不及了，快派我去津號！」

「我們給漢口打電報，成不成？」

「來不及了。快派我去津號。快來不及了，快沒救了，少東家們。」

四爺插了一句：「何老爺，字號上的人事，我們東家一向也不好插嘴的。」

何老爺就怒喝道：「孫北溟，庸者居其上，靠他，你們康家一準要敗！」

六爺忙示意四爺，不要說話，他接住說：「何老爺說得對，孫大掌櫃是老不中用了。我們立刻就去打電報，向老太爺舉薦何老爺。」

「來不及了，少東家們，還不趕緊派我去天津！」

任六爺怎麼順著毛哄，何老爺只是不走，愣逼著兩位少東家派他去天津。四爺沒法，派人去叫管家老夏。老夏趕來，和何老爺對答了幾句，就吩咐下人叫來一個粗壯的家丁。那家丁進來，沒說一句話，走過去躬身一抱，就將何老爺扛了起來，任他掙扎叫喊，穩穩扛了出去。

六爺沒想到老夏會這樣伺候何老爺！他雖瘋癲了吧，也畢竟是位舉人老爺，還是自己的業師，怎麼能像扛豬羊似的，任其號叫著，扛了出去？六爺知道，老夏和何老爺一向不和，誰也看不起誰。老夏現在所為，豈不是乘人之危，成心令其受辱？

六爺就不高興地說：「老夏，老太爺待何老爺還從不失禮。何老爺是正經舉人，你能這樣伺候？」

老夏忙說：「六爺，我哪敢對何老爺失禮？可他犯病了，不得不這樣伺候。除此，還有一法，更不雅。四爺通醫，也知道吧？」

六爺就問：「還有何法？」

「猛然打他幾耳刮，說不定能打過來。」

抽何老爺的耳刮？這豈止是不雅！可老夏說得一點都不在乎。

四爺說：「把何老爺扛下去，就不用再打他了。緩不過來，還是送他家去，慢慢養吧。」

老夏答應了聲，就匆匆退下去關照。

六爺也不知道何老爺是否捱了打，反正是在學館見不著他了。從五娘被綁票，到何老爺失瘋，像豬羊一樣給扛走，一件挨一件的背運事，使六爺更厭倦了康家的生活。無論如何，在明年的鄉試中不能失利，否則，他就無法離開這個叫人討厭的家。

5

四爺送來老太爺的那封信時，七月將盡了。這是叫老夫人親啟的信，也是老東西出巡以來，寫給她的唯一一道信。杜筠青拆開看時，發現落款為七月初，是剛到達漢口時寫的。

居然走了小一月，何其漫長！做票號生意，全憑信報頻傳，偏偏給她這位老夫人的親啟信件，傳遞得這樣漫長。漫漫長路，傳來了什麼？

杜氏如面：

安抵漢口，勿念。千里勞頓，也不覺受罪，倒是一路風景，很引發詩興。同業中多有以為老朽必殉身此行，殊為可笑。南地炎熱，也不可怕，吃睡都無礙。不日，即往鄂南老茶地，再往長沙。趕下月中秋，總可返晉到家。

專此。

夫字

七月初五

按說，這不過是幾行報平安的例行話，可杜筠青看了，卻覺得很有刺人的意味。尤其內中「以為老朽必殉身此行，殊為可笑」那一句，似乎就是衝著她說的。她現在的心境，已全不是老東西走時的心境了，甚至也不是月初的心境了。她已經做下了反叛老東西的壞事，但從來也沒有詛咒過他早死。她知道老東西是不會死的，他似乎真的成精通神了。她反叛，也只能是自己死，而不是老東西死。可從老東西的信中，杜筠青依稀感覺到一種叫她吃驚的東西：老東西似乎已經預感到了她的反叛？

預感到她的反叛，老東西真會突然返回嗎？眼看七月已經盡了，並沒有傳來老東西起程返回的消息。月初的時候，什麼事還沒有發生，可現在已經出了多少事！

現在的康家，似乎也不是老東西走時的康家了。五娘已死，五爺失瘋，津號的劉掌櫃服毒自盡，二爺未歸，三爺也無消息，學館的何老爺竟也瘋病復發。老東西才走幾天，好像什麼都失序失位了。他真是成精通神的人物？

不管你成精成神，我也不怕你了。無非是一死，死後不能投胎轉生，也無非脫生為禽獸吧。你們康家亂成什麼樣，我也管不著了。我做老夫人多少年了，你叫我管過什麼事？我不過是你們康家的擺設，永遠都是一個外人。所以，我也給你們康家添一份亂，一份大亂，但願是石破天驚的大亂。然後，我就死去了。老東西，你當我看不出來？你是早想替換我了，早想娶你的第六任續絃夫人。我什麼不知道！

老東西來了這樣一道信，杜筠青當然要告訴三喜了。三喜一聽，就滿臉正經，半天不說話。

杜筠青就說：「害怕了？」

三喜說：「不是害怕。」

「那一聽老東西要回來，就繃起臉，不說話，為什麼？」

「快走到頭了。」

「你又來了！老東西這封信是剛到漢口時寫的，不過幾句報平安的套話。他且不回來呢。看你這點膽量吧。」

「熱天過完，也該走到頭了。」

「秋天也無妨，秋天老東西也回不來。」

「只怕沒秋天了。」

「三喜，你怎麼盡說這種喪氣話？」

「不說了，不說了。我給二姐唱幾句秧歌，衝一衝喪氣，行吧？」

說時，三喜已經跳下車，甩了一聲響鞭，就唱起來了。杜筠青聽來，三喜今天的音調只是格外昂揚，似乎也格外正經，並沒有聽出一絲悲涼。那種情歌情調，也唱得很正經。除此之外，並沒有任何異樣。

在東林歡會的時候，三喜帶著很神聖的表情，給杜筠青磕了頭。三喜以前也這樣磕過頭，杜筠青雖然不喜歡他這樣，可看著那一臉神聖，也不好譏笑他。三喜今天又這樣，她也沒有多想，只是對他說：「你再這樣，可就不理你了。」

三喜當時很正經地說：「二姐，那以後就不這樣了。」

對三喜的這句話，杜筠青更沒有多留意，因為說得再平常不過了。

回康莊的路上，三喜又提到那封信，說：「八月不冷不熱，我看他要回來。」杜筠青就有些不高興，以為三喜還是怕了。她說老東西九月也回不來，一準要等到天大冷了，才打道回府。出巡天下，不畏寒暑，老東西就圖這一份名聲。

「那為何要捎這種話，說八月中秋要回來？」

「就為嚇唬你這種膽小的人！」

這句話，四分是親暱，四分是玩笑，只有三分是怨氣。但事後杜筠青總是疑心，很可能就是這句話，叫三喜提早走到了頭。

可那天說完這句話，一切依舊，也沒任何異常。車到康家東門，杜筠青下來，就有候著的女傭伺候她，款款回到老院。那天夜裡，好像又鬧了一回鬼。但她睡意濃重，被鑼聲驚醒後，意識到是又鬧鬼，便鬆了心，很快就又沉睡過去了，什麼也不知覺，好像連夢也沒有做。

隔了一天，她又要進城洗浴。等了很一陣，下人才跑回來說：尋不見趕車的三喜，哪也尋不見他。

杜筠青一聽心裡就炸了。臨出車，尋不著車倌，這可是從來沒有過的事。小無賴，他真的走到了頭，用性命換了她的恩情？小無賴，小東西，我要你的性命做什麼！你說不定是怕了，跑了？我對你說過多少回，不要死，我不要你的性命，能跑，你最好就跑。

她立刻對下人吼道：「還不快去尋！除了三喜，誰趕車我也不坐！快去給我尋三喜！」

下人驚恐萬狀地跑下去了。

不久，管家老夏跑來，說，還是尋不見三喜。要不，先臨時換個車倌，伺候老夫人進城？

杜筠青一聽，就怒喝道：「我誰也不要，就要三喜！我喜歡的就三喜這麼一個人，你們偏要把他攆走？

趕緊去給我尋，趕緊去給我尋！」

老夏見老夫人又這樣發了脾氣，也不敢再多說什麼，答應了聲立刻派人去尋，就退下去了。整整一上午，什麼消息也沒有。

這個小無賴，真走了？杜筠青想冷靜下來，可哪裡能做到！小東西，小東西，你是著急什麼？她細細回憶前天情景，才明白他那一臉神聖，格外正經，原來是訣別的意思。小東西，真這樣把性命呈獻給了她？不叫你這樣，不叫你這樣，為什麼還要這樣？她不覺已淚流滿面。

直到後半晌了，老夏才跑來，很小心地說：「還是哪兒也尋不見。派人去了他家，又把他的保人找來，也問不出一點消息。還查了各處，也沒發現丟失什麼東西。」

杜筠青一聽這樣說，就又忍不住怒氣上衝，厲聲問：「你們是懷疑三喜偷了東西，跑了？」

「也只是一種猜疑吧。」

「不能這樣猜疑！三喜跟了我這些年，我還不知道？他家怎麼說？」

「他家裡說，一直嚴守東家規矩，仨月才歇假回來一次，一夏天還沒回來過。保人也很吃驚，說三喜是守規矩的後生，咋就忽然不見了？我也知道三喜是懂規矩的車倌。忽然出了這事，真是叫人摸不到南北了。老夫人，我問一句不該問的話？」

「說吧。」

「三喜他再懂事，也是下人。老夫人打他罵他，那本是應該的。可老夫人一向對下人太慈悲，都把他們慣壞了。三喜也一樣，老夫人更寵著他，忽然說他幾句，就委屈得什麼似的，說不定還賭氣跑了！」

「你們是疑心我把三喜罵跑了？」

「老夫人，這也是病篤亂投醫吧，胡猜疑呢。我查問那班車倌，有一個告我，前不久三喜曾對他說：不想趕車，就想跑口外去。這個車倌奚落他，眼看就熬出頭了，不定哪天東家外放呢，還愁落個比口外好的碼頭？可三喜還是一味說，不想趕車了，只想跑口外去。所以，我就疑心，是不是老夫人多說了他幾句，就賭氣跑了？」

「我可沒說他罵他！康家上下幾百號人，就三喜跟我知心，就他一人叫我喜歡，我疼他還疼不過來呢，怎麼會罵他！小東西，真說走就走了……」

杜筠青說著，竟失聲痛哭起來，全忘了顧忌自己的失態。

老夏可嚇壞了，只以為是自己問錯了話，忙說：「老夫人，是我問錯了話。老夫人對下人的慈悲，人人都知道。我們正派人四處尋他，他一個小奴才，能跑到哪兒？準能把他尋回來。好使喚的車倌有的是，就先給老夫人挑一個？」

「除了三喜，我誰也不要！一天尋不著三喜，我一天不出門，一年尋不著他，我一年不出門！小東西，真說走就走了……」

「老夫人就放心，我一準把這小奴才給找來。」

老夏匆匆走了。

杜筠青慢慢平靜下來，才意識到自己的失態。當著管家老夏的面，為一個車倌失聲痛哭，這豈不是大失體統？失了體統，那也好！她本來就想壞老東西的體面。只是，不該搭上三喜的性命。為三喜痛哭一場，那也應該。得到三喜確切的死訊，她還要正經痛哭一場，叫康家上下都看看！

她剛才失態時，管家老夏吃驚了嗎？只顧了哭，也沒多理會老夏。他好像只是慌張，沒有驚奇。難道老夏不覺得她這是失態？他好像說：老夫人對下人太慈悲了。想到老夏說的「慈悲」二字，杜筠青自己先吃驚了。慈悲，慈悲，那她不成了菩薩了！她為三喜痛哭，那豈不是一種大慈悲？三喜為她落一大慈悲的虛名，那他豈不是白送了性命？

老夏說，老夫人對下人太慈悲了。他還說，老夫人對下人的慈悲，人人都知道。人人都以為你是這樣一個慈悲的老夫人，誰還會相信你做了壞事，反叛了老東西？

老天爺！早知這樣，何必要叫三喜去死？

三喜，三喜，我從來就不同意你去死！是我勾引了你，是我把你拉進來報復老東西，也是我太喜歡你，因此是我壞了你的前程。要死，得我死。你一個年輕男人，可以遠走高飛，走口外，下江南，哪不能去？你先跑，我來死。我死，還有我的死法，死後得給老東西留下永世撫不平的傷痛。可你就是不聽，急急慌慌就這樣把性命交出來了。你對別人說，你想跑口外去。我知道你是故意這樣說，我不相信你是跑了。你要是跑了，不是死了，我倒還會輕快些。他們要是真不相信我會勾引你，那我豈不是白白毀了你！

三喜，你要沒有死，就回來接我吧。我跟你走，那他們就會相信一切了。

杜筠青天天逼問三喜的下落，而且將心裡的悲傷毫不掩飾地流露出來。可正如所料，她既問不到確切的消息，也無人對她的悲傷感到驚奇。四爺、六爺，不斷跑來寬慰她，也說待下人不能太慈悲，不能太嬌慣。老夏更斷定，那忘恩負的小奴才，準是瞅見府上連連出事，忙亂異常，便放肆了，偷偷賭錢，背了債，嚇跑了。她極力否認他們的推測，可誰肯聽？只是極力勸她，就坐別人趕的車，進城洗浴吧，別為那不識抬舉的小奴才傷了老夫人貴體。

老天爺，一切都不由她分說！

杜筠青為車倌三喜這樣傷心，的確在康家上下當作美談傳開。

像康家這樣的大家，當然是主少僕多。老夫人如此心疼在跟前伺候她的一個下人，很容易得到眾多僕傭的好感。何況她本來在下人中就有好人緣。下人們不成心毀她，可畏的人言就很難在主家的耳朵間傳來傳去。主家的四爺六爺，也清楚這位繼母早被冷落，孤寂異常。她能如此心疼跟前使喚慣了的下人，到底是心善。自家受了冷落，反來苛待僕傭，那是常見的。許多年過去，這位開通的繼母，並不愛張揚露臉，更不愛惹是生非，他們並不反感她。

各門的媳婦們，雖愛挑剔，但女人的第一件挑剔，已經叫她們滿足非常了：這位帶著點洋氣的年輕婆婆，她沒有生育，沒給康家新生一位七爺，那她就不會有地位。再加上老太爺過早對她的冷落，更叫她們在非常滿足後又添了非常的快意。所以，見她如此心疼一個車倌，便都快意地生出幾分憐憫來：她沒兒沒女，準是把小車倌當兒女疼了，也夠可憐。

康家主僕沒有人對老夫人暗生疑心，那還因為：本就沒有人想過，有誰竟敢反叛老太爺！包括老夫人在內，對老太爺那是不能說半個不字的。這是天經地義的鐵規。

杜筠青也漸漸覺出了這一點：在康家，根本就沒有人相信，她竟敢那樣傷害老東西。難怪三喜一聽老東西要回來，就這樣慌慌張張走了。

可你做了沒人相信的事，豈不等於沒有做？三喜，三喜你真是走得太早了。可你到底是想了什麼辦法，能走得這樣乾淨？

他也許是跑了？

6

康笏南真是到冬十月才回到太谷的。

此前，於八月中秋先回到太谷的，只是在天津的二爺和昌有師父。綁匪自然是沒抓到。昌有師父與津門幾家鏢局合作，忙活了個不亦樂乎，也一直沒有結果。無論在江湖黑道間，還是市井潑皮中，都沒查訪出十分可疑的對象。

其實，這也在昌有師父的意料之中。

從留在五娘屍體上的那封信看，綁匪當是劉國藩所蓄外室僱傭的，還點明是一班街頭青皮。可這封信的真實內容，京號的戴掌櫃萬般叮嚀：不可向任何人洩漏，包括津號的夥友、津門鏢局的武師，甚至二爺。日後，此信也只能向兩個人如實說出，一個是康老太爺，一個是孫大掌櫃。昌有師父目睹了劉掌櫃自盡、津號被擠兌的風潮，自然知道了這封信的厲害，答應戴掌櫃會嚴守祕密。所以，他雖名為與津門鏢局合作，實在也是各行其是。

當時在大蘆現場，他拆閱那封信後，曾含糊說出綁匪是一班市井青皮。鏢局老大重提此事，昌有師父只好故作疑問：那信上所言也不能太相信了，說不定是偽裝，街頭青皮哪敢做這麼大的工作？鏢局老大說，他們也有這種疑心。於是就分兵兩路，一面查訪江湖的黑道，一面查訪市井青皮。而昌有師父，更派了自己帶來的武師，暗訪青樓柳巷。

戴掌櫃還擔心，要是給津門鏢局查獲凶手，揭出劉國藩醜事，那將如何應對？昌有師父提出，那就不用勞駕天津鏢局了。可戴掌櫃說：出了這樣欺負我們的大案，不大張旗鼓緝拿綁匪，那以後誰也想欺負我們了。老太爺也一再發來嚴令：誰竟敢這樣欺負我們，務必查出。所以，還不能避開津門鏢局。不借助人家，哪能攪動天津衛的江湖市井？

又想破案，又怕給外人破了，醜事外揚，昌有師父就看出來了：此案只怕難破。果然，忙活到頭，終於還是沒有理出一點眉目。江湖市井，都沒找到任何可疑跡象。青樓柳巷也沒打聽到什麼有用的消息：近期並未死了或跑了哪位角兒姐兒。在那封神祕的信上，有「只待來世」字樣，還不是要死嗎？或許劉掌櫃的這位外室，不是結緣青樓笑場，而是祕覓了富家女？富家出了這樣案事，也不會默無聲息吧？總之是什麼也沒有探查出來。

見是這種情形，昌有師父也不想在天津久留下去了。他畢竟是武人，這樣雲山霧罩地唱文戲，也提不起他太大興致。於是，他便先把歸意對二爺說了：「來天津也有些時候了，賊人雖沒捉拿到，局面也平靜了。太谷還撂著一攤營生呢，不知能不能先回太谷走走？」

一直逮不著綁匪，二爺早有些不耐煩了，一聽昌有師父也有歸意，就說：「怎麼不早說？那我們回太谷！緝拿賊人，就叫津門鏢局他們張羅吧。」

二爺跟戴掌櫃說了此意，戴膺倒是很痛快就答應了，直說，二位太辛苦了，字號惹了這樣的禍，連累二位受苦，實在愧疚得不行。昌有師父就白，緝拿綁匪的聲勢，看來已經造足了。

離津前，昌有師父陪了二爺，去跟五爺告別。

失瘋了的五爺，什麼都不知道了，就知道一樣：死活不離天津。二爺和戴掌櫃商量後，只好在天津買了一處安靜的宅院，將五爺安頓下來。從太谷跟來伺候的一班下人，也都留了下來。給五爺保鏢的田琨，總覺是自己失手，闖了這樣大的禍。所以表示，要終身伺候五爺。可其他下人，尤其像玉嫂那樣的女傭，就有些不想留在天津，成天伴著一個傻爺。

二爺來告別，又對下人訓了一通話，叫他們好生伺候五爺。嫌悶，就跟著田琨師父學練形意拳。昌有師父聽了，心裡想笑：以為是你自家呢，練拳就能解悶？他就說：「二爺的意思，是在天津衛這地界，會練拳，受人抬舉呢。各位伺候五爺，他想疼你們，也不會說了。二爺臨走，也有這番意思，先代五爺說幾句疼你們的話。五爺他成這樣了，伺候好，康家會忘了你們？」

昌有師父這幾句話，還說得下人們愛聽。

五爺倒也在一邊聽著，但只是會傻笑。來跟他告別，其實他又能知道什麼？他只是一味對二爺說：「我哪兒也不去，哪兒也不去！車也不坐，轎也不坐，馬也不騎，哪兒也不去！」

所以，二爺回來後，康家上下問起五爺，一聽是這種情形，誰不落淚？

二爺歸來，實在也沒有給康家帶來多少活氣。他也不是愛理家事的爺，回來不久，就依然去尋形意拳壇的朋友，習武論藝，尤其是和武友們議論天津正流行的義和拳。

在津時，他和昌有師父還真拜見過義和拳的大師兄。怎麼看，這些人也不像是正經習武之輩。他們大概也知道昌有師父的武名，所以也不論拳，只是一味說通神請神的功夫。形意拳是看重實戰的真功夫，昌有師父對義和拳也就不怎麼放在眼裡，只是在當時沒有給他們難堪吧。昌有師父的這種態度，很影響了二爺。此前，車二師父也認為，義和拳不過是武藝中的旁門左道。於是，二爺對武友們說起義和拳，當然也甚不恭敬。來年，即庚子年，竟因此惹出一點風波，先不說了。

九月將盡，離家近兩年的三爺也先於老太爺回到太谷。

經邱泰基再三勸說，三爺的怒氣本來已經消了，不再想招募高手，赴津復仇。他決定先回太谷。臨行暴躁的名分，遠行歸來，除了老太爺，肯去拜見誰？尤其對年輕的老夫人，總是把不恭分明寫在臉上，一點都不掩藏。所以，他如此反常地來拜見老夫人，又恭敬安詳，還真叫老夫人驚駭不已：三爺他這是什麼意思，一回來就聽到什麼風聲了？

三爺看老夫人，也覺有些異常，只是覺不出因何異常。

十月二十，正是小雪那天，康笏南迴到太谷。

在他歸來前半個月，康家已恢復了先前的秩序。尤其是大廚房，一掃數月的冷清：各位老少爺們，都按時來坐席用膳了。

老太爺回來前，六爺親自去看望了一趟何老爺。他竟然也恢復過來，不顯異常。於是，就將其接回學館。

老夫人那裡，呂布也早銷假歸來。老夏給派的一位新車倌，她也接受了，依舊不斷進城洗浴。

好像一切都沒有變化。

—— 上卷完

白銀谷——理天下之財，取天下之利

作　　者：成一
發 行 人：黃振庭
出 版 者：複刻文化事業有限公司
發 行 者：複刻文化事業有限公司
E-mail：sonbookservice@gmail.com
粉 絲 頁：https://www.facebook.com/sonbookss/
網　　址：https://sonbook.net/
地　　址：台北市中正區重慶南路一段61號8樓
8F., No.61, Sec. 1, Chongqing S. Rd., Zhongzheng Dist., Taipei City 100, Taiwan
電　　話：(02)2370-3310
傳　　真：(02)2388-1990
印　　刷：京峯數位服務有限公司
律師顧問：廣華律師事務所 張珮琦律師

定　　價：550元
發行日期：2024年10月第一版
◎本書以POD印製
Design Assets from Freepik.com

國家圖書館出版品預行編目資料

白銀谷——理天下之財，取天下之利 / 成一 著 . -- 第一版 . -- 臺北市：複刻文化事業有限公司, 2024.10
面；　公分
POD版
ISBN 978-626-7595-26-8(平裝)
857.7　113015371

電子書購買

爽讀 APP

臉書

前幾日，不時和邱泰基在一起說話，越說越暢快，又越說越興濃，依依不想作罷。三爺真是深感與邱泰基相見太晚，這許多年，就沒有碰見過這樣既卓有見識，又對自己心思的掌櫃老幫。邱掌櫃就是自己要尋的軍師諸葛亮！日後主政，就聘邱泰基做天成元的大掌櫃。

總之，邱泰基是把三爺的萬丈雄心，更提起來了。所以，三爺就想多逗留幾日，不急於踏上歸途。

邱泰基見三爺氣消了，又不想走了，就怕他舊病復發，再來了脾氣，陷入大盛魁和復盛公之間的胡麻大戰。於是就勸三爺：如能把五娘遇害深藏心間，不形於色，此時倒是赴京津的一次良機。

「怎麼是良機？」

「危難多事之際，正可一顯三爺的智勇和器局。老太爺雖在漢口，江漢卻並無危局，而京津之危，可是牽動全域性之危。三爺去京津，正其時也。」

「邱掌櫃，不是你攔著，我早到天津了。」

「我是怕到了京津，三爺您沉不住氣，一發脾氣，文的武的都來了，那還不如不去呢！正熱鬧時候，都盯著看我們呢，去丟人現眼圖甚？」

邱泰基這是激將。果然，三爺就坐不住了，決定趕往京津。說：「邱掌櫃把人看扁了，我能連這點氣度也沒有？」

很快，三爺就取道張家口，趕赴京師去了。

邱泰基本來是有才幹的老幫，擔當過大任，經見過大場面，遭貶之後自負驕橫也去盡了，所言既富見識，口氣又平實誠懇，誰聽了也對心思。不過，最對三爺心思的，還是邱泰基說的那一層意思：三爺不能再窩在口外修煉了，要成大器，還得去京津乃至江南走動。三爺聽了這層指點，真猶如醍醐灌頂！以前，怎麼就沒有人給他做這種指點？他來口外修煉，聽到的都是一片讚揚。口外是西幫起家的聖地，西幫精髓似乎都在那裡了。要成才成器，不經口外修煉，那就不用想。連老太爺也是一直這樣誇獎他。可邱掌櫃卻說：西幫修煉，不是為得道成仙，更不是為避世，是要理天下之財，取天下之利。囿於口外，只求入乎其內，忘了出乎其外，豈不是犯了腐儒的毛病嗎？真是說到了癢處。

所以，這次三爺來到京師，京號的夥友都覺這位少東家大不一樣了，少了火氣，多了和氣。他去拜見九門提督馬玉昆時，馬大人也覺他不似先前豪氣盛，不是被天津的拳民嚇著了吧？馬大人斷定，貴府五娘就是被那班練八卦拳的草民所害。他們武藝不強，只是人眾，有時你也沒有辦法。但也不足畏。三爺靜聽馬大人議論，沒有多說什麼，只是感謝馬大人及時援助。

京號老幫戴膺聽說三爺到京，從天津趕了回來。見到三爺，除了覺得他又黑又壯，染著口外的風霜，也覺三爺老到了許多。戴老幫就將綁匪留下的那封密信，交給三爺看了。三爺看過，也沒有發火，想了想，就問叫誰看過？戴膺相告，除了昌有師父，幾乎沒人看過，連二爺也沒叫他知道。三爺聽了很滿意。

戴膺見三爺這樣識大體，就向三爺進言，津號的事先放一邊得了，當緊的，是望三爺在京多與馬玉昆大人走動，探聽一下朝廷對天津、直隸、山東的拳民滋事，是何對策？這些地界都有我們的生意，真成了亂勢，也得早做預備吧。何況，直隸天津真亂起來，京師也難保不受連累。這不是小事。

三爺真還聽從了戴掌櫃的進言，一直留在京城，多方走動，與戴膺一道觀察分析時務。直到秋盡冬臨，聽說老太爺已經離開上海，啟程返晉，他才決定離京回太谷。返晉前，三爺彎到天津，看了看五爺。見到五爺那種瘋傻無知的慘狀，他臉色嚴峻，卻也沒有發火。

三爺回到太谷家中，第一件事，居然是去拜見老夫人。這在以前，可是從未有過的。他一向占了自負